Canan Tan, Ankara'da doğdu. Ankara Üniversitesi Eczacılık Fakültesi mezunu. *Yeni Asır* (İzmir) gazetesinde köşe yazarlığı yaptı. *Milliyet Pazar*'da güncel olayları esprili bir dille yorumlayan yazıları yayımlandı. *Mimoza* dergisinde *Çuvaldız, Kazete* adlı kadın gazetesinde "Kazete-Mazete" adlı köşelerde yazılar yazdı. Yazarın öykü, roman, mizah ve çocuk edebiyatı çerçevesinde çok sayıda kitabı ve senaryo çalışmaları vardır.

Roman: *Piraye, Eroinle Dans, Yüreğim Seni Çok Sevdi, En Son Yürekler Ölür, İz, Issız Erkekler Korosu, Hasret, Pembe ve Yusuf, Kelepçe, Başıbozuk Sevdalar, Sızı*

Öykü: *Çikolata Kaplı Hüzünler, Söylenmemiş Şarkılar, Aşkın Sanal Halleri, Issız Kadınlar Sokağı, Anneannem İnternette, Önce Sen Vardın*

Şiir: *Şiirce*

Mizah Öyküleri: *İster Mor İster Mavi, Sol Ayağımın Başparmağı, Türkiye Benimle Gurur Duyuyor, Oğlum Nasıl Fenerbahçeli Oldu, Fanatik Galatasaraylı, Beşiktaş'ım Sen Çok Yaşa, Ah Benim Karım Ah Benim Kocam*

Gençlik Romanı: *Yolum Düştü Amerika'ya*

Çocuk Romanları: *Sokaklardan Bir Ali, Beyaz Evin Gizemi, Sevgi Dolu Bir Yürek, Ah Şu Uzaylılar, Uzay Kampı Maceraları, Uzaylılar Aramızda*

Çocuk Öyküleri: *Sevgi Yolu, Arkadaşım Pasta Panda, Sokakların Prensesi Şima, Aliş ile Maviş* dizisi

Ödülleri

Hürriyet (Kelebek) gazetesinin Senaryo Yarışması'nda Birincilik Ödülü / 1979 (*Oğlum* adlı eser, fotoroman olarak çekildi.); 1. Ulusal Nasrettin Hoca Gülmece Yarışması'nda 1. Mansiyon / 1988; Aziz Nesin Gülmece Öykü Yarışması'nda basılmaya değer görülen *İster Mor, İster Mavi* adlı kitabıyla, Türkiye'de mizah öyküleri kitabı olan ilk ve tek kadın yazar unvanı / 1996; BU Yayınevi Çocuk Öyküleri Ödülü, *Sevgi Yolu* / 1997; Rıfat Ilgaz Gülmece Öykü Yarışması'nda Birincilik Ödülü, *Sol Ayağımın Başparmağı* / 1997; İzmir Büyükşehir Belediyesi Çocuk Romanları Ödülü, *Sokaklardan Bir Ali* / 1997; 10. Orhon Murat Arıburnu Ödülleri'nde *Akrep* adlı öyküsüyle, Uzun Metrajlı Film Öyküsü dalında Birincilik Ödülü / 1999; Türk Kütüphaneciler Derneği'nden, Türkiye'deki bütün kütüphaneler bazında, En Çok Okunan Yazar Ödülü / 2010; *Piraye* romanıyla, İstanbul Kültür Üniversitesi'nden Yılın Kitabı Ödülü / 2012; Samsun 19 Mayıs Üniversitesi'nden En İyi Yazar Ödülü / 2013; İstanbul Yıldız Teknik Üniversitesi'nden Yılın En Beğenilen Yazarı Ödülü / 2014; İstanbul Kültür Üniversitesi'nden Yılın En Beğenilen Yazarı Ödülü/ 2017.

DOĞAN KİTAP TARAFINDAN YAYIMLANAN DİĞER KİTAPLARI

İster Mor, İster Mavi
Sol Ayağımın Başparmağı
Çikolata Kaplı Hüzünler
Piraye
Türkiye Benimle Gurur Duyuyor
Söylenmemiş Şarkılar
Yüreğim Seni Çok Sevdi
Eroinle Dans
Aşkın Sanal Halleri
Issız Erkekler Korosu
İz
Hasret
Pembe ve Yusuf
Ah Benim Karım Ah Benim Kocam
Kelepçe
Başıbozuk Sevdalar
Şiirce
Sızı
Issız Kadınlar Sokağı
Anneannem İnternette
Önce Sen Vardın

EN SON YÜREKLER ÖLÜR

Yazan: Canan Tan

1. baskı / Altın Kitaplar, 2009
Doğan Kitap'ta 1. baskı / Ocak 2016
26. baskı / Kasım 2022 / ISBN 978-625-8215-35-9
Her 2000 adet bir baskı olarak kabul edilmektedir.
Sertifika no: 44919

Kapak tasarımı: Geray Gençer
Baskı: Yıkılmazlar Basın Yayın Prom. ve Kağıt San. Tic. Ltd. Şti.
15 Temmuz Mah. Gülbahar Cad. No: 62 / B Güneşli - Bağcılar - İSTANBUL
Tel: (212) 515 49 47
Sertifika no: 45464

Doğan Yayınları Yayıncılık ve Yapımcılık Ticaret A.Ş.
19 Mayıs Cad. Golden Plaza No. 3, Kat 10, 34360 Şişli - İSTANBUL
Tel. (212) 373 77 00 / Faks (212) 355 83 16
www.dogankitap.com.tr / editor@dogankitap.com.tr / satis@dogankitap.com.tr

En Son Yürekler Ölür

Canan Tan

Doğan Kitap

Yalnızlık paylaşılmaz
Paylaşılsa yalnızlık olmaz...

Özdemir Asaf

1

Kiraz kırmızısı spor araba

Kaza anını hatırlamıyor.

Beyni, kocaman bir pıhtıdan ibaret sanki. Yaşamlarının üzerine aniden iniveren giyotinin, geçmişe ve geleceğe ilişkin her şeylerini acımasızca paramparça ederken ortaya saçtığı kanlardan oluşmuş ağdalı, koyu, yapışkan, kapkara bir pıhtı...

Kazayı çağrıştıran tek bir kare var belleğinde. Arabaları, karşı yönden gelirken birdenbire şerit değiştiren kamyonun altına girmeden önce, tüm bedenini şefkatle sarıp sarmalayan, bildik, ama bu kez onu koruyup kollayamamanın çaresizliğiyle acılı, sessizce özür dileyen bakışlar...

Ve onun dudaklarından dökülen son sözcükler:

"Sıkı tutun Nehir!.."

Önce trafik ekipleri geliyor kaza yerine. Ardından ambulanslar. Yarım saat öncesine kadar dingin bir şehirlerarası yol kimliğini sürdüren Kuşadası-İzmir yolunun Seferihisar kavşağı, bir anda ana baba gününe dönüveriyor.

Kasası sebze meyve yüklü kamyonun sol yanına ok misali saplanmış kırmızı, son model spor araba tanınmayacak halde. İçindeki genç kadınla erkeği güçlükle dışarıya çıkarıyorlar.

Boyunluklar takılıyor. Üzerlerine uzatıldıkları sedyelerle beraber, iki ayrı ambulansa alınıyorlar.

"Bilinç kapalı. Nabız zayıf..."

"Tansiyon düşüyor. Hasta şokta..."

"Ameliyathane hazırlansın. Birkaç dakikaya kadar oradayız. İki ağır hastamız var..."

Bütün bunlar yaşanırken, kamyon şoförü zıpkın gibi ayakta. Olayla zerrece ilgisi olmayan bir yabancı gibi kayıtsızca izliyor gelişmeleri.

"İki gündür uyumamıştım abi" diye ifade veriyor trafik polisine. "İçim geçmiş."

Ulusal haber ajansının acar muhabiri ise, ertesi günün gazetelerinde yer alacak haberin çatısını çoktan kurmuş... Kamyonun altında akordeona dönmüş arabanın yakın plan fotoğrafını da ekledi mi, işi tamamdır.

"Bu arabadan sağ çıktılar!" diye çakacak başlığı. Yaralıların yaşayacağı şüpheli ama, haberi geçtiği anda sağlar ya, gerisi ilgilendirmez onu.

Ancak, ajans muhabirinin bilmediği bir ayrıntı var. Altına imzasını atacağı yazıyı, duyula duyula kanıksanmış türden kaza haberleri arasından çıkarıp duygusal yönü ağır basan, masalsı bir kimliğe kavuşturabilecek özel bir ayrıntı...

"Kazada ağır yaralanan genç çift, balayı seyahatinden dönüyorlardı."

Bu başlığı atsaydı; vereceği açılımı geniş, söndürülmeye son derece açık haber, üçüncü sayfadan ilk sayfaya, hatta manşetlere bile taşınabilirdi...

O genç çift, başlarına geleceği önceden kestirebilselerdi, gene aynı kiraz kırmızısı arabayı seçerler miydi, orası meçhul.

İki ay olmuştu evleneli... İş yoğunluğundan, balayı yapmaya fırsat bulamamışlardı. Antalya'daki, Nehir'in katılması gereken seminer olmasa, hiç bulamayacaklardı belki de.

"Hem iş, hem tatil" demişti çiçeği burnunda kocası. "Seminerin ardından, neden gönlümüzce bir balayı yaşamayalım ki?"

Antalya Havaalanı'na iner inmez, ilk işleri araba kiralamak olmuştu. Model ve renk önemli değildi, ayaklarını yerden kessin, yeterdi. Ama Nehir, alev alev yanan kıpkırmızı spor arabayı görür görmez vurulmuştu.

Arabanın ön koltuğuna, kocasının yanına kurulurken, "Şeytan yalnızca sunar, insan isterse seçer!" diyen Oscar Wilde'ı haklı çıkaracak bir davranışın içinde olduğunun farkında bile değildi...

2

Takvimi başa sararsak...

Bir yıl önce tanışmışlardı. Nasıl olduğunu ikisi de anlayamamıştı, ama çekişmeler ve pürüzlerle başlayan iş ilişkisi, umulmadık başarılara kapı açmakla kalmamış; zaman içinde tutkulu bir aşka dönüşüvermişti. Hem de biri otuz, diğeri otuz dört yaşında, işlerinden başlarını kaldıramayan iki işkoliğin, âşık olma şanslarının gitgide azaldığını, bundan sonraki beraberliklerini rastlantıların yönlendireceğini düşündükleri bir dönemde...

İşte o gün!

Diğerlerinden farksızmış gibi başlayan, farklılığını sıradan görünüşünün ardına gizlemiş, o pazartesi sabahı...

Etiler Caddesi üzerindeki ünlü iş merkezinin altıncı katındaki Nokta Reklam Ajansı'nda yeni bir iş günü başlıyor.

Her duruşunda birkaç çalışanı büroya bırakan asansörün son konuğu Nehir. Geç kalmış; cam bölmelerle birbirinden ayrılmış şeffaf odacıkların kapılarından aceleci "merhaba"lar yollayarak hızlı adımlarla odasına doğru yürüyor. Sorumlusu olduğu, kısa bir koridorla diğerlerinden ayrılan bölüme ulaştığında derin bir soluk alıp kısacık bir "günaydın"la selamlıyor asistanını.

"Trafiğe takıldım gene" diyerek telaşla odasına girmeye hazırlanırken, "Hiç oturmayın isterseniz" diye gülümsüyor Nurcan. "Nevzat Bey, odasında sizi bekliyor."

Bu saatte mi, diyecekken kendini tutuyor Nehir.

Her pazartesi, Nevzat Bey'le karşılıklı oturup kahvelerini yudumlarken, şirketin haftalık çalışma programını saptamaları alışılagelmiş bir durum. Ancak, daha önce patronunun odasına hiç bu kadar erken çağrılmadığını düşünüyor Nehir.

Toparlanması uzun sürmüyor. Kolunun altına sıkıştırdığı, son günlerde üzerinde en çok çalıştığı iki dosyayla Nevzat Bey'in kapısını tıklatırken, biraz önceki telaşlı halinden eser yok.

Fazlaca özveri isteyen, duyguların yanı sıra beyin gücü ve yaratıcılıkla beslenen, çok farklı bir iş reklamcılık. Her meslekte başarıyı yakalamak için geçerli sayılan temel özellikler, reklamcılıkta yetersiz kalabiliyor. Bir anda değişebiliyor şartlar. Bu yüzden de yeni şartlara uyum sağlama yeteneği ve becerisi olmayanlar, bu kapıdan içeri adımlarını atamıyorlar.

Nehir de tüm sıra dışı gelişmelere, tüm olağanüstülüklere şaşılası bir ustalıkla ayak uydurabildiği için burada ve bu konumda değil mi zaten?

Nevzat Bey, gizlemekte zorlandığı bir heyecanla karşılıyor Nehir'i. Patronunu iyi tanır Nehir; önemli çalışmaların öncesinde, ses getirecek projelere karar verme ya da imza atma aşamasında, hep böyle olur Nevzat Bey.

Yanılmamış...

Uzun toplantı masasının bir ucuna geçip karşılıklı oturduklarında, Nehir'in önüne koyduğu dosyaları elinin tersiyle itiyor Nevzat Bey.

"Konuşmamız gereken çok daha önemli konular var" diye gülümsüyor. "Duyduklarına inanamayacaksın!"

"Cumartesiden bugüne ne değişti Nevzat Bey?" diye patronunun gülüşünü paylaşıyor Nehir. "Bizden habersiz, tatilde de mi çalışıyorsunuz yoksa..."

"Asla! Dinlenirken iş aramıyorum, ama iş beni bulursa itiraz etmek anlamsız olmaz mı?"

Yakalamak için elini uzattığı iş fırsatının coşkusuyla çocuklaşmış gibi. Aynı coşkuyu Nehir'e de aşılamak için anlatacaklarını belli bir sıraya dizmeye çalışıyor.

Şirketteki dördüncü yılı Nehir'in.

Boğaziçi Üniversitesi'nden mezun olur olmaz Amerika'ya giderek işletme mastırı yaptı. Ardından, bir yıl daha kalıp başarılı bir iş deneyimiyle döndü Türkiye'ye. Reklamcılık, aklına gelebilecek belki de en son işti. Hiç hesapta yokken, üniversitedeki marketing (pazarlama) hocasının telkinleri ve aracılığıyla başvuru yaptı; güçlü özgeçmişi sayesinde onlarca aday arasından seçilerek, "strateji danışmanı" sıfatıyla şirketteki işine başladı.

Bu alandaki yükselme hızının ne olacağını, nereye kadar yükselebileceğini kestiremiyordu. Henüz bir yıllık reklamcıyken, karşısına çıkacak olağanüstü fırsatla birkaç basamağı birden hızla aşma şansını yakalayabileceğini de tahmin edemiyordu haliyle.

Amerika'da son yılların gözde yöntemi, *Ağızdan Ağıza Pazarlama*'nın Türkiye'de tanınmasını sağlayan kişilerin başında geliyordu Nehir. Şirketi onu Amerika'ya göndermiş, iki ay boyunca eğitim görerek konusunda yetkin bir düzeye erişmesi sağlanmıştı.

O da, Amerika'dan döndükten sonra Nokta Reklam Ajansı bünyesinde Ağızdan Ağıza Pazarlama bölümünü kurarak, yöntemin proje koordinatörlüğünü üstlendi. Ancak, kendi bölümüyle ilgili olmayan çalışmalarda da danışmanlık görevini sürdürüyor. Nevzat Bey, onun fikirlerini çok önemsiyor çünkü.

Hangi yöntemle çalışırlarsa çalışsınlar, her proje öncesi, Nevzat Bey'in gözlerinde aynı heyecan pırıltılarını yakalar Nehir. O pırıltıların keyifli dansı durulacak ki, açıklama gelebilsin.

"Sezen Şirketler Grubu'nu bilirsin" diye başlıyor Nevzat Bey. "Eğer gerçekleşirse, onlarla çalışabileceğiz."

İnşaattan tekstile her iş kolunda; ithalat ve ihracatta adı ilk sıralarda geçen Sezen Şirketler Grubu'nu kim tanımaz?

"Büyük iş, desenize" diye gülümsüyor Nehir. "Hangi konuda yardım istiyorlar bizden?"

"Beylikdüzü'nde inşa edilen Manolya Konakları'nı duymuşsundur. Anlaşırsak, tanıtımını biz yapacağız."

Nehir'in bakışlarından kısa süreli bir gölge geçiyor.

"Daha önce emlak konusunda reklam ve tanıtım çalışması yapmamıştık..."

"Yapamayacak olduğumuz için değil! Fırsat düşmedi... Yöntem güçlü olduktan sonra, ürün farkının ne önemi var? Ev ya da iç çamaşırı olması, neyi değiştirir ki?"

Patronu haklı. Gerçek reklamcı, sokağa atılmış, üzerine basılıp geçilen, en işe yaramaz nesneyi bile farklı bakış açılarıyla tanıtıp göklere çıkararak "aranan ürün" haline getirebilir.

"Şirket için iyi bir atılım fırsatı olabilir" diye ilk destek ışığını yakıyor Nehir. "Öncelikle, sitenin ve konakların tüm ayrıntılarıyla incelenmesi gerek. Ardından, uygulanacak tanıtım ve reklam yöntemi saptanarak öneri paketi halinde şirkete sunulabilir. Bu iş için hangi grubu görevlendirmeyi düşünüyorsunuz? Bana kalırsa, bizim 'Kare As'ı harekete geçirelim, derim."

Başını, "hayır" anlamında iki yana sallıyor Nevzat Bey. Gözlerini kısarak Nehir'e doğru eğiliyor. Birilerinin duymasını istemezmiş gibi alçak sesle, "Bu iş için seni düşünüyorum ben!" diyor.

Kısa bir şaşkınlık anı...

"Beni mi? Bu tür bir tanıtımda alışılagelmiş yöntemlerin uygulanması daha doğru olmaz mı? Ağızdan Ağıza Pazarlama'ya ne gerek var ki? Kare As'ın dört canavar genci, bu işin altından kalkmasını bilir. Klasik medya tanıtımı; gazeteler, dergiler, hafta sonu ekleri, televizyon reklamları... Arkasından, şatafatlı bir tanıtım kokteyli! Daha ne olsun?"

"Dur biraz Nehir, yavaş ol! Aldın başını gidiyorsun... Bana kalsa, ben de senin gibi düşünürdüm. Ama Sezenlerin isteği bu doğrultuda."

"Nasıl yani?"

"Dün Büyükada'da, eski bir dostumun yalısındaki davete katıldım. Yılmaz Holding'in sahibidir kendisi. Haliyle, katılanlar arasında iş çevresinden olanlar çoğunluktaydı. Sezen Şirketler Grubu'ndan Deniz Sezen'le de orada tanıştık. Tokalaşmamızın onuncu dakikasında, 'Manolya Konakları'nın tanıtımını siz yapar mısınız?' demez mi?"

"İyi de bunun benimle, daha doğrusu benim yöntemimle ne ilgisi var?"

"Deniz Sezen, Ağızdan Ağıza Pazarlama yönteminin başarısını basından izlediğini ve daha fazla bilgi almak istediğini söyledi."

"Siz de benim adıma söz verdiniz, değil mi?"

"Aynen öyle oldu."

"Bu durumda ne yapmam gerekiyor?"

Nevzat Bey, ceketinin iç cebinden çıkardığı kartı Nehir'e uzatıyor.

"Nurcan'a söyle, senin için randevu alsın. Gider, tanıtımını yaparsın. Beğendi, beğendi... Olmazsa, klasik yöntemlere geçeriz."

Elindeki kartı dikkatle okuyor Nehir.

"Deniz Sezen / Sezen Şirketler Grubu Yönetim Kurulu Üyesi"

"Kimdir bu Deniz Sezen?" diye soruyor Nevzat Bey'e. "Hilmi ve Halil Sezen'in nesi oluyor?"

"Ben de tam olarak bilmiyorum. Sezenler, tam bir aile şirketi. Kurucuları, yani dedeleri ölmüş. Bizim tanıdığımız Hilmi ve Halil Beyler, ikinci kuşak. Deniz Sezen de üçüncü kuşak temsilcilerinden. Babalar, amcalar, kardeşler, kuzenler... Kalabalık bir sülale anlayacağın."

"Dededen, babadan kalma malvarlığının üzerine oturup, kurulu iş düzenini sürdürmeye soyunmuş cevval bir genç kuşak, ha!" diye dişlerinin arasından mırıldanıyor Nehir.

Elindeki kartı Nurcan'ın masasının üzerine bırakırken, bu görüşme için zerre kadar heves taşımıyor içinde...

3

Deniz Sezen

Bir saat sonra müjdeyi veriyor Nurcan. "Deniz Sezen'in asistanından randevu aldım. Bugün 17.30'da sizi bekleyecekler."

"Bu kadar çabuk mu? Yarından önce olmaz diye düşünüyordum."

"Tüm hafta, saat saat doluydu aslında. Ama asistanı, iptal edilen bir randevunun yerine sizi aldı."

"Lütfetmiş!" diyerek alaycı bir ifadeyle gülümsüyor Nehir.

"Ha..." diye ekliyor Nurcan. "Deniz Hanım'ın asistanının adı Yeliz. Aklınızda bulunsun."

Şarttı sanki!

Deniz ve Yeliz... diye yineliyor içinden. İki isim arasındaki kafiyeden hoşlanmıyor nedense. Yapay ve sinir bozucu bulduğu bu ses uyumunun, patronla asistan arasındaki gerçek ilişkilere ne derece yansıdığını merak ediyor bir an.

Saçmalama Nehir, diyor içinden. Böyle anlamsız ayrıntılara kafa yormaya ne gerek var?

Kendini çözmekte de zorlanıyor aslında. İlk kez, bir iş görüşmesi öncesinde bu derece huzursuz. Gerginliğinin kökenine inmeye çalıştığında, kafasındaki belirsizlik biraz olsun aydınlanıyor sanki...

İş hayatında başarılı olmuş kadınlarla hiçbir alıp veremediği yok. Tam tersine, her zaman yakın durdu onlara. Kıskanmak bir yana, zirveye doğru atılan her adıma, tüm yüreğiyle alkış tuttu. Ancak, emek vererek, kendi çabalarıyla bir yerlere gelmiş işkadınları için geçerli bu durum.

Kendisi de dişiyle tırnağıyla, taşı toprağı kazıyarak bu noktaya geldiği için belki, Deniz Sezen gibi, üç kuşak öteden gelen servetin ve kurulu iş düzeninin sayesinde zirveye kurulmuş tiplere tahammülü yok. Ne var ki, üstlendiği iş sorumluluğu ve sorumluluk bilinci, duygularıyla düşüncelerini dengelemeyi, zaman zaman içinden yükselen sesleri perdelemeyi öğretmiş ona.

Bugün de aynı doğrultuda, Deniz ve Yeliz Hanımlarla tanışacak; pazarladığı ürünü, onca emek verdiği projesini en iyi şekilde tanıtmaya çalışacak. Profesyonellik bunu gerektiriyor...

* * *

Sezen Şirketler Grubu, Levent'te kendi adlarını taşıyan iş merkezinin, Sezenler Holding'in bünyesinde yapılanmış, çatısının altında çok sayıda yan kuruluşun yer aldığı büyük bir topluluk. İstanbul'un birkaç yerinde daha şubeleri, ek binaları olsa da kuruluşun kalbi, şehrin sayılı gökdelenlerinden biri olan bu binada atıyor.

Girişteki danışma bölümünden, Sezen İnşaat Grubu'nun on altıncı katta olduğu Nehir'e söyleniyor ve beklenen konuğun geldiği bilgisi de ilgili birime iletiliyor.

Asansörle çıktığı her kat, Nehir'in ister istemez soluduğu ihtişam kokusunu daha da artırıyor. Kapısında "İnşaat Grubu" yazan bölümün, genel müdür odasını çağrıştıran "sekreterlik" kısmı bile sergilediği yetkinlikle şirketin görkemini ve iddiasını gelenlerin yüzüne haykırıyor sanki.

Sıcak sayılabilecek bir ifadeyle Nehir'in elini sıkan ve "Hoş geldiniz" diyen Yeliz Gülmen de asistandan çok, üst düzey bir yöneticiye benziyor zaten.

Kim olduğu ve geliş nedeni belli olsa da kartını masaya bırakıp, "Deniz Hanım'la randevumuz vardı" diyor Nehir.

Yeliz'in dudakları, oturduğu koltuğun ağırlığına ters düşecek bir gülüşle kıvrılıyor ya da Nehir'e öyle geliyor...

"Buyurun" diyor Yeliz. "Deniz Sezen sizi bekliyor."

Maroken kaplı kapıdan içeriye girdiğinde, binanın, geniş cepheyle dışarıya açılan devasa camlarının ardındaki panoramik şehir manzarası kucaklıyor Nehir'i. Öylesine etkileyici ki görüntü, biraz öncesine kadar bir parçası olduğu şehri değil de daha öncesinde içinde yaşamadığı, hatta hiç görmediği bambaşka bir rüya kentini seyrediyor sanki.

Ancak, masasının başından kalkıp konuğunu karşılamaya hazırlanan, Sezen Şirketler Grubu'nun inşaat bölümü başkanını gördüğü anda, ne dışarıdaki manzarayla ne de görkemli mekânın döşeniş tarzıyla ilgilenecek hali kalıyor Nehir'in.

Çünkü... Deniz Sezen, kadın değil, erkek!

Nehir'in yaşadığı, tam bir bozgun!

Böyle affedilmez bir yanılgının içine nasıl düştüğünü bilemiyor. Şirketin, kaçıncı kuşağın elinde olduğunu merak edip soruştururken, iş görüşmesi yapacağı kişinin cinsiyetini atlamış!

"Hoş geldiniz! Ben, Deniz Sezen. Sizi burada görmek, büyük mutluluk..."

"Teşekkür ederim" diye kekeliyor Nehir. "Ben... Sanıyordum ki..."

Her zaman zirvelerde tutmayı başardığı özgüveni yerle bir. Nasıl sıyrılacak bu çapraşık durumdan?

Kafasında yanıp sönen cılız ışığa sımsıkı sarılıyor. Belki de Deniz Sezen, yaptığı hatanın farkında bile değildir! Keşke...

Ne var ki, kulaklarına dolan sözler, son umut ışığını da sabun köpüğü gibi söndürüveriyor.

"Deniz Hanım'la konuşacağınızı sanmıştınız, öyle değil mi?"

Söylenen sözlerin içeriğinden çok, söyleniş biçimi kızdırıyor Nehir'i. Vereceği yanıtı toparlamaya çabalarken, bir yandan da Deniz Sezen'e nerede, ne zaman, kimin "Deniz Hanım" dediğini çıkartmaya çalışıyor.

Hayır, Nevzat Bey'le yaptıkları konuşmada cinsiyet söz konusu olmamıştı. Yaşananları kare kare sorgularken, kafasındaki sorunun yanıtını veren gene Deniz Sezen oluyor.

"Asistanınız asistanıma, Deniz Hanım'la görüşmek istediğinizi söylemiş. Hayal kırıklığına uğrattımsa bağışlayın. Ancak, Deniz Sezen benim!"

Ah Nurcan, ah!

Ama hayır, suçun büyüğü kendisinde! En sıradan iş görüşmesi öncesinde bile, internetteki arama motorlarını tarayıp muhatabının tüm özelliklerini en ince ayrıntılarına kadar ortaya dökmeden, farklı kaynaklardan edindiği bilgileri karşılaştırarak kesin verilere ulaşmadan adımını atmayan Nehir, yaptığı bu büyük hata için ne kadar dövünse azdır...

Canı sıkılıyor, ilk dakikada yediği golle 1-0 yenik başlayacak mücadeleye. Öyle ya da böyle, kafasından geçen tüm olumsuzlukları silmek ve bir an önce toparlanmak zorunda.

İlk dakika golü, yenik başlanan mücadele... Gereksiz düşünceler bunlar. Savaşa mı çıkıyorlar? Altı üstü, sıradan bir iş görüşmesi yapacaklar.

Projesini tanıtmaya yoğunlaşmalı artık. Karamsarlığın yansıdığı asık bir yüz, kendine güvensiz tavırlar, ulaşacağı başarıyı törpülemekten başka işe yaramaz.

"Şartlar ne olursa olsun, gülümseyeceksiniz! Gülümsemeye şartlandıracaksınız kendinizi..." demişlerdi eğitim seminerinde. Nehir için meslek yaşamının sol anahtarı oldu bu sözler. Geç bile kaldı, hemen devreye sokmalı sol anahtarını.

Sihirli bir değnek dokunmuş gibi, geniş bir gülümsemeyle aydınlanıyor yüzü.

"İş kazası" diyor umursamaz bir tavırla. "Ya da yanlış yönlendirme. Düzelten olmayınca, en üst noktaya kadar yansıyor. Tıpkı şu anda olduğu gibi."

Sözlerinin anlamı açık; madem Nehir'in asistanı hata yaptı, neden anında düzeltilmedi o hata? Demek ki tek suçlu kendisi ya da asistanı değil. Karşı taraf da kendini sorgulamalı.

"Bir şeyi merak ediyorum; kadın kadına iş konuşmak daha mı kolay oluyor?" diye damarına basmayı sürdüren Deniz Sezen'i, "Hiç fark etmez" diye yanıtlıyor Nehir. "Karşımdaki kişi ya da kişiler, söylediklerimi algılayabilsinler, yeter."

Bu üstü kapalı meydan okuyuş, Deniz Sezen'in hoşuna gitmiş gibi.

"Konuşmamıza başlayalım mı artık?" derken, gözlerinin içi gülüyor. "Ama önce, bir şeyler içmeye ne dersiniz?"

Orta yerde yakılan barış çubuğu ve karşılıklı içilen çaylar, ilk anda yaşanan gerginliği sıcak sayılabilecek bir sohbet havasına dönüştürüyor.

Deniz Sezen, salonun köşesinde, büyücek bir platformun üstüne oturtulmuş, üzerinde *"Manolya Konakları"* yazan maketi göstererek, "Tanıtımı yapılacak evler bunlar" diyor. "Özelliklerini anlatacağım. Ama isterseniz, önce siz başlayın. Uyguladığınız yöntemin inceliklerini öğrenmek için sabırsızlanıyorum. Evet, nedir bu *Ağızdan Ağıza Pazarlama?"*

Görünürde, Nehir'in yaptığı işe yönelik, onun gururunu okşayıcı bir merakmış gibi duruyor ama, apaçık ortada ki, önerilen yöntemin kendi şartlarına ne derece uyduğunu görmeyi amaçlıyor Deniz Bey. Kendince haklı da. Onca para döktüğü siteyi karşısına ilk çıkan proje sahibine teslim edecek değil ya...

Gösterilen titizliği doğal karşılıyor Nehir. Farklı müşteri yaklaşımlarına alışık. Yüzlerce kişiden oluşan topluluklara, daha küçük gruplara ya da tek kişiye karşı konuştu ve pek çok tanıtım toplantısına katıldı bugüne kadar. Hepsinde de başarılı oldu; övgülerle, teşekkürlerle uğurlandı. Yazılı ve görsel basın, bazı özel toplantılarına geniş yer ayırdı.

Ancak bugün, garip bir tutukluk var Nehir'in üzerinde...

Durumu farklı kılan ne, tam olarak bilemiyor ama, Deniz Sezen'in düzgün yüz hatlarından, geriye taranmış kumral saçlarından, ince uzun parmaklı ellerinden gözünü alamadığı yadsınamaz bir gerçek. Bir an için, 30-35 yaşlarında olduğunu tahmin ettiği, kariyerinin zirvesinde, yakışıklı mı yakışıklı bu genç adamla başka şartlarda tanışmış olsalar, neler yaşayabilirlerdi, diye düşünmekten kendini alamıyor.

Daha öncesinde, benzer düşünceleri aklının köşesinden bile geçirmeyen, tanıtım çalışmalarında işinden başka hiçbir şeyi gözü görmeyen Nehir'e neler oluyor böyle?

İçinde bulunduğu ruh halini maskelemek ister gibi, gerektiğinden de ciddi bir ifadeyle konuşmasına başlıyor.

"Öncelikle şunu vurgulamalıyım ki, Türkiye'deki ilk *Ağızdan Ağıza Pazarlama* hareketi, kısaca *AAP,* şirketimizin atılımıyla gerçekleşmiştir. Orijinal adıyla *WOM* dediğimiz AAP yöntemi, tanıtım ve pazarlamanın en etkili yoludur. Çünkü sözcükler, tüketiciler arasında çok hızlı yayılır. Bizim yöntemimiz de satın alınan ürünle ya da hizmetle ilgili yaşanan deneyimin çevreyle paylaşılması esasına dayanır. Müşteriyle sohbet havasında gerçekleştiğinden, hedefe ulaşacağı kesindir."

Deniz Sezen, tüm çabalarına karşın, anlatılanlara dikkatini veremiyor. Nehir'in yontu düzgünlüğündeki ince yüz hatlarının üzerinde gezinen bakışlarını bir türlü toparlayamıyor çünkü. Çelişkili duygular içinde genç patron. Kabul etmek işine gelmiyor ama, 30 yaşın biraz altında olduğunu tahmin ettiği, kişilikli bir güzelliğe sahip, kafası çalışan, üstlendiği işin hakkını vermeyi beceren bu genç kadından fazlaca etkilendi galiba.

Farklı şartlarda tanışmış olsalar...

Kızıveriyor kendine. İş ortamında, beraber çalıştığı kişilerle yakınlık kurmamaya özen gösteren Deniz Sezen'e neler oluyor böyle?

Karşısındakinden zerrece etkilenmediğini öncelikle kendisine kanıtlamak ister gibi, sert sayılabilecek bir ses tonuyla Nehir'in sözünü kesiyor.

"Bunları biliyorum! Hatta, pazarlama yöntemine konulacak Türkçe adın seçimi sırasında yaşanan tartışmalardan da haberim var. Gazetelerin iş eklerinde çıkmıştı... Karşı grup, *Kulaktan Kulağa Pazarlama* olsun derken, *Ağızdan Ağıza Pazarlama* üzerinde ısrar etmiştiniz siz. Tercihinizin nedenini açıklar mısınız?"

Deniz Sezen'in basında yer alan tartışmaları izlemiş olması hoşuna gidiyor Nehir'in. Hemen açıklamaya koyuluyor.

"WOM'un açılımı, *Word of Mouth*"dur. Ağızdan çıkan söz, diye çevirilse de 'tavsiye' anlamında kullanılır İngilizcede. Ancak bizi yönlendiren, Amerika'da doğan bu pazarlama yönteminin İngilizce olarak anılması ve içinde *Mouth* (ağız) sözcüğünün bulunması değil. Ağızdan Ağıza Pazarlama, hem söyleniş hem de anlam açısından Türkçemize daha çok yakışıyor. Şöyle ki...

Kulaktan kulağa; bir kimseden bir başkasına, ondan ona söylemek anlamına gelir. Ağızdan ağıza ise, bir şeyleri herkesin birbirine açık açık söylemesidir. Yapılan iş reklam, tanıtım, pazarlama... Bu konularda gizliliğe gerek var mı?

Her yaşta oynanan telefonculuk oyunumuzu bilirsiniz. Bir söz kulaktan kulağa söylenerek, ondan ona geçerken öylesine değişime uğrar ki, bambaşka bir sözcük olur çıkar ve ilk anlamını yitirir. Bu da güven değil, şüphe uyandırır. Ağızdan ağıza yol alanlar ise, kulaktan dolma gibi yüzeyel izlenimler değil, sağlam kurgulanmış pazarlama iletileri içerirler."

Deniz, hiç sesini çıkarmadan, ilgi ve beğeniyle izliyor Nehir'i. İnandığı davayı inatla savunmasına, yaptığı sunumdaki başarıya hayran kalıyor.

"Kutlarım sizi" diyor sonunda. "Sanırım sıra bana geldi. Manolya Konakları'nı maket üzerinde de olsa tanıtmalıyım ki, kafanızda oluşacak fikirlerin ışığında, pazarlama yönteminizin konaklarımıza uygulanabilirliğini daha sağlıklı tartışabilelim."

Yerlerinden kalkıp maketin olduğu köşeye doğru yürürlerken, "Bizim işimizde *uygulanabilirlik* diye bir kavram yoktur!" diye kestirip atıyor Nehir. "Meyve suyu ya da apartman dairesi... hiç fark etmez. Her türlü ürün, AAP yöntemiyle tanıtılabilir. Sizin konaklarınız hakkında bilgi edinmem, yalnızca kullanılacak yöntemin ayrıntılarını belirleme açısından yararlı olacaktır."

Belli belirsiz gülümsüyor Deniz. Nehir'in iş konusundaki ısrarcılığı ve inadı hoşuna gidiyor. Ona yanıt verip zıtlaşmak yerine, maketin üzerinde farklı renklerdeki mücevherler gibi parıldayan konaklarının tanıtımına girişiyor.

4

Manolya Konakları

Göz alabildiğine uzanan yeşillikler üzerine kurulmuş, farklı mimaride, farklı renk ve içerikte; birbirinden albenili ve görkemli kırk bir tane konak...

"Şu ana kadar gördüklerinize pek benzemiyor, değil mi?" diye gülümseyerek anlatmaya başlıyor Deniz. "Kurşun askerler gibi birbirinin aynı villa, konak ya da evlerden oluşan siteler, sıkıntı vermiştir hep bana. Koskoca bir yanlışın üzerine kurulmuşlardır çünkü. Herkesin beğenisi aynı olabilir mi? Neden insanlar, kendilerini en rahat, en mutlu hissedecekleri, kişiye özel ortamlarda yaşamasınlar ki? Hazır giyime karşı ısmarlama! Yola çıkış noktamız bu oldu.

Konutların yanı sıra, site sakinlerinin beş yıldızlı otellerin konforunu yaşayabilmeleri için gerekli tesisleri de göz ardı etmedik. Geniş bir alan üzerine inşa edilmiş spor merkezi içinde aklınıza gelebilecek her türlü aletin yer aldığı jimnastik salonu, yüzme havuzu; sauna ve masaj birimleriyle desteklenmiş Türk hamamı..."

Anlattıklarının etkisini ölçmek ister gibi duraklıyor Deniz. Nehir'in gözlerinde yakaladığı hayranlık ifadesinden aldığı güçle, kaldığı yerden sürdürüyor konuşmasını.

"Gördüğünüz kırk bir konağın kaba inşaatı tamamlandı. Süsleme dediğimiz ince işler ve iç dekorasyondaki eksiklikler, satışla beraber giderilecek. Müşterinin arzu ve beğenisi doğrultusunda şekillenecek olan ankastre mutfaklar, banyolar; şömineli ya da şöminesiz salonlar, duvar kâğıdı ya da saten boya, parke seçimi..."

"Henüz yarım bir inşaat yani?"

"Hayır, yanlış bir tanım bu! En iyi malzemelerle en iyi işi yapabilecek, İstanbul'un en seçkin ekibine sahibim. Satışın gerçekleşmesi aşamasında, kısa sürede mükemmele ulaşılacağından şüpheniz olmasın. Bu arada, konaklardan birini, siteyi gezenlere fikir vermesi açısından tamamlayıp ziyaretçilerin beğenisine sunduk. Örnek konağımız bugün satılsa, yarın taşınılacak durumda."

"Tüm özellikleri farklı olduğuna göre, fiyatları da değişken olmalı..."

"Haliyle. Ancak, en ucuzunun bile piyasa sınırlarının üzerinde olduğunu söyleyebilirim."

"Tahmin edebiliyorum. Üst düzey müşteri grubuna hitap ettiği açık. Tanıtımı ve reklamı da ona göre yapılmalı."

"Geldiğimiz bu noktada, rahatça sorabilirim artık: Bizim konaklarımıza AAP yöntemini nasıl uygularsınız?"

"Siz özellikleri sıralarken, yapılacaklar kafamda şekillenmeye başladı bile. Aklıma ilk gelen, görücüye çıkmak üzere hazırladığınız şu örnek konak... Tanıtımın anahtarı olabilir."

"Siteyi görmeye gelenler, o örnek konağı da geziyorlar zaten."

"Benim anlatmak istediğim, daha kapsamlı bir çekim gücü yaratabilmek. Örneğin, üst üste birkaç hafta sonu, gönüllü ya da özel olarak seçilmiş, sonradan alıcı olabilecek ya da izlenimlerini çevresine yansıtabilecek kişileri o evde ağırlayabiliriz. Üst katta dört, alt katta iki konuk odası var ya... Altı çift, altı aile anlamına gelir bu. Geceyi orada geçirenler, ertesi gün spor merkezinden, hamamdan ve masaj hizmetlerinden yararlanabilirler.

Ayrıca, daha kalabalık gruplar için, çimler üzerinde *brunch* tipi kahvaltılar, mangal partileri düzenlenebilir. Bu etkinlikler sırasında, basın mensupları da unutulmayacak kuşkusuz. Ancak asıl etkileşim, konaklarda kalan AAP gönüllülerinin yaşadıkları beş yıldız konforunu çevrelerine anlatımlarıyla gerçekleşecektir. Ağızdan ağıza iletişim zinciri de diyebiliriz buna."

Kulağa hoş gelse de uygulamada karşılaşılabilecek zorluklar gözünü korkutuyor Deniz'in. Bu kampanya için dünyanın parasını yatırmak bir yana, denenmemişi denemek ne derece doğru, diye düşünüyor Deniz. Gene de renk vermiyor.

"Diyelim ki tanıtım işini size verdik... Ne zaman çalışmaya başlayabilirsiniz?"

"Hemen! Ancak, programı şekillendirebilmek için öncelikle, hem benim hem de ekip arkadaşlarımın siteyi, konakları, sosyal tesisleri görmemiz gerekiyor."

"Orası kolay. Ne zaman isterseniz atlar gideriz Beylikdüzü'ne. İlk tanıtımı da size yapmış olurum."

Bunları söylerken, Nehir'le beraber çalışmanın ne kadar keyifli olacağını düşünmekten kendini alamıyor. Garip bir çekingenlik ve sıkıntı duyuyor içinde. Kızıyor kendine. Daha çok da Nehir'e... Ona bunları, olmaması gerekenleri düşündürüyor, hissettiriyor diye.

Sesine yansıyor öfkesi.

"Altın için, 'Altındır bu!' diye bağırmak gerekli mi? Gördüğünüz gibi, dört dörtlük bir site, dört dörtlük evler... Konaklarımız beğeni görüp peş peşe satıldığında, bu satışların sizin Ağızdan Ağıza Pazarlama çalışmalarınız sayesinde gerçekleşip gerçekleşmediğini nereden bileceğiz?"

Yüzünün ortasında kırbaç gibi şaklayan bu sözler, Deniz'inkine benzer bir duygu karmaşasının içine düşüp, beraber çalışma ihtimalinin çekiciliğine kapılmış olan Nehir'i kendine getirmeye yetiyor.

"Deniz Bey!" diyor sertçe. "Siz de iyi biliyorsunuz ki konaklarınız, Türkiye'deki alım gücünün çok üzerinde fiyatlara sahip. Reklam ve özel tanıtım olmadan peş peşe satılmalarını beklemek, tek kelimeyle hayalciliktir. Yarı fiyatına, benzer konfor ve özelliklere sahip bir evi almak dururken, neden size gelsinler ki? Farklılığınızı duyurmadan, istediğiniz sonuca ulaşamazsınız.

Ağızdan Ağıza Pazarlama'nın satışlar üzerindeki etkisini anlamak ise çok kolay. Diğer ürünlerde yaptığımız gibi benzer bir yol izleyebiliriz. Şöyle ki... Ürünü kullanan ya da deneyimi yaşayan kişi, izlenimlerini çevresiyle paylaşıyor ya... Ürünümüz bir konak olduğuna göre, gelen müşteri adaylarının site hakkında hangi yolla bilgi sahibi olduğuna bakacağız. Buradan, ilginç sonuçlara ulaşmak mümkün. İşin bitiminde, satışların yüzde şu kadarı AAP ile sağlanmıştır, diye bir saptama yapabileceğiz."

"Bir tür istatistiksel çalışma, yani..."

"Öyle de denebilir."

Bir anda suratı allak bullak oluyor Deniz'in.

"İyi de bundan bana ne!" diye bağırıveriyor. "Çalışma yönteminizin başarısını sınamak için, istatistik yapacaksınız diye, bula bula benim sitemi mi buldunuz? Manolya Konakları, sizin pazarladığınız meyve sularına benzemez Nehir Hanım!"

Öfke yarışında Deniz'den bir adım öne geçen Nehir, "Çok haklısınız!" diye haykırdığı gibi yerinden fırlıyor. "Sizin bulutlar üzerine oturttuğunuz, ulaşılması güç sırça konaklarınızla uğraşacağıma, sürümü yüksek piyasa ürünleri için çalışmayı yeğlerim. Ama şunu bilin ki, bu işlerin nasıl yürüdüğü konusunda zerrece bilginiz yok."

Al al olmuş yanaklarından kan fışkırıyor sanki. Kıpkırmızı gözlerinden ateşler... İçinde biriktirdiği, biriktirdikçe zehirleşmiş tüm tortuları dışa vurdukça, durulacağına daha da hırslanıyor.

Masanın üzerinden Deniz'e doğru eğilip, "Dinleyin ve öğrenin..." diyor. "Belli ki daha önce öğretmemişler size, ama yapılan her çalışmanın başarısı, ulaştığı sonuçla ölçülür. Bizim için de geçerli bu durum. Yaptığımız çalışmaların ardından, gelinen yeri istatistiksel verilerle saptamamızdan daha doğal ne olabilir ki?"

Birdenbire sakinleşiveriyor Deniz. Öfkesinin yerini şaşkınlık almış, böyle bir karşı atağı beklemediği belli. Çatışmanın başındaki, Nehir'in dudaklarından çıkıp kendisine saplanan sivri uçlu okları yakalama çabasından da vazgeçmiş. Onu izlemek daha ilginç, daha keyifli çünkü...

Nehir ise zembereği boşalmış bir saat sanki. Yükseklerden bırakılmış, yuvarlandıkça devleşen, çığa dönüşme yolunda bir kar tanesi... Yatağı suyuna dar gelen, set çekilmeyecek güçte, coşkun akan gerçek bir nehir...

Duracağı, durulacağı, susacağı yok!

Susmasını istemiyor zaten Deniz. Garip bir ağırlık çökmüş üzerine, kızamıyor, hiçbir tepki veremiyor Nehir'e. Onun, sesinin her yükselişinde sağa sola savrulan saçlarının kumral dalgalarına kilitlemiş gözlerini. Açılıp kapanan dudaklarına, hırsla titreşen kirpiklerine, söylediklerini pekiştirmek istercesine açıp kapattığı ince uzun bembeyaz parmaklarına...

Deniz'e kalsa, daha önce benzerini yaşamadığı bu ilginç düşten uyanmaya hiç niyeti yok. Ama Nehir için son noktayı koyma zamanı.

"Sayın Deniz Sezen, görüşmemizin bu noktaya gelmesinden ve olumsuzlukla sonuçlanmasından zerrece üzüntü duymadığımı bilmenizi isterim. Çünkü, sizin küçümsediğiniz o meyve sularının ya da diğer piyasa ürünlerinin pazarlamasını yapmak, bu kafa yapısına sahip birisiyle çalışmaktan çok daha keyifli olacaktır. Umarım siz de manolya kokulu konaklarınıza cüzdanları manolya kokan münasip müşteriler bulursunuz... Hoşça kalın!"

Daha fazla uzatmanın anlamı yok. İçindeki tüm zehri boşaltmanın ferahlığıyla başını dikleştirip, Deniz'in yüzüne bile bakmadan, çantasını kaptığı gibi dışarı atıyor kendini. Onu görünce gülümseyerek ayağa kalkan asistan Yeliz Hanım'ın soru dolu bakışlarını ardında bırakarak, koşar adım asansöre doğru yürüyor. Yaklaşıldığında otomatik olarak açılan çok sayıda kapıdan geçip otoparka iniyor.

Arabasını alıp bir an önce buradan uzaklaşmak! Tek isteği bu, başka hiçbir şey yok aklında...

* * *

Hava çoktan kararmış, akşam telaşı çökmüş insanların üstüne. Bir an önce evlerine yetişmek için birbirleriyle yarışıyorlar sanki.

Yaklaşık üç saatini Sezen Şirketler Grubu'nun taş yığınları arasına gömdüğünü düşündükçe, yatışır gibi olan öfkesi yeniden diriliyor Nehir'in. Evet, boşa zaman harcadı...

Önemli değil aslında, her iş görüşmesi anlaşmayla sonuçlanacak diye bir şart yok. Ancak, Nehir'in içine sindiremediği, yaptığı işin, verdiği emeğin aşağılanması. Nevzat Bey'in beklentilerine yanıt veremeyecek olmanın ezikliği de canını sıkan diğer bir konu.

Sabahı bekleyemeyecek. Arabasını kenara çekip cep telefonundan Nevzat Bey'i arıyor.

"Anlaşamadık!" diye tek sözcükle özetleyiveriyor görüşmeyi. "Keçi gibi adam" diye ekliyor. "Sizi bilmem ama, benim çalışacağım kimse, asla o olamaz!"

Ayrıntıları bilmese de olup biteni az çok tahmin edebiliyor Nevzat Bey. İyi tanıyor Nehir'i. İnandığı değerlerden asla ödün vermeyen, gerektiğinde hem kendini hem de davasını çılgınlar gibi savunan, gerçek bir amazon o.

Gördüğü ve tanıdığı kadarıyla Deniz Sezen de sıcak yapılı, efendi birine benziyordu ama, Nehir'le ters düşmüşlerdi demek.

"Dert etme sen" diyor Nehir'e. "İsterlerse, Ağızdan Ağıza Pazarlama yerine farklı yöntemler kullanabiliriz. Kaldı ki, Sezenlerle çalışmamız da şart değil. Canını sıkma... Bizim için bin şirketten daha önemlisin sen."

İlaç gibi geliyor bu sözler. Ama içindeki sıkıntıyı da ikiye katlıyor.

Böyle bir durumu ilk kez yaşıyor Nehir. Kabul etmeli ki, hiç de profesyonel değildi davranışı. Çelik gibi güçlü sinirleri, nasıl birdenbire iflas ediverdi, hâlâ anlayamıyor.

Neyse, olan oldu. Patronunu da bilgilendirdiğine göre, şu son üç saati yaşanmamış sayabilir.

Arabadan inip eve doğru yürürken, hafiften çiseleyen yağmura veriyor yüzünü. Büyüyüp irileşen, gitgide hızlanan damlalardan kaçacağına onlara sığınıyor. Sık sık yaptığı gibi... Ruha ve bedene ulaşmış kirlilikleri en iyi arıtanın, "yağmur" olduğuna inananlardan o.

İyiden iyiye ıslanmış... Umurunda bile değil. Saçlarından süzülen sulara aldırmadan, acelesiz adımlarla apartmana doğru yürüyor.

İçindeki sıkıntının yerinde yeller esiyor şimdi. Dış dünyadan soyutlanıp, evinin tek kişilik dinginliğine kavuşmanın sabırsızlığı içinde...

5

İlk kıvılcımın yüreğe düştüğü an

Nehir'in ardından odasında tek başına kalan Deniz, izlediği soluk kesen filmin "SON" yazısıyla sinemadan dışarı çıkmış, salonun karanlığından sonra gözleri gün ışığına uyum sağlayamamış, sarsıcı karelerin etkisinden kurtulamadığı için gerçek yaşamla arasındaki köprüye ulaşmakta güçlük çeken bir izleyici gibi hissediyor kendini. Bu halde oluş nedenini çözemiyor. Nehir'in yüzü, gözleri, su gibi akan bakışları her aklına geldiğinde, içini saran sıcaklığı da...

Yanıtı çok basit aslında, ama kabullenmesi zor. Deniz de işin kolayına kaçıyor; gerçek yerine ayrıntılarla avutuyor kendini. "Yürekli kızmış!" diyor. "Hakkını teslim etmeli..." Özgüvenine, meydan okuyuşuna, karşısında kim olursa olsun inandıklarından taviz vermemesine hayran kalmış Deniz. Ama, duyduğu hayranlığı yalnızca Nehir'in tavırlarıyla sınırlı tutmaya özen gösteriyor. O tavırlar, bedensiz bir varlığa aitlermiş gibi... İşine böylesi geliyor çünkü.

Şirketten çıkıp karanlık geceye merhaba derken, sonuçsuz kalmış, sıradan bir iş görüşmesinin izlerini silmeye hazırlanıyor Deniz Sezen...

Oysa çok sonra, Nehir ve Deniz aşklarını birbirlerine açıklarken, "İlk kıvılcımın yüreğime düştüğü an!" diye anlatacak Deniz. Ve ekleyecek:

"Sen, gözlerinden ateşler saçarak, zehirli oklarını bana yöneltirken, ben sana âşık oldum Nehir..."

* * *

Ertesi sabah, Maçka'daki ünlü otelin konferans salonunda, kemik erimesine karşı geliştirilmiş doğal besin desteğinin tanıtımını yapmaya hazırlanan ilaç firmasına yönelik, önemli bir sunumu var Nehir'in.

Daha önce, yetkililerle oturup konuşuldu ve ürünün AAP yöntemiyle tanıtılması konusunda anlaşıldı. Bu kez de ilgili birim çalışanlarına bilgi verilmesi gerekiyor.

Katılımcıların hevesli paylaşımı ve yönelttikleri zekâ ürünü sorularla daha da zenginleşen, iki taraf için de verimli bir toplantı oluyor. Salondan çıkarken, başarılı bir çalışmayı daha arkasında bırakmanın huzuru içinde Nehir.

Öğlene doğru ancak gelebiliyor şirkete. Odasına geçip Nevzat Bey'e ileteceği toplantı raporunu hazırlama telaşında.

Nehir'in içeriye girmesiyle yerinden fırlayan Nurcan, "Bir konuğunuz var" diye yolunu kesiyor.

Nurcan'ın çalıştığı camekânlı bölmeyi, haberli ya da habersiz gelen konukların oturarak içeriye alınmayı bekledikleri koltukları, "Nerede bu konuk?" gibisinden, gözleriyle tarıyor Nehir.

"Odanıza aldım" diye atılıyor Nurcan. "Yaklaşık bir saattir sizi bekliyor."

Kaşları çatılıveriyor Nehir'in. Kendisi yokken odasına kimseleri almayan Nurcan kim için çiğnemiş kuralları? Kim olursa olsun o kişi, ne gerek var bu tür özel ağırlamalara?

Kendini temize çıkarmak ister gibi atılıyor Nurcan.

"Konuğunuz Deniz Sezen! Çok önemli bir konu için sizinle görüşmesi gerektiğini söyledi. Burada bekletmenin ayıp olacağını düşündüm."

Yanıt bile vermiyor Nehir. Elinin tersiyle asistanını hafifçe itip odasına doğru yürüyor.

Onu ilk kez böyle görüyor Nurcan. Kenara çekilerek yol veriyor. Ceviz kapının hışımla açılıp usulca kapanmasını sessizce izliyor. İş hayatının cilveleri bunlar, diye düşünürken geniş bir gülümseme yayılıyor yüzüne...

Nehir Hanım kapıyı sertçe açtı açmasına ama, gerisini getiremedi işte. Tabii ki usulca kapatacak kapıyı. İş ilişkisi olan birine, hele Deniz Sezen gibi hatırlı bir müşteri adayına nasıl davranacağını bilir o. Ölçüyü aşma lüksü yok, olamaz da...

Oysa Nehir, gerçekten de çok öfkeli. Bir önceki günün kötü izleri tüm canlılığıyla karşısında. Konuşulanlar yetmemiş demek! İçini yeterince dökememiş Deniz Bey... Gelip bir de buralarda, Nehir'in mekânında afra tafra yapacak.

Ne sanıyor kendini bu adam! İyi bir dersi fazlasıyla hak etti...

Ancak, içeriye girer girmez yanıldığını anlıyor Nehir. Onu görünce yerinden fırlayan Deniz, son derece içten ve sevecen bir tavırla elini sıkıyor.

Nehir'in gönülsüzce, biraz da imalı bir tavırla, "Hoş geldiniz" deyişini, neşeli denebilecek bir ses tonuyla, gözlerinin içine kadar gülerek yanıtlıyor: "Hoş bulmak için geldik!"

"Kusura bakmayın Nehir Hanım" diye ekliyor hemen. "Dışarıda işiniz olabileceğini düşünemedim. Asistanınız da ısrarla davet edince... burada beklemek zorunda kaldım."

"Önceden randevu almayı deneseydiniz..."

Nehir'in iğneleyici sözlerine yumuşacık yanıtlar veriyor Deniz.

"Çok haklısınız. Ancak, sizinle hemen paylaşmayı istediğim yeni gelişmeler var."

"Dinliyorum. Böyle apar topar gelişinizin nedenini öylesine merak ediyorum ki..."

"Dün, sizden sonra uzun uzun düşündüm. Ve Manolya Konakları için en iyi tanıtım yönteminin *Ağızdan Ağıza Pazarlama* olacağına karar verdim."

İstemsiz bir kahkaha yuvarlanıyor Nehir'in içinde. Dudaklarını sıkmasa, gereksiz bir gülüşle iş ortamına ters bir durum yaşanacak.

"Ya..." diye gülümsüyor. "Manolya kokulu konaklarınızla piyasadaki sıradan meyve sularını aynı sınıfa koyabiliyorsunuz demek."

"Nehir Hanım! Dünü unutsak... Tümüyle değil tabii! Yalnızca olumsuz yanlarını. Kabul ediyorum, haksızlık ettim size. Ters bir günümdeydim galiba. Bağışlayın... Sözün özü, sizinle gerçek anlamda çalışmak istiyorum."

Deniz'in ezikliğinden etkileniyor Nehir ama, son bir hamle yapmaktan da geri kalmıyor.

"Siz, benim bireyi olduğum şirketle çalışacaksınız Deniz Bey. Bu yüzden benimle değil, Nevzat Bey'le görüşmeniz daha doğru olur."

"Yapmayın Nehir Hanım! Proje sahibi sizsiniz. Ağızdan Ağıza Pazarlama çalışmalarında, son sözün size ait olduğunu biliyorum.

Önce biz anlaşalım, sonra beraberce Nevzat Bey'e gider, birlikte çalışma kararı aldığımızı bildiririz."

Şirketteki çalışma düzeni, tam da Deniz'in anlattığı gibi yürüyor ama, işi yokuşa sürmek, garip bir zevk veriyor Nehir'e.

Deniz'in suçlu çocuk psikolojisiyle, bağışlanmak ister gibi kendisine sığınması, gururunu okşuyor galiba. Ancak, onun kalemle çizilmişçesine düzgün yüzünden yansıyan ışığın yüreğine saldığı sıcaklığı neye yoracağını bilemiyor. Daha doğrusu, kabullenmek istemiyor.

Küçük İmparator Deniz Sezen'in dize gelişi! Böyle nitelese, işin içinden kolayca sıyrılacak belki, ama bu haksızlık olur.

Alçakgönüllü, yeri geldiğinde gerektiği gibi davranmasını bilen, işinde başarılı, gencecik bir işadamı... En doğru tanım bu.

Onunla beraber çalışmak keyifli olacağa benziyor. Ama, daha ötesi yok!

Oysa çok sonra, Nehir ve Deniz aşklarını birbirlerine açıklarken, "İlk kıvılcımın yüreğime düştüğü an!" diye anlatacak Nehir. Ve ekleyecek:

"Sen, tüm şatafatlı tanımlardan sıyrılıp en doğal halinle, yaramazlık yapan çocuklar gibi boynunu bükmüş bağışlanmayı beklerken, ben sana âşık oldum Deniz..."

6

Yollarını beklerken

Gecenin karanlığını yırtan telefon sesiyle yataktan fırlıyor Nevin... Bu saatte kim arar ki?

"Yanlış numaradır gene" diye söylenerek, "Alo" diyor karşı tarafa.

Ahizeden kulağına ulaşarak beynine saplanan her sözcükte biraz daha kasılan bedenini, boş bir çuval gibi koltuğa bırakıyor. Bayılmamak için son gücünü harcayarak, "Ali!" diye sesleniyor kocasına. "Nehir'le Deniz kaza geçirmişler. Durumları ağır galiba..."

Nehir'le Deniz'in yolunu gözlüyorlardı zaten. Ama bugün beklemiyorlardı. "Hafta sonu oradayız" demişti Nehir.

Balayına dönüştürdükleri tatillerini İzmir'de noktalayacaklardı.

Neden değiştirmişlerdi programlarını? Sürpriz yapacaklardı belki...

Bilemiyor Nevin, beyni uyuşmuş gibi. Bir an önce hastaneye ulaşmaktan başka hiçbir şey düşünemiyor.

Sıradan bir abla değil Nevin! Anne-abla arası... Anneye daha yakın hatta.

Nehir'le aralarında epey yaş farkı var. Anneleri, Nehir'i doğururken kan kaybından öldüğünde, on beş yaşındaydı Nevin. İster istemez ağır bir sorumluluk yüklenmek zorunda kalan küçük bir anneydi artık. Öylesine bağlandı ki Nehir'e, tüm dünyası o oldu. Kendine kalsa, evlenmezdi bile. Neyse ki görücü usulü tanıştığı Ali, kafa dengi çıkmıştı da ikisi beraber, gerçek birer ana baba olmuşlardı Nehir için.

Çocuklarının maddi gereksinimlerini karşılarken, ma
yönleriyle zerrece ilgilenmeyen öz babalarından hayır yoktu. Nevin'in evlenmesinin ardından, sırtında yük gibi taşıdığı iki kızının sorumluluğundan tümüyle sıyrılmış, Amerika'ya gidip yepyeni bir yaşama yelken açmıştı.

Nevin'le Ali'nin çocuğu olmadı. Daha sıkı bağlandılar Nehir'e. Kendi kızlarıymış gibi el bebek, gül bebek büyüttüler.

Üniversite, Nehir'in Amerika'daki mastır dönemi ve İstanbul'a dönüp iş yaşamıyla merhabalaşması... Hep bir aradaydılar; sevinçlerini, üzüntülerini beraber yaşadılar. Ali'nin ortağı olduğu şirket, İzmir şubesini açıncaya kadar...

Bu zorunlu ayrılık, Nevin'i derinden sarstı. Ona bıraksalar, İstanbul'da kardeşinin yanında kalır, kocasıyla arada bir buluşmakla yetinirdi. Ancak Nehir, buna izin vermedi. Bir evliliğin kendisi yüzünden, göz göre göre çatırdamasına razı olamazdı. Yıllardır ablası tarafından sarılıp sarmalanmaktan da bunalmıştı üstelik.

"İzmir'e gidiyor olmasanız da ayrı eve çıkmayı düşünüyordum zaten" diye noktayı koydu. İşiyle evi arasındaki yaşamını özgürlükle taçlandırabilirdi artık...

Dört yıl olmuştu yollarını ayıralı. Kesin bir ayrılık sayılmazdı aslında. İstanbul-İzmir arasında sık sık gidip geliyorlardı. Uzaktan uzağa da olsa, Nevin'in gözü Nehir'in üzerindeydi hep.

Öylesine düşkündü ki kardeşine, değil evlenmek, birilerine bağlanacak diye ödü kopuyordu. Görünürde Nehir'in iyiliği içindi hepsi ama, altında yatan gerçek, kardeşini kimselerle paylaşmak istememesiydi. Bu yüzden de tüm beraberliklerine karşı çıkmıştı ya.

Hele Deniz'e, hiç yakın durmamıştı başlarda.

"Bu beyzade tiplerini iyi tanırım ben" demişti. "Kendilerini dünyanın merkezi sanırlar. Karşılarına çıkanın vay haline! Böylesine ezdirecek kardeşim yok benim!"

Sonra sonra kanı ısındı Deniz'e. Ya da etkisiz kalacağını anladığından, oluruna bıraktı gelişmeleri.

Evlenmeye karar verdiklerinde, üstüne düşeni fazlasıyla yaptı doğrusu. Hem kendisi hem de Ali! Elleriyle gelin ettiler kardeşlerini.

Şimdi ise balayı dönüşü yollarını bekledikleri sevgili varlıkların kaza haberiyle allak bullak olmuş, bir an önce hastaneye ulaşmak çabasındalar...

7

Yalnız beni kurtarmaya hakkınız yok

Nehir, ameliyattan sonra alındığı yoğun bakım ünitesinden çıkarılmak üzere. Tıbbi bulgulara göre, narkozun etkisinden sıyrılmış, ancak tam anlamıyla ayılmış değil.

Gözlerini açmak istiyor, başaramıyor. Başucunda konuşanların kim olduğunu bilmiyor, görüntüsüz birer ses olarak algılıyor hepsini.

"Yakınlarına haber verildi mi?"

"Ablasına ulaşıldı. İzmir'de yaşıyorlarmış zaten. Yoldalar... gelmek üzeredirler."

Kayıp gidiyor sesler, duvarlara çarpıp yok oluyorlar.

Neler olduğunu anımsamaya çalışıyor Nehir...

Kaza anında donmuş her şey. Derinden derine, Deniz'in sesi çalınıyor kulağına.

"Sıkı tutun Nehir!.."

Nerede Deniz? Ya kendisi... kendisi nerede?

Hiçbir fikri yok. Kötü şeyler olduğunu hissediyor yalnızca. Çok kötü şeyler...

Başkasına aitmiş gibi duran, sargılar içindeki bedenini yokluyor. Ameliyat olmuş galiba... Neresinden olduğunu kestiremiyor.

Deniz de aynı durumda mı acaba?

Yoksa... daha mı kötü Deniz?

"Deniz!!!" diye avazı çıktığınca bağırmak istiyor. Fırlayıp kalkmak... Beceremiyor. Ağzının içinde boğulup kalıyor sesi.

Yüreği isyan dolu... Kim söylemiş onlara, Nehir'in yaşamak istediğini? Neden sormadılar ameliyata alırken?

Sorsalar söylerdi, pazarlık yapardı onlarla.

"İki kişiydik biz" derdi. "Kiraz kırmızısı arabanın içinde iki kişi... Ya ikimizi birden yaşatırsınız ya da...

Yalnız beni kurtarmaya hakkınız yok! O olsa, o da aynı pazarlığı yapardı sizinle. Yarısı kesilip alınmış bir beden, nasıl yaşasın ki?"

Benim için ilk değil bu!

Annemle beraber doğuma giderken de iki kişiydik biz. Beni koparıp aldılar ondan. Onu kurtaramadılar. Öyle söylediler kapıda bekleyenlere.

Öldü annem! Benim yüzümden...

Beni dünyaya getirebilmek için!

"Yaşamak istiyor musun?" diye kimse sormadı bana. Sorsalar, istemezdim.

Madem beden bedene, can cana girdik oraya, ya beraber çıkardık ya da ikimiz birden kalırdık ameliyat masasında.

İstemiyorum!

Bir kez daha tek başınalığa mahkûm olmaya isyanım var. İki kişi çıktığımız yolda, yalnız yürüyecek gücüm yok benim...

Narkozun oyunu olmalı; karamsarlığın en kuytu köşelerinde dolanırken, birdenbire aydınlığa çıkıveriyor Nehir. Parlak, göz kamaştırıcı bir umut ışığı yanıyor beyninde. Madem Deniz'le beraber aynı arabanın içindeydiler, kendisi sağ çıktıysa neden Deniz de kurtulmuş olmasın ki? Üstelik, Nehir'den çok daha güçlü Deniz.

Ferahlıyor... Deniz'in bir yerlerde soluk alıp verdiğini hissediyor çünkü.

Keşke ablam gelmese, diye geçiriyor içinden. Onun gelişiyle her şey tersine döner diye korkuyor. Çok seviyor ablasını ama, ona karşı yıllar öncesinde oluşmuş yanlış ve ters bir duygu patlamasının izlerini sürmekten de alıkoyamıyor kendini. Özellikle böyle hassas dönemlerinde palazlanan ürküntüyle baş edecek gücü yok. Aynı duygusal yanılgıya düşmemesi gerek.

Duygusal yanılgı... Sıradan bir saptama değil bu. Babasının çekip gidişinden sonra bunalıma giren Nehir'i götürdükleri psikiyatr, olayın kökeninde yatan nedenlere inmeye kalkınca, karşısında beliren tabloyu şöyle açıklamıştı:

"Nehir, ablasını kurtarıcı ya da zor zamanlarında sığındığı sakin bir liman olarak değil, başına gelenlerin nedeni olarak görüyor!"

Annesi öldüğünde, ablası sahip çıkmıştı Nehir'e, bakımını o üstlenmişti. Ama Nehir, çocukluk çağında, küçücük yüreğiyle, ablası yanında olduğu için annesinin çekip gittiğini düşündü hep, öyle hissetti.

Gittiği anaokulunda düzenlenen yıl sonu gösterisini hiç unutmuyor... Herkesin annesi yanında, onunsa ablası! "Neden geldin?" diye dudağını büzüp için için ağlamıştı Nehir. "Sen benim annem değilsin ki!" diyerek, Nevin'i nasıl kahrettiğini bilmeden...

Babası, üniversitedeki öğretim üyeliğini bırakıp kapağı Amerika'ya attığında, yanında duran gene ablasıydı. O olmasa, babası belki de hiç gitmeyecekti Amerika'lara.

Şimdi de... onun gelişiyle Deniz'i kaybetmekten deli gibi korkuyor Nehir. Eski çarpık saplantılarından kaynaklanan bu çarpık düşüncelerin hiçbir dayanağı olmadığını bilse de...

8

Ya Deniz nerede?

Aynı dakikalarda Deniz, bir başka ameliyathanede yaşam savaşı veriyor. Nehir kadar şanslı değil, ne yazık ki. Ağır bir beyin kanaması geçirmiş, "beyin travması" tanısıyla ameliyata alınmış. Birbirinden usta beyin cerrahları, dört saattir Deniz'in başında, onu hayata döndürmek için ter döküyorlar.

Nevin'le Ali hastaneye ulaştıklarında, Deniz'in ameliyatı hâlâ sürüyordu. Nehir ise yoğun bakım ünitesinden çıkartılarak odasına alınmıştı.

Nehir'in doktoruyla konuşuyorlar önce.

"Hastamız gayet iyi" diyor doktor. "Hayati tehlikesi yok. Sağ bacağının diz altında çoklu kırık vardı. Plak takarak tespit ettik. Önemsiz sayılabilecek bir kaburga çatlağı, birkaç önemsiz kesik ve yumuşak doku hasarı..."

"Kardeşimi görebilir miyiz?" diye sabırsızlıkla atılıyor Nevin.

"Tabii. Tıbben narkozdan çıktı ama şu an derin uykuda. Ara ara ayılıp tekrar uykuya dalması doğaldır."

Eksik kalanı tamamlamak ister gibi, "Ya Deniz?" diye soruyor Ali. "Onun durumu nasıl?"

Bir an duraklıyor Nehir'in doktoru. Yanıt verip vermemek arasında kararsız. "Henüz ameliyatta" diyor. "Arkadaşlarımız ellerinden geleni yapıyorlar, kuşkunuz olmasın."

"Çok mu ağır?" diye korkuyla fısıldıyor Nevin.

"Bu konuda açıklama yapmak bana düşmez. Ancak, Nehir Hanım'ınki kadar basit bir yaralanma olmadığını söyleyebilirim."

"Aman Allahım!" diye dehşetle haykırıyor Nevin. İlk kez

farklı bir endişeyle sarsılıyor yüreği. Deniz'in başına gelebilecek her kötü durum, katbekat fazlasıyla Nehir'e yansıyacak çünkü.

"Geçmiş olsun" diyerek yanlarından uzaklaşan doktora yanıt bile veremiyor telaşından.

"Deniz'e bir şey olursa ne yaparız biz, Ali? Nasıl avuturuz Nehir'i?"

"Dur bakalım, böyle konuşmanı gerektirecek bir durum yok ortada. Bekleyip göreceğiz..."

* * *

Nehir'in kalacağı tek kişilik özel odanın pencereleri, İzmir Körfezi'nin dingin maviliğine açılıyor. Refakatçi yatağı, televizyonu, buzdolabı, iki kişilik oturma grubu ve körfez manzarasıyla hastaneden çok, lüks bir otel odasını çağrıştırıyor.

Ancak ne Nevin ne de Ali bunları görecek durumdalar. Nehir'in yatağının iki yanına çektikleri sandalyelerin ucuna ilişmiş, gözlerini kırpmadan, Nehir'in bedenindeki küçük hareketleri, yüzündeki belli belirsiz kıpırtıları izliyorlar.

Birkaç kez ayılır gibi oluyor Nehir. Onları hissediyor, konuştuklarını duyuyor sanki.

Nehir'in başucunda geçirdikleri süre, yaklaşık iki saati bulduğunda, Deniz'in ameliyatının bittiği haberi geliyor. Kapıyı tıklatıp içeriye süzülen hemşire, doktorların hasta yakınıyla görüşmek istediklerini söylüyor.

Nevin'le Ali, ikisi birden ayağa fırlıyorlar. Ali, kolundan tutup oturtuyor Nevin'i.

"Sen kal" diyor. "Ben gider bakarım..."

Yanı sıra yürüyen hemşireyle beraber, hastanenin labirenti andıran koridorlarını adımlarken, ne garip bir durum, diye düşünüyor Ali. Deniz Sezen'in sağlık durumunun açıklanacağı kişi, karısının eniştesi! Başkaca bir hasta yakını yok... Olacak iş mi bu?

Gerekeni yaptı aslında Ali. Kaza haberini alır almaz

Deniz'in annesiyle babasını aradı, ancak ulaşamadı. Sezenler, Londra'da mastır yapan kızlarının yanına gitmişlerdi.

Tekrar aramalıyım, diyor içinden. Hele şu doktorlarla bir konuşsun, Deniz'in durumunu öğrensin, arayacak elbet...

Hemşirenin eşliğinde yürüdüğü koridorlardan on beş dakika sonra tek başına dönerken, Nevin'e ne anlatacağını toparlamaya çalışıyor Ali. Deniz'in ameliyatına giren doktorlardan Selim Kırcı, gereken açıklamayı yaptı yapmasına ama, sevindirici, somut bir sonuç bekleyen hasta yakını için pek iç açıcı değildi söyledikleri.

"Deniz Bey ameliyattan yeni çıktı. Durumu hakkında kesin bir şey söylemek için henüz çok erken. Uzunca bir süre yoğun bakımda kalacak. Hayati tehlikesi sürüyor maalesef. Keşke elimizden daha fazlası gelebilseydi... Hepinize geçmiş olsun!"

Ne demek şimdi bu? Kafası karışmıştı Ali'nin. Doktorun, nereye çekilirse gidecek esneklikteki sözlerinden çok, o sözlerin söyleniş biçimi canını sıkmıştı. Konuşurken gözlerini kaçırıyordu sanki doktor...

Bütün bunları Nevin'e, kapının önünde fısıldayarak anlatıyor Ali. Nehir ayılmak üzere çünkü.

"Şükürler olsun, kendine geliyor!" diyerek kocasını sevinçle karşılayan Nevin, Deniz'in ameliyat sonuçlarına yorum getirecek durumda değil. Her zamanki gibi, öncelik kardeşinde.

Önce gözlerini aralıyor Nehir, sonra da tümüyle açıyor.

"Abla!" diye mutlulukla gülümsüyor.

Çocuksu bir ifade var yüzünde. Geçirdiği son 10-15 yılı tek kalemde silmiş, Nehir'le Ali'nin ona kol kanat gerdikleri, yeniyetmeliğe adım attığı günlere dönmüş sanki. Uykuyla uyanıklık arasında gidip gelirken, beynini ele geçiren, Nevin'le ilgili tüm olumsuzlukları da çoktan unutmuş.

İyi ki var ablası! Eniştesi de...

Ne yapar Nehir, onlar olmasa? Dar zamanlarında kime sığınır?

"Abla" diye kesik kesik yineliyor. "O korkunç kaza..."

"Haklısın bir tanem, kötü bir kazaydı. Ama geçti..."

"Bacağım! Bacağıma ne oldu benim? Üzerinde tonlarca ağırlık var sanki."

"Ameliyat oldun. Bacağına plak takılmış. Onun ağırlığıdır. Geçecek..."

Birden yaşadığı güne, o ana dönüveriyor Nehir.

"Ya Deniz!" diye haykırıyor. "Nerde Deniz? Neden yanımda değil?"

Nevin'le Ali, odanın duvarlarına sığdıramadıkları bakışlarını yere diktiklerinde, daha da yükseliyor Nehir'in sesi.

"Öldü mü yoksa?"

"Merak etme yaşıyor" diye atılıyor Nevin. "Ama o da ameliyatlı. Onun için burada değil."

"Onun yanına götürün beni!"

"Olur mu hiç?" diye araya giriyor Ali. "Bu halinle... Hem, yoğun bakımda Deniz. Hele bir kendine gelsin..."

"Ne?" diye bir kez daha haykırıyor Nehir. "Yoğun bakımda mı? Durumu ağır yani... Ya ölürse!"

Kolu kanadı kırık bir kuş gibi umarsızca, içini çeke çeke ağlıyor.

"O ölürse yaşayamam ben..."

Gücü tükeniyor sonunda. Gitgide cılızlaşıyor sesi.

"Yalvarırım, yaşatsınlar onu!" derken gözleri kapanıyor.

"Aklına kötü şeyler getirme yavrum" diye saçlarını okşuyor Nevin. "Bak gör, ikiniz de kısa sürede iyileşip, eskisinden de sağlam bir şekilde ayağa kalkacaksınız."

Biraz önceki çocuksu haline dönmüş gibi Nehir.

"İyileşeceğiz" diye mırıldanıyor. "İyileşip İstanbul'a, evimize döneceğiz..."

Ancak, kafasında beliriveren, "Hangi ev?" sorusuna yanıt bulamıyor bir türlü. Gözlerini uykuya teslim ederken, Beylikdüzü'ndeki konakla, Levent'teki kendi eski bekâr evi arasında sıkışıp kalıyor...

9

Nereden nereye...

Tanıtımını yaptığı Manolya Konakları'na gelin gideceğini düşünde görse inanmazdı Nehir.

Ya Deniz? Son üç yılını harcayarak, geceli gündüzlü sıkı bir çalışmayla ortaya çıkardığı, Sezenler İnşaat Grubu'nun yüz akı sayılan sitedeki konakların satışında kendisine yardımcı olacak pazarlama uzmanıyla evleneceğini aklına getirir miydi?

Ama, olmuştu işte...

Üstelik ikisi de, *Aşkın gücü, Eros'un okları* gibi gerekçelere asla kulak asacak yapıda değillerken.

Haklarını teslim etmek gerekirse Nehir de, Deniz de hem birbirlerine hem de kendi içseslerine sonuna kadar direnmekten vazgeçmediler. Profesyonel iş ilişkileri kıvamında başlayan doğal yakınlaşmaya ellerinden geldiğince karşı koydular. Ne var ki bu olağanüstü çabaları, beraberliklerinin başlamasını geciktirmekten (altı aylık bir gecikme) başka işe yaramadı.

Daha ilk günden birbirine vurgun iki insan, altı ay boyunca dışına ışık vermeden, için için yaşadı duygularını. Birbirlerine de, çevrelerindeki üçüncü şahıslara da ser verip sır vermediler. Hatta, karşı taraftan gelecek ilk adımı görmeden hamle yapmayı içlerine sindiremediklerinden, kendi kendilerine bile itiraf etmediler sevdalarını.

Her şey, Deniz'in Nokta Reklam Ajansı'na gelip Nehir'e iş teklif ettiği gün başlamıştı. Ancak, bir önceki kavgalı gürültülü günü de hiç yaşanmamış sayamayız. İlk kıpırtı, çelişkilerin, çatışmaların ortasında filizlenmişti sanki...

Nehir, Sezenler İnşaat Grubu ile Nokta Reklam Ajansı arasında resmi anlaşmanın imzalanmasını beklemeden işe koyulmuştu bile. Önce çalışma grubunu oluşturdu. Şirketin önemli projelerini üstlenmiş, en gözde iki elemanı Pınar ve Hakan, bu tanıtımda Nehir'in eli, kolu olacaklardı.

Nevzat Bey ve Deniz Sezen imzalarını atar atmaz, soluğu Manolya Konakları'nda aldı ekip. Tanıtacakları nadide ürünlerle tanışmak için sabırsızlanıyorlardı.

Beylikdüzü'ndeki siteye ulaştıklarında, küçük bir çalışma grubu tarafından karşılandılar. Deniz, Sezen Şirketler Grubu'nun haftalık olağan toplantısına katılacağı için (belki de onları özellikle yalnız bırakmayı yeğlediğinden) gelememişti. İyi de olmuştu. Bu sayede, Nehir'in ve çalışma arkadaşlarının, her yanından hayranlık dökülen bakışlarını görmeyecekti.

Hayran kalınmayacak gibi değildi ki!

15 bin metrekare arazi üzerine inci taneleri gibi serpiştirilmiş yalnızca kırk bir konak. Özgün çevre düzenlemesi, köprü ve şelale bağlantılı mini gölet ve hem açık, hem kapalı yüzme havuzlarıyla konut sitesinden çok, tatil köyü havasında. Sözün özü, tam bir yeryüzü cenneti.

Derin bir soluk aldı Nehir. Temiz havayı, çimen kokusunu içine çekti. Kabul ediyordu; tanıtım ve pazarlamasını yaptıkları ürünlerin kusursuz oluşu işlerini kolaylaştıran en önemli etkendi. Manolya Konakları da dört dörtlük özellikleriyle, abartılı süslemelere gerek duyulmadan alıcıların beğenisine hazır konutlardı. Ama Deniz onu, gördüklerinden gözleri kamaşmış halde asla yakalamamalıydı.

Hakan kamerayla konakların iç ve dış çekimlerini yaptı, önemli gördüğü ayrıntıların fotoğrafını çekti. Nehir'le Pınar da site sorumlusu tarafından ellerine tutuşturulan tanıtım broşürlerindeki özelliklerin gerçeklik derecesini irdelediler ve evlerin aslının, anlatılanlardan da mükemmel olduğu sonucuna vardılar.

Oluşturdukları veri dosyalarıyla şirkete dönüp, vakit kaybetmeden çalışmaya başladılar. Yapılacak işlerin listesini çıkardılar önce; aralarında işbölümü yaptılar. Düzenlenecek etkinlikler için yazılı ve görsel basınla bağlantıların sağlanması, ilgili kuruluşlarla yapılacak ikili ya da çoklu görüşmeler, harcamaların saptanması...

Ve çalışmaları hedefledikleri kıvama geldiğinde, yapılanların Deniz Sezen'le paylaşılması!

Hırsla sarılmışlardı işe. Öyle ki, birinci haftanın sonunda Nehir, ayrıntılı bir çalışma planıyla Deniz'in kapısını çalmaya hazırlanıyordu.

* * *

Öncesinde, Nehir'le Deniz'in, karşısındakini alt etmeye çalışan iki rakip gibi birbirlerini acımasızca yere vurmasına tanık olmuş mekân, bu kez daha ılımlı bir iş görüşmesine ev sahipliği yapacak.

Karşı taraflarda değiller artık. Aynı safta mücadele verecek, çalışmalarını aynı amaca yöneltmiş iki iş ortağı kimliğiyle çaylarını yudumlarken, yavaş yavaş konuya giriyorlar.

"İlk etkinliğimizin temasını, *Kır Buluşması* olarak belirledik" diyor Nehir. "Geniş katılımlı bir tanıtım kokteyli! Büyük bir alana sahip olmanın getirilerini sonuna kadar kullanabileceğiz. Davetli sayısını kısıtlamaya gerek yok."

"Davetli, derken kimleri kastediyoruz? Eş, dost, iş çevresi?.."

"Her kesimden belli ölçüde katılım olsa da bizim hedefimiz, gerçek alıcı adayları. Ancak, böyle durumlarda kimin ziyaretçi, kimin müşteri olacağı önceden saptanamaz; katılımcıları kesin çizgilerle birbirinden ayırmak zordur. Sizin iş çevrenizden ya da dostlarınız arasından da konaklara müşteri çıkabilir.

Bu durumda bize düşen, satış amacını görünürde geri plana iterek, amaç yalnızca tanıtımmış gibi yola çıkmak ve gelişmeleri izlemek..."

Nehir bir yandan konuşurken, bir yandan da Pınar ve Hakan'ın katkılarıyla hazırladığı, izlenecek yol planının ayrıntılarını içeren bilgisayar çıktılarını birer birer Deniz'in önüne koyuyor. Anlaşma yapılacak catering şirketi, kokteyle katılması düşünülen yazılı ve görsel basın temsilcilerinin listeleri, şehirden kendi olanaklarıyla gelemeyecek davetlilerin ulaşımını sağlayacak turizm şirketi, sunumu yapılacak ikram seçenekleri...

Her şeyiyle öylesine inceden inceye düşünülmüş ki, söyleyecek söz bulamıyor Deniz. Karışmaya da niyeti yok zaten. Uzaktan uzağa izlemekle yetinecek, öyle karar almış.

"Bu aşamada, benden beklediğiniz nedir?" diye usulen soruyor.

"Hiçbir şey" diyor Nehir. "Katılmasını istediğiniz davetlilerin listesini verin, yeter. Onlara ulaşmak da işimizin bir parçası."

"Davetli listesi ve gerekli tüm ödemeler konusunda, asistanım ve halkla ilişkiler sorumlumuz size yardımcı olacaklardır."

Toplantının sonu...

Tokalaşıp ayrılacaklar, bir sonraki iş buluşmasına kadar iyilikler dileyecekler birbirlerine. Gürültüsüz patırtısız geçen görüşmenin ferahlığı var üzerlerinde. Ancak son anda, şeytan dürtüyor sanki Deniz'i.

Kokteyle katılacak medya mensuplarının listesine bakarak, alaycı bir ifadeyle iğneliyor Nehir'i.

"Her şey iyi, hoş da... Sizin şu tılsımlı yönteminizle ilgili en ufacık bir iz bulamadım çalışmalarınızda. Ağızdan Ağıza Pazarlama'yı, gazetecilerle televizyonculara mı bıraktınız yoksa?"

Yanmasıyla sönmesi bir olan kısacık öfkesini maskeleyerek, yapay bir mahcubiyetle, "Kusura bakmayın Deniz Bey" diyor Nehir. "O konuyu kendi içimizde hallediyoruz. Kokteyle katılacak AAP gönüllüleri grubunun listesi çoktan hazır. Onların çalışma raporlarını da etkinliğin ardından sunacağım size."

Üslubu yumuşak da olsa, vücut dili farklı. Biraz daha üstüne gidilse, içine hapsettiği bombanın pimini çekiverecek sanki.

Aldığı yanıtın tatlı sertliği yıldırmıyor Deniz'i. Tam tersine... Beklediği bu zaten. Kavgacı haline bayılıyor Nehir'in. Damarına basıldığında, işin sonunun nereye varacağını düşünmeden ortaya atılıp kafa tutuşuna, kendini ve davasını cansiperane savunuşuna...

Hiçbirinden ürkmüyor ama; Nehir'le tokalaşırken avucunda tuttuğu yumuşacık parmakların, kadife bir eldivenin içindeki, her an tırnaklarını çıkarmaya hazır, çelikten bir ele ait olduğunu düşünmekten kendini alamıyor Deniz...

10

Açık hava kokteyli

Diğer davetlilerden hiçbir farkı yok Deniz'in. Onlarla aşağı yukarı aynı zamanda geliyor kokteyle. Yabancı bir konuk gibi... Onu diğerlerinden farklı kılan; çevreye, düzenlemeye, davetlilere, dikkati çeken çekmeyen tüm ayrıntılara biraz daha eleştirel gözle bakması.

Hiçbir şeye karışmayacak bugün, sorumluluk kendisine ait değil çünkü. Yalnızca tarafsız gözle inceleyecek, içten içe değerlendirmesini yapacak; artıları, eksileri daha sonra dile getirecek.

Ne var ki, şu andaki suskunluğu, önceden aldığı bu kararla ilintili değil. Burasını çorak bir araziden cennete dönüştüren Deniz, şimdi de görücüye çıkmaya hazırlanan Manolya Sitesi'ni, kendisi bile tanımakta güçlük çekiyor.

Havanın, suyun, toprağın; insan gücü ve emekle var edilmiş her bir taşın, taştan topraktan yapılmış kutu kutu evlerin, o evleri çevreleyen, güzelliklerine güzellik katan yemyeşil bahçelerin, billur sularla doldurulmuş havuzların; aylardır, hatta yıllardır göre göre kanıksadığı bu sıradan nesnelerin birer ruha büründüklerini görmenin şaşkınlığı içinde Deniz.

Bir yandan da kucağına düştüğü renk cümbüşünün sarhoşluğunu yaşıyor. Gökkuşağının yedi rengini alıp yetmiş yediye tamamlamışlar sanki. Ana renkler yitmiş; ara renklerin, ara tonların hâkimiyeti söz konusu.

Yeşilin, yosun yeşilinden neftiye uzanan geniş yelpazede yaşadığı soluk kesici serüvene ilk kez tanık oluyor Deniz. Gökyüzünün duru mavisinin, mini göletle buluşurken harelenen şelalelerin çapkın mavisine göz kırptığını da daha önce hiç görmemiş.

İlk kez mi yaşanıyor bu coşku, yoksa kendisi mi ilk kez görüyor; bilemiyor Deniz. Bildiği tek şey, buralara sihirli bir elin değdiği...

O elin sahibine, Nehir'e övgüler yağdırmalı aslında ama, övgüsünü de yergisini de sonraya saklamayı yeğliyor. Başı kalabalık zaten; düzenlemenin başarısını karşıdan izlemeye kararlı olsa da konuklarını karşılama görevini kimseye devredemez.

Nehir'le Deniz, sitenin kemerli geniş kapısının önünde, bir saate yakın dikiliyorlar. Sezenler Şirketler Grubu'nun büyük patronları Hilmi ve Halil Beyler, eşleri Saadet ve Nisa Hanımlar, Deniz'in birinci ve ikinci kuşaktan kuzenleri, kuzinleri; amcalar, dayılar, halalar, teyzeler... İş dünyasının bildik isimleri, büyük patronlar, bankacılar, gazeteciler, televizyoncular... Yanı sıra, Deniz'in bile tanımadığı kadınlı erkekli bir insan kalabalığı.

Deniz, sabit tutmaya çalıştığı gülümseyişini bozmadan Nehir'e doğru eğilip, "Bu kadar kişiyi çağırmamız gerekiyor muydu?" diye soruyor.

Deniz'inkine benzer donuk bir gülümsemeyle, "Asistanınız ve halkla ilişkiler müdirenizin katkılarıyla oluşturduk listeyi" diyor Nehir de. "Şu karşıdaki grup dışında. Onlar da benim AAP gönüllülerim..."

"Yanlış anlamayın ama, bu kadar farklı kesimden insanı ilk kez bir araya getiriyoruz da..."

"Amacımız bu zaten. Farklı puzzle'lara ait, birbiriyle uzaktan yakından ilgisi bulunmayan; yan yana, sırt sırta, karşılıklı konulduklarında asla bir bütün oluşturamayacak parçaları bir araya getirip yepyeni bir puzzle yaratmak...

Geniş katılımlı kokteyl ve toplantılar için bize öğretilen bir kural vardır: Davetli olan her kimse, katıldığı topluluğun, içinde bulunduğu mekânın bir parçası olduğunu hissetmelidir. Düzenlenen etkinliğin başarısı buna bağlıdır. Bizim de yapmak istediğimiz bu."

Nehir konuştukça, saçlarından dalga dalga yayılarak havaya karışan parfümünün kokusunu derin derin içine çekiyor Deniz. Onunkiyle aynı uzunlukta yanıt verecek gücü yok.

Gözleri Nehir'in, çimenleri kıskandıracak canlılıktaki yeşil ipek takımında, "İçinde bulunduğu mekâna senin kadar yakışan birini göremiyorum ben" diye mırıldanıyor usulca.

Bundan sonrasını, bambaşka bir boyutta yaşıyor Deniz. Bedeni orada, ruhu ise Nehir'le bütünleşerek göğe doğru yükselmiş, olanı biteni oradan izliyor sanki. Her şey olduğundan da güzel görünüyor gözüne.

Dört konservatuvar öğrencisinin sunduğu, orada bulunan her kesimi mutlu edecek yetkinlikteki müzik ziyafetine, klasik müzikten Çigan'a geçerken sergiledikleri ustalığa alkış tutuyor.

İstanbul'un önde gelen catering firmalarından birinin üstlendiği ikram tarzını da pek beğeniyor. Başka zaman olsa, farklı konuklara hitabeden farklı sunumların aynı ortamda bulunuşunu yadırgar, hatta şiddetle eleştirir.

Örneğin, çeşitli peynirlerin boy gösterdiği servis tabaklarında rokfor'la Van'ın otlu peynirini yan yana görmeyi şaşırtıcı bulur. Şarabın yanında buzlu rakı, somon fümeyle pastırma... Tek kelimeyle uyumsuzlukların dansı!

Umurunda bile değil Deniz'in. Ancak, bu boş vermişliğin gerisinde yatanlar, gerçek nedeni telaffuz ettirecek kıvamı bulmadı henüz. Nehir'in üzerine odaklanmış bakışlarını güçlükle koparırken, kolaycılığa sığınıp elindeki buzlu viskiye yüklüyor suçu.

Konuklar arasında, durmadan bir şeyler yiyip içen, bir şeyler yiyip içerken durmadan konuşan, konuştukları sudan mevzular açık havaya karışıp yitiverenler çoğunlukta. Ancak, kokteylin amacının bilincinde, siteyi tümüyle mercek altına alarak inceleyen, örnek konağı gezmekle kalmayıp diğerlerini de adım adım gezenler var aralarında. Hepsini gözucuyla izliyor Deniz. Konukların yavaş yavaş ayrılmaya hazırlandıklarının farkında.

Şimdi de uğurlama töreni, diye geçiriyor içinden. O kadar

insanın her biriyle bir kez daha tokalaşmak gözünde büyüyor. Delice fikirler uçuşuyor kafasında.

Kimselere görünmeden çekip gidebilse... Hatta, Nehir'i de alsa yanına! Hak etti bunu Nehir; Deniz'in yanında olmayı, övgülerin en güzelini onun dilinden duymayı... Böylesine özverili bir çalışma mutlaka taçlandırılmalı.

Aklından geçenleri okumuş gibi, Deniz'in yanına sokuluyor Nehir.

"Sakın bir yere kaybolmayın" diyor. "Asıl sürpriz geride!"

Beyaz smokin takım giyinmiş dört yakışıklı genç, omuzları üzerinde taşıdıkları tahtırevanı getirip, havuzun başında önceden hazırlanmış upuzun masanın üzerine bırakıyorlar. Tahtırevanın içinden, Manolya Konakları'nın maketinden esinlenerek hazırlanmış, maketin devasa boyutlardaki bire bir kopyası görünümünde, eşine ender rastlanacak güzellikte bir pasta çıkıyor.

Kısa bir şaşkınlık anının ardından, alkışlar yükseliyor kalabalıktan. Övgü dolu mırıldanmalar, hayranlıkla paylaşılan ortak coşku...

Birdenbire hareketleniveriyor ortam. Aldıkları birkaç kare fotoğrafı, dağıtılan broşürlerdeki bilgilerle harmanlayıp haber yapmayı yeterli gören gazeteciler, tek şeritlik çekimin üstüne yatıp ortamın keyfini çıkarmayı yeğleyen televizyoncular alarma geçmiş gibiler. Peş peşe basılan deklanşörler, birbirinin üzerinden çekim yapmaya çabalayan kameramanlar...

Grileşmeye yüz tutmuşken alacaya bürünen pırıltılı tablonun mimarı da Nehir. Gizlenmek ister gibi bir kenara çekilmiş, senaryosunu kendisinin yazdığı tiyatro oyununu, usta bir yönetmen becerisiyle sahneye koyuyor. Masanın dört köşesinde aynı anda patlayan şampanyalar da senaryonun bir parçası.

Tüm bunlar olurken, Deniz nefesini tutmuş, hayranlıkla Nehir'i izliyor. Öylesine dalmış ki, kendisine yapılan açık çağrıyı neden sonra algılayabiliyor ancak. Pastayı kesmek üzere, Nehir'in yanına gitmesi gerekiyor...

Geçmesi için yol açan kalabalığın arasından güçlükle sıyrılıyor. Uzatılan gümüş tepsinin üzerindeki şampanya kadehini alıp alkışlar arasında havaya kaldırıyor.

Maket pastanın üzerine yayılmış renk renk albenili villaları göstererek, "Manolya Konakları'na bir kez daha hoş geldiniz!" diyor, "inanın, ben bile bu kadar güzel, bu kadar görkemli olduklarını bilmiyordum. Gözlerimi açan ve beni bu güzelliklerle gerçek anlamda tanıştıran, bugünün yaratıcısı Nehir Akın'a teşekkür ediyorum."

Ardından Nehir'e doğru eğilip, "Harikasın sen, bir tanesin!" diye fısıldıyor. Ancak, anında toparlanıyor. Abartılı davranışını dengelemek ister gibi, "Kutlarım seni" diyor. "İyi iş çıkardın."

Abartının da, toparlanmanın da farkında değilmişçesine, en doğal haliyle gülümsüyor Nehir.

"Teşekkür ederim. Görevimiz..."

Gerçek Manolya Konakları ile pastadan yapılmış maketini aynı karede görüntülemeye, araya Deniz'i, hatta Nehir'i de almaya çabalayan gazetecilere gülerek poz veriyor Deniz.

"Ne dersin?" diyor Nehir'e. "Basının bizden söz edeceği kesin galiba..."

"Bundan hiç şüpheniz olmasın Deniz Bey. Üstlerine düşeni fazlasıyla yapacaklardır..."

11

Sevgili değil, arkadaşız biz!

Tam da Nehir'in söylediği gibi, basın mensupları üstlerine düşeni fazlasıyla yapıyorlar!

İki gün sonraki gazetelerin neredeyse tümünde kokteylle ilgili haberlere ve fotoğraflara geniş yer verilmiş. Ancak, farklı bir bakış açısından...

"Sezenler Holding'in genç prensi Deniz Sezen, yeni bir aşka mı yelken açıyor?" diye hafiften nabız yoklayanların yanında, *"Sezenlerin veliahdı Deniz Sezen'in çiçeği burnunda sevgilisi!"* diye kesin tanı koyanlar da var.

Ve o fotoğraflar! Nehir'le Deniz'in şampanya kadehlerini kaldırırken ya da pastayı keserken çekilmiş özel kareler...

Konaklarla ilgili fazla bir şey yok. Kokteylin amacı, birkaç cümleyle geçiştirilmiş.

"Deniz Sezen, kimliği meçhul sevgilisiyle beraber, yeni yaptığı konakları tanıttı" gibisinden, alt parantez niyetine...

* * *

Nehir'le ekip arkadaşları Pınar ve Hakan, iki saattir içeride, toplantı halindeler. Toplantının konusu, sözüm ona, Manolya Konakları ile ilgili son gelişmeler. Ama, adı gibi biliyor Nurcan, gazetelerde boy boy çıkan haberler üzerinde tartışıyorlar.

Kötü oldu, diye geçiriyor içinden. Bakalım Nehir Hanım, öfkesini nasıl bastırabilecek? Üzerine bulaşan magazinsel kirlilikten sıyrılmak için nasıl bir yol izleyecek...

Daha fazla sabredemiyor Nurcan. Kahve getiren servis elemanının arkasından süzülüveriyor içeriye. Gözleri yerde, elindeki kâğıdı masanın üzerine bırakıyor.

"Manolya Konakları hakkında bilgi almak isteyen iki müşteri adayı. AAP gönüllüleri aracılığıyla ulaşmışlar bize."

"Harika!" diye gülümsüyor Nehir. "Pınar'la Hakan'ı da arayanlar olmuş."

Hiç beklemediği bu iyimser tablonun desteğini arkasına alarak, başını kaldırıp dikkatle Nehir'in yüzüne bakıyor Nurcan...

Hayret! Masanın üzerindeki sumenin yanı başına yığılmış gazetelere inat, son derece neşeli görünüyor Nehir. Yazılanları okumamış, fotoğrafları görmemiş, yapılan yorumları algılamamış ya da hepsini görmüş ama, hiçbirinden zerrece etkilenmemiş gibi.

İşin garip yanı, Pınar'la Hakan'ın yüzünde de benzer bir ifade var. Gülünç bir olay üzerinde konuşmuş; ağız dolusu kahkahalarla gülmüşler de gülüşlerinin izlerini silmeye fırsat bulamamışlar sanki.

Nehir, gözlerinde "şeytani" denebilecek hınzır ışıltılarla, "Deniz Bey'den öğleden sonrası için bir randevu alır mısın bana Nurcan?" diyor. "Durum değerlendirmesi gerekçesiyle olduğunu da belirtiver lütfen."

"Bu eğlence kaçmaz!" diye gülüyor Pınar. "Keşke ben de orada olabilseydim."

"Çok doğru" diyerek destekliyor Hakan. "Madem ekibin ayrılmaz parçalarıyız, neden biz de gelmiyoruz ki?"

"Ben yalnız gideceğim!" diye kestirip atıyor Nehir. "Sabredin biraz. Yaşanacakları tüm ayrıntılarıyla anlatacağımdan kuşkunuz mu var yoksa?"

Yalnız olsalar, dayanamayıp soracak Nurcan. Bunca yıldır asistanlığını yapıyor Nehir'in; yoldaşı, sırdaşı olmuş onun. Ama, diğer çalışma arkadaşlarının yanında paylaşım aramanın yakışık almayacağını düşünüp susuyor.

Ne var ki, içini kemiren delice merakın susmaya hiç niyeti yok. Dili de işlek üstelik. Neler getirmiyor ki insanın aklına...

Böyle bir skandalı asla kaldıramaz Nehir! Onun dizginlenemez öfkesini iyi bilir Nurcan. Kızdı mı, gözü hiçbir şeyi görmez. Ne Sezen Holding ne de Deniz Sezen... Gitti mi, dağıtacak şirketi. Baharda eriyen kar sularıyla kabarmış, set çekilmesi olanaksız, gerçek bir nehir o şimdi. Önünde durmaya yürek ister!

Keşke yapacak bir şeyi olsa Nurcan'ın. Kendisine söylendiği gibi, telefonu açıp randevu isteyecek yalnızca.

"Nehir Hanım, son gelişmelerin değerlendirmesi için Deniz Bey'le görüşmek istiyor..."

Neyse ki doğrudan Deniz Sezen'le konuşmayacak. Asistandan asistana ileti...

Yeliz de kendini Nurcan'la aynı açmazın içinde hissediyor mu acaba?

* * *

İki yıldır, işe başladığından bu yana, patronunu hiç bu kadar karamsar, moralsiz ve yıkık görmedi Yeliz. Sabah, gazeteleri odasına bıraktığında, yüzünde güller açan o değil sanki.

Tamam, Yeliz de okudu, gördü hepsini; hoş şeyler değil yazılanlar ama, koskoca Deniz Sezen, bunlara pabuç bırakacak adam mı?

Daha önce de bu türden, kimi doğru kimi yanlış bir sürü haber yer almadı mı basında? Hangisini önemsedi böylesine? Hangisine, üzerinde beş dakikadan fazla durma ayrıcalığını tanıdı?

Yoksa Manolya Konakları'na, tam da satışa sunuluş aşamasında zarar gelir diye mi bunca endişesi? Öyleyse eğer, Nehir Hanım işinde ne denli uzman bir reklamcı olursa olsun, Yeliz'in tanıdığı Deniz Sezen, aralarındaki ortak çalışmaya gözünü kırpmadan son noktayı koyabilir.

Ancak Deniz, ortasında debelendiği çaresizlik yumağından onu kurtaracak tek yolmuş gibi, Nehir'in randevu talebini anında kabul edince ayılır gibi oluyor Yeliz. Hatta, yazılanlarda gerçeklik payı olabilir mi, diye düşünmekten kendini alamıyor. Ama hemen bunları siliyor kafasından.

Deniz Sezen, işle aşkı birbirine karıştıracak yapıda biri asla değil! Bu konuda patronuna kefil bile olabilir Yeliz...

Deniz ise başını ellerinin arasına almış, kara kara düşünüyor. Nasıl sıyrılacak bu işin içinden? Yalnız kendisi olsa neyse. Nehir'in sorumluluğu da onun üzerinde, öyle hissediyor. Asıl bu ağır yükün altında eziliyor zaten.

Olaylar onların dışında gelişse de, yazılanlar külliyen yalan olsa da, kara çalındı bir kere üzerlerine. Temizlemesi, aklaması Deniz'in görevi, boynunun borcu.

Kendisiyle ilgili magazin dedikodularına gülüp geçti bugüne kadar. Ama bu camianın dışından, bu işlerle uzaktan yakından ilgisi olmayan birine atılan laf karşıdakini yaralamışsa, hele o laf kalabalığının içinde Deniz'in de adı geçiyorsa, açılan yara bizzat kendisi tarafından onarılmalı.

Nehir'i işte bu ruh haliyle karşılıyor Deniz. Karşısındakinin öfke katsayısını bilememenin ürkekliğiyle biraz mahcup, başını kaldırıp da hesap sormaya geldiğini varsaydığı Nehir'in yüzüne bakamadan, bakışlarını kaçırarak, ama sıcacık bir "hoş geldin"le...

"Hoş geldik" diyor Nehir de.

Kaybedecek tek bir saniyesi yokmuş gibi, çantasından çıkardığı dosyayı masanın üzerine bırakıyor.

"Tanıtım kokteylinin raporlarını çıkardık arkadaşlarla. Görmek isteyeceğinizi düşündüm."

"Ne yazık ki asıl raporlar burada" diye önündeki gazete yığınını gösteriyor Deniz.

Olumlu ya da olumsuz herhangi bir yanıt beklemeden, yerinden fırlayıp Nehir'in karşısındaki koltuğa oturuyor. Bedeninden geçecek iletinin daha etkili olacağını düşünür gibi, ellerini ellerinin arasına alıyor.

O zamana kadar özenle koruduğu mesafeli tavrını bir yana atarak, "Çok üzgünüm Nehir" diyor tüm içtenliğiyle. "Böyle olmasını istemezdim. Nasıl uygun görürsen, tamire hazırım."

Elini Deniz'in elinden güçlükle kurtaran Nehir, "Bu kadar abartmaya gerek yok" diyor. "Altı üstü gazete haberi."

Deniz şaşkın.

"Gerçekten de böyle mi düşünüyorsun? Senin yönünden hiçbir önem taşımıyor mu bu yazılanlar? Şöyle sorayım... Adının bir işadamıyla aşk dedikodusuna karıştığını okurken, en ufacık bir üzüntü ya da sıkıntı duymadın mı?"

"Duymaz olur muyum?" derken, istemsizce sesi yükseliyor Nehir'in. "Evet, deliler gibi öfkelendim, isyan çığlıkları attım. Ancak çabuk duruldum. Çünkü... inandığım davada beni haklı çıkardıkları için bu haberlere minnet borçluyum."

"Nasıl yani?"

Yerinden fırlama sırası Nehir'de. Biraz önceki sakin, dingin tavrını bir yana bırakarak, en üstte duran gazeteyi alıp Deniz'e doğru sallıyor.

"Ne bekliyordun? O gazetecileri oraya davet ederken, onlardan beklentin neydi? Manolya Konakları'nın teknik ayrıntılarını, benzersiz özelliklerini –ki bunlar kendilerine anlatılmış, dağıtılan ayrıntılı broşürlerle desteklenmişti– A'dan Z'ye kaleme alacaklarını, hazırladıkları haberleri evlerin iç ve dış fotoğraflarıyla bezeyeceklerini, bu sayede satışa sunulan konakların kusursuz bir şekilde tanıtılacağını mı umuyordun? Geçmiş olsun Deniz Bey!

Sorarım sana, istediğin tarzda hazırlanan bir haber, kaç kişi tarafından okunur? Bu işin meraklısı, bir elin parmaklarını geçmeyecek sayıda insan...

Şunu bil ki, ilgi odağının dışına düşen konulara göz atan olmaz. Oysa aşk dedikodusunun reytingi tartışılmazdır!"

"Ona ne şüphe? İyi de... bunları anlatmakla nereye varmak istiyorsun sen?"

"En can alıcı noktaya geldik sonunda... İtiraf etmelisin ki, konakların tanıtımının Ağızdan Ağıza Pazarlama yöntemiyle yapılmasına karar verirken, çalışma tarzımıza yeterince güven duymuyordun. Alışılagelmiş, sıradan bir tanıtım kokteyli, oraya gelecek gazetecilerin, televizyoncuların hazırlayacağı haberler yeter de artardı bile. Ne gerek vardı, adı sanı yeni duyulmaya başlanmış yöntemlere para yatırmaya? Bizimle anlaştığına pişmandın belki de..."

"O kadar da değil! Pişman olsam, çalışmazdım."

Getirdiği dosyanın kapağını açıyor Nehir. Kırmızı kalemle altı çizilmiş satırları gösteriyor Deniz'e.

"Kokteyle katılan AAP gönüllüleri vardı ya... Bu gördüğün, onların çalışmaları ve yaptıkları ağızdan ağıza tanıtım sonucu bize ulaşıp, konaklar hakkında bilgi almak isteyen müşteri adaylarının listesi. Hepsinin alıcı olması mümkün değil tabii. Ancak bu tablo, bizim yaptığımız çalışmanın ses getirdiğinin göstergesi. Ya siz? Basında çıkan şu haberlerden sonra, Manolya Konakları'yla ilgilenip şirketi arayan tek kişi oldu mu?"

Başını iki yana sallıyor Deniz. Arkadan da küçük bir itiraf geliyor:

"Gazete yoluyla değil de AAP gönüllüleri aracılığıyla siteden haberdar olduklarını söyleyen birkaç kişi Yeliz'i aramış."

Zafer kazanmış kumandan edasıyla gülümsüyor Nehir. O anı yaşamak her şeye değer! Yükseldiği konumun tadını çıkarmak ister gibi tane tane konuşuyor.

"Aynı noktaya geldik demek. O halde, bundan sonraki çalışma programımızı belirleyebiliriz. Şu örnek konakta düzenlenecek hafta sonu ağırlamaları..."

"Daha önce konuşmuştuk."

"Evet, kokteylden önce gerçekleştirecektik aslında ama, senin bize ve çalışmalarımıza olan güvenini pekiştirmeden işe girişmeyi istemedik. Konak çalışmalarında AAP gönüllüleri ön planda olacak çünkü. Hem gönüllüler hem de alıcı adayları...

Basını da unutmuyoruz, merak etme. Ancak, magazinsel uyduruk haberleri değil, gerçekleri yansıtacak şeffaf aynalara yer vereceğiz. Örneğin, büyük bir gazetenin iş ekinde köşe yazısı yazan bir arkadaşım var. Onu davet edeceğim. Kendisi AAP gönüllüsüdür. Hem AAP gönüllüsü, hem potansiyel müşteri, hem de gazeteci kimliğiyle iyi bir seçim olacağını düşünüyorum."

Konuşmanın gidişatı ve aldığı şekille rahatlıyor Deniz.

"Çalışmalarınıza hemen başlayabilirsiniz" diyor. "Sonuna kadar arkanızdayım."

Ancak, aklına takılanları dile getirmeden de duramıyor. Çünkü Nehir'in, işteki başarısını kanıtlamak uğruna bir başka cephede yara almasına gönlü razı değil.

"Nehir... Eğer istersen, basın toplantısı yapıp ortak bir açıklamayla verilen haberin yanlışlığını vurgulayabiliriz. Seni rahatlatacaksa hemen harekete geçebilirim."

"Nasıl bir açıklama olacak bu?"

"Gazetecileri toplar, sevgili değil arkadaş olduğumuzu söyleriz."

Bu son sözler, Nehir'in iki dakikalık gülme krizine girmesine neden oluyor. Güçlükle toparlanıp kendine geldiğinde, gözlerinden yaşlar iniyor.

"Sevgili değil, arkadaş, ha! Sevgili değil, arkadaş..." diye yineledikçe ardı ardına yuvarlanıyor kahkahalar.

Yüzünü gözünü silip, konuşmayı başarıyor sonunda.

"Boyalı basında aşk dedikoduları çıkmış dizi oyuncuları ya da mankenler gibi, gazetecilerin karşısına geçip, 'Yanıldınız; sevgili değil, arkadaşız biz!' diyeceğiz, öyle mi? İlahi Deniz... Bu tür yalanlamaların, itiraf anlamına geldiğini bilmiyor musun? Yanı sıra, çok önemli bir noktayı da özellikle vurgulamalıyım: Arkadaş falan değiliz biz!"

Konuşmanın baş kısmına değil de arkadaşlıkla ilgili son cümlesine takılıyor Deniz.

"Neden? İş arkadaşı sayılmaz mıyız?"

"Sayılmayız! Geçici bir çalışma projesini paylaşıyoruz yalnızca. İşin uygulanış süresinin sonunda, herkes kendi yoluna gidecek. Şu anda aynı taraftayız, aynı yol üzerinde yürüyerek ortak bir amaca ulaşmaya çalışıyoruz, hepsi bu. Ancak, ille de bir sıfat arıyorsan, arkadaş yerine 'yandaş' ya da 'yoldaş' diyebilirsin. O da şimdilik..."

Hayal kırıklığını gizleyemiyor Deniz.

"Oysa bugün, farklı bir yakınlığı paylaştığımızı düşünmüştüm" diyor. "İlk kez sizli bizli konuşmaları rafa kaldırıp iki yakın arkadaş gibi tartışmadık mı seninle?"

"Doğaçlama gelişti o durum... Karşımdaki kim olursa olsun, çarçabuk samimiyet kurma alışkanlığım yoktur. Bey'li, hanım'lı hitapları, siz'li biz'li söylemleri kolay aşamam. Aradaki, kendi ördüğüm duvarımı korurum hep. Bugün de konuşmanın hararetine kapılmasam, asla aşamazdım o duvarı."

"Anlaşıldı" diye gülümsüyor Deniz. "Ama itiraf et, o yıkık dökük duvar kalıntılarının üzerinde yürümek daha keyifliydi. Yeniden inşa etmeye kalkma lütfen. Tamam, arkadaş olmayalım. Yandaş, yoldaş her neyse... Sık telaffuz ettiğim sözcükler değilse de, onlarla da idare edebiliriz pekâlâ."

Birden susup gözlerini kısarak Nehir'i süzüyor.

"Solcu musun sen?" derken, onu ne kadar az tanıdığını fark etmenin sıkıntısı düşüyor sözlerinin üzerine.

"Siyasetle fazla ilgisi olmayan bir mesleği yürütüyorum" diye omuz silkiyor Nehir. "Ancak, siyasi ortamdan tümüyle soyutlanmak da mümkün değil. Partidense, ideolojilerin taraftarı olmaktan yanayım. Uluorta konuşmayı sevmem, tercihlerim kendime ait."

Konuşmanın yeniden resmiyete dökülmesinden hoşnut değil Deniz. Yeniden aynı yere dönmek istiyor.

"Bu durumda, basın toplantısına gerek yok diyorsun, öyle mi?"

Alaycı, alaycılığının gerisinde gizlice sorgulayan bir ifadeyle gülümsüyor Nehir.

"Benim yönümden gerek yok. Ancak siz, çevrenizdekilere dert anlatmayı kolaylaştırmak için üzerinize düşen gölgeden kurtulmak isteyebilirsiniz. Engel olamam. Her türlü açıklamayı yapmak, hakkınız."

Üstü kapalı bir hesap sorma bu! Anlamamış görünse de gururunu okşuyor Deniz'in. Ancak, rehavete kapılıp yayılmadan, gerektiği gibi yanıt vermeli. Hepten boşta olduğunu belli etmemeli. Örneğin, Amerika'ya mastır yapmaya giden son kız arkadaşından iki ay önce ayrıldığını Nehir'in bilmesine gerek yok.

"Gene sizli bizli konuşmaya başladın" diye sitemle söze giriyor. "Birilerine dert anlatmaya gelince... Orasını hiç merak etme, kriz yönetiminde üstüme yoktur. Çevremdekiler de harfi harfine söylediklerime inanırlar. Anlayacağın, bu badireyi da kolaylıkla atlatabilirim."

En doğal haliyle, tepki göstermeden dinliyor Nehir. Kız arkadaşı varmış demek, yargısına varırken de son derece rahat.

Bu kez Deniz, bebeklerine soru işaretleri nakşolmuş gözlerini Nehir'in üzerine dikiyor.

"Ben durumu idare ederim de... umarım bu haberler, seni zor duruma düşürmez."

Deniz'in karşı sorusuna yanıt verirken, misilleme yapmanın tadını çıkarıyor Nehir.

"Yok canım..." diye yapay bir gülüşle kıkırdıyor. "Benim yakın çevremdekiler de anlayışlı insanlardır, üstüme gelmezler."

Bunları söylerken, son erkek arkadaşından üç ay önce ayrıldığını Deniz'in bilmesinin gereksiz olduğunu düşünüyor...

* * *

Yakın çevresindekilerin anlayışlı insanlar olduğunu, üstüne gelmediklerini söylerken yanılıyor Nehir. Daha doğrusu, ablasının varlığını bir an için unutuvermiş. Belki de onun, gazetelerdeki habere ulaşamayacağı varsayımına sığındığından, boş bulunmuş.

Ne büyük gaflet!

Gecenin ortasında ya da sabaha karşı çalan telefonları hiç sevmez Nehir. Ablasından öyle öğrenmiş. Nevin'in diğer öngörüleri gibi, bunu da sorgulama gereği duymadan beyninin bir köşesine yerleştirmiş. Öncesinde kötü bir yaşanmışlığı yok yani...

"Gecenin bir vaktiyle sabahın köründe çalan telefondan hayır gelmez" demişti bir keresinde Nevin. "Ölüm, kaza ya da hastalık haberinden başka ne için açılır o saatte telefon?"

Kendisi de Nehir'i aramak için gecenin yarısını seçmiş ama!

İş yoğunluğundan, gün içinde gazeteye elini sürememiş de... Uykusu kaçıp da, "Gazeteye göz atayım" dediğinde...

Sabahı bekleyecek değilmiş ya! O dehşetengiz satırları okuyup fotoğrafları gördükten sonra, telefona sarılmasın da ne yapsınmış zavallıcık.

"Ne bu rezalet!"

Nehir'in kulağına dolan ses öylesine tiz ve güçlü ki, ahizeyi kendinden uzaklaştırdığı halde, odanın duvarlarında yankılanıyor.

Nehir'in suskun kalışına yüklenerek, "Ne bu rezalet!" diye yineliyor Nevin. "Davranış biçiminle yalnız kendini değil, ailenin, hatta sülalenin diğer fertlerini de rezil ettiğinin farkında değil misin sen?"

Ablasıyla ilişkilerinde, daima alttan alan taraf olmayı benimseyen Nehir'in bile sabrı taşıyor bu sözlerle.

"Hangi sülaleden söz ediyorsun sen abla?" diye dikleniyor. "Osmanlı ulemasına dayanan köklerimiz, dalları bilmem nerelere uzanan soyağacımız, diye başlama gene. Kimsenin umurunda değil bunlar. Sülale kavramından ne denli uzak düştüğümüzü anlamalısın artık. Küçüle küçüle bir damla kalmış ailemizde, sözünü ettiğin konuyu dert edecek, seninle benden başka kimimiz var?

Hem merak etme; rezaletler tek kişiliktir, paylaşılmaz. Tabii ortada 'rezalet' diye nitelenecek bir durum varsa... Kısacası, çıkan haberler seni bağlamaz ablacığım!"

Kardeşinin efelenmesine alışık olmayan Nevin için tam bir sürpriz. Gürleyenin karşısında susmak gerektiği bilinciyle çaresiz, ancak süngüsünü tam olarak indirmeden, uzlaşı yoluna gidiyor.

"Anlat da rezalet denecek bir durum var mı, yok mu, bilelim..."

"İş" diyor Nehir, "pazarlama" diyor, "tanıtım çalışması" diyor; dilinin döndüğünce anlatmaya çabalıyor.

Sakin sakin dinlerken, arada ateşleniveriyor Nevin.

"Ya o fotoğraflar? Şampanya kadehleri! Göz göze verilen pozlar..."

"Abartma abla. Magazincilerin kurguladığı senaryoya sen bile inanırsan..."

"İnanırım ya. Neden daha önce hiç söz etmedin o sosyete prensinden?"

"Bugüne kadar iş yaptığımız kişilerin hangisini anlattım ki sana?"

"Ama bu farklı. Daha öncekilerin hiçbiriyle gazetelere düşmemiştin ki! Magazincileri iyi bilirim ben, peşinizden ayrılmazlar artık."

"Merak etme sen. Sönüp gidecek bir balon attılar ortaya, devamı gelmeyince susup oturacaklar."

"Sen öyle san."

Pes etmeyi kendine yediremiyor Nevin, ille de galibiyetle kapatacak telefonu. Bu kez de farklı cepheden hamle yapıyor.

"Alp gördü mü acaba? Yüreğine inecek çocuğun."

"Alp'i bu kadar sevdiğini biz beraberken söyleseydin keşke" diye sinirle gülüyor Nehir. "Abla! Alp'le ayrılmamızın üzerinden üç ay geçti. Yeni bir kız arkadaşı var çocuğun..."

"Olsun, bu haberler yıkmıştır zavallıyı."

Klasik "Nevin Abla" tablosu!

Nehir birisiyle yakınlaşmayagörsün... İkisine de hemen cephe alınır. Sevgili adayı asla beğenilmez; yerden yere vurulur, hatta aşağılanır. Tek suçu Nehir'i ablasından çalmak, en azından onunla paylaşmak olan erkeğin gerçek değeri, ayrılık gündeme geldiğinde görülür ve takdir edilir ancak.

Karşı yönden düşünülürse...

Ne yapsın Nevin?

Onun için yaşamak, "Nehir" demek. Soluk almasının tek amacı o. Kendini bildi bileli, bu böyle.

Hastalıklı bir sevgi belki ama, hükmedemiyor yüreğine. Kardeş olmanın ötesinde erkencecik ölmüş anasının, doğuramadığı kızının da yerine koymuş onu.

Bu marazi tutku yüzünden Nehir'in yalnızlığından, evlenmeyi erteleyişinden hoşnut. Onun birlikteliklerini değil, ayrılıklarını kutluyor hep içinden. Bir gün gelir de evlenmeye kalkarsa ne yapacak? Düşünmek bile istemiyor.

Neyse ki Nehir'in evlenmeye hiç niyeti yok...

12

Deniz'in yanındaki afet-i devran kim?

Nehir'le Deniz, yaşadıkları ayrılıkları ve yalnızlıklarını kendilerine saklıyor; hayalen beraber oldukları birilerinin varlığını açık açık değilse de ima yoluyla birbirlerine hissettirerek daha rahat hareket edebiliyorlar.

İş görüşmesinden çıkarken aceleci tavırlar takınan Nehir'in arkasından, onun sevgilisiyle buluşmak için sabırsızlandığını düşünebiliyor Deniz. Nehir'de ise saplantı haline gelmiş; sabah toplantılarında, Deniz'in bir önceki geceyi kiminle geçirdiğini düşünmeden edemiyor.

İkisinin de karşısındakinin yanlış düşünmesini sağlamak için özel bir gayreti yok. Davranışları doğal. Ancak, kendilerinin henüz farkında olmadığı ilk aşk kıvılcımlarıyla beraber, kuşku ateşi de yüreklere düşmüş bir kere. Bu yüzden, gerçekte var olmayan hayali sevgililerle birbirlerinin canını yakmaktan kendilerini alamıyorlar.

Bu konuda Deniz, Nehir'den bir adım önde...

* * *

Geç kalmaktan, özellikle de şu sıralar, Deniz'le olan buluşmalarına yetişememekten nefret ediyor Nehir. Ama ne yapsın, burası İstanbul! Trafik karabasan gibi çöküyor insanın üzerine. Kesin bir randevu zamanı vermek imkânsız.

Neyse ki bu saatlerde yoğunluk fazla değil, az sonra orada olabilecek Nehir. Dikkatini yola vermiş, elinden geldiğince hızlı sürüyor arabasını.

Örnek konakta gerçekleşecek hafta sonu ağırlamasının son aşamasındaki pürüzleri gidermek amacıyla Beylikdüzü'nde, sitede buluşacaklar Deniz'le. Pınar, Hakan ve diğer ekip arkadaşlarıyla beraber, günlerdir suyolu yaptıkları Büyükçekmece yolunda, bu kez tek başına Nehir.

Arabanın arkası yüklü. Biraz da alışveriş yüzünden gecikti zaten. Bu tür ince ayrıntılarla uğraşmak onun işi değil; Pınar'la Hakan, özveriyle çalışıyorlar ama, "Yılın moda renkleriyle kendinizi şımartın!" sloganıyla tanıtımı yapılan nevresim takımlarını görünce dayanamadı Nehir. Konuk odalarındaki yataklara serilmek üzere, aynı desene sahip, farklı renk tonlarında beş takım seçip paketletiverdi. Turuncu-sarı, pembe-leylak, kırmızı-beyaz, sarı-siyah, lacivert-yeşil...

Fazla mı kaptırmıştı kendini bu işe? Sezenlerle ortak çalışmaları bitip de yollarını ayırınca, sudan çıkmış balığa dönmesindi sakın.

Aslında, sona eren her büyük işin, kampanya ya da tanıtımın ardından, boşluğa düşmüş gibi hissederdi kendini. Biliyordu, bu kez de öyle olacaktı.

Hayır, onu kucaklamaya hazırlanan boşluğun derinliğiyle Deniz'in varlığı arasında hiçbir ilinti yoktu! Olamazdı, olmamalıydı...

Sitenin kemerli kapısından girip arabasını otoparka bıraktıktan sonra, danışmadaki görevliye anahtarı uzatıyor Nehir.

"Bagajdaki eşyalar eve taşınsın lütfen... Deniz Bey geldi mi?"

"Geldiler. Havuz başında sizi bekliyorlar..."

Geldiler, mi?

Kimler? Yalnız değil mi Deniz?

Yardımcılarından biri olmalı, diye düşünerek çimenlerin üzerinden seke seke havuza doğru ilerlerken, evden çıkmadan sımsıkı bağlayıp atkuyruğu yaptığı saçlarını tokanın kıskacından kurtarıp serbest bırakıyor.

Hiç dile getirmedi ama, toplu saçtan hoşlanmıyor galiba Deniz. Nehir'in omuzlarına dökülmüş saçlarına dalıp gittiğinde, gözlerindeki ışıltı daha da belirginleşiyor sanki.

Havuz başında, kamelyanın altındaki masayı ortalarına alıp oturmuş iki kişi... Deniz'in arkası dönük. Nehir'in ilk gördüğü de onun karşısında oturan kişi oluyor haliyle.

Kızıl, hareli saçları omuzlarından aşağılara, neredeyse beline kadar inen, zerrece makyaj yapılmamış yüzündeki doğal güzelliğin onca mesafeden fark edildiği; dapdaracık kot pantolonu, derin göğüs dekoltesinin seçildiği yakası açık ipek bluzu, yüksek topuklu çizmeleri, gülerken (ki, Deniz'e sokulmuş, devamlı gülüp konuşarak bir şeyler anlatıyor) iki yana sallanan ince halka küpeleriyle (sade kol saatine eşlik eden, üzerindeki tek takı bu) eskilerin "afet-i devran" dedikleri cinsten bir güzel!

Donup kalıyor Nehir. Kesseler, kanı akmayacak... Derin soluklar alırken, adımlarını ağırlaştırarak zaman kazanmaya çalışıyor. Bir yandan da için için azarlıyor kendini...

Ne bekliyordun?

Söylemedi mi sana, "Çevremdekiler" diye üstü kapalı anlatmadı mı?

Kendi kendine, bilinçaltından umutlanır olmuşsun sen.

Ne büyük hata! Bağışlanır gibi değil... Hadi, toparlan da işine bak artık.

Neyse ki bu durumun tek tanığı, gene sensin. Kendinden bile utanırsın aslında, yapına ters çünkü böyle içten içe umuşlar.

Boş ver! Hiç olmamış say...

Bunun da altından kalkarsın sen...

Yeterince toparlandığından emin olunca, adımlarını hızlandırıyor. Masanın yanına geldiğinde, olabildiğince sakin.

"Merhabalar" diyor, yüzüne iliştirdiği iğreti gülüşle. Konuğuyla, kendinden geçercesine keyifli bir sohbeti paylaşan Deniz'le göz göze gelmemeye çalışıyor.

"Hoş geldin" diye ayağa fırlıyor Deniz. "Kusura bakma" diyor. "Konuğumuz olacağından söz etmemiştim sana. Tanıştırayım... Dila! Bu sabah Londra'dan geldi. Ben de havaalanından alıp, doğruca buraya getirdim.

Dilacığım, Nehir Hanım da daha önce sana söz ettiğim, konaklarımızın pazarlamasında bizlerden yardımını esirgemeyen çok değerli bir arkadaşımız..."

Dudaklardan dökülen, "Memnun oldum" sözcükleri öylesine cılız ki, açık havaya çıkmalarıyla çiçek kokularına karışmaları bir oluyor. Geride kalansa, üzerlerine çöküveren gerilimli bir sessizlik.

Sessizliği bozacak, biraz önceki sohbetin cıvıltısını yeniden canlandıracak, o sohbete Nehir'i de katıp ortamı rahatlatacak tek kişi Deniz. Ama o, birbirlerini merakla süzen iki kadının gizli çekişmesinden zevk alır gibi, meraklarını körüklemek, onları daha da kışkırtmak için elinden geleni yapıyor.

"Tanıtım kokteylinde gözlerim hep seni aradı" diyor Dila'ya.

"Geldim işte!" diye nazlı nazlı gülümsüyor Dila. "Şehre bile inmeden soluğu yanında aldım, gördüğün gibi..."

"Havaalanıyla Beylikdüzü'nün yakınlığından değil yani..."

"Aşk olsun! İstanbul'un en ücra köşesinde bile olsan, öncelikle sana koşmaz mıyım ben? Ne kadar özlemişim buraları... En çok da seni!"

Kaçacak yer arıyor Nehir, ama kıpırdayamıyor.

"Bugünkü toplantıyı yarına erteleyelim isterseniz" diye doğruluyor sonunda. "Birazdan Pınar'la Hakan da gelecek. Konağın içindeki son düzenlemeleri yapar gideriz. Rahatınıza bakın siz."

Deniz ağzını açıp bir şeyler söylemeye hazırlanırken, birden öne çıkıveriyor Dila ve gereken yanıtı yapıştırıyor:

"O da ne demek öyle! Yabancı mıyım ben?"

Yüzünde tokat gibi şaklayan sözler, Nehir'i ayıltmaya yetiyor. Tabii ya... Yabancı olur mu hiç?

Nasıl da düşünemedi Nehir! Deniz'in beraber olduğu insan, onun diğer yarısı değil midir?

Dila ise konuşmasını sürdürüyor.

İnci beyazlığındaki dişlerini ortaya çıkaran sıcacık gülüşüyle, "Çok acımasızsınız" diyor Nehir'e. "Ağabey-kardeş, iki satır hasret giderelim dedik, onu da çok gördünüz."

Ağabey-kardeş mi?

Bir anda kafasına üşüşüveren sorulardan hangisine yanıt arayacağını bilemiyor Nehir. Pot üstüne pot kırıyor şaşkınlığından. Kendisini denetleme gücünü yitirmiş gibi, Deniz'den fütursuzca hesap sorabiliyor.

"Neden *kardeşim* diye tanıtmadın Dila'yı?"

Deniz, yüzünde Nehir'in o güne dek görmediği hınzırlıkta alaycı bir gülüşle, "Kardeşim olmadığını da söylemedim ama" diyor. "Kendince yanlış yorumlar mı yaptın yoksa?"

Ancak o zaman, yaşananların kurgulanmış bir oyun olduğunu kavrayabiliyor Nehir.

Dila'nın, "Kaç kez dilimin ucuna geldi. Abicim, diyecektim. Zor tuttum kendimi" deyişiyle, oynanan oyundan iyice emin oluyor.

"Yanlış yorum falan yok!" diye kayıtsızca omuz silkiyor Nehir. "Kardeşinin yerinde bir başkası da olabilirdi... Ne var bunda?"

Son cümleleri söylerken, iyiden iyiye cılızlaşıyor sesi. İnandırıcılıktan uzak olduğunun farkında. Bir insan, kendi inanmadığı bir şeye, karşısındakini nasıl inandırabilir ki?

Sonraları, dönüp serinkanlı bir bakış açısıyla olaya baktıklarında, ilk somut aşk itiraflarını karşılıklı olarak, o gün, orada yaptıklarını görecekler.

Nehir, Deniz'e karşı kayıtsız olsa, nispet yapmak için karşısına çıkarılan kadın ya da genç kıza neden bu kadar tepki versin ki?

Kendi içinde değerlendirdiğinde, daha net görebiliyor tabloyu. Bundan önceki iş ilişkilerinde, ortak çalıştıkları işadamlarından hiçbirinin beraber olduğu kişiyle böylesine ters düşmedi Nehir.

Deniz ona vurgun olmasa, senaryosunu kendi yazdığı kıskandırma oyununu sahneye koyarak, neden Nehir'in tepkisini ölçmeye kalksın ki?

Daha önce hiç kimselere böyle bir oyun yapma gereği duymadı Deniz...

Oynanan oyunda perdenin inmesiyle beraber, gitgide koyulaşan sohbet, Nehir'le Dila'yı birbirine kaynaştırıyor.

Londra'da ekonomi mastırı yaptığını, Türkiye'ye dönmek için en az iki yılı olduğunu anlatıyor Dila. Nehir ise daha yüzeysel konularla geçiştirmeye çalışıyor sohbeti, ayrıntılara inmesine gerek yok.

Biraz sonra da, "Yapılacak çok iş var" diyerek kalkıyor. "Konağın içini düzene koymak için son günümüz... Yarın, catering şirketi gelip ön hazırlıklarını tamamlayacak. Cumartesi de konuklarımızı ağırlayacağız."

Ona kalsa iki kardeşi baş başa bırakıp işe koyulacak. Ama Dila'nın oturmaya hiç niyeti yok.

"Ucundan yakaladım zaten" diye fırlıyor yerinden. "Bırakın biraz da ben ter dökeyim."

Konağın içi kalabalık. Yığınla çalışan var. Biraz önce gelen Pınar'la Hakan, onlara nezaret ediyorlar.

Deniz'in "büyük patron" sıfatıyla elini işe sürmemesi doğal, ama o da kendi oturacağı evmiş, yuvasıymış gibi bir şeyler yapmaya çabalıyor kendince. Nehir'le Dila, hevesle çalışanların başında geliyor. Nehir'in getirdiği nevresimleri yorganlara geçirip yatakları hazırlıyorlar. Salondaki büfelerin içine çatal bıçak takımları yerleştiriliyor.

Nehir de bu kadar çalışıp yorulmak zorunda değil, yapılan işleri denetlemesi yeterli. Ancak, severek yapıyor, özverisi içten. Tekrar tekrar dolaşıyor odaları; eksik kalmasın, gelenler söyleyecek tek kusur bulamasınlar diye.

Nehir, Deniz ve Dila, yorucu iş maratonunun ardından, salonda oturup yorgunluk kahvelerini içerlerken, Nehir'in gözleri dört bir yanı taramakta hâlâ. Arayış içinde sanki...

Dört dörtlük döşenmiş salonda bir eksik var, ama ne?

Bakışlarındaki açlığın nedenini buluyor sonunda.

"Çorak bir çöle benziyor burası" diye ifade ediyor içinden geçenleri. "Madde var, ama ruh yok! Kristaller, gümüşler, Çin iğnesi işlemeli örtüler düşünülmüş ama, tek bir tablo asmamışız duvarlara. Örneğin, şöminenin üzerine ünlü bir ressamın tablosunu yerleştirsek, fena mı olur?"

Deniz'le Dila'nın, garip bir bakışmada buluşmaları üzerine ekliyor.

"Abarttım galiba... Ressamın ünlü olması şart değil. Salonun görkemine, sıcak havasına yaraşır bir tablo bulsak yeter."

"Doğru ya, nasıl da düşünemedik?" diye kendi kendine söyleniyor Deniz. "Hem de boğazımıza kadar boya kokusunun içindeyken..."

"Buğday ambarında açlık çekilmiyor abicim" diye gülüyor Dila da. Ardından, görünürde konuyla hiç ilgisi olmayan bir soru yöneltiyor Nehir'e.

"Annemle tanıştınız mı siz? Yani Nisa Sezen'le?.."

Evet. Kokteylde tanışmışlar, ayaküstü hal hatır sormuşlardı birbirlerine ama, derinlemesine bir sohbeti paylaşacak fırsatları olmamıştı.

"Ressam Nisa Sezen desem, senin için bir şey ifade eder mi?"

Tabii ya... Ah Nehir, ah! Gaf üstüne gaf yapmakta üstüne yok.

Nisa Sezen'le tanıştırıldığında, "Kim bu Nisa Sezen? Nereden hatırlıyorum bu adı? Halil Sezen'in eşi olması dışında neyi çağrıştırıyor bana" diye kara kara düşüneceğine; sonrasında, "Baba oğul Sezenlerden birinin eşi, diğerinin annesi işte!" aldatmacasının ardına sinip oturacağına, biraz sorup soruştursaydın, en azından internete girip baksaydın ya!

"Annem, Türkiye şartlarında ünlü sayılabilecek bir ressamdır" diyor Deniz. "Eserleri, pek çok kişisel ve toplu resim sergisinde yer aldı. En azından, resme ilgi duyan kesimlerce tanınır."

Konuşsa da durumu düzeltemeyecek nasılsa Nehir, susmayı yeğlemesi bu yüzden. Neyse ki Dila, cıvıl cıvıl konuşmasıyla bilmeden, onun mahcup sessizliğinin de üstünü örtüyor.

"Abicim, anneme söylesek... tablolarından birini bize armağan eder mi?"

"Neden olmasın? Hele isteyen, gurbetten gelmiş biricik prensesi olursa, reddedeceğini hiç sanmam..."

13

Nisa Sezen

Ertesi gün, Sezenlerin Yeniköy'deki yalısına davet ediliyor Nehir. Davet sahibi, Nisa Sezen. Düzenleyicisi, senaristi, sahneye koyanı, yönetmeni ise annesiyle Nehir'in arasındaki "köprü" görevini seve seve üstlenen Dila.

"Akşamüzeri çaya bekliyor annem" diyor telefonda. "Seni tablolarıyla tanıştırabileceğini söyledi.

Aslına bakarsan, biraz dil dökmem gerekti. Yanlış anlama, sana değil tavrı. Eve gelen konuklarla resim çalışmalarını paylaşmaktan pek hoşlanmaz annem. Sanatçıların dünyasına girmek zor, anlayacağın. Ama senin, öncelikle resimlerle ilgileneceğini peşinen kabul etti."

Deniz gelmemiş. İşlerinin yoğunluğunu bahane etse de resim seçimini, kadınların aralarında halledeceği bir durum, diye nitelediği kesin.

Nisa Sezen, Dila ve Nehir, Yeniköy'deki muhteşem yalının salonunda, denize karşı oturmuş çaylarını yudumlarken, henüz kendisine tanınan ayrıcalığın farkında değil Nehir.

Manolya Konakları'na armağan edilecek tablonun seçiminde, onun fikrini de alacak olmaları büyük incelik. Kafasındaki zamanlamaya göre, çay saatinin bitiminde Nisa Hanım birkaç tablo gösterip seçim yapmalarını isteyecek ya da kendi seçtiği tabloyu elleriyle teslim edecek. Tüm beklentisi bundan ibaret Nehir'in.

Orada, sıradan bir konuk gibi koltuğa kurulmuş, Boğaz'ın sularını seyrederken, ziyaretinin burada noktalanmayıp köşkün bir başka bölümünde; soluk kesici bir serüvene, gerçek bir yaşam dersine dönüşerek süreceğini aklına bile getirmiyor.

Nisa Sezen ellili yaşlardan hiç payını almamışçasına genç görünümlü, bol ipek giysisinin içinde salınan incecik bedeniyle, konuşma aralarında denizin maviliğine teslim etmeyi yeğlediği buğulu ela gözleriyle, içinde yaşanılan dünyaya değil de gizemli, soyut, bambaşka bir âleme ait sanki. Ses tonu alçak, hep aynı düzeyde; konuştuğunda kadifeye dokunuş hissi yaratıyor karşıdakinde. Kokteylde karşılaştıkları ilk gün sıkı bir topuzun içine hapsedilmiş saçları, doğal dalgalar halinde omuzlarından aşağıya dökülüyor.

Güzel bir kadın! Ama, güzellikten öte, masalsı bir çekiciliğe sahip. "Aura" dedikleri, az sayıda insana kucak açan özel çekim alanının odağına kurulmuş, bu alanın içine girecek erkekdişi herkesi etkileyerek kendisine tutsak etmeye hazır, ayrıcalığının saltanatını sürüyor.

Çay servisi bitti. Dila'nın gözü, annesinden gelecek komutta. Nisa Hanım'ın uzaksıl bir gülüşle hafifçe başını eğmesi yeterli oluyor.

"Atölyeye geçebiliriz artık" diyor Dila.

Bu iyi işte. Bir ressamı ilk kez yakından tanıma fırsatı bulmak bir yana, tabloları doğdukları yerde, atölyede görebileceği için şanslı olduğunu düşünüyor Nehir.

Önde Nisa Hanım, arkasında Dila ve Nehir, yalı binasını bahçeden ayıran mermer yol boyunca yürümeye başlıyorlar. Yeşillik, çiçek ve ağaç yoğunluğu gitgide artmakta. İki yanı ve tepesi sarmaşıklarla örtülü upuzun bir çardağın altından geçerek ulaştıkları kapı, ulu ağaçların gölgesine gizlenmiş, tek katlı bir binaya ait.

"İşte annemin mabedi!" diye fısıldıyor Dila. "Varlığını bilsek de Nisa Sultan'ın gizli tapınağıdır burası."

Duraklıyor Nehir, yeni adımını atıp atmamakta kararsız.

"Rahatsız etmeseydim..."

"Meraklanma, istesen de rahatsız edemezsin" diye gülüyor Dila. "Çünkü, onun izin verdiği kadarını görür, izin verdiği kadarıyla yaşarsın içeride..."

Nisa Hanım, demir kapıyı açıp Nehir'le Dila'ya yol gösteriyor. Adım attıkları yer, oldukça büyük bir sahanlık. Devasa boyutlara erişmiş renk renk çiçeklerle botanik bahçesini çağrıştırıyor. Orta yerde fıskiyeli bir havuz var. Mermer zeminin üzerine küçük antika sandalyeler, sedef kakmalı ceviz sehpalar serpiştirilmiş.

Havuzun kenarından dolanıp atölyenin giriş kapısına ulaştıklarında, gözlerine inanamıyor Nehir... Kemerli kapının üzerinde, Frida Kahlo'nun *Kırık Kolon* tablosunun dev bir kopyası var.

Frida'nın geçirdiği kaza sırasında kırılan omurgası, tüm bedenini saran metal korse, simsiyah uzun saçları, alnında simsiyah bir set gibi duran ortası çatık kaşları... Ve dayanılmaz acıları!

Resim sanatıyla fazlaca ilgisi olmasa da Frida'yı ve bu trajik tabloyu tanıyor Nehir. Ancak, Nisa Hanım'ın atölyesinin kapısında aniden burun buruna gelince, şaşkınlığını ve sarsıldığını gizleyemiyor.

"Merak etmeyin" diye gülümsüyor Nisa. "Un ufak olmuş kemiklerine, tüm organları örselenmiş bedenine inat, ayakta kalmayı ve dünyanın en ünlü ressamı olmayı başardı o. Ve burada yer almayı fazlasıyla hak etti."

Konuğunu ne derece ürkütmüş, şaşırtmış olduğunu anlamak istercesine, tepeden tırnağa süzüyor Nehir'i. Beklediğini bulmuş gibi, daha sakin bir ses tonuyla anlatmayı sürdürüyor.

"Bilirsiniz, her alanda olduğu gibi, tüm sanat dallarında da erkeklerin egemenliği hüküm sürmüştür hep. Yalnız bizde değil, tüm dünyada... Frida Kahlo ise istisna. Onlarca yıl öncesinden bugüne uzanabilmiş, erişilmez bir efsane o!"

Tablonun altındaki tarihi eliyle okşayarak mırıldanıyor: "6 Temmuz 1907-13 Temmuz 1954... Kısacık ömrüne neler sığdırmış!"

Tablonun önünde kendi kendine, sayıklar gibi konuşan Nisa Hanım'ın bu hali yadırganmayacak gibi değil.

İmrenme, kıskançlık, hayranlık... Ve feminizmi çağrıştıran

sivri düşünceler. Hangisinin ağır bastığını kestirmek zor. Gizli bir güç tarafından belli miktarlarda karıştırılıp harmanlanmış, Nisa Hanım'ın bedenine enjekte edilmişler sanki.

Frida'ya hayran, imreniyor ona; ama kıskanıyor da. Feminist söylemleri ise Frida'yla aynı noktaya gelemeyen hem kendisi hem de diğer kadınlar için...

Tablonun asılı olduğu kemerli kapı, büyücek bir salona açılıyor. Nisa Hanım'ın rehberliğinde içeriye adım attıklarında, Nehir'in şaşkınlığı ikiye katlanıyor. Zemini bordo halıyla kaplı olan salonun duvarları Frida Kahlo'nun tablolarıyla bezeli! Altlarında isimleri var: *Kökler, Otobüs Yolcuları, Trotsky'e Armağan...* İstemsizce, geriye doğru bir adım atıyor Nehir. Yanı başında gülümseyerek kendisine bakan Dila olmasa, arkasına bakmadan kaçıp gidecek. Gördüklerinin ve yaşadıklarının hiç de normal olmadığını düşünüyor çünkü.

Gerilen sinirleri gevşetmek, Dila'ya düşüyor.

"Gördüğün gibi Nehirciğim, annem gerçek bir Frida hayranıdır."

Gergin ortamı yumuşatması beklenen bu sözler, tam tersine kışkırtıcı etki yapıyor Nisa Hanım'ın üzerinde. Kendince putlaştırdığı besbelli olsa da Frida'yı bir yandan göklere çıkarırken, bir yandan da acımasızca yermekten geri durmuyor.

"Evet, hayranım ona" diye meydan okuyor kızına. "Pek çok eleştirmenin de onayladığı gibi, yalnız Meksika'nın değil, dünyanın en iyi ressamı o."

Birden tizleşiyor sesi.

"Ama, söyler misin bana... Şansı yardım etmese, zirveye tırmanabilir miydi?"

Sinirle gülüyor.

"Bu da şans mı, diyeceksin. Altı yaşında çocuk felci, sonrasında vücudunu haşat eden o feci kaza! Karnından girip bel omurlarını zedeleyerek dışarı çıkan, kazık misali metal çubuklar... Otuz dört kez ameliyat masasına yatmış, bir türlü şifa bulamamış! Kocası tarafından aldatılınca da bedensel ve ruhsal acıları birbirine karışmış.

Böyle bir insanda şans ne gezer, değil mi?

Frida'nın farklılığı işte burada! Başkaları için felaket sayılabilecek her olumsuzluk, mesleki kariyerinin şans hanesine yazılmış. Misal mi?

Kaza sonrasında yıllarca yatağa bağlı kalıyor Frida. Sıkılmasın diye tam üstüne ayna yerleştiriyorlar. Kendini bu aynadan göre göre, ünlü portrelerini yapmaya başlıyor. Otoportrelerini...

Kazanın getirdiği, ilk anda kayıp gibi görünen bir başka ilginç gelişme daha var. Frida, Mexico City'de Ulusal Hazırlık Okulu'nun Tıp Eğitimi Bölümü'ne yazılıyor. Okulun hazırlık sınıfına kabul edilen ilk kız öğrencilerden. Amacı, okuyup doktor olmak. Kaza yüzünden devam edemiyor eğitimine. Düşünsenize, doktor olsa bu resimleri yapamayacaktı belki de."

"Annemi en çok etkileyen nokta da bu" deyip gülümseyerek araya giriyor Dila. "Çünkü, Frida'nın tam tersi bir durumu yaşamış. Güzel Sanatlar Akademisi'nin resim bölümünde okurken, babamla tanışmışlar. Okulu bırakıp, gencecik yaşında evlenivermiş annem. Aradan geçen yıllara, onca yaşanmışlıklara rağmen, evlenmek uğruna eğitimini bıraktığı için kendini affedemiyor."

"Haksız mıyım?" diyor Nisa Hanım. "Birileri tıp tahsilini bırakıp ressam oluyor, bense eğitimli bir ressam olacakken, kızağa çekiyorum kendimi."

Ressamlığı doktorluktan daha üstün görmesini, "sanatçı tercihi" diye anlayışla karşılıyor Nehir, ama "kızağa çekilme" deyimini nereye iliştireceğini bilemiyor. Nereye koysa, yakışmıyor çünkü.

"Olur mu, canım annem?" diye atılıyor Dila. "Sen de kendi çapında ünlü bir ressam değil misin?"

"Yapma Dila! İnsanların bana, ünlü ve zengin kocanın desteğiyle adından söz edilen sıradan bir ressam gözüyle baktıklarının farkında değil miyim sanıyorsun?

Oysa Frida'nın kocası da ressam. Meksika'nın en ünlü ressamlarında Diego Rivera! Ve karısının kendisinden daha iyi resim yaptığını söylüyor her yerde. Bundan mükemmel bir itici güç olabilir mi?"

"Sen de kendine Diego ressam bir koca bulsaydın" diye şakaya boğmaya çabalıyor Dila.

Nehir ise Nisa Hanım'ın kendini, Frida Kahlo ile tehlike sınırlarını zorlayacak derecede özdeşleştirmesini şaşkınlıkla karşılıyor.

Nisa'nın, "Bir kadına bunları yazdıracak kocaya şapka çıkarılır!" demesiyle, karşı duvarda iki tablonun arasına asılı panonun üzerindeki yazıyı fark ediyor Nehir. Demek, Frida Kahlo'nun kaleminden dökülen incilere de yer vermiş Nisa Hanım.

Başlangıç Diego... Yapıcı Diego... Çocuğum Diego... Ressam Diego... Babam Diego... Oğlum Diego... Sevgilim Diego... Kocam Diego... Dostum Diego... Anam Diego... Ben Diego, Evren Diego

Dila, dile geliyor artık.

"Yere göğe sığdıramadığı karısını aldatan Diego'yu da eklesene oraya..."

"Haklısın" diye gülümsüyor Nisa Hanım, uzun konuşmasının ardından yorulmuş gibi. "Karşılıklı ihanetlerle sarsılmış, çarpıklık ve çelişkilerle dolu bir ilişkiyi savunacak değilim. Hem, ne demiş Frida... 'Hayatımda iki kaza geçirdim. Biri üzerimden geçen tramvay, diğeri Diego oldu!'"

Nisa Hanım, geçirdiği gereksiz hezeyanın ardından, kriz anında neler yaptığını, ne söylediğini hatırlamayan hastaların mahcup ve uysal haliyle, biraz önce açtığı yaraları onarmaya çalışıyor. Savunduğu, bayrak yaptığı insanın, bu kez de olumsuz yanlarını ortaya çıkararak dengeyi sağlamak istiyor sanki.

"Kahlo'nun sanatının rahatsız edici bir yanı olduğunu da söylemeliyim" diyor. "Kanlı doğumlar, ölümler, cesetler, parçalanmış organlar... Ama gerekçesi hazır. Duygularını, ne hissediyorsa onu resmettiğini söylüyor Frida. Sürrealist olduğunu söyleyenlere kafa tutuyor. 'Asla rüyalarımı resmetmem' diyor. 'Canlandırdıklarım, benim gerçeklerimdir.' Ve o gerçeklerin pek de sağlıklı olmadığını kabul etmeliyiz."

Dila, annesindeki yumuşamanın farkında.

"Frida sohbeti bittiyse, atölyeye geçelim artık" diyor sabırsızlıkla. Nehir'e dönüp ekliyor: "Annemin Frida Kahlo'yu göklere çıkardığına bakma. Kendin de göreceksin, tarzları taban tabana zıttır."

"Doğru" diye onaylıyor Nisa Hanım. "Hiç portre çalışmadım bugüne kadar. Hele otoportre! Her babayiğidin harcı değildir. Frida'yla boy ölçüşmeye kalkmak abes. Pablo Picasso bile, insan yüzünü onun kadar iyi çizemediğini itiraf etmişken..."

Yeniden Frida saplantısına dönmeye niyetli değil Dila.

"Annemin resim konusundaki duayeni, olsa olsa Monet'dir" diyor. "Claude Monet!"

Abartılı, hatta Nehir'e biraz da sapkın gelen duygu ve düşüncelerin ürünü, küçük bir "Frida Kahlo Müzesi" denebilecek mekânı terk ederek, aradaki camekânlı kapıdan atölyeye geçerlerken, hâlâ kendi kendine mırıldanıyor Nisa Sezen.

"Kimse hakkını yemesin! Tuvalini ayna, aynasını tuval niyetine kullanarak yarattığı otoportreleriyle kendini ölümsüzleştirirken, sanat âleminin en nadide şaheserlerini sunan kaç tane Frida Kahlo geçti bu dünyadan?.."

14

Frida Kahlo'dan Claude Monet'ye

Engebeli, inişli yokuşlu, içine düşenleri afallatan, yoran, uğultulu bir vadiden; sessiz, dingin, huzur verici uçsuz bucaksız bir düzlüğe; amansız bir kasırganın ardından, yorulmuş bedenlerin ve ruhların soluklandığı sakin bir kıyıya çıkmış gibiler...

Nisa Sezen, villanın giriş katından bile geniş bir alanı kapsayan atölyesini üç bölüme ayırmış. Sol tarafta, toplu ya da kişisel sergilerde yer almış tablolarının toplandığı küçük bir galeri var. Orta kısımdaki geniş alanda, yeni çalışmalarını yapıyor Nisa Hanım. Sağ taraftaki dinlenme bölümü ise; yumuşacık minderlerle beslenmiş geniş bir divanla şık bir bambu koltuk takımından oluşuyor.

Nisa Hanım'ın resim çalışmalarına mekân olan orta bölümün karşı duvarında, Monet'nin *Gündoğumu* tablosunun dev bir kopyası asılı. Hemen önünde iki tuval, üzerlerinde tamamlanmayı bekleyen tablolarıyla öylece duruyorlar.

Nisa Hanım, biraz önceki hırçınlığıyla taban tabana zıt, en uysal haliyle, "İki tabloyu aynı anda yürütmem şaşırtmasın sizi" diyor.

"Hep böyle çalışırım ben. Başlamak için duygularımın belli bir düzeye ulaşması gerekir. O yoğunluğu yakaladığıma emin olmadan asla işe koyulmam. Ancak, değişken bir yapım var. Tek noktada birleştiremediğim duygularım, birdenbire akışkanlaşarak, bambaşka bir yöne kayıp orada yoğunlaşabiliyorlar. Burada gördüğünüz yarım kalmış ya da bitmek için yalnızca birkaç fırça darbesinin değmesini bekleyen tabloların varlık nedeni bu."

Tuvallerinden çıkarılıp iki yan duvar boyunca geçici olarak asılmış eksik tabloların sırrı da çözülüyor böylece.

İlginç bir durum... Diğer ressamların çalışma tarzları hakkında hiçbir fikri yok Nehir'in. Ancak, bunca yarım bırakılmış işin, bunca bölünmüşlüğün, Nisa Hanım'ın ruh bütünlüğündeki şiddetli örselenmeden ve bölünmüşlükten kaynaklandığını düşünmeden edemiyor.

Biraz önce Nisa Hanım'ın Frida Kahlo Galerisi'ni görmemiş, onun hakkındaki aşırı uçlara dayanan yorumlarını dinlememiş olsa, buradaki doğa ağırlıklı tablolara bakarak; ruhunu fırtınalara değil meltemlere teslim etmiş, sakin yapılı, naif bir ressamla karşı karşıya olduğunu düşünebilirdi Nehir. Ama, kendisinin de söylediği gibi, öylesine değişken bir yapısı var ki Nisa Hanım'ın, ortada hiçbir somut neden olmadan, durduk yerde öfkeleniveriyor ve ancak öfkesini kusup sakinleştikten sonra, dışardan bakanların görmeye alışık olduğu güler yüzlü, hoşgörülü, sakin haline dönebiliyor.

Deli değil ya bu kadın! Geride bu durumu yaratan çok, ama çok önemli nedenlerin var olduğunu hissedebiliyor Nehir.

"Kâbus bitti" diye fısıldıyor Dila, yüzündeki ne anlama yorulacağı belirsiz, alaycı bir gülüşle. "Sıra düşler âleminde... Bundan sonrası kolay. Annemin tablolarındaki yumuşak renklerin dansını seveceksin."

Kâbuslar, düşler, yumuşak renkler, sert çizgiler ve onların dansları... Hiçbiriyle ilgilenmek istemiyor aslında Nehir. Nisa Hanım'ın ruhsal durumu da umurunda değil. Konak için uygun görülen tabloyu versinler, bitsin bu iş...

Ama hayır! Dinlemeye hiç de hevesli olmadığı yeni bir resim dersine daha girmek zorunda Nehir.

"Ressamları ölümsüz kılan, tablolarıdır" diyor Nisa Hanım derin bir iç çekişle. "Keşke resme gönül vermiş, kendini bu işe adamış her ressamın adından ve yapıtlarından, yüzyıllar sonra da söz edilebilse..."

Eğilip, Claude Monet adının altındaki tarihi ve yazıyı okuyor:

"Fransız izlenimci ressam (1840-1926)! Şimdilerde 'empresyonist' deniyor 'izlenimci' yerine."

Önünde durduğu tabloyu ilk kez görüyormuşçasına, hayranlıkla seyrediyor Nisa Hanım.

"İzlenimcilik akımının, Monet'nin bu gördüğünüz *Gündoğumu* adlı tablosundan kaynaklandığını biliyor musunuz?" diye soruyor, Nehir de resim sanatı hakkında en az onun kadar bilgiye sahipmiş, tüm akımları en ince ayrıntılarına kadar bilirmiş gibi.

Ardından, zaten yanıt almayı beklemediğinden ya da alacağı yanıtı umursamadığından, anlatmasını sürdürüyor.

"İzlenimcilik, edebiyat ve resimde karşımıza çıkan ortak bir akım. Realizmin karşıtı. Dış dünyanın nesnel durumunun değil, sanatçının üzerindeki izleniminin aktarılması...

Ressamsa eğer bu sanatçı, bire bir gerçek yerine, gördüklerinin kendisinde uyandırdığı duygu ve düşünceleri esas alır. Varlığın gerçekliği ve nesnelliği ikinci plana atılarak, kişisel yorum öne çıkarılır.

İzlenimci bir ressamın tablosu, ışık ve renkten kaynaklanan görsel izlenimlerin tuvale yansıtılmış halidir. Monet'nin tablolarında olduğu gibi..."

Nehir, mavi ve yeşilin hâkim olduğu, sarıyla turuncunun da yan renkler olarak kullanıldığı tabloyu alıcı gözüyle incelemeye koyuluyor...

Denizin mavi-yeşil hareleri, üzerindeki açıklı koyulu mavi tonlarında siluetler, sazlıkların belli belirsiz gölgesi; sarıya, turuncuya kesmiş gökyüzü, dingin dalgaların kıvrımları arasında siyah bir balıkçı teknesi ve doğmakta olan güneş! Gökyüzüne asılı kalmış sarı bir benek gibi...

"Monet'nin fırça darbelerinin arasında yaşam vardır" diyor Nisa Hanım. "Fırça darbeleriyle renk ve ışık etkisi yaratmayı başaran; doğayı, özellikle de denizi bu derece mükemmel tasvir edebilen sanatçı azdır. Kayalara vuran dalgalar, yelkenlilerin suya düşen yansımaları, tutkunu olduğu çiçekler, ille de gelincikler... Ve çoğu tablosunda var olan, renklerin üzerinden yükselen o büyülü buğu... Ha, yalnızca doğayı resmettiğini düşünmeyin Monet'nin. Şemsiyeli ya da nakış işleyen kadınlar, erkekler, çocuklar, kır sofraları... Monet'nin diğer tablolarını da mutlaka görmelisiniz!"

Dila, "Frida'yı, Monet'yi bir kenara bırakıp Nisa Sezen tablolarına geçsek artık!" diye araya girmese, Nisa Hanım daha saatlerce sürdürecek söylevini.

Bu kez de Nisa Sezen'in toplu ve kişisel sergilerde yer almış tablolarının bulunduğu, labirent gibi birbirinin içine geçmiş birkaç odadan oluşan galeri bölümüne geçiyorlar.

Resim sanatına olan ilgisi, amatör gözlerle acemice izleyicilikten öteye geçmeyen Nehir, Nisa Hanım'ın tablolarını, biraz önce gördüğü dünyaca ünlü ressamların eserlerinden bile daha çok beğeniyor.

Renklerin büyülü dünyasına aniden dalış yapınca, denizin dibinde iki akıntı arasında sıkışıp kalarak vurgun yemiş bir dalgıç gibi hissediyor kendini... Garip bir sarhoşluk sarıyor her yanını. Biraz öncesine kadar, buradaki işini bitirip günlük yaşama dönmek için sabırsızlanan o değil sanki. Bıraksalar, saatlerce kalabilir burada.

Gözü yormamak için hafifçe loşlaştırılmış iç mekânda, ışığın köşelerden verildiği duvarlar boyunca dizilmiş tabloları teker teker incelemeye koyuluyor Nehir.

Önden yürüyerek her yapıtın özgeçmişini sayıp döken Nisa Hanım, tıpkı Monet gibi genellikle doğa üzerine çalışmış. Benzer pastel renkleri, fırça darbelerini kullanmış.

Özellikle *Doğuş* adlı tablosu, Monet'nin *Gündoğumu*'nun farklı bir yansıması sanki. Ancak burada, deniz öğesi daha çok öne çıkarılmış, güneşse ufuk çizgisinde, altın bir top gibi yüzünü göstermekte.

Nehir'in bakışlarının tabloya çakılı kaldığını hemen fark ediyor Nisa Hanım.

"Monet'yi taklit ettiğimi düşünmeyin sakın" diye gülümsüyor. "Aynı akımı benimseyen ressamların eserleri arasındaki benzerlik kaçınılmazdır. Benzer tarzda çalışırlar çünkü. Karşımdaki nesneyi, asla bire bir resmetmem. Realizm bana göre değil...

Gözlerimden bedenime süzülenler, ruhumda nasıl bir etki yaratıyorsa, renklerin ve ışığın gücünü arkama alarak, hissettiklerimi dökerim tuvale. Ortaya çıkan eser de duygularımın yansıması olur haliyle.

Bakmayın onca konuştuğuma... Aynaya bakarak kendi portresini yapan Frida'yla sanatsal yönden en ufacık bir ortak noktamız olamaz. Çünkü aynayı, duyuşlarımın üzerine tutuyorum ben..."

15

Depresyon

Tabloların ortak özelliği, hepsindeki ana temanın "deniz" olması.

Fırtınalı, sakin, kabarmış, çekilmiş...

Sahile, kayalara, kumsala, yol kenarlarına vuran dalgalarıyla..

Uysal, köpük köpük...

Kükremiş, yırtıcı...

Gökyüzünün grisiyle grileşmiş, mavisiyle masmavi. Yağmura uzatmış yüzünü, damlalara açmış göğsünü... Kimi yerde alabildiğine mutlu, kimi yerde katran karasına dönmüş kahrından.

Deniz, deniz, deniz, deniz...

Nedenini kestiremediği bir mahcubiyetle, "Hepsinde *deniz* var" diyor Nehir.

"Evet!" diye gururla gülümsüyor Nisa Hanım. "Denizle ben, ayrılmaz bir bütünün parçalarıyız. Oğlumla olduğu gibi..."

Orta yerde asılı kalan sözleri tamamlamak Dila'ya düşüyor.

"Bu büyük aşkın nasıl başladığını da anlat bari" diyor annesine. "Vazgeçilmez tutkunun kökeninde neyin yattığını Nehir de bilsin."

Atölyenin sağ tarafında yer alan, Dila'nın, "Annemin keyif köşesi" dediği dinlenme bölümüne geçerek, yumuşak minderli bambu koltuklara yerleşiyorlar.

Nisa Hanım, kısa süreliğine uzaklara gönderdiği bakışlarını toparlayarak, geçmişte yaşananlara artık hoşgörüyle yaklaşabildiğini kanıtlamak ister gibi ılımlı bir tavırla ve yumuşacık boyun eğişiyle anlatmaya başlıyor.

"Güzel Sanatlar Akademisi'nin resim bölümünde, sanat adına gelecekten büyük beklentileri olan başarılı bir öğrenci... Doğuştan gelen yeteneklerini eğitimle taçlandırarak, okullu bir ressam olma yolunda. Ancak, tıkır tıkır işleyen düzen, umulmadık bir anda bozuluveriyor. Bir daha indirilmemek üzere rafa kaldırılıyor tüm beklentiler. Ve anasının babasının gözbebeği, nazlı Nisa'ları, 'aşk izdivacı' nedeniyle okulunu bırakıyor.

Kimsenin beklemediği bir durum bu. Nisa'nın da!

Ne yazık ki... Nisa'nın da..."

O günlere dönmüş, her şeyi tüm canlılığıyla yeniden yaşıyor sanki. Sesi titriyor konuşurken, dudakları, elleri...

Başını dikleştirip gözpınarlarında göllenmiş yaşları güçlükle geriye itiyor.

"Çok büyük bir hataydı yaptığım. Kararımı verdiğim anda pişman olmuştum zaten. Ama dönüş yoktu. Suçlu aramak gerekirse, tek suçlu bendim. On dokuz yaşın kavak yellerine karşı duramamış, sevmiştim onu. Hem de aramızdaki onca yaşa rağmen...

Bugünkü bakış açımla, Halil'in iyi bir sevgili olduğu kadar iyi bir koca olduğunu da söyleyebilirim. Ne var ki, bunları görecek, değerlendirecek olgunlukta değildim henüz. En sevdiği oyuncağı elinden alınmış huysuz bir çocuk gibi, oyuncağımı alan kişiye, kocama düşman olmuştum. Yaşadığım her şeyin sorumlusu oydu; suçluydu, cezasını çekmeliydi.

Öylesine uzlaşılmaz, öylesine hırçındım ki, en yakınlarım bile tanımakta güçlük çekiyorlardı beni. Hepsinden nefret ediyordum.

Çıkmaz bir sokakta yapayalnızdım... Günbegün yüzü gülmeyen, kapkara bir kin yumağı haline gelmekteydim.

'Depresyon!' dedi götürüldüğüm ünlü psikiyatr. Her öğünde yutmam gereken birer avuç ilacın yanı sıra, açık havada uzun yürüyüşler yapmamı önerdi. İşte bu öneri, hayatımın dönüm noktası oldu...

Yürüyüşe çıkarken, önceleri yanımda birileri oluyordu; beni yalnız bırakmaya korkuyorlardı çünkü. Attığım her adımda bileklerimdeki kelepçelerin çözüldüğünü, üzerime yapışmış kara lekelerin teker teker bedenimden uzaklaştığını görünce, içleri rahatladı; beni benimle bırakmaya razı oldular.

İlacımı bulmuştum. Durmak dinlenmek bilmeden saatlerce yürüyordum. Açık havada –ki o havanın yağmurlu, karlı, fırtınalı ya da boğucu sıcak oluşu hiç fark etmiyordu– doğayla ve kendimle baş başa...

Depresyon teşhisi konmuş, bunalımda olduğum, uzman ağzından onaylanmıştı ya... Biraz daha farklı ayrıcalıklarım olması gerektiğine inanıyordum. Yaptıklarımdan sorumlu tutulmamak, istediğim gibi davranma özgürlüğü...

Yürürken başımı havaya kaldırıp avazım çıktığı kadar bağırabilirdim örneğin. Bir başkası için abuk bir hareketti belki, ama kimse bana hesap soramazdı. Birkaç kez denedimse de çabuk vazgeçtim. İlgi çekmek, milleti başıma toplamak değildi amacım.

Yürüyüş boyunca kendimle konuşarak da meydan okuyabilirdim çözümsüzlüklerime.

Kendi kendine konuşmak! Gitgide bir alışkanlık haline geldi bende. Zaman içinde bu kadarıyla yetinemez oldum. Birileriyle konuşma ihtiyacındaydım. Kimselere güvenim yoktu ama...

Kiminle konuşacağımı buldum sonunda. Sabırla dinleyecek, dinlerken ne söylersem söyleyeyim beni ayıplamayacak, içten içe kınamayacak biricik sırdaşım, *deniz* oldu.

Eskisi gibi çok yürümüyordum artık. Evden çıkıp *deniz*'e ulaşıncaya kadar yürümek yeterli oluyordu. Tarabya'da oturuyorduk o zamanlar. Can dostuma bir an önce kavuşabilmek için kestirme yollar bulmuştum kendime. Daracık sokaklardan sabırsızlıkla geçerken, bir gün bile âşığından uzak duramayan, iflah olmaz bir karasevdalıydım sanki.

Saatlerce konuşuyorduk onunla. Harika bir paylaşımdı aramızdaki. Gizlimiz saklımız yoktu. Yüreğimin kapılarını ardına kadar açmıştım ona.

'İçini acıtan her şeyi, yaşadığın tüm olumsuzlukları savur bana!' diyordu. 'Savur ki, o acılardan arınabilesin.'

Dediğini yaptım... Ortak oldu dertlerime. Benimle ağladı, benimle haykırdı paylaştığımız isyanı. Benimle güldü dingin zamanlarımızda. Kimi kez köpük köpük, kimi kez azgın dalgalarıyla eşlik etti çığlıklarıma...

Bendeki değişimi, 'iyileşiyor' diye yorumluyordu yakınlarım. Bir dereceye kadar doğruydu. *Deniz*'in telkinleriyle kendimi suçlamaktan vazgeçmiştim en azından. Geçmişi sorgulayacağıma, geleceğe bakmaya hazırlanıyordum üstelik. Az şey miydi bunlar?

Ancak, canlılığını yitirmiş, bir daha asla işlev göremeyecek bir yer vardı yüreğimde. *Aşk*'ı öldürmüş, oraya, derinlerde bir yere gömmüştüm. Beni örseleyen, kangren olmuş, habis bir dokuyu taşıyordum artık bedenimde.

Çarpık sayılabilecek bu yaklaşımıma da karşı çıkmadı *deniz.*

'Ölü de olsa, söküp atma yüreğinden' dedi. 'Bir süreliğine, aşksız yaşamayı dene. Başarabilirsin...'

Haklıydı. Madem beni yaralayan *aşk*'tı; görmezden gelmek, yok saymak, ona verilebilecek en iyi ceza şekli olacaktı.

Birden ferahlamıştım. Daha iyimser bakabiliyordum olaylara. Evin içinde, az da olsa gülüp konuşabiliyordum artık. Neşeli halimi çoktan unutmuş yakın çevrem bile hayretler içindeydi.

Tüm bu gelişmeler, beni *deniz*'e daha da çok bağladı. Ona olan minnetim günbegün katlanarak artıyordu..."

16

Deniz'i resmetmek

"Bir gün, hiç ummadığım bir anda, yaşamımın daha sonraki bölümünde gerçekleşecek mucizenin ilk işaretlerini aldım. *Deniz*'e karşı bir banka oturmuş, elimdeki kalemle önemli gördüğüm yerlerin altını çizerek, altını çizdiğim o önemli yerleri *deniz*'e okuyup, kendi izlenim ve yorumlarımı onunla paylaşarak kitabımı okuyordum. Birden, nasıl oldu bilmiyorum, *deniz*'i resmetmek geldi içimden!

Öylesine heyecanlıyım ki... Parmaklarım kıpır kıpır. Kalbim, göğüs kafesimi yarıp dışarı fırlayacak sanki.

Kitabın kapağını çevirip önsözden önceki boş sayfayı karşıma aldım. Ve... ayların susamışlığıyla *deniz*'imi çizgilerimle buluşturuverdim.

Yetmedi bu kadarı; yetmezdi, yetemezdi. Onca zamanın özlemi vardı içimizde. Deli gibiydim. Kitabın sayfalarını hızla çeviriyor, elimin altına düşen her boşluğa dalgalar yerleştiriyordum. Uysal, hırçın, köpürmüş; kumsalla öpüşen, nazla salınan... Benim dost dalgalarım!

Deniz, ben ve çizgilerim, harika bir üçlü oluşturmuştuk. Ancak, eksik kalan bir şey vardı: Renkler! Onları da aramıza aldık mı, keyfimize diyecek olmayacaktı.

Kitabı banka bıraktığım gibi, fırlayıp kalktım. Hafiften çiseleyen yağmura gülümseyerek, ivedi adımlarla yolun karşı tarafına geçtim. O an için hiçbir işe yaramadıklarını düşündüğüm yığınla dükkân ve mağazanın içinden aradığımı buldum sonunda: İki yüksek binanın arasına sıkışmış kalmış, yıkılmayı bekleyen eski yapının girişindeki küçücük kırtasiyeci.

İçeri nasıl girdiğimi, doğal afet bölgesinden günler sonra

kurtarılmış bir kazazedenin açlığıyla, resim malzemelerine nasıl sarıldığımı bilemiyorum. Ne var ki, duyduğum çıldırtıcı özleme rağmen, elimi attığım her nesneyi geri bırakmak zorunda kalıyordum.

Ya yapamazsam! Ya beceremezsem...

Parmaklarım gibi, renkler de ihanet ederse bana...

Eder, eder! Yüreğimin ihanetine de uğramadım mı öncesinde?

Ya da intikam almaya kalkarlarsa benden?..

'Aylardır uğramadın yanımıza, hatırımızı sormadın; bizim için yoksun artık!' derlerse?

Yağlıboya... yanına bile yaklaşamıyorum.

Suluboya... o da olmaz, kırgındır bana.

Resim kâğıtları... kalsın! Bembeyaz yüzleriyle aşağılar gibi bakıyorlar suratıma.

'Ne arzu etmiştiniz?' diyor tezgâhın arkasındaki güleç yüzlü genç kız.

'Bloknot' diyorum, beni bile şaşırtan kararlılığımla. 'Büyücek bir bloknot.'

'Bu iyi mi?'

'İyi. Bir de...'

'Evet?'

'Bir kutu mum boya.'

Bu kadarı yeterdi şimdilik... Bloknotla boyaları kaptığım gibi *deniz*'e koştum yeniden. Beni görünce sevindi *deniz,* hele onun için bir şeyler yapacağımı anlayınca, havalara uçtu sevincinden.

Orada kaç saat boyunca, kâğıdın beyazına *deniz*'in bin bir tonunu çaldığımı, *deniz*'i kaç resme hükümdar kıldığımı bilemiyorum. Resim bile sayılmazdı aslında yaptıklarım. Anaokuluna başlayan çocuğun mum boyayla yaptığı ilk boya çalışmaları gibi, bir yığın karalama. Birbiri ardına çevirdiğim bloknot yapraklarına, dokundurduğum renklerle birer damla deniz suyu damlatmıştım yalnızca.

Ama olsun; çok beğendi *deniz* yaptıklarımı, öve öve göklere çıkardı.

İrileşen yağmur damlalarıyla harelenen yüzündeki ürpertiyle, 'Devam et' dedi. 'Daha iyilerini bekliyorum senden.'

Bana geçti ürpertisi, titremeye başladım. Ancak o zaman, nicedir yağan yağmurun altında sırılsıklam olduğumu fark edebildim. Bir kısmı ıslanmış, fazlaca ıslananları hamura dönmüş resimlerimi aceleyle toplayıp *deniz*'le vedalaştım.

Hava kararmıştı. Kim bilir nasıl merak etmişti evdekiler... Umurumda bile değildi. En son ne zaman bu kadar mutlu olduğumu hatırlamıyordum.

Kapıyı kocam açtı. Gözlerinde endişeli bir ifade... Daha fazlasını göremedim. Kapkara bir perde indi gözlerime. Son bir gayretle elimdeki şekilden çıkmış resim müsveddelerini uzattım.

'Son resim çalışmalarım!' diye fısıldadım gururla.

Bayılmışım!"

Nisa Hanım, zorlu bir maratondan çıkmışçasına yorgun, arkasına yaslanıyor.

"Münevver'e söyle, çay getirsin bize" diyor Dila'ya.

Sonra da sehpanın üzerindeki metal kutudan kahverengi, ince bir sigar[1] çıkararak zarif hareketlerle yakıyor.

"Dört yıl oldu sigarayı bırakalı" diyor. "Günde bir paketi bulunca, o beni bırakmadan ben onu bırakayım istedim."

Nehir'in, elindeki sigar'a bakıp belli belirsiz gülümsediğini görünce, "Buna takıldınız, değil mi?" diye gülüyor o da. "Tütün, tütündür; doğru. Ama bu, ara sıra kapısını çaldığım minik bir kaçamak yalnızca. Böyle kaçamaklar da olmasa, yasaklamalarla yavanlaşan hayatımıza nasıl renk katacağız?"

Çayını yudumlarken, Nisa Hanım'ın neden bu kadar derinlemesine bir anlatım içine girdiğini merak etmekten kendini alamıyor Nehir. Evini, özellikle de çalışma ortamını açtığı her konuğa, ruhunun sır dolu labirentlerini de açmak zorunda değil ki. Bugün yaşananlar, yalnızca kendisine tanınan bir ayrıcalıksa eğer, altında yatanın ne olduğunu çok merak ediyor Nehir.

1. Yaprak sigara.

“Sıkıldıysanız burada kesebiliriz” diyor Nisa Hanım.

“Olur mu hiç!” diye karşı çıkıyor Nehir. “Sizi ve anlattıklarınızı dinlemek, benim için zevk.”

“Nerede kalmıştık?” diye Dila’dan yardım istiyor Nisa Hanım.

“Bayılmıştın” diyor Dila. “Kapının eşiğinde yere yığılmıştın ya...”

“Ha, evet... Yağmur altında, farkında olmadan çok üşümüşüm o gün. Ağır bir zatürre, yanı sıra geçirdiğim ruhsal deprem... Günlerce, kendimi bilmeden yatmışım.

Çektiklerime değdi ama! Kalktığımda, salonun ortasına kurulmuş, kullanılmaya hazır bir tuvalle harika bir yağlıboya takımı beni bekliyordu. Kenarları sedef işlemeli palet ve her boydan birkaç tane fırçayla beraber...

Renklerle ve çizgilerle dansım yeniden başlamıştı. Yaşamımın belki de en mutlu günleriydi onlar... Doktorlar evden çıkmamı yasaklamışlardı, uzunca bir süre dört duvar arasında kalacaktım. Ne gam! Hiç şikâyetim yoktu. Elimi fırçaya sürmediğim zamanın acısını çıkarmak, aradaki açığı kapatmak ister gibi, soluk almamacasına çalışıyordum.

Yakın çevremde yaşayan hiç kimse, kendimi bu denli yormamı hoş karşılamıyordu. Mutfaktaki yardımcıdan bahçedeki bahçıvana kadar... Sözüm ona belli etmiyorlardı bana ama, biliyordum; fısır fısır beni konuşuyorlardı aralarında. Bunalımlarımın yeni tezahürü olarak görüyorlardı belki de resim çalışmalarımı.

Yalnız onlar mı? Gecenin geç saatlerinde, ayakta dikilmekten mecalsiz kalıp yatağa uzandığımda, kocamın endişeli bakışlarıyla karşılaşıyordum. Görmezden gelip, boya kokularıyla yoğrulmuş yorgun bedenimi, coşkulu bir sabırsızlıkla nicedir dinginliğini ve huzurunu unuttuğum uykunun şefkatli kollarına teslim ediyordum. Bir an önce uyumak, uyanır uyanmaz da beni bekleyen imge ve renk dünyama kavuşmak için.

Tuvale yansıyan renkler ve tonlar durmadan değişiyordu da konu hep aynıydı: *Deniz!*

Öylesine özlemiştim ki onu...

Hayır, resim çalışmalarım için, ille de karşımda olması gerekmiyordu. Onunla dopdoluydum; göremesem, kokusunu içime çekemesem de fırçamın ucundan o dökülüyordu nasılsa.

O zamanlar farkında değildim ama, *izlenimci* ruhumun getirisiydi bu durum. Ve ben, gördüklerimin değil, hissettiklerimin izdüşümünü resmediyordum.

Deniz'i en iyi tanıyan bendim. Diğer insanlar, doğanın bir parçası diye niteleyip geçerken, ben onu ruhuyla değerlendiriyordum çünkü. Farklı ruh hallerini renklerle kaynaştırabilmem, onu böylesine iyi anlatabilmem, bu yüzdendi. Hüzünlü, öfkeli, sevecen, gülen, ağlayan... Her bir fırça darbesi, dile gelip ses verecekti neredeyse...

Onu tuvalin üzerinde görmek yetmiyordu artık. Özlemim dayanılmazdı. Hiç ummadığım bir anda, hiç ummadığım bir şekilde gerçekleşti kavuşmamız..."

17

Aşk dediğin nedir ki?

"Baharın, yerini ilkyaza bırakmaya hazırlandığı, ılık bir pazar günüydü...

'Arabayla gezelim mi biraz?' dedi Halil.

Hazırlanırken, bagaja nelerin yüklendiğini göremedim haliyle. Ancak sahile indiğimizde, *deniz*'in karşısına yerleştirilen tuvalin varlığını fark edebildim.

Minnetle, uzun zamandır ondan esirgediğim, yürekten gelen sıcacık bir sevgiyle kucakladım kocamı. *Deniz*'le beni yalnız bırakıp giderken, el salladım arkasından, ince bir düşüncenin ürünü olan bu davranışına alkış tuttum içimden.

Deniz ve ben! Baş başaydık işte...

Bir süre konuşamadık heyecandan. Sonra da lafı birbirimizin ağzından alarak, susamışlığımızı giderme yarışına girdik. Tuvalin üzerindeki son çalışmamı gösterdim ona.

'Biliyorum' dedi, sevildiğini bilen mağrur ve mutlu bir âşık gibi. 'Yalnızca ben varım tablolarında... Ama, kocanla da barışmalısın artık. Kötü biri değil o. Elleriyle seni bana getirdi, unutma. Ancak çok seven bir erkek yapar bunu.'

Aklımı karıştırmış, ezberimi bozmuştu, biricik dostum.

'Artık ona âşık değilim' diye mırıldandım umarsızca.

'*Aşk* dediğin nedir ki?' diye gülüverdi *deniz*. 'Ruhun en büyük yanılgısı! O olumsuzlukları yaşamasan da ilk ateşini çoktan yitirmiş olacaktı zaten. Yangının orta yerinde durursan, kavrulur gidersin. Evlilik, hararet derecesini dengeleyen bir kurumdur. İnan bana, geride kalan sıcaklık, ikinizi de uzun yıllar ısıtmaya yetecektir.'

'Ne oldu sana böyle? Sen ki şairlerin, ressamların, tüm sanatçıların ilham kaynağı; yüreği sevgiyle çarpan kadın-erkek tüm yaratılmışların romantizm sembolü *deniz*'sin... Nasıl olur da sığ bir beraberliğe indirgeyebilirsin *aşk*'ı?'

'Sığ olduğunu kim söylemiş? Onu beslemek ve zenginleştirmek sizin elinizde...'

O güne kadar *deniz*'in aseksüel olduğunu varsaymıştım; cinsiyetsizdi benim gözümde. Ama bu son sözler, erkek olduğunu düşündürdü bana. Erkek erkeği destekler tezine uygun davranarak, beni değil, kocamı desteklediği için belki.

Biraz hayal kırıklığına uğramıştım ama, biliyordum ki beni üzmeye yönelik değildi söyledikleri. Tam tersine, mutlu olmamı istediğindendi.

Cinsiyet konusunun ise üzerinde durmaya bile değmezdi. Tamamdı, dostların cinsiyeti olabilirdi, ama dostluklar cinsiyetsizdi. Önemli olan da buydu zaten."

Dila, sık sık Nehir'in yüzüne bakarak, sıkılıp sıkılmadığını kontrol ediyor. En ufacık bir işaret alsa annesinin sözünü kesecek, belli.

Nehir ise, işin başında sıkılmaya meyletse de gitgide ilginçleşen sohbete kendini kaptırmış. Başkalarının özel hayatlarıyla ilgilenme huyu yok, magazinsel dedikodulardan da uzak durmuştur hep ama, Nisa Sezen hakkında kimsenin bilmediği sırları birinci ağızdan duymanın çekimine girmiş bir kere...

Bir bu kadarını daha dinlemeye hazır ama, "Sonrası, bugüne dek uzanan tekdüze bir yaşam çizgisi" diye noktayı koymaya hazırlanıyor Nisa Hanım.

Biraz önce konuşmayı bölmeye çalışan kendisi değilmiş gibi, "Deniz'i, ağabeyimi anlatmadan bırakamazsın!" diyor Dila. "Kaldığın yerden devam et lütfen."

"Öyle olsun bakalım" diye gülüyor Nisa Hanım. "Bundan sonrasında, ideal sayılabilecek bir ev ve aile düzeniyle resim çalışmalarını dengede tutmak için gösterilen çabanın dışında, anlatacak fazla bir şey yok aslında. Ancak, bunalımdan sıyrılıp normal yaşama ayak uydurmaya çalıştığım o dönemde, en büyük desteği eşimden gördüğümü söylemeliyim. Sayıları arttıkça sanatsal yönleri de zenginleşen tablolarımla en büyük gururu duyan da oydu.

Altıncı ayın sonunda iki tablom, pek çok ünlü ressamın yer aldığı bir karma resim sergisine kabul edildi. Bu kabulde eşimin rolü neydi, hiçbir zaman öğrenemedim. Bileğimin hakkıyla başardığıma inanmamı istedi, inandırdı da.

Bana verilmiş nadide bir armağandı o sergiye katılmam. Ben de daha büyüğünü, yaşamının en değerli armağanını verdim kocama.

Sergideki *Dalgaların Hüznü* adlı tablomun önünde, 'Bir bebeğimiz olacak' diye fısıldayıverdim kulağına. Orada, o kalabalığın içinde kucakladığı gibi havalara kaldırdı beni. Ne kadar utandığımı anlatamam..."

"Ağabeyimin benden şanslı olduğuna inanmışımdır hep" diye gülüyor Dila. "İlk ve erkek çocuk farkı! Baksanıza, anne karnına düşmesinin babaya iletiliş biçimi bile son derece şiirsel. Benim içinse, laf arasında, 'Deniz'e bir kardeş geliyor' deyip geçmişsinizdir."

"Haksızlık etme Dila. Ana baba olarak, ikinizde de aynı heyecanı ve sevinci yaşadık biz. İlk çocuğun erkek olacağı belli değildi üstelik. Cinsiyetini öğrenmek istemedim. Adını koydum yalnızca. Erkek ya da kız, *Deniz* olacaktı çocuğumun adı."

"Bu anlattıklarınızdan sonra, başka bir isim düşünemezdim zaten" diyerek gülümsüyor Nehir. "Ya Dila? Onun adını kim koydu?"

"Ben. İkisinin adını da koyan benim. 'Bu hak, çocuğu dokuz ay karnında taşıyan; ona kanından kan, canından can veren anasınındır' dedi kocam."

"Dila'nın anlamı ne? Onun da Deniz gibi özel bir hikâyesi var mı?"

"Olmaz olur mu? Deniz'inki kadar destanlaşmış bir hikâye değilse de, var tabii... Önce telaffuzuna, söylenişindeki şarkı tadına vuruldum Dila'nın. Deniz'le kafiyeli olmasa da uyumluydu üstelik. Deniz ve Dila...

Sözcük anlamını araştırmaya başladığımda, pek çok dilde karşılığı olduğunu gördüm. Eski dilde dil; gönül, demek. Farsça kökenli ise, 'ey gönül' anlamında. Kürtçede Dila; yürek, demekmiş. Ama beni asıl etkileyen, Gürcü dilindeki karşılığı oldu. Dila; *sabah güneşi* ya da *sabah* anlamında kullanılıyor.

Deniz dört yaşına gelmiş. Yaşantımızda belli bir düzen var artık. Resim çalışmalarım beni tatmin edecek düzeye ulaşmış. İlk kişisel sergimi açmışım. Bunların üzerine geliyor Dila. Sabah güneşi gibi giriyor dünyama, *Sabah*'ım oluyor..."

Dışa yansıttığı aşırı duygusallıktan rahatsız olmuş gibi, sesini toklaştırıyor.

"Manolya Konakları'ndaki etkinlik için gereken tabloyu seçelim mi artık? Bu kadar konuştuktan sonra, bu noktaya ancak gelebilmemizi yadırgamış olabilirsiniz. Dila bilir, evime gelen her konuğa bu kadar zaman ayırmam. Kendim ve ailem hakkında bu denli ayrıntıya girmem de sıkça yaşanan bir durum değildir."

Gözlerini, duvar boyunca asılı tablolar üzerinde gezdirirken, yeniden yumuşuyor sesi.

"Gördüğünüz gibi, tüm tablolarımda *deniz* var. Ya ana tema ya da yan öğe olarak. Ancak, Deniz Sezen'den söz edecek olursak... Altına imzamı attığım tabloların içinde en değerli, en nadide, en biricik olanı oğlumdur!

Ve o *Deniz,* size özel ilgi göstermemi istedi benden.

Abarttım belki, gereğinden çok konuştum. Ama içim rahat. Sanırım, Deniz de böyle olmasını istiyordu..."

Nisa Sezen her ne kadar özgün olduğunu iddia etse de Monet'nin tablolarını çağrıştıran, tıpkı onunkiler gibi fırça darbeleriyle renk ve ışık kazanmış; sahile vuran dalgaları seyre dalan, bir önceki yüzyıla ait, ince yapılı, şapkalı bir kadının siluetiyle hareketlenmiş tablonun arabaya taşınmasını sessizce izliyor Nehir.

Nisa Sezen'in, yaşamındaki en özel kırılma noktalarını gözünü kırpmadan anlatmasının, gizli kalması daha yararlı olacak aile sırlarını bile hoyratça ortaya dökmesinin altında yatan, Deniz'in isteğiymiş meğer, diye düşünüyor. Oğlu istedi, annesi yerine getirdi...

İyi de neden o oğul, neden o Deniz Sezen, Nehir'e böylesine özel bir ilgi gösterilmesini istedi ki?

Gelen konuğa çay kahve ikram edilip güler yüzle ağırlanması da yeterince "ilgi" anlamına gelmez mi?

Özel'i bu kadar abartmanın altında yatan ne?

İşte bunu çözemiyor Nehir...

* * *

Önceki akşam, kahvelerini içerken gündeme gelmişti konu. Dila, Beylikdüzü'ndeki örnek konak için bir tablo gerektiğini söylemişti annesine.

"Seçin bir tane, götürün" demişti Nisa kayıtsızca.

"O kadar kolay değil" diyerek gülmüştü Deniz. "Seçimi biz değil, konakların tanıtım ve pazarlama işlerini yürüten dünyalar güzeli bir hemcinsin yapacak. Öyle olması gerekiyor..."

"Gene ne dolaplar çeviriyorsun Deniz?" diye takılmıştı oğluna Nisa. "Kimmiş bu güzel?"

"Adı Nehir. Tanıtım kokteylinde yanımdaydı ya..."

"Ha... şu, gazetelerde boy boy resminizin çıktığı kız! Yoksa gerçek miydi yazılanlar?"

"Hayır, ama gerçeğe dönüşmemesi için bir neden yok, öyle değil mi?"

"Nehir!.." diye üstüne basa basa telaffuz etmişti Nisa. "Deniz'e ulaşması muhtemel bir nehir bu galiba..."

Elini annesinin omzuna atıp, "Döktürüyorsun Nisa Sultan" diye uzun uzun gülmüştü Deniz. "Şöyle enine boyuna incele bakalım, denize ulaşma ve onunla bütünleşme şansı neymiş bu nehrin..."

Kararını vermiş bile, bu noktadan sonra benim ne hükmüm olabilir ki, diye geçirmişti Nisa içinden.

"Gelsin bakalım" diyerek başını dikleştirmişti. "Özel konuğumuzu nasıl ağırlamamızı istersin?"

"Sana yaraşır biçimde. Sezen ailesini biraz daha yakından tanımasını sağlarsan, sevinirim."

Buradan hareketle, sıcak bir karşılama yapmıştı kendince Nisa. Evliliğinin ilk yılları, geçirdiği bunalımlar ve kocasıyla ilişkileri hakkında fazla ayrıntıya girmese daha iyi olurdu; ama ne yapsın, tutamamıştı kendini.

Aman... Oğlu için gelgeç bir macera ise –gerçi öyle olduğunu hiç sanmıyordu Nisa Sezen– her telden bir sohbeti paylaşmışlardı işte. Ama bu ailenin içine girmeye, Deniz'le bütünleşmeye layık bir Nehir'se eğer, her şeyi bilmeye hakkı vardı zaten.

Ve Nisa Sultan'ın ağır oturaklı, zarif görünüşünün altındaki bu delidolu hallerine de alışmalıydı şimdiden...

18

Kaktüs Restoran

Bir yanda Büyükçekmece Gölü, diğer yanda Marmara Denizi... Aynı avucun içinde duruyorlar sanki.

Otelin 28. katındaki, hem göl hem deniz manzarasına hâkim Kaktüs Restoran, oldukça tenha bu gece. Cam kenarındaki birkaç masa dışında, her yer boş.

Nehir'le Deniz, manzarayı en iyi görebilecek konumdaki köşe masada oturuyorlar. Nehir yönünden, hesapta olmayan bir yemek bu. Sağ ve sol kolum, dediği acar yardımcıları Pınar ve Hakan'la beraber Manolya Konakları'ndaki "Cumartesi Buluşması" için yola koyulduklarında, akşam yemeğini bu şartlarda yiyeceği aklının ucundan geçmezdi.

Planlandığı gibi; örnek konakta geceleyecek beş aileyle büyük bir gazetenin ekonomi servisinde çalışan, pazar günleri iş ekinde köşe yazıları yayımlanan, Nehir'in gazeteci dostunu karşılayıp odalarına yerleştirmişlerdi. Sonrasında hep beraber çaylar kahveler içilmiş, site içinde tanıtım turları atılmıştı. Türk hamamı, sauna, spor merkezi; basketbol, voleybol, mini golf sahaları gezilmiş, ertesi sabahki bruch'ın ardından bu tesislerin tümünden yararlanabilecekleri vurgulanmış ve konuklar yemek öncesi dinlenmeye çekilmişlerdi.

Onlar dinlenirken aşağıda, kusursuz olacağı baştan belli bir mangal partisinin hazırlıkları sürüyordu. İstanbul'un ünlü et lokantalarından birinin Urfalı mutfak şefi, ekibiyle beraber, sırf bu iş için şehirden getirilmişti. Önceden terbiyelenmiş etler, şişlere dizilmiş domatesli, biberli kebaplar, köfteler, pirzolalar, çimenlerin üzerine kurulmuş sıra sıra mangallarda pişirilmeyi bekliyorlardı.

Her şey yolundaydı. Bu yolundalığın baş mimarı olmaktan gurur duyuyordu Nehir. Çalışma arkadaşlarını da unutmuyordu ama.

"Kutlanmayı hak ettik" demişti Pınar'la Hakan'a. "Her şeyi inceden inceye planlamanın ve mükemmeli hedeflemenin getirdiği başarı bu."

Ardından da gülerek eklemişti:

"Şu hale baksanıza! Aralarından sıyrılıp, çekip gitsek kimse fark etmeyecek yokluğumuzu. Her şey kendiliğinden, tıkır tıkır, öylesine güzel işliyor ki..."

"Önemli olan düzeni kurmak" demişti Hakan. "İyi kurulan düzen, kendi kendini işletiyor."

Deniz de tam o sırada gelmişti yanlarına.

"Haklısınız, çekip gitsek kimsenin umurunda olmayacak" diye onaylamıştı konuşulanları. Sonra da gözlerinin içine, ta derinlerine sızmıştı Nehir'in.

"Seninle bir yerlere kaçalım mı?"

Satışa sunulan, satışı için özveriyle çalışılan konakların sahibi değil de okuldan kaçıp daha eğlenceli bir yerlere gitmeyi düşleyen yaramaz, sevimli bir çocuk konuşuyor sanki...

Gülüvermişti onun bu haline Nehir. Söylenenleri şaka niyetine algıladığını anlatmak ister gibi, "Nereye kaçabiliriz ki?" diye omuz silkmişti.

Deniz'in niyeti ciddiydi.

"Konakların inşaatı sürerken, şehre dönmediğim geceler kaldığım bir otel var. Beylikdüzü'nün en elit otelidir. TÜYAP'ın hemen yanında. *Roof*'u[2] harikadır. Boğaz manzarasını aratmayacak güzellikte bir manzara... hem bedenleri hem de ruhları dinlendiren hafif bir müzik, nefis yemekler... Ne dersin?"

Teklife bayılmıştı Nehir.

"Ya burası? Böyle de bırakamayız ki..." türünden caydırma girişimleri, fazla hevesli görünmek istemeyişinden kaynaklanıyordu.

"Biz ne güne duruyoruz?" diye karşısına dikilivermişti Hakan. "Bu saatten sonra, bize bile iş düşmüyor ya neyse..."

2. Çatı.

"Zaten şehre dönmeyecek miydiniz?" demişti Pınar da. "Gece burada kalamayacağınıza göre. Yarın sabah, brunch'a gelirsiniz artık..."

Ne programa ne de programın kendisi dışında yapılıp hazır halde sunulmasına itirazı vardı Nehir'in. Bu tepeden inme yemek, yorgunluklarının üzerine ilaç gibi gelecekti. İçinden geçenleri maskeleyip oldubittiye getirilmiş bir karara zorunlu olarak uyuyormuş gibi davranması, şartların gereğiydi yalnızca...

Beş yıldızlı otelin zirvesinde yer alan Kaktüs Restoran, yeni yeni dolmaya başlıyor. Dikenli, batıcı bir şeyleri çağrıştıran adının tersine; kapıdan içeriye adımını atanları kucaklayıveren, sıcak, yumuşacık bir havası var. Nehir'le Deniz, restoranın bu akşamki ilk konuklarından.

Büyükçekmece Gölü'yle Marmara Denizi'nin birbiri içine uzanmış gibi duran doyumsuz gece manzarasına karşı oturuyor Nehir. Deniz ise manzaraya sırtını dönerek, Nehir'i seyre dalmış.

Geniş salonun kesişen iki kenarı, boydan boya cam. Masalar, denizin ve gölün kuşbakışı seyrini engellemeyecek şekilde, cam kenarlarına diklemesine yerleştirilmişler. Girişin sağında birkaç basamakla inilen geniş bir dans pisti, diğer tarafta ise duvar boyunca uzanan şık bir Amerikan bar var.

Garsonlar fır dönüyor etraflarında. Karşılanış şeklinden, Deniz'in buralarda çok iyi tanındığını kestirebiliyor Nehir.

Kim bilir daha önce kimlerle gelmiş buraya... Hiçbiri ilgilendirmiyor Nehir'i, ama "diğerleri" ile aynı kefeye konulacak olmak canını sıkıyor. Deniz Sezen'in kız arkadaşları ile...

Kız arkadaşı değil, iş arkadaşıyım ben, diye geçiriyor içinden. Oysa, bu kadarını bile kabul etmemişti bir zamanlar...

İş arkadaşı sözü de acımasızca dalgasını geçerek o günlerin intikamını alıyor zaten. Deniz'in sıcacık bakışlarına çarpıp gerisingeriye dönüyor, alaycı kahkahalar halinde suratına çarpıyor Nehir'in.

"İş arkadaşı, ha! Yok ya!.."

Deniz'in, masanın üzerinden uzanıp elini tutmasıyla iyiden iyiye karışıyor kafası.

"Kırmızı şarap mı içsek, beyaz mı? Balık yiyeceksek, beyaz iyi gider. Ne dersin?"

Usulca elini çekiyor Nehir. Şarabın rengi, ısmarlanacak meze, ara sıcak ve ana yemekler... hiçbiri umurunda değil. Tüm seçimleri Deniz'e bırakmaya dünden razı. Her birini sorarken elini tutacağına...

İçin için kendini yargılamaktan da geri kalmıyor Nehir. Ne bu ürkeklik, ilk flörtüyle kaçamak buluşmuş yeniyetme halleri...

Yakışıyor mu otuzuna gelmiş Nehir Hanım'a? Eski arkadaşları görse, kasıklarını tuta tuta gülmekle kalmaz, tefe koyup çalmayı da görev edinirler.

Deniz'in de ondan eksik kalır yanı yok. O ana kadar yaşadıkları, zihninden ve bedeninden kazınarak temizlenmiş; tüm deneyimleri hiçbir kalıntı bırakmadan buharlaşıp uçmuş sanki. Sevdiği insana yüreğini nasıl açacağını bilemeyen, toy bir delikanlı kalmış geriye.

Gazetelerin magazin sayfalarına "Çapkın Prens" diye manşet atan gazeteciler, gelip görsünler Deniz Sezen'in ne hallere düştüğünü...

Pistin kenarındaki, duvara dayalı piyanonun başına geçen, kır saçlarını atkuyruğu şeklinde ensesinde toplamış, geçkin yaşına göre yakışıklı sayılabilecek piyaniste; etekleri yerlere kadar uzanan, derin göğüs dekolteli siyah tuvaleti, sımsıkı siyah topuzu, yüksek topuklarını müziğin ritmine göre ahenkle zemine vurduğu kırmızı ayakkabılarıyla hoş sayılabilecek, orta yaşlı bir kadın şarkıcı eşlik ediyor.

Yemek müziği niyetine, yemek yiyenleri rahatsız etmeyecek yumuşaklıkta, Latin Amerika folk müziğinden şarkılar çalıp söylüyorlar. Nehir'le Deniz, ara ara küçük gülümseyişlerini paylaşarak, önlerindeki mezelerden küçük lokmalar alıyor;

akıllarının yarısı bambaşka yerlerde, diğer yarısı da birbirlerinin üzerinde, icra edilen müziği dinler görünüyorlar.

Neden sonra Deniz, belki de şarkıcı kadının söylediği buram buram aşk kokan ezgilerden aldığı güçle, "Nehir!" diyor kararlılıkla. "Kaçma benden! Kaçırma gözlerini..."

Bu kez tek elini değil, iki elini birden alıyor avuçlarının içine. Öyle ki, istese de kıpırdayamıyor Nehir.

İstediği de yok zaten... Gönüllü bir esaret, yaşadığı.

"Sevdim seni Nehir! İlk gördüğüm anda sevdim. Adını ilk duyduğumda... Nehir ve Deniz!

Geceler boyu boşluğa, karanlıkların kuytusuna haykırdım adlarımızı. Denize dökülmek için dağlar tepeler aşan bir nehirle, o nehri kucaklamak, içine almak için çırpınan bir deniz hayal ettim hep. Bizdik onlar! Birbirine ulaşması, birbirini bütünlemesi gereken Nehir'le Deniz...

Ama bunları söyleyemedim sana. Tanışalı kaç ay oldu... Boşuna harcadım bunca zamanı."

Kendisinin de bir şeyler söylemesi gerektiğini düşünüyor Nehir. En azından birkaç soru soracak. Kafasında düğümlenen "neden"leri sıralayacak. Neden şimdi, diyecek.

Olduğu yerde kıpırdanarak konuşmaya hazırlanırken, elini Deniz'in elinden çekecek oluyor... Şiddetle karşı çıkıyor Deniz.

"Dur!" diyor. "Konuşmaya başlamışken, susturma beni. Aylardır bekledim bu anı... Hiç kimse, hiçbir şey umurumda değil artık. Herkes bilsin, Deniz'in Nehir'e nasıl vurgun olduğunu."

Bu sabırsız telaş, güldürüyor Nehir'i.

"Biraz soluklan" diyor. "Hiçbir yere kaçmıyorum. Ne anlatırsan, sonuna kadar dinleyeceğim."

"Şaşırttım mı seni? Karşı cinsle ilk kez buluşmuş acemi delikanlılar gibi davrandığımın farkındayım. Ama itiraf ediyorum, acemiyim bu konuda. Daha önce hiç kimseye evlenme teklif etmedim ki!"

Soluksuz kalma sırası Nehir'de. Şu birkaç saat içindeki baş döndürücü gelişmelerin hızına yetişmekte zorlanan beyni, Deniz'in son sözleriyle iyice dumura uğruyor.

"Yanlış mı duydum?" diye şakaya vurmaya çalışıyor. "Evlenme mi dedin sen?"

"Evet!" diyor Deniz kararlı bir tavırla. "Deniz'le Nehir'in kavuşmalarını, birbirlerinin içinde erimelerini, bu beraberliğin sonsuza dek sürmesini istiyorum ben. Bunun adına sosyal anlamda ve toplum içinde *evlenme* diyorlar."

"Hızınıza yetişilmiyor, Deniz Bey! Birkaç saat öncesine kadar iş dışında hiçbir paylaşımımız yokken..."

"Bak onda haklısın, biraz tepeden inme oldu, bağışla. Bu işin belli bir sırası olmalı, biliyorum. Birilerinin aracılığıyla tanımadık birbirimizi. Seni bilmem ama, âşık oldum ben.

Eh, madem âşık oldun; anlat aşkını, yüreğinden taşan sevgiyi dile getir... Aşkla örülü ilk birliktelik döneminin tadını çıkar. Sonrasında, 'Gel evlenelim' dersin...

Beceremedim! Biraz da reddedilmekten korktum galiba. Bir başkasının varlığından..."

"Başkası falan yok!"

Nehir'in ağzından istemsizce dökülen sözler, ikisini de şaşırtıyor.

Başlamışken devamını getiriyor Nehir.

"Öyle birinin varlığından söz ettiğimi hatırlamıyorum."

"Yok da demedin ama. Birisi varmış gibi davrandın hep."

"Yalnız olmadığımı düşünmeni istedim, doğru. Nedenine gelince... İş hayatında, beraber çalıştıkları insanlara askıntı olan tiplerden biri olarak anılmayı asla istememişimdir. Tavrımı ve sınırlarımı önceden koyarım."

Bundan sonrasını sıcacık bir gülüşle tamamlıyor Nehir.

"Ancak sen farklıydın... Özel hayatlarımızı ortaya getirmemiştik hiç ama, sorsaydın söylerdim."

"Keşke sorsaymışım. Sen de bana kayıtsız değildin yani... Neden dışına ışık sızdırmadın hiç? Cesaret vereceğine, acımasızca paraladın beni."

"Tek taraflı değil, karşılıklı paralaştık" derken, dudaklarından dökülen kahkahalara engel olamıyor Nehir. "Cesaret konusunda ise; dibine ışık verecek mumlardan değilim ben.

Hem, sen bile bunca zaman kapalı kutu gibi susup oturmuşken, ilk atağı benim yapmam yakışık alır mıydı?"

Bu kadarı yetiyor Deniz'e.

Karşılıksız değil sevgisi! Deniz nehrini beklerken, Nehir de denizine kavuşmayı istermiş meğer...

"Dans edelim mi?" diyor, gözleri Nehir'in gözlerinde.

İlk dans!

Bedenlerinin ilk kez birbirine dolanışı. Nefeslerinin ilk kez birbirine karışması. Aşkın ilk yudumlanışı, ilk sarhoşluk...

Son olmayacağı kesin!

"Bu gece burada kalalım" diye fısıldıyor Deniz, Nehir'in kulağına.

"Harika!" diyor Nehir de, girmek üzere olduğu gülme krizinin öncesinde. "Nikâh memurunu da yanında getirseydin bari. Yarın sabah, çiçeği burnunda balayı çifti olarak ağırlanırdık kahvaltıda."

El ele masalarına doğru yürürken, "Yanlış anladın" diye düzeltmeye çalışıyor Deniz. "Sabah brunch'a gitmeyecek miyiz? Şehre ineceğimize, buradan geçeriz diye düşünmüştüm."

Sitemle ekliyor: "Ayrı odalarda kalmak diye bir şey var, değil mi?"

"İyi niyetine inanıyorum" derken, alaycı tavrını sürdürüyor Nehir. "Ama gitmem gerek. Arabamı alacağım. Sabah Pınar'la Hakan getirdi beni. Buraya da senin kanatlarınla uçtuk... Yarın arabaya ihtiyacım olacak."

Nehir'in çantasının ön gözündeki cep telefonu, onların dansı bırakıp masaya dönmelerini beklermiş gibi ısrarla çalmaya başlıyor. Telaştan eli ayağı birbirine dolanıyor Nehir'in; arayanın kim olduğunu az çok tahmin edebiliyor çünkü. Suçunu da biliyor üstelik, işe dalıp aramayı unuttuğunu...

Telefonu eline alıp da, "Ablam" yazısını görünce, keşke önceden kapatsaydım, diye hayıflanıyor.

"Nehir!.. Nerelerdesin sen kızım? Sabahtan beri arıyorum. Ev telefonun cevap vermiyor. Cebini açmıyorsun ya da 'Kapsama alanı dışında' diyor o sinir bozucu mekanik ses. Şimdi de açmasan, yollara düşecektik eniştenle."

"İşteydim abla, bütün gün çalıştık."

"Ne zamandan beri cumartesileri de çalışıyorsun?"

"Yalnız bugünlük. Manolya Konakları var ya... Onun hafta sonu çalışması vardı."

"Bitmedi mi daha? Gecenin saat kaçı olmuş... Neredesin sen? N'apıyorsun?"

"Beylikdüzü'ndeyim. Deniz'le yemek yiyoruz."

Kendini bildi bileli, ablasıyla arasında geçen soru-cevap düzeyindeki diyaloglardan hep zararlı çıkmıştır Nehir. Her seferinde, aynen böyle olmuştur. Sorulara yoğunlaşıp, cevapları yüksek devirli bir motorun otomatiğine bağlayarak verdiğinden, kendisine zarar verecek sözcükleri, ancak ağzından çıktıktan sonra fark edebilir çünkü.

Bu yüzden, "Deniz'le yemek yiyoruz" şeklindeki son cümlesini geri alması ya da düzeltmesi mümkün değildir artık. Gelmeye, gelirken de dört bir yanı kasıp kavurmaya hazırlanan ateş topunu beklemekten başka çaresi yoktur.

Birden yatışıyor Nevin. En sivri uçlu okunu atmaya hazırlanırken, yapacağı hamle için güç toplayan okçunun sakinliği var üzerinde.

Alaycı bir kimliğe bürünmüş, yumuşacık ses tonuyla, "Sahi mi?" diyor. "Sevindim... Demek Deniz Sezen ya da Deniz Bey'le değil de, Deniz'le yemek yiyorsunuz... Afiyet olsun."

Bir anda parlayıveriyor.

"Ne yaptığını sanıyorsun sen? Olup biteni gazetelerden mi öğreneceğiz? O haberleri yalanladığında da inanmamıştım sana zaten. Ateş olmayan yerden duman tüter mi? Her neyse... Bu gariban ablana ne zaman esaslı bir açıklama yapacaksın, göreceğiz."

"Ablacığım, ben seni sonra arasam?.."

Nehir, elinde telefon, ablasına dert anlatmak için kıvır kıvır kıvranırken, Deniz gelişmeleri keyifle izlemekte. Ağzının içinde yuvarlanan kahkahaları güçlükle zapt ediyor.

Epeyce dil döktükten, ablasına ertesi gün için uzun uzun konuşma sözü verdikten sonra, ancak telefonu kapatabiliyor Nehir.

"Kutlarım seni" diyor Deniz. "İtiraf etmeliyim ki sıkı mücadeleydi. Savunmada iyiydin. Ancak hücumda, aynı başarıyı gösterdiğini söyleyemem."

"Ablamın karşısındaki kişi, savunmada kalmaya mahkûmdur. Hücuma geçmek, ne haddine..."

"Oysa, harika bir fırsat vardı elinde; kullanamadın. Hücum 1: Sana evlenme teklif ettiğimi söyleyecektin. Hücum 2: Şaşkınlıktan donakalınca da, 'Teklifi kabul ettim, haberin olsun!' deyip son darbeyi indirecektin."

"Ablamı tanısan böyle konuşmazsın. Senin dediklerini söylesem, gecenin bu saatinde yollara düşerdi, inan. Zerrece abartmadığımdan emin olabilirsin."

"Sakıncası yok bence. Önünde sonunda, seni ondan istemeyecek miyim?"

* * *

Nehir, gecenin ilerlemiş saatinde eve döndüğünde, ruhundaki karmaşık duyguların aynı derecede karmaşık yansımalarını taşıyordu bedeninde.

Şaşkınlık, sevinç, mutluluk, ürküntü; evdeki tüm ışıkları yakıp balkona fırlayarak sesinin ulaşabileceği herkesle, gece boyunca yaşadıklarını paylaşma arzusu; bu saçma sapan arzuyu oluştuğu yerde boğup, daha olgun, daha kendine yaraşır bir kutlama isteği...

Yaklaşık yirmi saattir uyanık. Bu sürenin çoğunu ayakta, işe güce koşturarak geçirmiş bedeni dayanabilse, daha ne seçenekler üretecek kim bilir...

Beyin hücreleri de isyan edip düşünme, algılama, yorumlama eylemlerine son verince, yapacak fazla bir şeyi kalmadı Nehir'in. Dayanma gücünün son noktasında, kendini yatağa atmaya hazırlanırken, saati kurmayı akıl etti neyse ki... Bu yorgunlukla uykuda kalıp sabahki brunch'a yetişememek, şimdiye kadar verdiği onca emeği sıfıra indirgemekle eşdeğerdi.

Saati sabah 09.00'a kurdu. Kalkar kalkmaz ilk işi, ablasını arayıp konuşmak olacaktı. Ancak onu ikna edip gönlünü aldıktan sonra, iç huzuruyla hazırlanmaya koyulabilirdi.

Nehir'in, uykuya dalmadan önceki son düşünceleriydi bunlar...

19

Gecikmiş kahvaltı

Uyuyan birinin dış seslerden etkilenme duyarlılığı, dış seslerin yüksekliği, alçaklığı, tınısı, tiz ya da pes olmasıyla değil, kişinin o andaki "sesi algılama yeteneği" ile ilintilidir. Kulak hassasiyetinin rolü yoktur bu duyumda.

Halk arasında, "Top atsan uyanmaz!" deyimiyle tanımlanan, koyu bir uyku sarhoşluğuna teslim olmuş bedenleri silkeleyip kendine getirmek, oldukça güçtür.

Özenle kurulan saatler, "ya çalmazsa" endişesiyle alınan ek tedbirler... Bin bir çeşit melodiden cankurtaran, itfaiye, polis arabası sirenlerine uzanan geniş yelpazeye yayılmış seslerden en uyandırıcı olanına ayarlanmış cep telefonları... Kimi zaman yeterli olmayabilirler.

Bir de bakarsınız, yükselen zil ya da müzik sesleri, havanın zerrecikleri arasına karışıp yok oluvermiş. Uyanması gereken erkek ya da dişi ise düşler âleminde cirit atıyor...

Neyse ki Nehir şanslı!

"Top atımlık" duyma eşiğine demir atmışken, derinden derine beynine ulaşarak sese dönüşen cılız titreşimler sayesinde, düş görmeye devamla ayılma arasında yaşadığı birkaç gelgitin ardından, uykusundan sıyrılmayı başarıyor.

Fırlayıp kalkıyor yataktan. Ancak, ayağını yere bastığı anda, ne yapacağını bilmez bir halde duraksıyor. Kendisini uyandıran sesin nereden geldiğini kestirememenin şaşkınlığı içinde.

Hayır, cep telefonu değil. Sehpanın üzerindeki, kurulduğu dakikanın gelmesini bekleyen metal sarkaçlı antika saat, hiç değil.

Telefon çalmış olabilir mi?

Kulağını ahizeye dayayıp dinliyor Nehir, o da değil.

Birdenbire başlayan ve evin içine dalga dalga yayılan zil sesi, tüm soruların yanıtını veriyor.

Sokak kapısından geliyor ses!

Pazar günü... Sabahın köründe... kim olabilir?

Bunları değil sormak, düşünmek bile anlamsız. Gelenin kim olduğunu gayet iyi biliyor Nehir. Göz deliğinden bakmaya bile gerek duymadan, "Hoş geldin abla" diyerek kapıyı ardına kadar açması da bu yüzden.

Kucaklaşmalarıyla çözülmeleri bir oluyor.

"Hoş bulduk" diyor Nevin'in ağzı; ama gözleri, ne derece hoş bulduğunun arayışında, kardeşinin yüzündeki tüm hücreleri tek tek sorguya çekiyor.

Küçük el çantasını Nehir'in göz hizasına doğru yükseklеyip yere indiriyor, kapının yanındaki duvarın dibine bırakıyor. Nehir, çantanın küçüklüğünü görsün de ablasının bu seferki ziyaretinin kısa olacağını anlasın diye.

Kısa duraklamanın ardından, soluk almamacasına konuşmaya başlıyor Nevin. Susarsa, karşı tarafa söz hakkı doğacak...

Üstünlüğü elinden kaçırmamalı! Anlatıyor da anlatıyor...

İlk uçakla gelmiş İzmir'den. Evden çıktıklarında, henüz gün yeni ağarıyormuş. Eniştesinin selamları varmış, gözlerinden öpüyormuş Nehir'in. O da gelmek istermiş ama işleri yoğunmuş bu aralar, başka sefereymiş artık.

Laf kalabalığına getirip, ilk uçağa yetişme çabasının gerisinde duran niyeti maskelemeye çalışsa da kendisine bile inandırıcı gelmiyor anlattıkları.

Nehir'in tepkisizliğine kızmış gibi, "Gevrek getirdim sana" diye noktalıyor sözlerini. "Fırından yeni çıkmıştı aldığımda, sabahın ilk gevreği. Baksana, çıtır çıtır hâlâ. Özlemişsindir..."

Sitemle ekliyor:

"Ablanı değilse bile, İzmir'in simidini, İzmir gevreğini özlemişsindir belki."

Dalgın, uyuşuk bir halde ayakta dikilmesindeki garipliği, ancak o zaman fark ediyor Nehir. Yapması gerekeni, birileri uyardıktan sonra akıl etmiş uysal bir çocuk gibi, kollarını ablasının boynuna dolayıp yumuşacık yanaklarından öpüyor.

"Hoş geldin ablam! Özlemez olur muyum seni?"

"Hiç belli etmiyorsun ama. Aramasam, arayacağın yok."

"Çok koşturuyorum abla. Durup kendimi dinleyecek fırsatım olmuyor."

Nevin'in vermeye hazırlandığı iğneli yanıt, çalar saatin zil sesine kurban gidiyor.

"Bu da nesi? Ben gelmesem de bu saatte kalkacaktın demek..."

"Evet. Beylikdüzü'ndeki sitede brunch var. Şirket olarak, biz düzenledik."

"İş yani?"

"İş. Dünkü etkinliğin devamı. Hemen hazırlanıp çıkmam gerekiyor."

Birden canlanıyor Nevin.

"Tamam" diyor. "Hazırlanadur sen. Ben de gevrekli, peynirli, zeytinli şöyle güzel bir kahvaltı hazırlayayım sana. Kahvaltılığın var mı dolapta?"

"Var da... Brunch'a gideceğim, dedim ya."

"*Brunch* deyip durma, kızıyorum. *Kahvaltının* suyu mu çıktı? Özenti bunlar, özenti..."

Gülüveriyor Nehir.

"Ne yapalım güzel ablam? Bizde olmayan bir öğünü, bizim sözcüklerimizle ifade edemiyoruz işte. *Geç kahvaltı,* diyorlar şimdilerde ama, aslının yerini tutmuyor."

"*Sosyete kahvaltısı* deseniz, cuk oturur! Yurdum insanının, sokaktaki sade vatandaşın tarzına uymaz böyle şeyler. Neyse...

Ta Beylikdüzü'nde değil mi bu meret? En azından bir saatlik yol. Gidene kadar acıkır insan ayol. Hadi sen işine bak, aç karnına yola salar mıyım kızımı ben..."

Duştan çıkıp aceleyle saçlarını kurututurken, burnuna çarpan iştah açıcı kokulara kapılmama kararında Nehir. Tatil günüyle işi en iyi bağdaştıracağını düşündüğü kot pantolonceket takımın içine beyaz, yakası işli ipek bluzunu giyerken de kararını sürdürüyor. Ancak, mutfağa girip de ablasının kaşla göz arasında donattığı sofrayı görünce dayanamıyor.

Pul biber-zeytinyağı karışımıyla zenginleştirilmiş siyah ve yeşil zeytinlerin her biri, tabağa konulmuş nadide birer mücevher sanki. Zeytinyağı ve kekikle terbiye edilmiş kıpkırmızı domatesler, öylesine davetkâr ki...

"Bunların hepsinin, benim buzdolabımdan çıktığına inanamıyorum" diye gülüyor Nehir. Tabağına çeyrek simit alıp ablasının karşısına oturuyor. "Doymaca değil, tatmaca" diyor tavşankanı çayından arka arkaya yudumlar alırken. "Ellerine sağlık ablacığım. Ne zamandır böyle bir sofra kurulmamıştı bu evde."

"İnanırım" diyerek içini çekiyor Nevin. "Kendini işe vurmuş zamane kadınlarının, erkeklerden farkı kalmadı."

Bir şeyler söyleyecekmiş de nereden başlayacağını bilemiyormuş gibi kıpırdanıyor olduğu yerde.

"Anlat bakalım" diyor sonunda. "Kimmiş bu Deniz Bey? Ne istiyormuş benim bir tanemden?"

Baştan başlıyor Nehir, tanışmalarından. Anlatıyor...

Aylardır paylaştıkları iş temposunu, ister inansın ister inanmasın, önceki akşama kadar aralarında hiçbir özel paylaşım olmadığını ve beklemediği bir anda aldığı evlenme teklifini...

Nehir'in evlenmesine asla sıcak bakamayan, bu tutumundan dolayı için için kendini suçlasa da dolaylı gerekçelerle daha önceki tüm teklifleri püskürtmeyi başaran Nevin, bu kez de üzerinde yürünecek yolun önüne engel koymaya kararlı, ufukta belirmiş adayın açığını yakalamaya can atıyor. Deniz'le hiçbir alıp veremediği yok aslında. Karşı durduğu olgu, evlilik.

"İyi de kızım... (Ne zaman kızımlı cümleler kursa, en baskıcı yüzüyle Nehir'i bir şeylerden alıkoymaya hazırlanıyordur!) Ne tanıyoruz, ne biliyoruz. Bizim için, ailemiz için tam bir muamma."

"Haklısın ablacığım" diye sinirle gülüyor Nehir. "Ama tüm insanlar tanımadıkları birileriyle evlenirler. Aile, hatta sülale içi ilişkilere farklı gözle bakılıyor, biliyorsun."

"Tövbe, tövbe..."

"Tövbe ya! Biraz tövbekâr olmakta yarar yok mu sence de? Peşin hükümlerini bir yana atıp öyle değerlendirsen olayları... Görmediğin, tanımadığın insanları karalamaya kalkmasan..."

Yanıt vermek yerine mutfak penceresinden dışarılara, uzak bir yerlere dikiyor gözlerini Nevin. Neden sonra, sakin bir sesle konuşmaya başlıyor.

"Şu sizin geç kalmış kahvaltınız... Kimler gelecek oraya?"

Sorunun altında yatanın ne olduğunu bilse de sabırla anlatıyor Nehir.

"Müşteri adayları, tanıtım kampanyasında çalışan pazarlama gönüllüleri, gazete temsilcileri, satışla doğrudan ya da dolaylı yoldan ilişkisi olan yığınla insan..."

"Yığınla insan, ha!" diye sitemle başını sallıyor Nevin. "Ta nerelerden kalkıp gelmiş bir abla, o yığının içine giremiyor ama."

Onun bu hallerine alışık Nehir. Dayanamıyor gene de. Kucaklayıveriyor ablasını.

"Kıyamam sana" deyip öpücüklere boğuyor. "İş için olmasa" diye başlayacakken bir ışık yanıyor kafasında.

Neden olmasın!..

Ablasının geliş nedeni belli değil mi? Ya yoluna taş koyacak, öncekiler gibi ya da damat adayını tanımaya çalışacak.

Deniz açısından da hiçbir sakıncası olmadığına göre... İki taraf da karşılaşmayı bu kadar istiyorken, Nehir'e düşen, onları buluşturmak değil mi?

"Hazırlan o halde" diyor ablasına. "Sen de benimle geliyorsun..."

Yol boyunca söyleniyor Nevin.

"Ne kadar uzakmış! Trafik de yoğun... Anlamıyorum şu insanları. Mis gibi şehri bırakıp ne demeye evlerini dağa bayıra taşırlar ki?"

"Mis gibi dediğin o şehir, yükünü almış, batmak üzere ablacığım" diye hafifçe gülüyor Nehir. "Şimdi moda, banliyöde oturmak. Biraz parası olan, açık havaya atıveriyor kendini."

"Zengin işi, desene şuna. Sokaktaki vatandaş yapabiliyor mu onların yaptığını?"

"Haklısın" diye tartışmayı başlamadan kesiyor Nehir. Nevin Sultan'ın üstüne gitmenin hiç zamanı değil...

20

Uğur Abla

Manolya Konakları bu sabah, *brunch* adı altında keyifli bir pikniğe ev sahipliği yapıyor. Konakta eğlenceli bir geceyi paylaşan konukların yanı sıra dışarıdan gelenler ve gelmesi beklenenler de var. Yolu gözlenenlerin başındaki isim, Nehir.

Deniz, Manolya Sitesi'nin girişindeki ofisinde oturmuş, kalabalığın içine karışmak için onun gelişini bekliyor. Nehir'in arabasının kemerli kapıdan içeri süzülmesiyle yerinden fırlıyor. Ancak, Nehir'le beraber birinin daha indiğini görünce duraklıyor. Kim olabilir bu beklenmedik konuk?

Nehir'den yaklaşık on santim kısa, on kilo fazla, en az on, on beş yaş büyük; bakımlı, hoş bir kadın...

Kim olduğunu çıkarmak için fazlaca kafa yorması gerekmiyor Deniz'in.

"Güzel" diye mırıldanıyor, kahkahaya özdeş sessiz bir gülüşle. "Demek, benden önce davrandı ablamız..."

Aceleci tavrından sıyrılıp Nehir'le ablasının, ağır adımlarla piknik alanına doğru yürüyüşlerini izliyor. Kafasında tasarladığı tanışma sahnesi, ayakta gerçekleşmemeli. Ablanın bastığı yer sağlam olacak ki Deniz'i gereğince tartabilsin.

Nehir ise her ne kadar gözleriyle Deniz'i arıyor olsa da karşılaşma anını elinden geldiğince geciktirme çabasında.

Önce Pınar'la sonra da Hakan'la tanıştırıyor ablasını.

"Elim kolum onlar benim" diyor. "Onlar olmasa, bu işleri başaramazdık."

Nevin'i havuz başına kurulmuş çardağın altındaki bambu kanepeye oturtup, Pınar'ın tuttuğu çalışma raporunu incelemeye koyuluyor Nehir.

Nevin ise beklediğinin üstünde bir ihtişamla karşılaşmanın sarsıntısını atlatmaya çalışıyor. Yolunu kaybedip rastlantı sonucu cennete düşmüşçesine şaşkın, ancak hayranlıkla sarmalanmış bu şaşkınlığı dışarı sızdırmayacak, kimselere sezdirmeyecek beceriye ve bilince de sahip... Bakışları, üzerinde odaklandıkları her şeyi "olağan, alışılagelmiş, sıradan" sözcükleriyle ifade edilecek derecede tanıdık ve bildik bulduklarını anlatırcasına kayıtsız.

"Çalışma raporlarının birer kopyasını Deniz Bey'e vermeyi unutmayın" diyor Nehir. Bir yandan da, nerede bu Deniz Bey, diye içinden söyleniyor.

"Merak etmeyin siz" diyor Pınar. "Bugünkü raporlarla beraber, yarın sabah masasında olur hepsi. Deniz Bey de geliyor işte..."

Bu sözler, yangın alarmı gibi, hepsini hizaya sokuveriyor.

Nevin, olduğundan da ciddi bir tavır takınarak oturduğu yerde dikeliyor. Pınar'la Hakan için sorun yok... Bugüne kadarki ast üst dengesini koruyacaklar. Asıl bocalama Nehir'inki...

Bir akşam önce yaşadıklarının ardından Deniz'le ilk kez kalabalık içinde (üstelik ablasının da hazır bulunduğu bir kalabalığın içinde) karşılaşmanın sıkıntısıyla boğuşuyor. Bu şartlar altında, önceki gece evlenme teklifi aldığı insana nasıl davranması gerektiğini kestiremiyor.

En iyisi, son yirmi dört saati yok saymak, diyor kendi kendine. Böyle düşününce yatışıyor heyecanı. İş ilişkilerinin bir araya getirdiği Nehir ve Deniz kimlikleriyle günü kurtarmak fikrine can simidi gibi sıkı sıkıya sarılıyor. Ölçülü tavrıyla, tokalaşmak için elini uzatıyor Deniz'e.

Deniz'se içlerinde en rahat olanı. Uzak durma çabalarını görmezden gelerek, avucunda hapsettiği elinden tutup kendine çekiveriyor Nehir'i.

"Geciktin" diyor saçlarını okşayarak. "Gözlerim yollarda kaldı. Sana verilecek öylesine güzel bir haberim var ki... Kulaklarına inanamayacaksın duyduğunda."

Şu anda hiçbir haberi umursayacak durumda değil Nehir.

Alı al, moru mor suratıyla usulca sıyrılıyor Deniz'in kollarından.

"Benim de bir konuğum var bugün" diyor.

Deniz, varlığını yeni fark etmiş gibi bakıyor Nevin'e.

"Hoş geldiniz" diyor en sevecen, en şirin tavrını takınarak. Sonra da Nehir'e dönüyor.

"Bu dünyalar güzeli hanımefendiyle ne zaman tanıştıracaksın beni?"

"Kusura bakmayın, ani oldu; ablamın gelişini haber veremedim. Tanıştırayım... Ablacığım, Deniz Sezen, Sezen Şirketler Grubu'nun ortaklarından. Manolya Konakları'nın tanıtım ve pazarlama çalışmalarını beraber yürütüyoruz. Ve ablam Nevin... Sıradan bir abla olmanın çok ötesinde bir abladır kendisi."

Önce Deniz'in, ardından da Nehir'in iltifatlarıyla kendini hapsettiği sert kalıbın kapağını hafiften aralayan Nevin, mesafesini korumaya kararlı bir edayla elini uzatıyor Deniz'e.

"Ablamız gelmiş ha! Nehir!.. Önceden söylesen ya şunu..."

Ablamız, derken öylesine içten ki Deniz; duyanlar, rahatlıkla gerçek ablası olduğunu düşünebilirler. Onun bu abartılı davranışlarını doğal çizgisine döndürmek, Nehir'e düşüyor haliyle.

"Bana vereceğiniz haber neydi?" derken, dikkatleri başka yöne çekmeyi amaçlıyor.

"Ekener çifti, "diyor Deniz. "Dün gece konakta kalan Belma ve Nihat Ekener, havuzun karşısındaki konaklardan ilkine talip olduklarını söylediler. Sen gelmeden ayrıntıları konuştuk. Yarın satış işlemlerine başlayacağız."

"Harika bir haber bu!" diye sevinçle Deniz'e sarılıyor Nehir. Sarılır sarılmaz da ne yaptığının farkına varıp geri çekiyor kendini.

Deniz ise hiperaktif bir çocuk gibi daldan dala atlayarak, abartılı hareketleri ve beden diliyle desteklediği, Nehir'in o zamana kadar tanığı olmadığı türde coşkulu söylevlere imza atıyor.

"Bugün şanslı günüm! Biliyordum... Biliyordum... Güneşin doğuşu bile farklıydı bu sabah. İyi şeyler olacağı doğmuştu içime."

Dolaylı yollardan hedefe ulaşmaya çalışmaktan yorulmuş gibi, Nevin'e dönüp doğrudan soruyor: "Uğura inanır mısınız?"

Yanıtını beklemeden devam ediyor.

"Ben inanırım. Ayağınızın uğuruyla geldiniz siz! Neden dün ya da daha öncesinde müşteri çıkmadı bu eve? Neyi bekledi? Uğur Abla'nın gelmesini! Evet evet, Nevin Abla değil, *Uğur Abla* demeli size..."

Dudaklarının arasından teklifsizce fırlayıveren kahkahayı önleyemiyor Nevin. Patlayan kahkahayla beraber girdiği gülme krizinden kurtulması epey zaman alıyor. Gözlerinden yaş gelinceye kadar gülüyor, gülüyor...

Huzurlu bir gülüş değil bu. Olmayacak yerde anlatılan yakası açılmadık bir fıkraya gülerken yakalanmış gibi suçluluk duyuyor.

Bir kez daha aynı duruma düşmemeli. Oturuşunu dikleştirip kaşlarını hafifçe çatınca, eski haline, özüne döndüğünü sanıyor ama, bakışlarındaki yumuşama, gevşeyen yüz hatlarının yeniden kasılmayı reddedişi, dikkatli gözlerden kaçmayacak kadar belirgin.

Karşısına oturmuş, konuşma aralarında dikkatle onu inceleyen Deniz, gerçek Nevin'in hangisi olduğuna karar veremiyor.

Aslında kaşları çatık, asık yüzlü bir tip de, suratının sertliğini yüzüne dalga dalga yaydığı kısa gülümseyişlerle yumuşatmaya mı çalışıyor; yoksa, yapısının bir parçası olan güler yüzünü kendine ve konumuna yakıştıramayıp, gülmeyi ciddiyetle dengelemek için mi kaşlarını çatıyor, orasını kestiremiyor Deniz. Bildiği tek şey, gülmenin her insana olduğu gibi Nevin Abla'ya da çok, ama çok yakıştığı.

Bir bilse Nevin Abla, güldüğünde nice güzelleştiğini; bir bilse dudağının kıvrımlarına kadar gelmiş içten bir gülüşü öldürmenin en acımasız cinayetle eşdeğer olduğunu...

Nevin Abla'sının, Nehir'in yaşamındaki yerini çok iyi biliyor

Deniz. Nehir'le ortak bir yaşam kuracaklarsa eğer, ki artık bundan emin Deniz, iki kişilik dünyalarında Nevin'e de yer açmak durumunda kalacaklar. İlk karşılaşmayı elinden geldiğince sıcak tutmaya çalışmasının altında yatan neden de bu.

Yakınlaşma çabalarını gün boyu sürdürüyor Deniz.

Siteyi görmeye gelen günübirlik ziyaretçiler, hafta sonu paketi çerçevesinde burada geceleyen, şimdi de hamam, sauna, masaj salonu gibi hizmetlerden yararlanan ya da açık büfenin nimetlerini gereğince değerlendirenler, geçerken uğrayanlar, patronlarının ağzından çıkacak her sözü anında yerine getirmeye hazır çalışanlar... hepsi bir yana, Nevin Abla bir yana! Oradan oraya koştururken bile ihmal etmiyor onu. Uğurladığı her ziyaretçinin ardından kendi elleriyle götürdüğü bir fincan kahve, soğuk bir içecek ya da çerez tabağıyla, "Yalnız bıraktık sizi" diyerek gönlünü alıyor Nevin'in.

Deniz kadar ince davranamıyor Nehir. İşimin başında olmalıyım, havasında; önceden planladığı "yapılacaklar" listesinin hakkını verebilmek için oradan oraya koşturuyor. Nadiren yanına uğradığında, iğnesiz ve sitemsiz konuşmalarından, ablacığının halinden hoşnut olduğu sonucunu çıkarıyor.

Hele Deniz'le beraberlerse, ilk baştaki kahkaha patlaması kadar olmasa da şen şakrak sayılabilecek sohbetlerin paylaşıldığını görmek, Nehir yönünden şaşırtıcı.

Gün içinde ablasıyla baş başa konuşma fırsatını bulamıyor Nehir. Ancak arabaya binip de dönüş yoluna geçtiklerinde, içini burgu gibi oyan sorularını sıralamaya başlıyor.

"Nasıldı?" diyor öncelikle. "Sıkılmadın umarım. Memnun kaldın mı bugünden?"

"Sıkılmadım" diye abartıya varmadan yanıtlamaya çalışıyor Nevin. "Güzeldi" diye ekliyor yarım ağızla.

Bayılmış aslında! Cennet gibi mekâna, ortamın cıvıltısına, kendisine verilen değere, kraliçeler gibi ağırlanmasına...

Ve... Deniz'e!

Hepsini sayıp dökecek değil ya.

Çevresinde gezinip, alacağı yanıttan korktuğu için geciktirdiği soruyu soruyor sonunda Nehir.

"Ya Deniz! Deniz'i nasıl buldun?"

Gözlerini yoldan ayırmadığı için, Deniz lafını duyunca Nevin'in yüz hatlarının nasıl yumuşadığını, gözlerinin nasıl parladığını göremiyor Nehir. Ablasının özellikle yavanlaştırmaya çalıştığı kupkuru sesini duyuyor yalnızca.

"Sen kararını vermişsin kızım. Olumsuz konuşup duru suyu bulandırmanın âlemi yok. Ne diyeyim, iyi çocuk. Hele daha öncekileri düşünürsek... Onlardan iki gömlek üstün. Hem bana ne canım! Evlenecek olduktan sonra ha o olmuş, ha öteki. Benim için ne fark eder..."

İşte düğüm noktası!

Er ya da geç, Nehir'in evleneceği gerçeğiyle yüz yüze geldi sonunda Nevin. Eh, madem evlenecek, damat adayı neden Deniz olmasın ki? Bundan iyisini mi bulacaklar...

Bu düşünce zincirinden hareketle mi rıza gösteriyor ablası? Onun gözünde Deniz, varlığına kerhen katlanılacak sıradan bir damat adayı demek...

Haksızlık değil mi bu?

"Çözemiyorum seni abla" diyor Nehir. "Ya sen kendini yeterince anlatamıyorsun ya da ben anlama özürlüyüm. Yani sen, Deniz'den hoşlanmadın ama, sırf ben istiyorum diye bu evliliğe razı oluyorsun, öyle mi?"

"Böyle bir şey söylemedim ben. Tam tersine, gereğinden fazla hoşlandım Deniz'den."

Şaşkınlıktan direksiyon hâkimiyetini kaybedecek neredeyse Nehir. Arabayı sağa çekip frene basıyor.

"Ne dedin sen? Yanlış duymadım umarım."

"Yanlış değil duyduğun, ancak eksik. Şöyle ki... Bir solukta anlatmak gerekirse; şeytan tüyü var bu çocukta! Beni bile güldürmeyi, güldürmeyi bırak o kadarcık süre içinde kalbimi fethetmeyi başardı.

Uğur Ablam, dedi. Bugüne kadar hiç kimse böyle hitap etmemişti bana; uğurlu geldin, dememişti.

İnkâr etme, gözlerinin içine çok bakmışsındır sen onun... Güldüğünde, o gözlerin derinliklerinde oluşuveren gamzeleri görmedin mi? Az insanda bulunur bu özellik."

Bunca övgünün arkasından ne geleceğinin merakında Nehir. Vardır bir hesabı ablacığının. Kolay kolay böyle konuşmaz kimse için, övgüler düzmez ilk kez gördüğü birinin ardından.

"Yakışıklı da kerata!"

Daha fazla dayanamıyor Nehir.

"E... daha ne?" deyiveriyor sabırsızlığına yenilip.

Nevin'in istediği kıvam da bu zaten. Yüzünü Nehir'in yüzüne yaklaştırıp, fısıltı düzeyinden yüksek perdeye tırmandırıyor sesini.

"Tehlikeli tiplerdir bunlar, kızım! Gözlerinin içinde gamzeler oynaşan o yakışıklı, elindeki şeytan tüyünü değdirdiği herkesi hayran bırakır kendine. Eskilerin *cazibe* dedikleri dayanılmaz güç. Sizin dilinizde dolanan şekliyle; pozitif elektriğin, *aura*'nın tavana vurması. Çekicilik!

Bir adım ötesinde, kadın erkek ayrımı, yaş sınırı olmadan istediği kişiyi esir alma yeteneği yatar. Böyle biriyle yaşamayı kolay mı sanıyorsun sen?"

"Amma da yazdın abla!" diye gülüyor Nehir. "Deniz'in her zamanki hali bu değil. Sana biraz şirinlik yaptı, hepsi o. Burnundan kıl aldırmaz aslında, iş çevrelerinde kibirli ve soğuk olduğu bile söylenir."

"Sen ne dersen de... Erkeğin bu kadar gösterişli, bu kadar çarpıcı olması gerekmez. Evin ve evliliğin vitrini de, aynası da kadındır. Bir topluluğa girdiklerinde, ilk bakışta göze çarpan erkek değil, kadın olmalıdır."

"Aşk olsun abla. Kocasının gölgesinde kalacak sünepe bir kadın yerine koyup sıfıra indirgedin beni."

"Asla" diye şefkatle kardeşinin çenesini okşuyor Nevin. "Seninle ilgisi yok. Kendisi istemese de çevresi ayartır böylelerini. Zorla yoldan çıkarırlar adamı. Anlatmak istediğim bu."

Onu bu kadar karamsar yapan nedeni çok iyi biliyor Nehir. Evliliklerinin ilk yıllarında Ali Enişte'nin çalıştığı yerdeki iş arkadaşlarından biriyle yaşadığı kısa süreli beraberliğin geride bıraktığı izler bunlar. Nevin Abla'nın gencecik gelinken aldığı derin yaralar, hâlâ kapanmamış demek.

"Merak etme sen abla" diyor Nehir. "Deniz'in o taraklarda bezi yok. Baksana, aylarca bana bile yüreğini açamadı. Ama gün olur, değişir insan. Ne gerekiyorsa onu yaparız o zaman..."

Nehir, evlilik yolunda en zorlu engeli aşmanın, ablasının desteğini arkasına almanın rahatlığıyla yeniden asılıyor direksiyona.

İkisi de konuşmuyor bir süre, kendi iç hesaplaşmalarıyla meşguller.

Farklı olarak Nevin, Deniz'i de dahil ediyor hesaplaşmasına. Pazarlık yapıyor onunla...

Beni, Uğur Ablanı iyi dinle, şeytan tüylü yakışıklı!

Gün gelir de kızımın yüzündeki gülümsemeyi soldurursan eğer, külahları değişiriz.

Sen sen ol, elindeki şeytan tüyünü olura olmaza değdirme!

Sevgini hak edene sun yalnızca.

Herkesin seni sevmesi gerekmiyor...

21

Araf

Dokuz Eylül Üniversitesi Tıp Fakültesi Hastanesi Acil Servisi'nin yoğun bakım ünitesinde yatan hastaları dış ortamdan ayıran cam bölmenin ardında, ayakta dikilip kalmış, görmeyen boş gözlerle içeriye bakan bir kadın var.

Deniz'in Uğur Ablası, Nevin!

Deniz'le beraber, beş hasta var camın gerisinde. Sırat köprüsünün üzerinde gidip gelen beş hasta... Durumları kritik.

Hepsi de çıplak. Bedenlerini göğüs hizasına kadar örten birer çarşaf var üstlerinde.

Kayıtsız şartsız teslimiyetleri, kayıtsız şartsız kadere razı duruşları bir yana; çıplaklıkları, bedenen ve ruhen çırılçıplak soyunmuşlukları içini acıtıyor Nevin'in.

Buradan sağ çıkacaklarına ölüverirlerse eğer, işleri uzamaz, çarçabuk sarıverirler beş metrelik patiskaya diye mi çıplak bırakılmışlar?

Böyle olmadığını, acilen gerekebilecek tıbbi müdahale için giydirilmediklerini biliyor aslında. Ama, derin üzüntüsünün isyan içeren yanına söz geçiremiyor.

Hastaların hepsi, yaşamsal bulguları ve bulgulardaki değişimleri anında haber veren cihazlara bağlı. Yan tarafta, bu değişimleri ekranlardan izleyen, gerektiğinde acilen müdahaleye hazır bir sağlık ekibi nöbet tutuyor.

Refakatçi falan yok başlarında. Bir an için hepsinin yakını, hepsinin refakatçisi gibi hissediyor kendini Nevin.

İki kapı da açık ya onlar için... Bu dünyayla öbürü arasındaki!

Cennetle cehennem arasında kalmış gibi, *Araf* sayılacak bir bölgedeler ya bir bakıma...

Ya iyileşip çıkacaklar buradan. Ya da...

Hiçbirine kefeni yakıştıramıyor Nevin. Teker teker, hepsini giydiriyor zihninde.

En baştaki, içlerinde en yaşlı görünen topluca adamla yanındaki bir deri bir kemik kalmış erkek hastaya ve onun çaprazında yatan, buralara yakışmayacak derecede genç delikanlıya bir örnek pijamalar; grileşmiş derisiyle durumunun ağır olduğunu düşündüren, servisteki tek kadın hastaya da yerlere kadar uzanan, yakası fırfırlı mavi bir gecelik...

Birer çift de terlik bırakmalı yataklarının önüne. Pelüş olanlardan, yumuşacık; öyle ki, ses yapmasın hastane koridorlarında yürüyüşe çıktıklarında.

Asıl ilgilenmesi gerekeni sona bırakıp, olmayacak ayrıntılarla oyalanarak zaman kazanıyor kendince Nevin. Deniz'in yüzüne, diğerleri gibi çırılçıplak uzatılıvermiş kıpırtısız bedenine bakmaya korkuyor.

Oysa, diğerlerinden çok daha iyi görünüyor Deniz. Neden sonra başını kaldırıp baktığında, Nevin de görüyor işte ne kadar iyi olduğunu.

Koluna takılı serumu, ağzından burnundan fışkıran hortumları, yüzünün ortasını kapatan oksijen maskesini çıkarsalar, o an konuşuverecek sanki. Diğerleri gibi solmamış rengi, cildi pespembe; bebek teni gibi.

Onu da giydirmek istiyor Nevin... Başaramıyor!

Hangi pijamayı koysa, üstünden düşüyor Deniz'in. Aklına geliyor o an, pijama giymez ki Deniz! Kısacık bir şort yeter ona.

Giydirdiği şort, Deniz'in tatil dönüşü bronzlaşmış vücuduna pek yakışıyor. Hastanenin yoğun bakımındaki yataklardan birine değil de kumların üzerindeki bir şezlonga uzanmış, güneşleniyor sanki.

Nevin'e kalsa daha da sürdürecek düşlerini. Gözlerinden sicim gibi inen yaşlar olmasa...

Gerçeklerle yüzleşmeyi geciktirmekten yorgun düşüp teslim oluyor sonunda. Sitem dolu bakışlarını Deniz'e dikiyor, sessiz yakarışlarıyla ulaşmaya çalışıyor ona.

"Deniz...
Ayağın uğurlu geldi, demiştin ilk tanıştığımız gün; hatırlıyor musun? Bugün sana ne kadar uğur verebilirim, bilemiyorum. Keşke elimden gelse de, dünya üzerindeki tüm uğurları yağdırabilsem üzerine...
Uğur Ablan tükendi güzel gözlüm... Kendine hayrı kalmadı.
Ah, şeytan tüylü yakışıklım, ah!
Yanlış yaptın. Anlaşmamızda bu yoktu...
Elini vicdanına koy, öyle konuş. Kendini bunca sevdirip varlığına alıştırdıktan sonra bırakıp gitmek, delikanlılığa sığar mı?
Beni boş ver, Nehir'i de mi düşünmüyorsun hiç? Sensiz ne yapar, yaşayabilir mi Deniz'i olmadan?
Hesabını yaptın mı bunların?
Söylemiştim sana, elindeki şeytan tüyünü olura olmaza değdirme diye. Herkesin seni sevmesi gerekmiyordu ki. Hele Can Alıcı'nın, hiç!
Allah bilir, gülünce gözlerinin içinde oynaşan bin bir gamzeyi de göstermişsindir ona...
Silkin yavrum, kurtul ondan!

Dayanamıyorum Deniz...
Kıyamıyorum sana be oğlum!
Kıyamıyorum güzeller güzeli Nehir'ime.
Yüce Rabbim de kıymaz inşallah..."

22

Düğün hazırlıkları

Her yönüyle dört dörtlük bir düğün olmalıydı. Sezenlerin adına yaraşır bir düğün!

Kız tarafı, erkek tarafı, dünürler, uzak ve yakın akrabalar, eş dost... Nikâh törenine veya düğüne ya da her ikisine birden katılacak konuklar. En ufacık bir pürüz olmamalıydı, herkes memnun ayrılmalıydı oradan.

Öyle ki, ayrıntılar arasında gizlenmiş kıymık inceliğindeki çatlakları bile bulup çıkarmaya can atan medya mensupları bile arkalarından söyleyecek tek olumsuz söz bulamamalıydılar.

Nisa Sultan'ın hedefi buydu!

Nehir'e kalsa, yalnızca nikâh töreni ve sade bir düğün yemeğiyle yetinebilirdi. Ancak, evlenme kararlarını ailelerine resmen açıkladıkları anda, kumandayı Nisa Sezen'in narin ama bu konulardaki iş bilirliği tartışılmaz becerikli ellerine teslim edivermişlerdi.

Acelesi yoktu Nehir'in. Hatta, hazırlıkların zamana yayılmasından yanaydı. Üzerinde çalıştığı projeleri tamamlardı hiç değilse.

Ancak Deniz, tanışmalarının üzerinden boşa geçen zamanın acısını çıkarmak istercesine sabırsız, elinden geldiğince öne almaya çalışıyordu evlilik tarihlerini.

Nehir'le Deniz, açıkça dile getirmeseler de Nisa Hanım'la Nevin Abla'yı nasıl tanıştırıp nasıl bağdaştıracaklarını kara kara düşünüyorlardı. Zıt yapılarda, ekvatorla kutuplar kadar farklı iklimlere ait iki insanın, "dünür" kimliğine bürünecek olması, ürkütücü geliyordu ikisine de.

Neyse ki, korktukları gibi olmadı. Nisa ile Nevin, öylesine imrenilecek bir uyumla kabullendiler ki birbirlerini, kendileri bile şaştı bu işe. İkisi birden, canla başla düğün hazırlıklarına giriştiler.

Her şey yolundaydı...

Bir de ablası, o soruyu sormasaydı Nehir'e "Babamı da davet etsek mi?" demeseydi, gözlerini kardeşinden kaçırarak...

"Hayır" demişti Nehir. "Çağırsak da gelmez zaten..."

İçi de öyle mi söylüyordu, bilinmez. Ama Nevin onu dinlememiş, Amerika'yla saat farkını hesap ederek telefon açmıştı babasına.

"Nehir evleniyor" demişti. "Gelsen, yanımızda olsan..."

Telefonun öte yanında uzunca bir sessizlik olmuş, ardından kırık bir sesle, kendince önemli gördüğü mazeretlerini sıralamıştı babası.

"Yıllardır gelmedim Türkiye'ye. İlk gelişim böyle olmamalı. Düğün kalabalığı içinde yadırgarlar beni. Kimdi, neredeydi, neden bunca zamandır ortada yoktu gibi sorular, 'Babasıymış!' diye fısıldaşmalar... Dedikodu kazanını kaynatmak için bulunmaz fırsat. Bunaltırlar Nehir'i, mutlu gününe gölge düşürürler. En iyisi gelmemek..."

Babasını aradığını söylememişti Nevin, onun gelmemek için öne sürdüğü gerekçeleri de. Varsın gurbetteki babanın, düğüne davet edilmediğini sansındı Nehir...

* * *

Nehir'le Deniz arasındaki tek çelişki, ev konusu gündeme geldiğinde yaşandı.

"Evlendiğimizde nerede oturacağız biz?"

Bu soruyu yanıtlamak hem çok kolay hem de aynı derecede zordu. Beylikdüzü'ndeki konaklardan birinin üzerinde duruyordu Deniz. Nehir ise şehirden uzaklaşmak istemiyordu, hatta kendi oturduğu Etiler Caddesi üzerindeki geniş ve ferah bir apartman dairesinden çıkmak bile zor görünüyordu gözüne.

Bir orta yol buldular sonunda. Tamam, Beylikdüzü'ndeki konak Deniz'in gönlünce dayanıp döşenecekti. Yanı sıra, Nehir'in bekâr evi tümüyle elden geçirilecek, yepyeni bir dekorasyonla yeni evlilerin oturacağı hale getirilecekti.

Nehir'in, bu evin üzerindeki ısrarcılığının asıl nedeni, kendi ailesinden kalan biricik malvarlığı oluşuydu biraz da. Deniz de onun önerisini kolayca kabul etmiş, kendi bekâr evini boşaltıp buraya taşınmaya da seve seve razı olmuştu ama, "İçgüveysi mi oluyorum ben şimdi?" diyerek Nehir'i epey güldürmüştü.

En doğru kararı almışlardı aslında. Hafta içi günlerde şehirde kalıp ulaşım sorununu en aza indirgeyerek, işlerine rahatça gidip gelebileceklerdi. Hafta sonlarını ise Beylikdüzü'nde, tatil havasında geçireceklerdi.

"Cuma akşamları iş çıkışında yola koyuluruz. Pazartesi sabahı oradan geçeriz işe. Tamı tamına üç gün, üç gece; hafta sonu paket program. Her şey dahil üstelik... Daha ne istiyorsunuz efendim?"

Aynen böyle çizmişti rotayı Nehir. Deniz'e itiraz edecek söz kalmamıştı.

23

Fazlaca yolundaydı her şey

Evlenmeye kalktığında, ablasının şiddetle karşı çıkacağından korkardı hep Nehir. Ama şu sıralar, onu tanımakta güçlük çekiyor doğrusu. Eskilerin asık suratlı, dediği dedik Nevin Sultan'ı gitmiş, yerine yüzünde güller açan, ılımlı, bambaşka biri gelmişti.

Öncesini bilmeyenler, kardeşini evlendirmek için can attığını düşünebilirdi. Evet, can atıyordu artık, kardeşinin mutlu olacağına inanmıştı çünkü. Arkasında durup destek oluşu bu yüzdendi.

Yalnız Nevin değil, Nehir'le Deniz'i az ya da çok sahiplenen, uzak yakın herkes, şaşılası bir uyum sergilemekteydi. Nisa ile Nevin başı çekiyorlardı ama, iş dünyasına damgasını vurmuş bir Halil Sezen'in, onun yanında son derece mütevazı kalan Ali Enişte'yle ilk görüşte kaynaşıvermesi de yabana atılmamalıydı.

Deniz'in amcası Hilmi Sezen, yengesi Saadet, kuzen ve kuzinleri hemen benimseyivermişlerdi Nehir'i.

Nehir'in, ablası ve eniştesi dışında birinci dereceden akrabası yoktu. Nişan gecesi davet ettikleri ikinci kuşaktan yakınları içinde Nehir'i ve Nevin'i gerçekten sevenler, onlar adına, onlar kadar sevinç duydular. İçlerinde kıskançlık alevi yanıp sönenlerse imrenerek, gıptayla, biraz da kıskançlıkla alkışladılar bu beraberliği. Tek kişi de ağzını açıp olumsuz bir laf etmedi.

Hepsi aynı saftaydılar; kız tarafı, oğlan tarafı diye bir ayrım kalmamıştı aralarında. Oysa düğün öncesi dönemi, gelin, damat ve dünürler için "ateşten gömlek" diye tanımlanan en zorlu süreçti. Böyle bilinir, böyle yaşanırdı nicedir.

Kızlarını, oğullarını el'e kaptırmanın paniği içindeki bir grup insanın, baş döndürücü değişime ve gelişmelere ayak uyduramayarak bocalaması, kendi uyumsuzluklarının acısını karşı taraftan çıkarma çabaları... Bunların hiçbiri yaşanmadı Nehir'le Deniz'in düğün hazırlıkları sırasında.

Öyle ki, "Böyle şey olmaz!" diye kendi kendine söylendi bir keresinde Nisa Hanım. "Bozulacak mı bu iş yoksa? Gelinini bu kadar seven bir kaynana nerede görülmüş?"

Nehir de benzer duygular içindeydi. Nasıl olup da evleneceği insanın annesine bu derece bağlandığına inanamıyordu.

Yalnız o mu? Her gün telefonda uzun uzun konuştukları Dila'yla da güçlü bir dostluk kurulmuştu aralarında.

Görümce! Yok canım... Gelişmeleri kilometrelerce öteden, Londra'dan adım adım izleyen, düğüne gelmek için gün sayan bu dünyalar tatlısı kıza, olsa olsa "kardeş" denirdi.

İlginçti, çok ilginç!

Nehir'le Deniz'i birleştirecek yolun üzerine tek bir engel çıkmamıştı hazırlık süresince. Hafiften belirmeye yüz tutan küçük engebeler de kendiliğinden yok olup gidivermişlerdi. Görünmez, mucizevi bir "yolundalık" çemberiyle sarılmışlardı sanki.

Tıkır tıkır işliyordu saat. Ürküntü verecek derecede düzgün... Kim kurmuştu, işleten kimdi; belli değil.

Verilen rolleri başarıyla oynayan birer oyuncu, satranç tahtasında öne sürülen birer piyon olduklarının farkına varmadan, kendilerine biçilen görevi hakkıyla yerine getiriyordu hepsi.

Bir an durup düşünseler, tarafsız gözle irdeleseler yaşadıklarını, tuhaflığı fark edeceklerdi belki. Ama, başlarının üzerine inmiş mutluluk halesine öylesine kaptırmışlardı ki kendilerini...

Evet, bir tuhaflık vardı bu işte. Fazlaca yolundaydı her şey!

Bir tek Nevin, içsesiyle paylaştı göz önünde durduğu halde kimselerin göremediği tuhaflığı. "Çok gülme, arkası ağlamaktır!" diyen geleneksel aile düzeninden geliyordu çünkü.

Çok gülmek, ağlamak getirir.

Mutluluğun fazlası da...

Gerisini getirecek gücü yoktu Nevin'in.

Yüreğinin dibine gömdü tüm ürküntülerini. Dualarıyla sıvadı üstünü...

24

Gelinlik

Gelinlik seçimi, Nisa Hanım'la Nehir arasında küçük çapta bir çekişmeye neden oldu. Önce, yıllardır giysilerini hazırlayan ünlü modacıyı önerdi Nisa.

"Terzi alışkanlığım yok" diye kibarca reddetti Nehir. Dikişle, provayla uğraşacak zamanı olmamıştı hiç.

Bu kez de, "İngiltere'ye gidelim" dedi Nisa, Türkiye'de Nehir'in üzerine geçirilmeyi hak edecek değerde gelinlik yokmuş gibi.

Şiddetle karşı çıktı Nehir. Kararlıydı, gitmeyecekti.

"Boşuna direnme" diye güldü Deniz. "Benim bildiğim Nisa Sultan, aklına koyduğunu mutlaka yapacaktır."

Haklı da çıktı!

Madem gelinini, yurtdışından alınacak gelinliğin üstünlüklerini sayarak yola getiremeyecekti Nisa Hanım, elbet deneyecek başka yollar bulurdu...

"İşleri kolayladık sayılır" diye yumuşak bir başlangıçla işe koyuldu. "Gelecek hafta Paris'te açılacak karma resim sergisine gitmek istiyorum. Bana eşlik eder misin Nehir?"

Nehir'in gülmekle gülmemek arasında gidip gelen şaşkınlığına, "evlilik arifesinde", "bunca iş varken" yolundaki isyankâr bakışlarına aldırmadan aceleyle devam etti:

"Dila da Londra'dan gelecek. Düğün öncesi güç toplarız biraz. Evlendikten sonra, bir daha bu fırsatı bulamazsın. Bekâr halinle yapacağın son tatil... Kaçırma derim."

Nisa'nın inatçı ısrarının yumuşamış, şekil değiştirmiş haline açıktan açığa gülüyor artık Nehir.

"Başka hiçbir amacımız yok yani..."

"Yok. Ama bu, oralara kadar gitmişken, Paris vitrinlerine hiç göz atmayacağımız anlamına da gelmez, öyle değil mi?"

25

Paris

"Her mevsimi ayrı güzel, nadir şehirlerdendir Paris" diyor Nisa Hanım. "Baharı, yazı, kışı; göze görünen, ruha dokunan tüm çehreleriyle resmedilmeye değer, büyülü bir âlem... Koskocaman, nadide bir tablo o zaten! Paris'i çizdim diye kendine pay çıkaran ressamlar, o devasa tablonun köşesinde bucağında, birkaç fırça vuruşuna erişebilmiştir ancak."

Bu şiirsel anlatımın ardında, Paris'i tuvale yansıtamamanın hüznü yatıyor galiba. Ya da Nehir'in ilk tanıştıkları günden beri gözlemlediği, Nisa Hanım'ın ressamlık kariyerinde hedeflediği yere ulaşamama saplantısının farklı bir göstergesi...

Paris'e alışveriş için değil de gerçekten, dünya ressamlarının, "Yılın sanat olayı" diye niteledikleri resim sergisini gezmek için gelmişler gibi, Nehir'le henüz birkaç saat önce Londra uçağından inip onlara katılan Dila'yı öncelikle Louvre Müzesi'ne götürüyor Nisa Hanım.

"Bu müzeyi, hakkını vererek gezmek günlerce sürebilir" diyor. "İki yüz bine yakın sanat eserini barındıran, dünyanın en büyük müzelerinden... Benim için bir numara!"

Her köşenin, her yapıtın hakkını vermeleri mümkün değil. Ama buraya ilk kez gelen Nehir'in o ünlü tabloyu, Leonardo da Vinci'nin Mona Lisa (La Jaconde) eserini görmeden gitmesi de düşünülemez.

Dünya var olduğundan bugüne, resim sanatının gelmiş geçmiş en ünlü eseri. Üzerinde en çok konuşulan, yorumlar yapılan; yapılan yorumlara yenileri eklenen, modası geçmeyen, eskimeyen... En, en, en!..

Beklenti çıtasını bu denli yüksek tutmaktan kaynaklanan, küçük çaplı bir hayal kırıklığı yaşıyor Nehir. Onun bu hali Nisa Hanım'ın gözünden kaçmıyor.

"Çekinme" diye gülüyor. "Aklından geçenleri açık açık söyle..."

Nehir'in "ne haddime" anlamında başını eğip gülümsemesi, daha da kamçılıyor Nisa Hanım'ı.

"Anlata anlata bitiremedikleri, bin bir övgüyle göklere çıkardıkları Mona Lisa da bu muymuş dedin, öyle değil mi? Haklısın, gördüğün gibi eşsiz güzellikteki onca eserin yanında son derece küçük ve gösterişsiz kalıyor. Yanlış anlamayın, dünyaca kabul görmüş bir tabloyu kötüleyecek değilim. Ancak, en az onun kadar güzel ve övgüye değer olanların varlığından söz ediyorum."

"İyi de Nisa Sultan, kadının yüzündeki gülüş ve elleri için şiir yazanlar var."

Dila'nın çıkışına kızmıyor Nisa Hanım. Tam tersine, bu işlerden anlamamasını hoş görür gibi yumuşacık bir sesle devam ediyor.

"Gülüş ve eller... Şu çatının altında sergilenen tabloların içinde bile, şiirlere konu olacak güzellikte anlamlı gülüşler ve eller gösterebilirim size. Bu tablonun, diğerlerinin arasından sıyrılıp çıkması, şansının onlardan daha iyi olması sayesindedir. Her konuda olduğu gibi sanat dünyasında da sivrilebilmenin ilk şartı şans...

Ancak, Mona Lisa'nın öne çıkmasında rol oynayan çok farklı bir neden daha var. Yıllar önce Louvre Müzesi'nden çalınmış olması!

Müzeden çalınan eserler, bulundukları zaman daha da ün kazanırlar. Yalnız çalınan resimler değil, ressamları da ünlenir.

Mona Lisa da 1911'de, resmin sergileneceği vitrini hazırlayan İtalyan marangoz tarafından çalınıyor. Rivayete göre, nedeni kıskançlık. Fransız koleksiyonlarında çok sayıda İtalyan ressamın ve heykeltıraşın bulunmasına içerlemiş çalan. İki yıl evinde sakladığı tabloyu satmaya çalışırken yakalanmış.

"İki yıl boyunca tablonun yeri boş kalmış. Ve bu süre içinde duvardaki boşluğu görmek için binlerce Fransız kuyruk oluşturmuş. Boşluğa gösterilen ilgi bu olursa, tablo yerine konulduğunda olacakları siz düşünün artık..."

Sıra uluslararası karma resim sergisini gezmeye geldiğinde, serginin bulunduğu bölüme adımını atar atmaz, kızıyla gelininin varlığını unutuveriyor Nisa Hanım. Hipnotize olmuşçasına, dakikalarca dikiliyor her tablonun karşısında. Ressamın tabloya can verirken içinde kıpırdanan tüm duyuşları bedenine geçirerek, fırça darbelerini bir kez de kendisi vuruyormuş gibi... Dila koluna girip, bir tablonun önünden diğerine taşımasa annesini, kıpırdayacağı yok.

Bu arada, önemsiz görünen küçük bir ayrıntı da Nehir'in gözünden kaçmıyor. Nisa Hanım, incelediği tablonun ressamıyla eseri hakkında uzun uzun konuşup, yorumlar yapıyor ama kendi ressamlığından hiç söz etmiyor. Entelektüel, sıradan bir sanatsever kimliğinin arkasına gizlenmeyi yeğliyor nedense. Belli bir yerlere gelmiş, sanat çevrelerince kabul görmüş sanatçıların karşısında eksiklik hissettiğinden mi, bilemiyor Nehir. O güne kadar görmeye alıştığı, Nisa Hanım'ın kendinden emin, özgüvenli, başı dik duruşuna yakıştıramıyor bu davranışı.

Ancak Montmartre Tepesi'ndeki sokak ressamlarının yanında çözülebiliyor Nisa Sezen'in dili.

Teleferikle çıktıkları Montmartre Tepesi, muhteşem bir Paris manzarasıyla kucaklıyor konuklarını. Tepenin en yüksek yerinde, Sacré-Coeur Kilisesi yer alıyor. Kilisenin önündeki çok basamaklı merdivenlere oturup, yerli yabancı yüzlerce turistin yaptığı gibi, Paris'i seyrediyorlar bir süre.

"Pek severim burayı" diyor Nisa Hanım. "Montmartre, sanatta aşkın yaşandığı yerdir."

Sonra da içeriye girip kiliseyi geziyorlar. Duvarları kaplayan dini temalı tablolar Nisa Hanım'ı büyülemeye yetiyor. Oysa belli ki buraya ilk gelişi değil.

"Her seferinde aynı durum" diye gülüyor Dila. Bir köşede satılan dilek mumlarından iki tane alıp birini Nehir'e uzatıyor. "Günahı yok" diyor, onun kararsız duruşuna bakarak. "Burası da Allah'ın evi değil mi? Dileğini Tanrı'ya iletiyorsun sen."

Dışarı çıktıklarında, kilisenin yan tarafından dolanıp, daracık dolambaçlı yollardan geçerek çok sayıda kafenin bulunduğu bir alana çıkıyorlar. Sokak ressamlarının mekânı burası. Eserlerini sergileyen, resim yapan onlarca sanatçı... Ziyaretçiler, çaylarını kahvelerini içerken, bir yandan da karakalem portrelerini yaptırabiliyorlar bu ressamlara.

Nisa Hanım, kafelerden birini rasgele seçivermiş gibi, "Şurada oturup bir şeyler içelim" diye önlerine düşüyor Nehir'le Dila'nın. Gözleri, tuvalinin önünde dimdik durmuş müşteri bekleyen, seyrelmiş kırçıllı saçlarını ensesinde toplamış, zaten sivri çenesini daha da sivrileştiren keçi sakalını geniş gülümsemesiyle dengeleyen kırk beş, elli yaşlarındaki ressamın üzerinde. Porselen duruluğunda pespembe teni, oyulmuşçasına düzgün yüz hatlarıyla güzeller güzeli bir garson kızın getirdiği kahvelerini içerken, kendini "Jean" diye tanıtan ressam da hiç acelesi yokmuş gibi ağır devinimlerle Nehir'in portresini çizmeye koyuluyor.

Nisa Hanım, Louvre'daki bilinçli suskunluğunun ardından, konuşmaya, kendini ifade etmeye susamış gibi, resme olan ilgisini, tutkusunu dillendiriyor, ilk kez gördüğü, bir daha da kolay kolay göremeyeceği sokak ressamına. O da özellikle işi ağırdan alıyor zaten...

Kalkarlarken, kapının girişinde, kahve içimi bir sürede çiziliveren portrenin bedeli olarak iri rakamlarla yazılı paranın iki mislini veriyor Nisa Hanım. Üzerine övgüler düzdüğü ayaküstü çalışmaya gerçekten de bayıldığından mı, yoksa ressamın onu bu derece can kulağıyla dinleyip, müzminleşmiş dertlerine ortak oluşundan mı, orasını çıkaramıyor Nehir...

* * *

Sonunda sadede geliyor Nisa Hanım.

Paris'teki ikinci günlerinin sabahında, "La Fayette'e gideceğiz" diyor. Gidecekleri yer, dünyanın en muhteşem alışveriş merkezlerinden biri değil de Paris'i gezenlerin ille de görmeleri gereken turistik bir yermiş gibi...

Alışveriş merkezinden çok, görkemli bir saray havasındaki mekânın her santimi, ilk kez gören gözleri kamaştıracak abartılı özelliklere sahip.

Giriş katının orta kısmındaki geniş alanı gösterişli mağazalar çevreliyor. Üst katlardaki geniş balkonlar ve cepçikler de aynı alana açılıyorlar. Öyle ki, herhangi bir kattan bakan biri, aşağıdaki ya da yukarıdaki mağazaları görebiliyor.

Duvarlar, tavanlar, çeşitli bölümleri birbirinden ayıran sütunlar yaldızlı, ağır işlemelerle süslü. Mağazaların önünde, balkon bölümlerindeki boşluklarda, yorulan konukların oturup dinlenmeleri için kadife, saten, ipek döşemeli klasik koltuk takımları var.

Her konuda olduğu gibi dekorasyonda da sadelikten yana olan Nehir'e uymuyor bu tarz. Devasa büyüklükteki kristal avizeler, duvarlar, oymalar, yaldızlar, süsler üzerine üzerine geliyor sanki.

İçinden geçenleri dışına vurmuyor ama. En uysal haliyle Nisa Hanım'ın peşine takılmış, o mağaza senin bu mağaza benim, koskoca binada adım atılmadık yer bırakmamaya ahdetmiş gibi dolanıp duruyorlar.

"Kendini burayla kısıtlama sakın!" diye tembihliyor Nisa Hanım. "Paris'in şık semtlerinde gelinlik ve abiye üzerine çalışan ünlü mağazalar ve markalar var."

Bu sözler, uyarı yerine geçiyor Nehir için. Nisa Hanım ve Dila, hiç yüksünmeden tüm Paris'i karış karış gezmeye dünden razılar, ama Nehir'in fazla oyalanmaya niyeti yok. Kafasına yatan, gözünü okşayan, tarzına uygun bulduğu ilk gelinliği almaya kararlı.

Ne var ki, ilk denemesi boşa çıkıyor. Beş yıldızlı bir otelin klasik takımlarla döşenmiş lobisini çağrıştıran mağazanın kristal aynasındaki görüntüsünden hoşnut değil Nehir. Abiye kıyafet sunanların kendilerinin de aynı tarzda giyinmeleri gerekiyormuş gibi, oradan çıkıp düğün, dernek, kutlama, her ne hal ise, özel bir yerlere gidecek kıvamda giyinip süslenmiş, aşırı makyajlı üç kadının yardımıyla üzerine geçirdiği Zavarovski taşlarla bezeli gelinliği abartılı buluyor.

Ardından giydiği düz kesimli organze gelinlik ise, Nisa Hanım'la Dila'nın ortak vetosuna takılıyor.

"Sadeliğin de bir sınırı var" diyor Dila. "Giyeceğin gelinlik, az da olsa Paris kokmalı."

Haklılar. O kadar paralanıyorlar en iyisi olsun diye, fiyatını bile sormuyorlar giyilip çıkarılan gelinliklerin. Yapılacak seçim, onları da mutlu etmeli...

Uzlaşıyorlar sonunda. Nehir'in aradığı sadelikle, Nisa Hanımla Dila'nın vazgeçemedikleri şıklık ve gösterişi dengeleyerek sunan, Fransız güpüründen iğneyle kuyu kazar gibi, dantel motiflerinin tek tek birleştirilmesiyle hazırlanmış, terzilik sanatının zirveye çıktığı bir gelinlik... Nehir'in üzerine, onun için dikilmiş gibi oturuveriyor.

Duvak yerine geniş kenarlı, yüze inen kısmı tatlı bir eğimle kavis yapan, sol yanında el yapımı bir çiçeğin yer aldığı son derece modern ve Nehir'e çok yakışan bir şapka seçiyorlar.

Hayranlık saçan bakışlarını Nehir'in üzerinden alamıyor Nisa Hanım. "Şimdi içime sindi" diyor. "Eski Fransız filmlerindeki gizemli aktrislere benzedin."

Aynadaki yabancıya tarafsız gözle bakıyor Nehir. Düğüne gelecek insanlara ait yüzlerce, hatta binlerce gözü de arkasına alarak...

Kabul etmeli ki, aynadaki yansıması çok hoş. Eleştirel nazarlar, kusur bulmakta zorlanacaklar.

Ayak ölçüsü alınıyor Nehir'in. Gelinliğin kumaşından ayakkabı ısmarlanıyor. Hafta sonu, Paris'ten ayrılacakları gün gelip alacaklar.

Gelinlik konusunun hallolmasıyla rahat bir nefes alacağını

sanan Nehir, yanılıyor. Nisa Hanım'ın alışveriş tutkusu, içindeki fay kırığının harekete geçmesiyle bir türlü yatışmayan deprem fırtınası misali, dur durak bilmeden, tüm şiddetiyle sürüyor çünkü.

Müşterisi olduğu, Paris'in ünlü mağazalarını Nehir ve Dila'nın eşliğinde gezmekten farklı bir zevk aldığını üstüne basa basa vurgulayarak, onları da aynı zevki paylaşmaya şartlandırıyor.

Dila, annesinin abartılı alışveriş fantezilerine alışık zaten. Ama Nehir, o ana kadar tanıdığı, mütevazı sınırları aşmamaya özen gösteren Nisa Hanım'ın görünen yüzünün ardındaki bu çılgın kadını tanımakta zorlanıyor.

Paris bulvarlarında saatlerdir peşleri sıra gezdirdikleri, her türden iç çamaşırı, gecelik, sabahlık, ayakkabı, çanta; yazlık, kışlık, baharlık giyecekler; takınacak, sürülecek, koklanacak bin bir çeşit kutu, torba ve paket kalabalığıyla tıka basa dolu büyük boy tekerlekli bavullarıyla otele döndüklerinde, Nehir'le Dila'nın bir adım daha atacak halleri kalmıyor.

Ancak Nisa Hanım, dipdiri ayakta. Onların dinlenmesine fırsat tanımaya da hiç niyeti yok. Alışveriş saplantısına sahip kişilere has bir sarhoşluk içinde... Alınıp parası verilen her parçanın arkasından yeniden güç kazanmış sanki.

Bıraksa, kızların ikisi de yataklarına serilmeye hazırlar. Sabahtan bu yana –ki akşamüzeri olmakta artık– Paris'in ünlü bulvar kafelerinden birinde verdikleri kahve molası dışında hiç soluklanmadılar.

"Yatmaya mı geldiniz buraya?" diye kesin tavrını koyuyor Nisa Hanım. "Üç günlük programı saati saatine ayarladım ben. Nehir'e nehir turu attırmadan, bugünü kapatmaya hiç niyetim yok."

26

Nisa Sultan'a böylesi yaraşır!

Dünyanın dört bir yanından gelmiş, farklı din, dil ve ırklardan turistleri gezdiren çok sayıda tekne var Seine Nehri üzerinde. Aşağı yukarı İstanbul şehir hatları vapurları büyüklüğünde, ama onlardan daha basık ve genişler. Hepsi de kalabalık grupları ağırlayacak özelliklerle donatılmış.

Ortalarda sıra sıra koltukların yer aldığı, camekânla kapatılmış bir bölüm var. Rüzgârlı, yağmurlu, soğuk havalarda sığınak görevi görüyor. Kapalı bölümü çepeçevre saran güverte ve ön kısımdaki sıralı koltuklar ise, nehir havasını özgürce solumak isteyenler için.

İskelenin kıyısında sıralanmış teknelerden hangisine bineceklerini kestirmeye çalışıyor Nehir. Nisa Hanım, yumuşacık bir hareketle kolundan tutup çekiyor Nehir'i. Gülümseyerek, biraz ilerideki beyaz tekneyi gösteriyor.

Diğerlerinden çok farklı bir "restoran tekne" bu. Üstü ve dört bir yanı camekânla kaplı geniş güvertesine bembeyaz masa örtülü, şamdanlı, mumlu sofralar kurulmuş.

Nisa Sultan'a da böylesi yaraşır zaten, diye geçiriyor içinden Nehir.

Tekneye doğru yürürlerken, iskeledeki kalabalık turist grubunun arasından sıyrılan gencecik bir Japon kızı yanlarına geliyor. Hayranlık içeren bakışları Nisa Hanım'ın üzerinde.

"Ne kadar güzelsiniz" diyor. "Hele kirpikleriniz... Harika!" İncecik parmaklarını kendi gözkapaklarının üzerinde gezdirerek ekliyor. "Takma mı?"

"Değil" diyerek gülümsüyor Nisa Hanım. Kanıtlamak ister gibi uçlarından hafifçe tutup çekiyor kirpiklerini.

İster istemez, Nisa Hanım'ın üzerinde yoğunlaşıyor bakışlar. Ardı sıra tekneye doğru yürürken, onun gerçekten de çok güzel bir kadın olduğunu düşünüyor Nehir.

Güzel ve bu güzelliği zarafetiyle bütünleştirmeyi becermiş, yaşı olmayan özel kadınlardan, Nisa Sezen. Nehir ve Dila, günün yorgunluğunun ardından, spor giyinmeyi yeğlerken; zarif tayyörü, ince topuklu ayakkabıları, küçücük portföy çantası, pırlanta taşlı bir tokayla ensesinde topladığı saçları, giysisini bütünleyen abartısız takıları, parfüm diyarı Paris'e parfüm koklatan çiçek kokusuyla ikisine de fark atıyor.

Tekneye geçip yerlerine oturduklarında, "Havanı attın gene Nisa Sultan!" diye takılıyor Dila. "Senin yanında dolaşmayı sürdürürsem, evde kalmam kaçınılmaz."

"Neyse ki ben paçayı kurtardım" diyor Nehir.

"Abartmayın" diye gülüyor Nisa. "Görmediniz mi, tek kirpiği yoktu kızın. Kirpik yoksuludur Japonlar. Biraz rimelli görünce takma sandı, mesele bundan ibaret..."

Anlaşılan o ki; güzelliği, albenisi ve çekiciliği konusunda yeterince mütevazı Nisa Hanım. Nehir'in, Paris'e gelinceye kadarki zaman diliminde, müstakbel kayınvalidesinin davranışlarında gözlemlediği tevazu, burada da kendini gösteriyor. Ancak, tam tersini düşündürecek ayrıntılar da yok değil!

Nisa Hanım'ın yanındayken anlam veremediği bir tedirginlik içinde Nehir. Duyduğu rahatsızlığın nedenine inip kesin bir yargıya varamıyor, rahatsızlığının adını da tam olarak koymuş değil zaten.

Nisa Hanım, beyaz takım elbisesi, içindeki beyaz ipek gömleği ve papyon kravatıyla pek yakışıklı görünen garsona siparişleri verirken, dikkatle onu izliyor Nehir. Kızıyla gelininin fikirlerini de alıyor görünürde ama, son sözü hep kendisi söylüyor Nisa.

Yenilsin yenilmesin, masa üzerini donatıp taşıracak çoklukta meze, deniz ürünü, salata, tropik meyve ısmarlıyor. Mönüdeki en pahalı şarabı seçiyor.

"Istakoz yiyelim" diyor garip bir edayla, birilerine meydan okur gibi.

Elindeki listenin yiyecek içecek bölümüne değil de fiyat bölümüne bakıp en pahalı olanları dikte ettiriyor garsona sanki. Ne düşüneceğini bilemiyor Nehir. Ancak, emin olduğu bir nokta var: Bu davranış biçiminin asla normal olmadığı!

Arkasına yaslanıp Nisa Hanım'ı küçük çaplı bir psikanaliz seansına almaya hazırlanıyor. Sıkça yaptığı bir iş bu. Davranış bozukluklarının nedenini anlamak için, onların kökeninde yatan gerçeklere inilmesi gerektiğini çok iyi biliyor. Bir zamanlar az mı aşındırdı psikiyatrın kapısını...

Öğrendiklerinin ışığında, kendine bile psikanaliz yapabiliyor Nehir. Alışmış artık. Nedensiz sıkıntılarla hem kendine hem de çevresindekilere günü zehir ederken, "Dur!" diyor içindeki Nehir'e. "Neyin var senin? Sudan bahanelerin ardına sığınma da gerçek nedene inelim beraberce..."

Zincirleri kıra kıra esas halkaya ulaştığında, kendiliğinden çözülüveriyor sorun.

Bu kez de küçücük bir ipucundan yola çıkıyor Nehir.

Gün içinde bir çift dekolte iskarpine dünyanın parasını verdiğinde, avuç içi kadar gece çantasına beş çanta parası ödediğinde, cüzdanını açıp sanki kurtulmak ister gibi banknotları neredeyse buruşturarak kasiyerin önüne fırlatırcasına attığında... Ve şimdi burada, şarabın en pahalısını, ıstakozun en irisini ısmarlarken... Nisa Sezen'in gözlerinde anlık sevinçlerle yanıp sönen ışıltılar, öylesine benzer ki!

Alışveriş yapmaktan, hesapsızca para harcamaktan alınan yoğun zevke; duygusal dünyası zengin, resim sanatına gönül vermiş, ince ruhlu, naif kadının "kadınsı zaafları" denip geçilebilir belki. Ama bu, işin kolayına kaçmak olur. Çünkü Nehir, asıl nedenin çok daha derinlerde pusuya yatmış olduğundan emin.

Bir başkası yapsa Nisa Hanım'ın yaptıklarını; görgüsüzlük, gösteriş merakı, sonradan görmüş insanların paraya kavuşunca geldikleri konuma alışamaması denilebilir. Ama bu, Nisa Sezen'e yapılacak en büyük haksızlıktır. Sezenler kadar olmasa da belli bir malvarlığına sahip, görmüş geçirmiş bir aileden geliyor Nisa. Yaşamı boyunca para sıkıntısı çekmemiş.

O halde Nehir, zoru denemeli ve Nisa Hanım'ın benliğine gizlenmiş, zaman zaman öne çıkıp dikkatli gözleri şaşkınlığa uğratacak davranışlar sergileyen, onun ikinci kişiliğini tanımaya çalışmalı.

Anlatıldığı kadarıyla da olsa, hikâyeyi biliyor Nehir. Güzel Sanatlar Fakültesi Resim Bölümü öğrencisi Nisa, Sezenlerin oğlu Halil'e deliler gibi âşık olmuş. Öyle güçlüymüş ki aşkı, bir zamanlar gönül verdiği, umutlarını bağladığı, ünlü bir ressam olma yolunu açacak okulunu bile bırakmayı göze almış.

Ne uğruna? Evlenip, "Sezenlerin resme hevesli küçük gelini" sıfatıyla kızağa çekilmek için mi? Değmiş mi gösterdiği özveriye?

Asıl hikâye bundan sonra başlıyor. Olayların nasıl geliştiğini tahmin etmek için birinci ağızdan duymaya hiç gerek yok. Senaryoyu gayet tutarlı bir biçimde kurgulayabiliyor Nehir.

Büyük aşkların ardından gelen evliliklerin beklentileri de büyük oluyor... Gencecik, toy Nisa da emin adımlarla yürüdüğü yoldan sapıp ayaklarını yerden kesen sevdasının peşinden gitmeyi seçince, geride bıraktıklarının, vazgeçtiklerinin yerine koyacak bir şeyler arıyor. Ama bulamıyor. Günbegün tekdüzeleşen evlilik hayatının kısırdöngüsünde gitgide bunalıyor.

Küçücük bir hücreyken, hızla dallanıp budaklanan habis bir tümör gibi her geçen gün daha da büyüyor içindeki pişmanlık. Kimseyi suçlamıyor, suçlayamıyor; tek suçlu kendisi çünkü.

Kızlarını uyarmadıkları, tam tersine yaptığı yanlışlarda arkasında durup onu yüreklendirdikleri için ailesine kızgın değil. Ama kırgın. Halil Sezen'in yerine parasız pulsuz, arabasız çulsuz birine gönül vermiş olsaydı Nisa, ona da aynı hoşgörüyü gösterecekler miydi?

Tabii ki hayır! Hepsi birden ayağa kalkıp, "Deli misin sen kızım! Çulsuzun teki için okul bırakılır mı?" diye karşı çıkacaklardı kesinlikle.

Ama Halil Sezen deyince akan sular dururdu. Para, mevki, şan, şöhret gibi her devirde geçerli kavramların önünde kim durabilirdi ki...

Aşk'ın evliliğe, âşık'ın eşe dönüştüğü noktada bozuluveren büyüyü yeniden yaşamak mümkün değil!

Deniyor Nisa, ama başaramıyor. Biricik aşkı, tutkulu sevdası Halil'le kocası Halil Sezen arasındaki ortak ya da taban tabana zıt noktaları bulup çıkarmaya çalışmaktan yorgun düşüyor.

Aslında, hâlâ seviyor onu. Ancak şekil değiştirmiş; dipdiri, köpük köpük dalgalı davetkâr denizlerden, dingin su birikintilerine dönüşmüş sevgisiyle. Sığ, heyecansız, eski coşkuyu asla veremeyen...

Başlangıçtaki yoğun, patırtılı tutkunun yerini alan sessiz, sakin, yumuşacık sevgi de beraberliklerini yürütmek için yeterli. Bundan sonrasında bu kadarıyla yetinmek zorunda olduğunun bilincinde Nisa. Yakın çevresindeki pek çok evliliğin, çok daha cılız sevgilerle hatta sevgisizliğe rağmen yürüdüğünün de farkında.

İçinde usul usul palazlanan isyanı bastırmaktan başka çaresi yok. Artık âşık olmasa da seviyor kocasını, iyi bir insan o. Dışlanmayı, ötelenmeyi asla hak etmiyor. Nisa'nın bilinçaltındaki örtülü reddediş de ona karşı olmamalı.

Evet, Nisa'nın hasmı kocası değil, onu "Halil Sezen" yapan yan özellikler. Bunların başında da *para* geliyor!

İşte Nisa Sezen'in alışveriş tutkusunun gerisinde yatan gerçek neden!

Kendisi bile farkında değil belki. Yaşadığı olumsuzluklar, çektiği acıların nedeni olarak gördüğü *paraya* düşman etmiş onu.

Dışlamıyor parayı; tam tersine güçlü bir beraberlik, dışardan bakılınca hoş bir uyum var aralarında. Hesapsızca harcayarak, horlayarak, değersizleştirerek paradan intikamını a'ıyor Nisa.

Tüm safhalarını ve ayrıntılarını bire bir bilemese de Nehir'in ulaştığı sonuç bu. Gözünün önüne getirdiği, Nisa Hanım'ın alışveriş yaparkenki halleri de bu kanısını fazlasıyla doğruluyor.

Gerçek anlamda "alışveriş tutkunu" bile sayılmaz Nisa Hanım. Vitrinde gördüğü her şeye sahip olmak için yanıp tutuşanlardan değil. Alışverişin seçme, beğenme, ardından da alıp kendine mal etme safhaları ilgilendirmiyor onu. Ancak sıra ödemeye geldiğinde, cüzdanına davranıp para çıkarmaya yeltenirken şahin kesiliyor.

İşte o an, garip ışıltılar uçuşuyor gözlerinde. Aldığı şey ne kadar pahalıysa duyduğu keyif de o denli güçlü oluyor.

Banka kartı kullanmıyor, kullandığını hiç görmedi Nehir.

Parayla teması doğrudan, aracısız. Eli banknota değecek ki harcadığını hissedebilsin...

Masanın üzerini donatan, çoğunun yenmeyeceği baştan belli yiyecek bolluğuna bakarken, Nisa Hanım'ın davranışlarını eskisi kadar yadırgamadığını fark ediyor Nehir.

Ve onu çok sevdiğini!

Nisa Sultan'ın yüreğinin şifresini çözdüğünden belki. Ya da kendini, onun, zaaflarıyla bütünleşmiş haline yakın hissettiğinden.

Nedeni her ne olursa olsun; eksileriyle artılarıyla, zayıflıklarıyla gücüyle, kişiliğini belirleyen farklılıklarıyla; gösterdiği ya da özellikle gizlediği değişken çehreleriyle; her haliyle, her tavrıyla bu kadını seviyor Nehir...

27

Düğüne doğru

Paris'ten döndükleri günden düğün gecesine kadarki zaman dilimini, sabaha karşı görülen, aydınlığa kapı açtıkları için gerçeklik paylarının diğerlerinden fazla olduğuna inanılan seher düşlerine benzetiyor Nehir.

Ne tümüyle içinde, düşü gören; ne de ilgisiz ve yabancı yaşananlara. Kenarda durup çekimleri izleyen, yalnızca rol sırası geldiğinde film karesine giren yan karakterlerden biri gibi hissediyor kendini.

Hazırlıkların ortasında yer alması mümkün değil Nehir'in. Evlenmenin yanında, yepyeni bir iş kurmanın da telaşı içinde çünkü.

"Düğün arifesinde olacak şey değil" diye söyleniyor Nevin. "İki ay sonraya erteleseydiniz ya şu işi."

Erteleyemezler. Nevzat Bey, Ağızdan Ağıza Pazarlama bölümüne özerklik tanımış, Nokta Reklam Ajansı'nın ortağı konumunda yeni bir şirket kurulmasına yeşil ışık yakmışken... Şirketin kurucusu, sorumlusu ve patronu Nehir olacak üstelik.

Ne zamandır bekliyorlardı zaten... Şirketin içinden yeni bir şirket çıkarma çalışmaları, aylar öncesinden başlamıştı. Hakan, Pınar ve başarılı proje koordinatörlerinden Tolga da beyin takımı olarak Nehir'in yanında yer alacaklardı.

Yeni şirketin kurulumunu, "düğün armağanı" niyetine sunmuştu Nevzat Bey. Ertelenmesi söz konusu olamazdı. Özel hayatıyla iş hayatının aynı anda atağa kalkması, Nehir'in yaptığı bir zamanlama hatası değildi. Kendiliğinden, doğaçlama gelişmişti her şey.

İki misli düşünüp iki misli yorulacak, oradan oraya koşturmaktan helak olacaktı belki ama; kavuşacağı çifte mutluluk için değerdi doğrusu.

Neyse ki çevresi, onun yerine, onun için canla başla çalışan sadık bir gönüllüler ordusuyla sarılmıştı. Deniz, hem Nehir'in şehirdeki evinin hem de Beylikdüzü'ndeki konağın iç dekorasyonuyla ilgileniyor; Nisa ile Nevin el ele vermiş, her iki evi de oturulur hale getirmek için geceli gündüzlü çalışıyorlardı.

Hafta sonları İzmir'den gelen Ali Enişte'yle büyük patron Halil Sezen'e, yapılanlara övgü yağdırmak dışında fazla iş düşmüyordu.

* * *

İki hafta sonra evlenecek gelin adayı kendisi değilmiş gibi, oturacağı evden çok işyeriyle ilgilenmek zorunda kalan Nehir, duyduğu eziklikten kurtulmanın yolunu, Nisa Hanım'la ablası Nevin'in icraatlarına kayıtsız şartsız alkış tutmakta buluyor. Beğenmemezlik gibi bir lüksü yok, hiç karışmıyor işlerine.

Nisa Sultan'ın arayıp da bulamadığı fırsat... Sınırsız para harcama özgürlüğünü sonuna kadar kullanıyor.

Oğlunun düğün alışverişi! Tutabilene aşk olsun...

Aldığına verdiğine kimselerin karışmadığı; tam tersine, alınanlar için kutlanıp alacakları için yüreklendirildiği sayılı günlerin tadına doyamıyor Nisa. Ne var ki, Nehir'le yaşadıkları küçük sürtüşme (asla tartışma denemez buna!), doludizgin yol alırken önüne çıkıveren beklenmedik bir engel gibi, tüm keyfini kaçırmaya yetiyor...

Halil Sezen o hafta sonu, İzmir'den gelen dünürünü, Ali Enişte'yi Boğaz'da ağırlamak istiyor. Bebek'teki sık sık gittikleri balıkçıda, denize karşı oturmuş, sıcacık bir sohbeti paylaşıyorlar.

Gündem belli; son aşamasına gelmiş hazırlıklar ve Nehir'in yeni şirketinin doğum sancıları...

Düğünün yapılacağı yer, sunumlar, davetliler konusunda tüm ayrıntıları sayıp döktükten sonra Nehir'le Deniz'e dönerek, "Balayı için nereyi düşünüyorsunuz?" diye soruyor Nisa. "Sizin için araştırdım. Seyşel Adaları, Bali, Havai... Balayının bal tadında yaşanacağı, cennet köşeleri her biri. Ha, Miami de olabilir... Ne diyorsunuz?"

Hazırlıksız yakalanmanın ilk şaşkınlığını üzerinden atıp konuşmayı başaran, Deniz oluyor.

"Balayına çıkmıyoruz biz. Daha doğrusu çıkamıyoruz. Nehir'in yeni işyeri rayına oturmadan..."

Gerisini duymuyor bile Nisa.

Birer ateş parçasına dönüşmüş gözlerini Nehir'in üzerine dikerek, "Ne demek oluyor bu?" diye soruyor. "Şimdi siz bana, düğünden sonra balayına çıkmayacağınızı mı söylemek istiyorsunuz?"

Sinirle gülüyor.

"İnanamıyorum! Geçerli bir açıklamanız vardır umarım."

"Balayına çıkmayacak değiliz" diye düzeltiyor Nehir. "Söz konusu olan, küçük bir erteleme yalnızca... Kurduğumuz yeni şirketin hazırlıkları tamam. Düğünden önceki hafta da açılacak ama, ilk adımını güçlü atabilmesi için görkemli bir açılış töreni şart. Onu da ancak düğünden sonraki günler içinde yapabiliriz. Kapısı yeni açılmış bir işyerini öylece bırakıp balayına çıkmayı Deniz de, ben de içimize sindiremiyoruz."

Baştan beri konuşmaları sessizce izleyen Halil Sezen, gizlemeye çalıştığı bıyık altı gülüşüyle araya girerek, "Dünyasını kararttınız karımın!" diyor. "Düğüne gelenlere ne diyecek şimdi! Evlenip de evde oturmanızın hesabını nasıl verecek?"

Kolunu Nisa'nın omzuna atıyor. "Dert etme sen Nisa Sultan" diyor. "Davetiyelerin altına not düşeriz. 'Yeni evli gençlerimiz iş yoğunluğundan, şimdilik balayına çıkamıyorlar. Balayı tarihi sonradan bildirilecektir.' Nasıl?"

"İyi akıl" diye gülüyor Nisa. "Ama bilmiş olun, bu konu burada kapanmaz! Uygun zamanı kollayıp iki hafta öncesinden bildireceksiniz bana."

Kocasının kolunun altından sıyrılan Nisa'yı bu kez de Deniz'in kolları sarıyor.

"Merak etme sen güzel annem, yaz ortasını geçirmeyiz. Bir, bilemedin iki ay içinde kapını çalarız senin."

Deniz, güneş, kum ağırlıklı tropik bir tatilin hayallerine dalıp gidiyor Deniz. Nehir ise umursamıyor bu ayrıntıları. Hiçbir yere gitmese de olur. Onun güneşi de, denizi de yanında zaten...

* * *

Ama şu anda, Nehir'in yanında değil Deniz. Nerede, nasıl... hiçbir şey bilmiyor Nehir. Bütün gece, her kıpırdanışında adını sayıkladı Deniz'in.

Söylemiyorlar, saklıyorlar. Doktorlar, ablası, eniştesi... Hiçbiri doğru dürüst yanıt vermiyor.

Bir kendine gelse! Şu uyuşukluktan kurtulup zihnini toplayabilse, daha akılcı sorular sorup yanıtlarını alabilecek belki. Ama şu, damardan verdikleri serumun içine karışmış renk renk ağrı kesicilerle sakinleştiriciler yok mu... elini kolunu bağlıyor Nehir'in.

Baş tarafı ayakucuna göre daha yüksek hastane yatağına serilmiş; paramparça olmuşçasına sızlayan bedenini bir yandan diğer yana çevirmeye çalışırken, "Yavaş" diyor Nevin. "Bacağın alçılı, unuttun mu?"

Hatırlıyor artık. Kazayı da, sonrasını da. Ameliyat olduğunu, bacağına plak takıldığını, kaburgasındaki çatlağı... hepsini biliyor.

Bıkmadan usanmadan, tekrar tekrar anlatıyor Nevin, ama sorular Deniz'e yönelince yanıtsız kalıyorlar nedense.

Bu kez kararlı Nehir. Sonuna kadar gidecek gücü var; az da olsa toparlayabiliyor zihnini.

"Abla... Doğruyu söyle bana. Deniz nerede? Ne oldu ona? En azından sağ olup olmadığını bilmek istiyorum. Bu benim hakkım!"

"Anlattım sana. Merak etme, yaşıyor. Yoğun bakımda, gidip gördüm. Öylece yatmış, uyuyor..."

Son sözleri söylerken, sesinin titremesine engel olamıyor Nevin. Devamını getirecek, anlatacak gücü yok.

Nehir de sormuyor zaten. Hastanenin ilaç kokulu havasından kaçıp kurtulmak ister gibi başını yana çevirip sımsıkı yumuyor gözlerini. İlaçların etkisine yenilerek tüm olumsuzluklarından arınan beyni, Nehir'in delice bir özlemle Deniz'e kavuşmasına tanık oluyor...

28

Balayı çifti

Yılın düğünü!

Bu sözlerle anılacak bir düğünün kadın kahramanı olabileceğini hiç düşünmemişti Nehir. Yadırgıyor, yabancılıyor, kendine mal edip kabullenemiyor bir türlü. Nisa Hanım'ın abartılı mükemmeliyetçiliği, en ince ayrıntıların üzerinde bile titizlikle durması, anlamsız görünüyor gözüne.

"Kaçır beni" diyor Deniz'e düğünden iki gün önce. "Bana göre değil bu işler..."

Ancak düğün gecesi, Avrupa'daki kraliyet ailelerinin saray düğünlerini aratmayacak görkemdeki düğünün gelini, gözbebeği, biriciği olmak da gururunu okşamıyor değil.

Kelimenin tam anlamıyla Nehir'le Deniz'in *düğün*'ü bu! Yüreklerinin bayramı, şenliği, şöleni, toyu...

Herkesten çok eğleniyor o gece Nehir'le Deniz; herkesten çok dans edip, herkesten çok gülüyorlar. Herkesten daha mutlular çünkü. Yalnız orada bulunanlardan değil, dünya üzerindeki, mutlu olduğunu iddia eden diğer tüm çiftlerden daha mutlu...

Düğünlerde alışılagelmiş aksaklıkların (konukların yerleştirilmesindeki sorunlar, program akışındaki oynamalar), beklenmedik aksiliklerin (pastanın ya da nikâh memurunun geç gelmesi) hiçbiri yaşanmıyor bu düğünde.

Her şey son derece yolunda. Daha önce, düğün hazırlıklarına başladıkları ilk günlerde de olduğu gibi, Nisa Hanım'ın içini kaldıracak, onu farklı ve ürkütücü yorumlara yöneltecek kadar yolunda üstelik.

Konuklar halinden memnun, dünürler uyumlu. Gelinle damat yürek yüreğe, bir bedenin iki parçası olmuşlar. Kız tarafı, oğlan tarafı ayrımı yok. Herkes aynı safta buluşmuş, tüm kalpler Nehir'le Deniz için atıyor sanki. Kimse kem gözle bakmıyor, hırpalayıcı dedikodular üretmiyor arkalarından.

Yaşını başını almış aile büyükleri, dudakları kıpır kıpır, nazar duaları okuyup üflüyorlar; ikisinin üzerine, ayrı ayrı.

"Allah nazarlardan saklasın!" diyor Nisa da farkında olmadan sesini yükselterek.

Yanı başında oturan Nevin, yüreğinde aynı ürküntüyü taşır gibi, sıcacık sesiyle yineliyor:

"Allah nazarlardan saklasın!.."

* * *

İlk gecelerini düğünün yapıldığı otelin kral dairesinde geçiriyorlar. Onlara kalsa, oradan çıkar doğruca evlerine giderler ama, Nisa Hanım'ı daha fazla kızdırmamak için, önceden ayarlanan iki gecelik otel rezervasyonunu geri çevirmiyorlar.

İki gün iki gecelik, kısacık bir balayı...

Otelin en üst düzey yöneticisinden en aşağıya uzanan yelpazedeki her kademeden çalışan, ağırladıkları konukların öneminin farkında; hizmette, ikramda kusur etmiyorlar.

Kalacakları dairenin girişindeki halı, silme gül yapraklarıyla örtülü. Otel yönetiminin işi olmadığı belli, Deniz'in marifeti bu.

Boğaz'ın gece manzarasına karşı kurulmuş masanın üzerindeki şampanya, kristal kadehler; ayıklanmış iç fıstık, badem, fındık konulmuş çerezlikler, gümüş bir gondol dolusu çikolata, meyve tabağı... ise otelin yeni evlilere ilk gece ikramı.

Balayı çifti olarak anılmak, olaylara düz bir bakış açısıyla bakıp dışardan göründüğü gibi kabullenmek yerine, o olayı ortaya çıkaran gelişmelerle ilgilenmeyi alışkanlık haline getirmiş olan Nehir'in pek de hoşuna giden bir durum değil.

Biliyor ki, kuruyemişleri çerezliğe dolduran, çikolatalara şekil veren, meyve tabağına meyve doğrayan, sözün özü; bu masayı hazırlamakta emeği geçenler (yatacakları yatağın çarşaflarını serenlerle banyo havlularını yerleştirenleri düşünmek bile istemiyor Nehir!), ikram faslının proje mimarları, halkla ilişkiler müdiresinden masayı kuran aşçısına, işçisine, temizlikçisine kadar eli değen, gözü ilişen, kulağı duyan herkes, onların *ilk* gecelerini geçirmek için bu otelde kaldıklarını biliyorlar.

Herkesin gözünde birbirine benzer, sevecen, ne yaparlarsa yapsınlar hoşgörüyle karşılanacaklarının peşinen garantisini veren, yumuşacık, sözüm ona anlayışlı bakışlar... Ve o bakışlardaki hınzır merak!

Hele ertesi sabah!..

Koridorda karşılaşılan kat görevlisi, asansörcü ya da temizlikçi kadının yüzünde yakalanacak mahcubiyet ifadesi... Ortada bir suç varmış da o suçu görmezden geliyorlarmış gibi.

İşlenen günahı paylaşırcasına kızaran yüzler, hafiften öne eğilen başlar...

Ya da tam tersi, küstahçasına, hesap sorar gibi fırlatılan bıçkın bakışlar; "E, n'aber? Nasıl geçti gece?" diye soruverecekmiş gibi kıvrılan alaycı dudaklar...

İşte bu yüzden, son derece huzursuz Nehir. Doğadaki nehirlerle denizler birbirleriyle bütünleşirken, nehirler tüm coşkularıyla denizlere aktığında, birileri çıkıp da, "Nasıl?" diye soruyor mu?

Onlara da, ima yoluyla bile olsa hiçbir şey sorulmamalı. Mutluluğun eşiğinden yeni geçmiş çiçeği burnunda evlilerle her karşılaşıldığında ağızlar yüzler oynamamalı, fısır fısır konuşulmamalı arkalarından.

Nehir kadar önemsemiyor bunları Deniz; her yeni evlenenin yaşadığı, yaşanması gereken bir süreç olarak değerlendiriyor. Canından çok sevdiği karısının üzülmesini, mutlulukla ışıldayan yüzüne küçücük bir gölgenin izinin bile düşmesini istemiyor ama, bu özel günlerde sarmaş dolaş, el ele, yürek yüreğe, ten tene dolaşmaktan vazgeçmeye de hiç niyeti yok.

Kaldıkları daireden çok az çıkıyorlar zaten. Ancak, ikinci günün sabahı, odalarında yaptıkları kahvaltının ardından,

"Havuza girelim" diyor Nehir. Boğazın masmaviliğiyle yarışır mavilikte, billur berraklığındaki suyu görüp de dayanmak mümkün mü...

Mayolarını giyip asansörle havuz katına iniyorlar. Asansörün açıldığı sahanlıkta, asansörde ve yürüdükleri koridorlar boyunca karşılaştıkları otel çalışanı ya da müşterilerden hiçbiri, *balayı çifti* muamelesi yapmıyor bugün.

"Alıştılar galiba" diyor Nehir. Durumdan gayet memnun.

"Ondan değil" diye gülüyor Deniz. "Mayolu çıplak halimizle tanımamışlardır. Rahatına bak, burada bizim yeni evli olduğumuzu bilen yok."

Sudan çıkıp havuzun kenarında dinlenirlerken, tiril tiril gömleğinin parlak beyazlığıyla göz alan genç bir garson, üzerinde kocaman iki bardak renkli kokteylin bulunduğu tepsiyi getirip, yanlarında duran sehpanın üzerine bırakıyor.

Elini karnının üstüne koyup, abartılı bir eğilişle, "Barmenimizin ikramı!" diyor. "Balayı çiftine mutluluklar dileğiyle..."

Deniz bile bu kadarına dayanamıyor artık.

"Alnımızda *yeni evli* falan mı yazıyor bizim?"

Nehir, bedenini Deniz'in bedeninden uzaklaştırmaya çalışarak, "Alnımızda yazı olmasına hiç gerek yok" diyor. "Başını kaldır da çevrene bir bak. Havuz başına değil de ıssız bir adaya düşmüş gibi, kimselerle ilgilenmeden iki kişilik dünyalarında yaşamayı sürdüren, hepsinden önemlisi, yapışık Siyam ikizleri gibi sarmaş dolaş gezinen bizden başka kimse var mı?"

Şöyle bir etrafa bakınıyor Deniz. Geniş bir gülümsemeyle aydınlanıyor yüzü.

"Bu tabloya alışmalısın bitanem" diye biraz daha sokuluyor Nehir'e. "Evliliğimizin üzerinden elli yıl geçmiş bile olsa, yeni evli balayı çifti gözüyle bakacaklar ikimize. Bizim baldan ayımız, baldan aşkımız gibi hiç mi hiç bitmeyecek."

"Evliliğin aşkı öldürdüğünü söylerler... Aşkın, kimyası gereği, üç dört yıl içinde tükendiği bilimsel olarak kanıtlanmış."

"Öyle şeylere aklım ermez benim! İnsanları da anlayamıyorum zaten. Gerçek aşkı bulduğuna inanıyorsan, neden ona sımsıkı sarılmıyorsun? Neden onun gözlerinin önünde eskimesine, yıpranmasına razı oluyorsun?

Tapındıkları aşk gerçek değilse eğer; kocaman bir yanılgı, gelip geçici bir heyecan ise... ancak zaman içinde görebiliyorlar bunu.

'Aşkımız bitti!' diyorlar sonra da; gerçek aşkın kanına girdiklerinin farkında bile olmadan.

Bizim aşkımız kimselerinkine benzemez sevdiceğim!

Denizin içine dökülmüş bir nehrin suları nasıl denizden ayrıştırılıp geri alınamazsa, sen de benim benliğimden koparılamazsın. Sonsuza, son nefesimi verinceye kadar seninleyim ben..."

Deniz'in ses tonundaki ipnotize edici güçten etkilenmiş gibi hiçbir yanıt vermeden, kıpırtısızca dinliyor Nehir. Yürekten katılıyor tüm söylediklerine. Evet, farklı bir aşk onlarınki; adım başı karşılaşılan sıradan ilişkilerden değil...

Bugüne kadarki deneyimleri ve edindiği hayat felsefesine göre; sevgi, saygı ve anlayış, aşkı ayakta tutan, aşkın can yoldaşları. Bedensel ve ruhsal uyum ise aşkı platoniklikten gerçekliğe taşıyan, birlikteliğin vazgeçilmez unsuru.

Sevgiye, şefkate, sevgi ve şefkatin sıcaklığına dayalı, bencillikten, hoyratlıktan, uç noktalardaki yakıcı ve acıtıcı tutkulardan uzak, bedenden önce ruhu tanımaya yönelik bir cinsellik var Deniz'le aralarında.

Çok iyi biliyor Nehir, birden parlayıveren tensel alev, sevgi ve şefkatle sarılıp sarmalanmazsa, parladığı hızla sönüp gidebilir. Oysa sevgiyle harekete geçerek palazlanan kıvılcımlar, yerlerini gene sevgiye bırakacaklardır.

Madem onlar da sevgiyle, aşkın sıcacık yüzüne bakarak çıktılar yola; üstüne titredikleri biricik aşkları, neden sonsuza dek sürmesin ki?

Bu konuda tek bir çekincesi var Nehir'in. Tek bir ürküntü, tek bir belirsizlik...

Sonsuzluğun da sonu var elbet!

O *son*'un nerede, ne zaman karşılarına çıkacağını ise yalnız Nehir değil, kimseler kestirmiyor...

29

Yeni düzen

Düğünün üzerinden koskoca iki ay geçtiğine inanamıyorlar. Öylesine hızlı akıp gitmiş ki zaman... Durup düşünecek, yaşadıklarını irdeleyecek fırsatları olmamış hiç.

Evet, mutlular. Hem de çok...

Evde, işte; en yakınlarıyla, ikinci dereceden ya da uzak akrabalarıyla, arkadaşlarıyla olan ilişkilerinde... her şey yolunda hâlâ.

Nehir, yeni kurulan şirketteki işleri düzene koydu sayılır. Deniz de Kavacık'ta yapılması planlanan yeni sitenin altyapı çalışmalarıyla meşgul. İkisi de çok yoğun.

İşten arta kalan zamanlarını birbirleriyle değerlendirmeyi ihmal etmiyorlar ama. Aralarındaki telefon bağlantısı gün boyu hiç kesilmiyor neredeyse. Bazen Deniz, öğlene doğru gelip yemeğe götürüyor Nehir'i. "Geçerken uğradım" esprisiyle, buraya gelmek için kilometrelerce yol tepmemiş gibi.

Akşamları, zorunlu olmadıkça evden dışarı çıkmıyorlar. Ancak, yakın çevrelerini saran sevenleri onları yalnız bırakmaya niyetli değil. Haftada birkaç gece, Nisa Sultan'ın ısrarlı davetlerini kıramayarak Sezenlerin Yeniköy'deki yalısına akşam yemeğine gitmek zorunda kalıyorlar. Bazen de Nehir'in ya da Deniz'in arkadaş gruplarıyla buluşup bir yerlere gidiyor ya da ev ziyareti yapıyorlar.

Nehir de, Deniz de birlikteliklerinden ve iki kişilik yalnızlıklarından öylesine hoşnutlar ki, bu tür buluşma, görüşme fırsatlarını yaratmayı asla düşünmüyorlar. Davetler ve öneriler hep karşı taraftan geliyor. İlk başta gönülsüz davransalar da hem aile hem de arkadaş çevresinde bulunmaktan farklı keyifler alıyorlar.

Evliliklerinin ikinci haftasında, Nevin Abla'yla Ali Enişte'nin elini öpmek için İzmir'e gittiler. Bir kez de Nevin geldi İstanbul'a; ama her zamankinin tersine, son derece kısa tuttu ziyaretini.

"Yeni evlilerin evinde fazla kalınmaz" diyerek geldiğinin üçüncü günü dönüverdi İzmir'e.

Zaman içinde ev ve iş düzeninin daha iyi oturacağını umuyor Nehir. "Ev" yerine, "evler" demek gerekiyor aslında. Hafta içi şehirde, hafta sonları ise Beylikdüzü'ndeki Nehir'in deyişiyle *Manolya Kokulu Konak*'ta kalıyorlar çünkü. Haftanın tüm yorgunluğunu orada bırakıp öyle dönüyorlar şehre.

* * *

Nisa Hanım'ın balayı konusundaki ısrarlı yinelemeleri bu hızlı yaşam temposu içinde kaynayıp gidiyordu haliyle. Antalya'daki seminer konusu da tam bu sırada gelip gündeme oturuverdi.

Nehir için çok önemliydi bu toplantı. Antalya'nın önde gelen şirketlerinin üst düzey yöneticileriyle buluşarak, yeni şirketin İstanbul dışındaki ilk Ağızdan Ağıza Pazarlama sunumunu yapacaktı.

İçeriği önemli olsa da iki günlük sıradan bir iş gezisiydi aslında, tek başına gidip gelebilirdi. Ama Deniz'i yalnız bırakmayı içine sindiremiyordu.

"Sen de gelebilir misin?" diye sordu umutsuzca.

"Hiç sormayacaksın sanmıştım" diye güldü Deniz. "Gelirim! Ama bir şartla... İş toplantısının arkasına birkaç günlük kaçamak bir tatili eklemeyi de göze alırsan."

"İstediğin o olsun" diyerek sevinçle kocasına sarıldı Nehir. "Hatta, bir hafta daha uzatabiliriz tatili. Şirkette işler rayına oturdu. Hakan'la Pınar'ın yanına Tolga'yı da katınca, canavar gibi çalışan bir ekibe kavuştum. Telefon ve internet iletişimi de süreceğine göre, sorun çıkmaz. Ya senin işlerin?"

"Senin istediğin bir şeye 'hayır' diyebilir miyim hiç? Merak etme, benim arkamda duran ekibin becerisi de yabana atılmaz. Ancak, bunu bir ön balayı olarak değerlendirmek zorundayız. İş seyahatine eklenmiş bir Antalya gezisi, Nisa Sultan'ı asla kesmeyecektir, bilmiş ol..."

Hemen o akşam, Sezenlerin yalısına yemeğe gittiklerinde konuyu açtılar.

Halil Sezen, üzerine yorum yapma gereği bile duymadan, sessizce dinlemekle yetindi. Teminat akçesi yatırdıkları son ihaleye takılmıştı kafası. Bu tür yan işlerin, aile ve akraba ilişkilerine yönelik ilişkilerin yönetimini karısına bırakalı yıllar olmuştu.

"Anlaşıldı" dedi Nisa, kendine has dudak büküşüyle. "Gidin bakalım... Peki benim teklifime ne zaman yanıt vereceksiniz?"

"Kışa girmeden, söz!" diye atıldı Nehir. "Eylül başı gibi otururur, beraberce takvimimizi belirleriz."

Birden neşeleniverdi Nisa.

"Sizin Antalya'da olduğunuz tarihlerde biz de yokuz. Halil'le beraber Londra'ya gidiyoruz. Dila evini taşıyacak..."

Bundan sonrası, Nisa'nın Dila'yı tatlı sert eleştirisiyle geçti.

Ne çok ev değiştiriyordu bu kız böyle... Birkaç kez annesi de gidip yardım etmişti ama, onun taşınma hızından başı dönüyordu artık Nisa'nın. Dila'ya ayak uydurabilecek erkeğe aşk olsundu...

30

Lara yolu üzerinde bir otel

Nisa ve Halil Sezen'i İngiltere'ye uğurladıktan iki gün sonra da Nehir'le Deniz, Antalya'ya uçtular.

Kalacakları yer, bir yanıyla Antalya'nın masmavi denizini kucaklasa da, tatil yörelerindeki albenili yapı tarzıyla uzaktan yakından ilgisi olmayan, ciddi yüzlü mimarisi, aristokrat havasıyla buram buram "iş" kokan, Lara yolu üzerinde bir otel... Denize bakan cephesinde boydan boya uzanan bir plajı var ama, genellikle toplantılar, seminerler, konferanslar, işle ilgili özel buluşmalar için kullanılıyor.

Nehir'le Deniz'in de fazla bir beklentileri yok zaten. Nehir'in çalışması biter bitmez, tatil yapabilecekleri daha cıvıltılı bir yerlerde alacaklar soluğu.

İki günlük maratonun ilk ayağında, Antalya iş dünyasının seçkin temsilcilerine otelin konferans salonunda, AAP konusunda başarılı bir sunum yapıyor Nehir.

Arka sıralardan onu dikkatle izleyen Deniz, bu başarıdan kendine pay çıkararak gurur duyuyor; konuşma aralarında herkesten çok o alkışlıyor karısını. Bir yandan da gri ketenden pantolon ceket takımının, başının tepesine sımsıkı toplanmış saçlarının, abartısız doğal makyajı ve özgüvenli, dimdik duruşunun gerisinde, ciddi bir işkadını görünümüne bürünmeye çabalayan küçük, haşarı bir kız çocuğu olduğunu düşünmekten de kendini alamıyor. Ya da buradaki işini bitirince sevdiğinin kollarına atılıverecek, el ele tutuşup beraberce denize koşacakları cıvıl cıvıl, uçarı bir genç kız...

Her kim olursa olsun, içinden geçenleri maskelemeyi pek iyi beceriyor Nehir. Son derece de yaman bir konuşmacı! Sesi mikrofonik, kadifemsi bir okşayışla ulaşıyor kulaklara. Önünde duran metne bağlı kalmadan (arada, yalnızca konu başlıklarına göz atıyor), kendisini izleyenlerin gözlerinin içine tek tek bakarak, salondakilerin ilgi ve merak düzeyini asla düşürmeden, coşkuyla, keyifle konuşuyor.

Ağızdan Ağıza Pazarlama'nın tüm inceliklerini anlatıyor. Beş yıl sonra tüm dünyada yaygın olarak kullanılacak yöntemin, Türkiye'de az tanınmasından yakınıyor.

"Amaç, markaları bir adım ileriye götürmek değil, onlara çağ atlatacak işlere imza atmaktır!" diye bitiriyor sözlerini.

Sorular, yanıtlar, tartışmalar... Ve toplantının sonu.

Ne var ki, karısına kavuşmak için biraz daha dişini sıkmak zorunda Deniz. Otelin, ilginç mimarisi ve duvarlarını süsleyen nadide tabloları sayesinde müzeyi ya da resim galerisini çağrıştıran geniş salonunda düzenlenen kokteylde, kalabalığın ortasında tek taş pırlanta gibi parlayan Nehir'i uzaktan uzağa izlemekle yetiniyor ama, elindeki kadehten içkisini yudumlarken, bu kadar insanın tapındığı kadının kendisine ait olduğunu bilmenin de gururunu taşıyor.

Kısa bir soluklanmanın ardından, Antalyalı Genç İşadamları Derneği'nin verdiği akşam yemeğine katılıyorlar.

Konu aynı. Tüm konuşmalar, "iş" ekseninde dönüp dolanıyor gene. Ancak ortamın değişmesiyle, ilgilenilen konular da biraz olsun değişime uğruyor. Ve gün boyunca perde arkasında duran Deniz, Nehir'in yanındaki yerini aldığında, meraklı bakışların hedefine oturuveriyor.

Bu katılım, gecenin ilerleyen saatlerini daha da keyifli kılıyor. İş konularının dışına sızan sohbet aralarında, Deniz Sezen'e Antalya'da Manolya Konakları tarzında ortaklı bir site yapma önerisi gelirken, Nehir'le AAP çalışmalarının daha sonra resmileşecek ilk temelleri atılıyor.

Yemekten ayrılan Antalyalılar, bir noktada hemfikirler: Nehir'le Deniz, hem iş konusunda hem de gerçek yaşamda mükemmel bir çift! Birbirlerine yakışıyor, birbirlerini bütünlüyor ve birbirlerini hak ediyorlar. Çevrelerini saran mutluluk halesi, onlara çok, ama çok yakışıyor...

Ertesi sabah, bir gün öncesinden randevu alan şirket temsilcileriyle yarımşar saatlik iş görüşmeleri yapması gerekiyor Nehir'in. Ardından özgür kalacak ve nicedir hayalini kurdukları kısacık, ama gönüllerince yaşanacağına inandıkları tatile kavuşabilecekler.

Öğleden sonrasına kadar sarkan iş görüşmelerinden ikisi anlaşmayla sonuçlanıyor. Biri turizm (merkezi İstanbul'da), diğeri tekstil konusunda hizmet veren şirketlerin üst düzey temsilcileriyle el sıkışılıyor. Yapılan ön anlaşmaların, izleyen günler içinde kesinlik kazanması öngörülüyor.

Diğer şirketlerle kurulan sıcak ilişkilerin, zaman içinde vereceği meyveleri beklemek de asla hayalcilik olmayacak, tüm gelişmeler son derece olumlu geçiyor çünkü.

Son şirket temsilcisini de uğurladıktan sonra, üzerinden ağır bir yük kalkmış gibi ferahlamış, oturduğu yerden fırlayıp sabahtan beri sabırla bekleyen Deniz'in güçlü kollarına kendini atıveriyor Nehir.

"Bundan sonrası ikimize ait!"

Bir an önce odasına çıkıp üzerindeki iş giysilerinden arınmak; şortlu, askılı bluzlu, sandaletli sıradan bir turist görünümüne dönüşmek için sabırsızlanıyor.

Denize karşı, denizi özlemek... Yıl on iki ay, İstanbul'da yaşadıkları bu. Bu özlemi körükleyen, girilecek denizle yalnızca bakılacak, en çok en çok, seyre dalınabilecek deniz arasındaki fark. Böyle olunca, yollara düşülüp kilometrelerce ötede aranıyor özlenen sevgililer... Yalnız Nehir'le Deniz'in değil, tüm İstanbulluların kaderi bu.

31

Tatil başlıyor

Kemer'de, son günlerde adından en çok söz edilen tatil köyünde yer ayırtmış Deniz.

Kiraz kırmızısı araba, denizin mavisiyle çam ormanlarının yeşili arasında, onların dansına eşlik eder gibi son hızla tatil köyüne doğru yol alırken, gözlerini kapatıp başını koltuğun arkasına yaslıyor Nehir.

Şimdiden hissedebiliyor... Şeffaf kumların sıcaklığı, dibi görünen pırıl pırıl denizin serinliğiyle harmanlanıyor; güneşin ışıltısını da aralarına alarak Nehir'in bedenini sarmalıyorlar sanki.

Bundan fazlasında, tatilin lüks olanında gözü yok Nehir'in. Ancak Deniz, aynı eğilimde değil anlaşılan. Uzun araştırmalar sonunda karar kıldığı ve karısına sürpriz olarak sunduğu tatil köyü, gerçek anlamda bir yeryüzü cenneti. İnsan beyninin kurgulayabileceği en uçuk hayalleri sahneleyen, insan eliyle, insan gücüyle ve "para" ile yoğrulmuş; kusursuz, çarpıcı, ancak yapay bir cennet...

Kalacakları iki katlı villanın anahtarını alırken, "Ultra her şey dahil" diye fısıldıyor Deniz, mahcup bir ifadeyle.

Burada kalışlarının maddi yükünü vurgulamak değil amacı, baştan kendilerine tanınan "sınırsız harcama" ayrıcalığı sayesinde, rahat hareket edebileceklerini anlatmak istiyor.

Ultra her şey dahil'in anlamı belli: Yirmi dört saat, tüm yerli ve yabancı içecekler, tatil köyünün dört bir yanındaki restoranlar, özel yiyecek köşeleri, büfeler; tüm spor etkinlikleri, eğlenceler... Tek kuruş vermeden, emre amade. Parası önceden sayılmış çünkü.

Yerinde kim olsa sevinçten havalara uçar, kocasının özverili davranışını göklere çıkarır; ama Nehir umduğunu bulamamış, hayal kırıklığına uğramış gibi tepkisizce, yabancı gözlerle süzüyor çevresini.

Neyse ki Deniz fark etmiyor! Nehir de gri bulutların arasından kısa sürede sıyrılıyor zaten...

* * *

Nehir'le Deniz, dört gün, dört gece kaldılar bu cennet köşesinde.

Açık büfe kahvaltılarla başladılar güne. Billur kumlu plajlarda güneşlenip denizin kadife dokunuşuna teslim ettiler bedenlerini. Tatilde bile şıklık yarışına girmiş, saat başı mayo değiştirerek gövde gösterisi yapan sosyete güzelleri eksik olmadı yanlarından.

Havuz başındaki şezlonglara uzandıkları da oldu; pırıl pırıl, dibini gösterecek derecede şeffaf ama klorlu sularda yüzdükleri; yüzerken bir yandan da garip isimli, rengârenk kokteylleri yudumladıkları da.

Her gece, değişik bir mutfağın özgün lezzetiyle buluştular. Rus restoranında votka içtiler, Çigan müziği eşliğinde; Meksika restoranında tekila. Başlarında kocaman Meksika şapkaları, omuzlarına attıkları pelerinlerle poz verdiler kameralara.

Gözleme çadırlarında soluklandılar kimi zaman. Devamlı bir şeyler yiyip hiç açlık hissetmediklerinden, sırf tadına bakmak için tantuni dürümleri paylaştılar. Gece yarısı eğlencesi niyetine patlatılan havai fişeklerin alacası altında, ısıtılmış tarçınlı şarapla sucuk ekmek yediler.

Yüzme dışında, tatil köyünün sunduğu spor olanaklarından hiçbirine ayıracak vakit bulamadılar. Yalnız okçulukta küçük, başarısız bir deneyim yaşadı Nehir. Birkaç atışın ardından, bu işe yeteneği olmadığına karar vererek ondan da vazgeçti.

Animasyon gösterilerini kaçırmadılar ama. Her gece açık hava tiyatrosunda sergilenen oyunları, yarışmaları izlediler. Gösterilerin ardından, animatörlerin yönlendirmesiyle, ille de gitmeleri gerekiyormuş gibi diskonun yolunu tuttular. Sabahın ilk saatlerine kadar, alkol ve duman bulutunun altında, dinlenmeye şartlanmış bedenlerini daha da yormaktan geri kalmadılar.

Hepsi tatil hatırına!..

32

Benim düşlerimdeki tatil bu değil!

Beşinci günün sabahı...

Aynanın karşısında, göz altlarında oluşmuş mor halkalara şaşkınlıkla bakıyor Nehir.

Uykusuzluğa dayanamayan naif bünyesinin oyunu!

Ya günden güne matlaşıp donuk bir hal alan cildine ne demeli?

Deniz'in peşinden kahvaltı salonuna doğru yürürken, yiyip içtiklerine dikkat etmesi gerektiğini düşünüyor.

Açık büfelerdeki onca savurganlığı, vurdumduymazlığı içi götürmüyor zaten. İşte şu karşıdaki masa... Tıka basa doldurulmuş tabakları öylece bırakıp gitmişler. Bir köşesi ısırılmış poğaçalar, el sürülmemiş üzümlü, zeytinli, kepekli, yulaflı ekmekler; bin bir çeşit kahvaltılık, tatlı, meyve...

Bakışlarını masadan alamıyor Nehir. Gözlerinden taşan öfkenin gücüyle sarmaladığı her bir tabağı, yoksul evlere taşıyor zihninde. Gönlünce donatıyor bomboş sofraları. Birazını da sokaklarda yaşayan çocuklara ayırıyor. Yer sofraları kuruyor onlara.

"Buyurun" diyor. "Yiyin yiyebildiğiniz kadar..."

Gözlerinin önündeki hayal perdesi çekildiğinde, acıyla burkuluyor yüreği. Tanığı olduğu adaletsizliğe isyan ediyor.

"Nerelere daldın gene?"

Yanıt vereceğine, içinden yükselen aykırı sesleri özgürlüklerine kavuşturuyor Nehir. Öyle ki, dudaklarından istemsizce dökülen sözcükler, bir araya gelip cümle oluşturduklarında, yalnız Deniz değil, kendisi de donup kalıyor.

"Benim düşlerimdeki tatil bu değil!"

"Ne dedin sen?"

Hayretler içindeki Deniz, cennetin ortasına düşmüş faninin halinden şikâyetçi olmasına isyan eder gibi.

"Yanlış anlama beni" diye uzanıp elini tutuyor Nehir. "Haksızlık ettiğimi düşünmeni istemem. Bana en iyiyi sunmak için nasıl paralandığını görmüyorum sanma. Neyleyim ki bu tür bir tatil, benim tarzıma uymuyor."

Kemer sahil şeridinin dillere destan güzellikteki tatil köyünün, karısını mutlu edemediğini görmenin hayal kırıklığı içinde Deniz. Daha ne olacak, diye geçiriyor içinden. Bundan ötesinde neyi düşleyip neyi isteyebilir ki insan?

Nehir'i kırmayacak sözcükleri bulup çıkarmaya, hafiften palazlanmaya başlayan kızgınlığını perdelemeye çalışarak, "Anlayamıyorum" diye mırıldanıyor. "Yolunda gitmeyen, eksikliğini duyduğun bir şey mi var?"

"Sorun da bu ya! Eksiklik yok ortada. Tam tersine, abartılı bir fazlalık söz konusu. Öncelikle şunu bilmeni isterim... Senin yanında olmak her şeye bedel, hangi şartlarda yaşadığımızın zerrece önemi yok. Birlikteliğimizden aldığımız keyfi artırmak için, böylesine iddialı yerlerde bulunmamız gerekmiyor ama. Bunca israf, bunca abartı rahatsız ediyor beni. Sözün kısası, *tatil=lüks* anlayışı bana çok uzak bitanem..."

"Anlaşıldı" diyerek gülmeye başlıyor Deniz. "Solcu damarın tuttu gene. 'Biz burada yiyip içip, har vurup harman savururken...' diye başlayan söylevler geçiyor içinden, farkındayım. Her neyse, bunları bir yana bırak da düşlerindeki tatili anlat bana. Anlat ki, bir daha aynı hataya düşmeyelim."

Gözleri parlayıveriyor Nehir'in. Uzunca bir süre susturulduktan sonra konuşmasına izin verilmiş küçük bir çocuğun susamışlığı ve saflığıyla, yüreğinden geçenleri sayıp dökmeye başlıyor.

"Benim düşlerimdeki tatili gerçekleştirmek için seyahat şirketlerini aramaya ya da gazetelerde çıkan boy boy ilanlara göz atmaya hiç gerek yok. Kalabalık, ün yapmış tatil yöreleri değil ulaşmak istediğim. Maksimum ya da ultra her şey dahil, yirmi dört saat tüm yerli ve yabancı içecekler, gün boyu animasyon; hamam, sauna, masaj, jakuzi, buhar banyosu gibi beklentilerim de yok.

Kolesterol artışından başka işe yaramayan açık büfelerden uzak durmak en iyisi. İtalyan, Japon, Çin, Rus ya da Meksika mutfaklarının hatırını sormam da gerekmiyor.

Su kayağı, sörf gibi ücretsiz su sporları; okçuluk, atıcılık gibi kara sporlarıyla da pek işim olmaz. Yüzmekle yetinmeye programlanmış bedenimi dinlendirmek için çıkmalıyım tatile; onu hiç bilmediği eylemlerle tanıştırıp daha da yormak için değil.

Yıllar yılı özlemini çektiğim, ama bir türlü gerçekleştiremediğim bir tatil... Gönlüme göre, mütevazı ve sakin. Uzakları düşlüyorum nicedir. Uzakları, daha dingin, en dingin kıyıları..."

Hemcinslerinden, diğer kadınlardan ne kadar farklı Nehir! Deniz'in ona vurgunluğu belki de bu yüzden. Ruhundaki başkalığı keşfettiğinden.

Bir noktaya kadar anlayabiliyor onu. Ancak söylediklerine tümüyle katılamıyor. Yalnızca paranın getirdiği mutluluğun yapaylığına katılıyor katılmasına ama, sevgiyle beslenen, yanı sıra emek ürünü, helal parayla süslenmiş tertemiz ve pürüzsüz bir mutluluğun geri çevrilmesini de yadırgıyor içten içe.

Düşündüklerini bir yana itip Nehir'i kucaklarken, "Düşlerindeki tatil için geç kalmış sayılmayız" diye fısıldıyor kulağına. "Eşyalarımızı toplayıp çıkalım. Hedefimiz uzaklar! Senin uzakların..."

* * *

Yollara düşüp kıyı şeridini izleyerek, güneye doğru, ağır ağır kilometrelerce yol kat ediyorlar.

Maviyle yeşili buluşturan koylar... Dağ, orman, deniz üçlüsünü yaran virajlar...

Göz alabildiğine uzanan bir kumsalın kıyısında çakılıp kalıyorlar sonunda.

Denizin böylesine coşkulu bir maviye soyunduğunu görmemişler o güne dek. Gökyüzünün bu denli ışıltılı olduğunu da.

"Kalalım burada" diye fısıldıyor Nehir.

Küçücük bir pansiyon ilişiyor gözlerine. Beyaz badanalı, temiz görünümlü, denizle kucak kucağa...

"Aquapark'ı[3] yok" diye hınzırca gülüyor Nehir.

"Suyu parka kapatacak fırsatları olmamış besbelli" diyor Deniz.

Su özgür! Su, Nehir ve Deniz...

Pansiyon sahibi kapıda karşılıyor.

"Kaş'a hoş geldiniz" diyor yüzünde bin bir gülücükle. Eşyalarını odalarına taşıyor. Küçücük, şipşirin odalarına...

Birazdan, elinde büyücek bir tepsiyle kapıyı tıklatıyor. Buz gibi, kan kırmızı karpuz, beyaz peynir, köy ekmeği...

Akşam da denizden biraz önce çıkmış balıklarla tahta bir masanın üzerinde ziyafet çekiyorlar kendilerine. Pahalı, bildik bir marka değil içtikleri şarap ama, birbirlerinin dudaklarından yudumlayınca tadına doyamıyorlar.

"En güzel yemek müziği, dalgaların sesidir" diyor Nehir.

Katılıyor ona Deniz; bin kere, yüz bin kere...

Ortak bir kararla cep telefonlarını kapatıyorlar. Doğayla baş başalıklarını bozacak her şey yasak! Televizyon seyretmiyorlar üç gün, gazete okumuyorlar.

Doğayla, yeşilin ve mavinin tüm tonlarıyla bütünleşmiş bedenlerini nicedir özledikleri dinginliğe teslim ederek, bambaşka bir dünyanın havasını soluyorlar.

Üçüncü günün sonunda, "İşte benim gönlümdeki tatil!" diyor Nehir. "Beğendin mi?"

Bunları söylerken, kendinden emin ve gururlu. Biliyor ki Deniz de en az onun kadar hoşnut kaldı bu salaş tatilden...

3. Su parkı.

33

Derinliklerin büyüsü

Nehir'in olduğu gibi, Deniz'in de tatilden farklı beklentileri var. Denizin sığ bölgeleri kadar, derinlikler de ilgilendiriyor onu.

"Buralara kadar gelmişken... bu fırsat kaçar mı?"

İçinden yükselen sese karşı koyması güç. Ancak, isteklerini nasıl eyleme geçireceğini, Nehir'i nasıl razı edeceğini bilemiyor.

"Plajlarının güzelliği bir yana, tüplü ve tüpsüz dalış açısından Türkiye'nin en verimli noktalarından biridir Kaş" diye başlıyor. "Daha önce grup halinde geldiğimizde uzun dalışlar yapmıştık."

Susup, alacağı tepkiyi bekliyor. Nehir'in duymamış gibi davranması üzerine devam ediyor.

"Sualtındaki biyolojik çeşitlilik görülmeye değerdir."

Sonunda, ağzındaki baklayı çıkarıyor:

"Sen de deneyebilirsin."

"Sağ ol canım ama, hiç niyetim yok. Suyun üstü bana yetiyor."

"Derinliklerin büyüsüyle tanışmadığın için böyle konuşuyorsun. Bir tadına varsan, vazgeçemezsin."

"Bu işler bana göre değil Deniz. Tehlike kokusunu aldım mı, olduğum yere siner otururum ben. Uludağ'a gidip kayak yapmayan, karın üzerinde yürümekle yetinen birinden ne beklersin?"

"O halde izin ver, ben dalayım. Merak etme uzun kalmam."

Nehir engelini aşamayacak galiba. Öylesine asılmış ki karısının suratı...

"Ben dalarken sıkılır mısın?" diye son bir atak yapıyor.

"Sıkılırım" diye kestirip atıyor Nehir, gri bulutlarla gölgelenmiş gözlerini kaçırarak.

"Derinliklerin içinde kaybolmamdan mı korkuyorsun yoksa?"

"Evet. O güzel başın suyun üstüne çıkıncaya kadar, meraktan dokuz doğururum ben."

Önüne konan engele, keyif aldığı bir uğraşın kısıtlanmasına aldırmıyor Deniz. Mademki hayatı paylaşacaklar, Nehir de zaman içinde kocasının maceracı ruhuna alışacak nasılsa... Bugün dalış yapmasa, kıyamet mi kopar?

Onu bu derece iyimser kılan, Nehir'in dudaklarından dökülen son sözcükler galiba...

"Dokuz doğurmana gerek yok bitanem" diye sımsıkı sarılıyor Nehir'e. "Bir tanesi yeter. Ha, daha fazlasını düşlersek eğer, teker teker olmasından yanayım."

Kıpkırmızı kesiliyor Nehir. Yüzüne yürüyen sıcaklıktan anlıyor kızardığını. Hoşnut değil halinden. Küçük yaşta anasının babasının rızasıyla evlendirilmiş köy gelini tavırlarını yakıştıramıyor kendine. 21. yüzyıla ait olduğunu vurgulayan tüm kimlik kartlarını İstanbul'da bırakmış; reklam dünyasının başarılı ismi, övgüyle anılan modern işkadını o değil sanki...

Deniz ise onun yeniyetme mahcubiyetini çağrıştıran bu halinden pek hoşlanıyor. Kollarının arasına hapsettiği naif bedene daha da sıkı sarılıyor. Eğilip uzun uzun öpüyor dudaklarından.

"Daha önce âşık olmasaydım, şu anda gözümü kırpmadan, yeniden körkütük sevdalın olabilirdim. Dünyanın en tatlı kadını, benim karım... Neden utanıyorsun? Yaşadığımız doludizgin aşkın doğal sonucunu, aşkımızın meyvesini beklemek, neden ayıp olsun?"

"Tabii ki" diye gülümseyerek Deniz'in kollarından ve mahcubiyetinden sıyrılmaya çalışıyor Nehir. "Bundan doğal ne olabilir? Daha önce hiç sözünü etmediğimiz bir konuydu. Hazırlıksız yakalandım, anlayacağın..."

"Hazır yakalamışken, enine boyuna konuşalım bari... Kariyer yapacağım diye ikimizi de evlat sevgisinden yoksun bırakacak bir yapıda olmadığını biliyorum ama, sorayım gene de. İş hayatıyla anneliği bağdaştırabilecek misiniz Nehir Hanım?"

"Bu soruyu sormak için biraz geç kalmadınız mı Deniz Bey? Ya *hayır* dersem? Ya bu anaç görüntümün altında, hırslı mı hırslı bir işkadını yatıyorsa? Madem çocuk istiyordunuz, evlenmeden önce konuşup tartışmak daha akılcı olmaz mıydı?"

"Olmazdı! Bana çocuk vermen için evlenmedim seninle. Âşık olduğum için, sevdiğim için evlendim. Öncesinde konuşsaydık ve sen olumsuz yanıt verseydin bana, hiçbir şey değişmezdi. Beraberlikleri şartlarla sınırlamak, benim gözümde aşka yapılacak en büyük hakarettir."

"İnsanların hayata bakış açıları çok değişken. Yakın çevremde, evleneceği kızı nikâh öncesinde kadın doğum uzmanına götürüp, çocuğu olup olmayacağını doktor raporuyla saptamaya çalışanlar var. Kendilerince haklılar, işi şansa bırakmayarak mutluluklarını garanti altına alıyorlar."

"Onlara katılmıyorum. Farklı pencerelerden bakıyoruz dünyaya... Benim penceremde sonsuzluk var. Sonsuzluğun ortasında da sen. Ve daha sonrasında belirebilecek bir *can*'ın hayali..."

"Şiir gibi konuşuyorsun" diye gülümsüyor Nehir. "Daha önce göstermemiştin bu yönünü."

"Hoşuna gittiyse dizelerle cümle kurarım bundan sonra. Hiç de zorlanmam üstelik, şiir gibi duruyorsun karşımda... Bana düşen, yalnızca gördüklerimi okumak."

Birden gözleri ışıldıyor Deniz'in.

"*Şiir* mi koysak adını?"

Nehir'in soran bakışlarına yanıt olarak ekliyor:

"Kimin, diye sormaya kalkma sakın. Çocuğumuzun adından söz ediyorum."

"Deniz! Hepsi iyi, hoş da... Biraz aceleci davranmıyor musun? Tamam, işe güce dalıp annelik sayfasını boş bırakacak değilim. Ama en azından iki üç yıl sonrasını hedefleyebilirim. Şirketteki işler ben olmadan da yürüyecek kıvama gelmeli.

Aklımı takacağım hiçbir pürüz bırakmamalıyım geride. Ancak o zaman hazır hissedebilirim kendimi."

"Çok haklısın bitanem. Ama şimdiden çocuğumuza bir isim düşünmemizin de hiçbir sakıncası yok, öyle değil mi?"

"Sakıncası yok, doğru. Ama yararı da yok. Bu iş için ideal zamanı söyleyeyim sana. Bebeğin cinsiyeti hamileliğin ancak dördüncü ayından sonra belli olur ya... İşte o zaman oturup konuşuruz."

"Cinsiyeti belli olmadan da bebeğe isim konulduğunun canlı kanıtı, karşında duruyor. Sana da anlattı ya Nisa Sultan... Hamile olduğunu anlar anlamaz, 'Çocuğumun adı Deniz olacak' demiş. 'Kız da olsa, erkek de...' Neden biz de şimdiden konuşmuyoruz ki?"

Deniz'in bu garip ısrarı karşısında duraklıyor Nehir. Susuyor.

Kendi kendine konuşur gibi, "İkimizden bir parça o" diyor Deniz. "İkimizden bir şeyler taşıyacak. Adı da öyle olmalı. Nehir ve Deniz... Bizden bir şeyler çağrıştırmalı koyacağımız ad. Sen çağırdığında beni hatırlamalısın, ben çağırdığımda seni..."

"Birbirimizi hatırlamamıza ne gerek var, biz hiç ayrılmayacağız ki" diyecek oluyor Nehir, ama koskocaman, garip bir düğüm gelip boğazına oturuveriyor. Bakışlarını denizin mavisine dikip, Deniz'den gelecek yeni önerileri beklemeye koyuluyor.

"De-rin" diye heceleyerek suskunluğunu bozuyor Deniz. *"Derin!"*

Gözlerini sımsıkı kapatıp heykel gibi kıpırtısız, öylece duruyor bir süre. Dilinden düşen iki heceyi bedeninin tüm hücreleriyle tanıştırarak onların onayını alıyor sanki.

Neden sonra açılıyor gözleri. Geniş bir gülümsemeyle aydınlanıyor yüzü.

"Nasıl?" diyor Nehir'e. "Beğendin mi? Derin... Çocuğumuzun ismi *Derin* olabilir mi?"

Öylesine hassas bir ruh hali içinde ki, öylesine kırılgan bakıyor ki gözleri; beğenmemek, karşı çıkmak, o anda Deniz'e indirilecek en büyük darbe olur.

"Neden olmasın?" diye mırıldanıyor Nehir.

İsmi beğeniyor aslında. Deniz'in öngördüğü şartların hepsine uyuyor. Kız-erkek ayrımı yok. "Nehir, Deniz ve Derin..." derken kulağa hoş geliyor. Anlam olarak da uyumlu.

Nehir'in tek itirazı, zaman ve zeminin bu iş için uygun olmayışı. Deniz'in hatırına, ona da katlanacak haliyle.

"Beğendin mi gerçekten? Doğru söyle bak... Senin de önerilerin olabilir. Aklına gelen bir şey varsa..."

"Yok. Gerçekten beğendim. Derin... Denizlerin ve nehirlerin derinliğini çağrıştırıyor."

"Ve o derinliklerin büyüsünü" derken, büyük bir gerilimden kurtulmuşçasına rahat Deniz. Gözlerinin içinden taşan sevinçle sımsıkı sarılıyor Nehir'e.

"İyi ki dalışa göndermedin beni! Derinliklerin büyüsüne kapılıp Derin'i bulamayacaktım. Kız ya da erkek, hangi cinsiyetten olursa olsun, çocuğumuza adını Kaş'ta, denizin derinliğini içimize çekerek koyduğumuzu söyleyebileceğiz."

Öylesine kıpır kıpır, öylesine hareketli ki, Nehir'in üzerine çöken durgunluğun farkında bile değil Deniz. Ayağa fırlayıp denize doğru coşkuyla haykırıyor:

"Derin! Derin! Derin!.."

Sonra da Nehir'i elinden tutup ayağa kaldırıyor.

"Hadi" diyor. "Sen de seslen... Sen de adıyla çağır çocuğumuzu."

Boğazındaki düğüm daha da büyüyor Nehir'in. Ağzını açıyor, sesi çıkmıyor.

Yapamayacak. İstemiyor...

Gözlerini kaçırıyor Deniz'den. Onun yalvaran bakışlarından...

"Kırma beni" diye boynunu büküyor Deniz. "Annesinin yavruma sesleniişini duymak istiyorum. Senin ağzından... Bunu benden esirgeme."

"Derin! Derin... Derin..."

Sesinin gitgide boğuluşuna, gözlerinden inen yaşlara engel olamıyor Nehir.

Bütün bu olanlara da anlam veremiyor zaten...

34

Ölüdeniz

Kaş'ın hakkı bu kadar, diyerek yeniden yollara düşüyorlar.

Ellerinde harita, Akdeniz'in dantela gibi işlenmiş batı kıyısı boyunca, çam ormanlarının inanılmaz çeşitlilikteki yeşilinden denizin bin bir tondaki mavisine yumuşak geçişler yapan körfezlere, sergiledikleri eşsiz doğa güzellikleriyle birbirine nispet yapan koylara, küçük davetkâr cepçiklere girip çıkıyorlar. Her biri kendi cennetini sunan ufacık yerleşme merkezlerine gereğince zaman ayıramadıkları için hayıflanarak; *keşke*'lerle, *olabilseydi*'lerle başlayan cümlelerini, *bir sonraki tatil*'e, *gelecek yaz*'a çevirip, yaşanamayanların üstünü örtmek yerine, yalnızca ertelemiş olmanın avuntusuyla...

Kalkan, Patara...

Ve Ölüdeniz!

İkisi de daha önce gelmişlerdi Ölüdeniz'e. Yolu buraya düşen herkes gibi, sözcüklerin anlatmaya yetmediği soluk kesici güzellikle büyülenerek, en kısa zamanda tekrar gelme kararıyla ayrılmışlardı Belcekız-Ölüdeniz ikilisinden. Ama fırsat bulup da gelememişlerdi bir türlü.

Nerede başlayıp nerede bittiğini kestiremedikleri uçsuz bucaksız mavi dünyayla, Ölüdeniz'in turkuvaz mavisiyle bir kez daha merhabalaşırken kararlarını veriyorlar. Teğet geçmek olmaz, kalacaklar burada...

Başka bir dünyaya aitmiş gibi duran, metrelerce uzunluğundaki kumsalıyla Ölüdeniz'e kol kanat geren Belcekız

Koyu'nun çevresinde arabayla kısa bir tur atıyorlar önce. Özlem gidermek niyetine...

Koyun devamını oluşturan Kum Burnu'na doğru uzanan yol, muhteşem bir görüntüyle buluşturuyor konuklarını. Ölüdeniz, adını yalanlamak istercesine, tüm canlılığıyla kucaklıyor onları.

Büyülü, kıpırtısız bir göl gibi. Beyaz bir kumla örtülü dibi, tek bir yosun parçası yok. Mucizevi bir görüntü...

"Suyun ve kumun kırdığı ışık, Ölüdeniz'in turkuvaz rengini veriyor" diyor Deniz. "Üzerine düşen çam ormanlarının gölgesi de bu turkuvazı daha etkileyici kılıyor."

Belcekız Koyu'ndaki çay bahçelerinden birine oturup çay içiyorlar. Hemen yanlarında, yere çöküp bağdaş kurmuş; hamur tahtasının üzerinde gözleme açan yaşlıca bir kadın var. Gözleme ısmarlamadan, kuru kuruya çay içmelerine gücenmiş gibi.

"Gözlememden tatmayana Ölüdeniz'in öyküsünü anlatmam ben" diyor sitemle.

Çayları getiren garsondan öğreniyorlar ki Nergis Hala, buraların eskilerinden. Gözleme açması bahane; asıl işi, gelene gidene, meraklı turistlere Ölüdeniz efsanesini anlatmak.

Gözlemeler ısmarlanıyor hemen. Nergis Hala, iğne oyası işlemeli tülbendiyle terini silip oklavayı yardımcısına bırakıyor. En sevdiği işi yapacak şimdi... Yüreğinde yaşattıklarını birileriyle daha paylaşacak.

"Yüzyılların büyüsü..." diye başlıyor. "Bu eşsiz büyüyü bozmamak ister gibi sakin ve dalgasız durduğu için mi buraya Ölüdeniz denmiş, yoksa yaşlı balıkçıların anlattığı efsane mi doğru, orasını bilemem.

İnanıp inanmamak size kalmış, benden anlatması:

Ortaçağda Suriye ve Mısır'dan kalkan gemiler Yunanistan ve Oniki Adalar'a mal taşırlarken buradan geçerlermiş. Gemileri için gerekli olan suyu da bu koylardan alırlarmış.

Günlerden bir gün, suyu biten teknelerden birinin yaşlı kaptanının genç ve yakışıklı oğlu, su almak için geldiği bugünkü Belcekız Koyu'nda, güzeller güzeli Belcekız'la tanışır. O kadar güzeldir ki Belcekız, genç kaptan görür görmez âşık olur bu Yörük kızına. Belcekız'ın içi de bir hoş olmuştur genç kaptanı görünce. O günden sonra, koyu çepeçevre saran dağların yamaçlarında, genç kaptanın gelişini özlemle bekler Yörük kızı. Genç kaptan, su alma bahanesiyle koya geldikçe, sık sık buluşmaya başlarlar.

Bir gün, baba-oğul iki kaptan, bu koyun açıklarında fırtınaya tutulurlar. Genç kaptan, Belcekız'la buluşmalarından, bu koyun bütün özelliklerini bilir. Dağların arasında rüzgârsız, kapalı, küçük bir koyun daha olduğunu, oraya sığınabileceklerini söyler babasına. Ancak, oğlunun gönül macerasını bilen yaşlı kaptan, onun kızı görmek uğruna gemiyi parçalayabileceğini düşünerek kabul etmez. Aralarındaki tartışma öyle çetin bir kavgaya dönüşür ki, yaşlı kaptan tam kayalıklara çarpacaklarını sandığı anda, bir kürek darbesiyle oğlunu denize atar. O an, denizin çarşaf dibi dümdüz, rüzgârsız bir koya açıldığını görür ama, iş işten geçmiştir...

Tepedeki kayalıkların üzerinde sevgilisinin gelişini bekleyen Belcekız, onun öldüğünü görünce kendini kayalıklardan aşağı bırakır.

O günden sonra, güzeller güzeli Yörük kızının canına kıydığı koya *Belcekız,* genç kaptana mezar olan diğer koya da *Ölüdeniz* adı verilir."

Nergis Hala'yı ve anlattığı efsaneyi yüreklerine yazıp çay bahçesinden ayrılırken, hâlâ anlatılan öykünün etkisinde ikisi de...

"Önce otele yerleşsek" diyor Deniz, Nehir'in pansiyonda kalma fantezisini Kaş'ta bıraktığını umarak.

Nehir ise yanıt vereceğine, Belcekız sahil şeridindeki cıvıltılı plajları gözleriyle tarıyor.

"Şurada durabilir miyiz?" diyor aniden. "Kalacağımız yeri buldum galiba" diye ağız dolusu gülüyor ardından.

Gösterdiği yer, Nicholas Plajı. Diğerlerinden farklı görünmüyor ilk bakışta. Pırıl pırıl, şeffaf kumları, güzel ötesi harika mı harika bir deniz... Ancak, otel falan yok ortalıkta. Denize inen yumuşak eğimli yamaç boyunca paralel olarak sıralanmış çok sayıda karavan var yalnızca.

Karısının aklından geçenleri okuyabiliyor artık Deniz.

"Çılgınsın sen" diyor. "Burada mı kalacağız yani?"

"Evet" diyor Nehir en çocuksu, en saf haliyle. "Küçüklüğümden beri, hep bir karavanda kalmayı istemişimdir."

Nehir ister de Deniz ona karşı çıkar mı hiç?

On dakika içinde, denize en yakın, kumsalın ilk sırasındaki karavanı iki günlüğüne kiralayıveriyorlar.

"Çadırda kalmamız yakındır" diye takılıyor Deniz.

"Keşke" diyor Nehir. "Doğaya ve doğala yakın durdukça, tatilin tadı artar."

Ancak, karavanların içi, ikisinin de umduğunun üstünde konforlu ve lüks. Tüm teknik donanıma sahip, minyatür bir otel odası görünümünde. Klimalı, duşlu, televizyonlu. Yatak odası ve oturma bölümü birbirinden ayrı. Karavanın önüne de denize karşı küçük bir masayla sandalyeler atılmış.

"Hiç sızlanma" diyor Nehir. "Denizin içinde otel konforu sunuyorlar sana. Daha ne istiyorsun?"

"Sızlanan kim? Şu, kutu gibi küçücük yer, benzeri az bulunur bir aşk yuvası gibi görünüyor gözüme..."

35

Adrenalini yüksek tutan eylemler

İlk günü bol bol güneşlenip yüzerek, tatilin tembellik yanının hakkını vererek geçiriyorlar. İkinci günün sabahı, henüz kahvaltı masasındayken isyan bayrağını çekiyor Deniz.

"Bugünü de suyun içinde geçirirsek, paslanacağız. Oysa yaşayabileceğimiz farklı deneyimler, farklı seçenekler var burada."

"Neymiş onlar?"

"Örneğin yamaç paraşütü. Beni iyi tanıyan yakın dostlarım, Ölüdeniz'e gelip de yamaç paraşütü yapmadan döndüğümü duyarlarsa kulaklarına inanamazlar."

"Ne? Yamaç paraşütü, ha! Ben de şu an kulaklarıma inanamıyorum Deniz. Nasıl bir adamla evlenmişim ben? Ya denizlerin derinliklerine dalacak ya da gökyüzünün... İkisinin ortası yok mu bunun?"

"Daha önce, *adrenalini yüksek tutan eylemlere yatkınlık geni* diye bir şey duymuş muydun? İşte o geni taşıyorum ben. Her gün, sana uçuk gelebilecek yepyeni isteklerle çıkabilirim karşına. Bu duruma alışman gerek bitanem. Alışmak da yetmez aslında, bana ayak uydurmalısın."

"Seninle beraber yamaç paraşütü yapmamı beklemiyorsun herhalde."

"Tam tersine, gökyüzünün sonsuzluğunda süzülürken yanımda olmanı düşlüyorum. Kuşlardan bile daha yüksekte, alabildiğine özgür... Yükseklik korkusu olmayanlar için eşi benzeri bulunmaz bir keyif."

Değil yükseklik korkusu, sağlam nedenlere dayanmayan hiçbir ürküntüsü yok Nehir'in. Hatta, Deniz kadar olmasa bile, yeniliklere açık, denenmemişi denemeye hazır, gözü kara, maceracı bir yapıya sahip.

Ama şu an korkuyor. Kendisi için değil, Deniz için!

Ölüdeniz'e geldiklerinden beri içinden atamadığı garip huzursuzluğun uzantısı bu. Sözcüklere gereğinden fazla anlam yükleme huyundan kaynaklanıyor belki...

Ölüdeniz! İkiye ayırdığında ortaya çıkan iki sözcük, deliye çeviriyor Nehir'i: *Ölü* ve *Deniz.*

Kalıp olarak algılamaya, anlamını yorumlamamaya çalışıyor. Olmuyor...

Ödü kopuyor, bir şeyler olacak da Deniz'i yitiriverecek diye. Ancak, gitgide saplantı haline gelmeye yüz tutan, düşününce kendisinin de anlamsız bulduğu korkularını dile getiremiyor.

Deniz ise onun iç çalkantılarından habersiz, ikna turlarını sürdürüyor.

"Sandığın kadar tehlikeli değil" diyor. "Doğrudur, yamaç paraşütünde her yıl birkaç kaza haberi duyulur ama, sağlıklı sonuç almak için oranlara bakacaksın. Trafiğe çıkmak, burada boşluğa atlamaktan çok daha tehlikelidir, inan."

Nehir, Deniz'in karşısında ürkek bir tavşan gibi oturmaktan son derece huzursuz. Böylesine çelik yürekli bir erkeğin karısı da ona yaraşır davranışlar sergilemeli; en azından korkularıyla yüzleşmeyi, onlarla savaşmayı öğrenebilmeli.

Deniz'in, "Beş yaşından doksan yaşına, yüz kırk kilo ağırlığındaki kişilere kadar herkes uçuyor da sen mi uçamayacaksın?" demesi üzerine daha fazla dayanamıyor Nehir.

"Tamam" diyor. "Deneyelim bakalım..."

Büyük heyecan, karar verildiği an başlıyor. Boyunlarında fotoğraf makineleri; içleri, tanımı güç bir ürpertiyle kıpır kıpır...

Uçuşun gerçekleşeceği Babadağ'a ciple tırmanıyorlar. Toprak, dar ve dik bir yol... Yaklaşık bir saat sürüyor zirveye ulaşmaları.

Uçuş noktasına yaklaştıklarında, yeni açılmış, gökyüzünde nazlı nazlı süzülen paraşütlerle selamlaşıyorlar.

Deniz, koşarak hızlanıp yamaçtan aşağı kendini bırakan *uçucuları* göstererek, "Uçakla yapılan paraşüt sporundan ayırmak için yamaç paraşütünde *atlayış* yerine *uçuş* sözcüğü kullanılır" diyor.

Bu konuda uzmanlaşmış sanki. Ancak asıl bilgilendirmeyi, Deniz'in tanıştırdığı, yaklaşık beş bin atlayış yapmış Pilot Ahmet Divitçi üstleniyor.

"Babadağ, yamaç paraşütü için dünyanın en iyi uçuş noktalarından biridir" diyor. "Türkiye'de ise; 1970 metrelik yükseltisiyle en yüksek nokta ve yamaç paraşütü için en elverişli yer. Doğal kalkış pistine sahip. Denizle arasında yükselti yok. Hava boşluğuna pek rastlanmıyor, meltem devamlı esiyor. İniş alanı çok ve uçuş sezonu uzun..."

Gördükleri kadarıyla yamaç paraşütüne en çok turistler ilgi gösteriyor. Ama bu işin meraklısı, çok sayıda Türk de var. Profesyonel olmayanlar, yardımcı pilot eşliğinde uçuşa çıkıyorlar.

Ahmet Pilot, Deniz'in gerçek bir profesyonel olduğunu vurguluyor. Kocasının, her yıl ekim ayında yapılan Ölüdeniz Hava Oyunlarına iki kez katıldığını da bu sayede öğreniyor Nehir.

"Bayram ve resmi törenlerde bayraklar açılır gökyüzüne" diyor Ahmet. "Havada şampanya patlatanlar bile var..."

"Karım sana emanet kaptan" diyor Deniz.

Ne kadar iyi uçarsa uçsun, belli ki Nehir'i en güvenli ellere teslim etmek istiyor. Ve uçma önceliğini karısına tanıyor.

Uçuşa hazırlanırken, "Korkuyor musunuz?" diye soruyor Ahmet Kaptan. Ardından da yapılması gerekenleri sabırla sıralıyor:

"Paraşüt havada tutunana kadar pilotla beraber koşulacak. Havalanmadan ve pilottan komut almadan koltuğa oturulmayacak! Aksi halde denge bozulabilir."

İyi bir öğrenci Nehir. Pilotunun söylediklerini harfiyen uygulayıp, Ahmet Kaptan'ın önündeki yere kuruluyor. Kumanda pilotun elinde, istediği gibi yönlendirebiliyor paraşütü.

Rüzgârın etkisiyle havalandıktan sonra, on beş dakika kadar aşağı yukarı aynı yükseklikte kalıyorlar. Nehir'in havalanırken zirveye çıkan heyecanı, yerini yavaş yavaş güven duygusuna bırakmakta.

O güne kadar gördüğü en muhteşem manzara bu! Ölüdeniz'in görselliğini kamerasıyla ölümsüzleştirmeye çalışmakla, manzarayı doyasıya içine çekmek arasında kararsız kalıyor.

Işıklar Kenti diye anılan Fethiye, topluiğnenin başı büyüklüğünde. Uzaklarda Göcek koyları, Sarıgerme, Dalaman, Rodos Adası görünüyor. Doğu yönünde üç bin metrelik Akdağ, Saklıkent Kanyonu, Kıdrak Sahili, Saint Nicholas Adası, Kelebekler Vadisi uzanıyor.

Sert esen rüzgârın sesi kulaklarında, bir yandan da pilotla sohbeti sürdürüyorlar.

"Neler hissediyorsunuz?" diye soruyor Ahmet Kaptan.

Yanıt vermekte zorlanıyor Nehir.

"Sonsuzluk" diyor yalnızca.

Gökyüzünün sonsuzluğu... Gözlerinin önüne serilmiş masmavi koyların derinliklerindeki sonsuzluk... Nabız olmuş, damarlarında atıyorlar sanki.

Yaşadığı anın bitmesini hiç istemiyor ve şu an, Deniz'e hak vermekten kendini alamıyor.

Yere indikten sonra bile dizleri titriyor Nehir'in. Asırlar süren bir ayrılığın ardından kavuşuyorlarmış gibi özlemle kucaklaşıyorlar Deniz'le.

"Harikaydı" diyor Nehir, teşekkür eder gibi. "Gerçekten harikaydı..."

* * *

Kulüp Nicholas'ta şenlik var bu akşam.

Kalabalık bir grup gelmiş karavanlarda konaklamaya. Kulübün restoranı, Güney Ege mutfağının özelliklerini taşıyan, özel mönülü açık büfe hazırlamış. Kabak çiçeği dolması, arapsaçı, turpotu, radika, közlenmiş soğan salatası, bulgurlu yaprak sarma, keşkek, karidesli balık buğulama, lor peynirli taze incir...

Nehir'le Deniz için de sürpriz bir akşam yemeği oluyor.

"Açık büfeye çakıldık gene" diye gülüyor Deniz.

"Bu sayılmaz" diyor Nehir tabağını doldururken. "Kır yemeği gibi, baksana şu otların güzelliğine. Sağlık fışkırıyor tabaklardan..."

Yemeğin ardından, karavanlarının önünde oturmuş kahvelerini yudumlarken, bir yandan da tatillerinin geri kalanının programını yapıyorlar.

Rotaları ve uğramak istedikleri noktalar belli. Ertesi gün, Göcek'e geçecekler. Çizdikleri yol üzerinde Sarıgerme, Marmaris ve Bodrum var. Sonra da Kuşadası. Her birine bir ya da ikişer gün ayırabilseler...

Son durakları İzmir. Oradan da İstanbul'a uçacaklar zaten.

"Tatil dönüşleri hüzünlüdür" diyor Deniz. "Ama bu kez aynı hüznü yaşamayacağımızı umuyorum. Benim yanımda sen, senin yanında ben olduktan sonra..."

Kadife gibi bir hava... Hafiften esen meltem kumandayı ele geçirmiş, yaz sıcağının gün içindeki saltanatına meydan okuyor. Uzaklarda bir yerlerden gelen gitar sesiyle biraz ötelerindeki kalabalıktan yükselen sesler birbirine karışıyor. Kâh biri yükseliyor, kâh diğeri.

Başını Deniz'in göğsüne yaslayan Nehir, bu sesleri değil de ağustosböceklerinin içli şarkılarını dinliyor gibi gözlerini kapatmış; ancak dinlediği, kocasının kalp atışları. O atışların her biri, her bir titreşim, ruhuna işliyor sanki; dinginlik ve huzur aşılıyorlar bedenine.

Öylesine dalmış ki, Deniz'in cep telefonunun çaldığını duymuyor bile. Deniz, onu incitmemeye çalışarak doğrulup kalktığında, ancak fark edebiliyor.

"Babam arıyor" diyor Deniz.

Sonra da daha iyi duyabileceği, karavanın arka tarafına geçiyor. Yola çıktıklarından bu yana (Kaş'ta telefonlarını kapalı tuttukları üç gün hariç) sık sık yinelenen bir durum. Ya onlar ya da Londra'daki Sezenler arayıp birbirlerini yokluyorlar. Bu yüzden umursamıyor Nehir.

Ancak, Deniz yanına geldiğinde, kocasının yüz ifadesinden gelen telefonun diğerlerinden farklı olduğunu anlıyor.

"Ne oldu?" diye fırlıyor yerinden. "Kötü bir haber değildir umarım."

"Kötü değil, merak etme. Hatta, bir bakıma müjde bile sayılabilir. Babamın Londra'ya gitmeden önce teminat akçesi yatırdığı büyük ihaleyi Sezen Şirketler Grubu kazanmış. Pazartesi sabahı sözleşmenin imzalanması gerekiyor. Ve babamın genel vekâletnamesi bende."

"Bu hafta sonu İstanbul'a dönmeyecekler miydi zaten?"

"Öyleydi ama, Dila Hanım'ın işleri uzamış. Evi yerleştirdikten sonra da birkaç günlük bir dinlenme molası... Anlayacağın, gelecek haftanın ortasına kalmış dönüşleri. Bu durumda, tatil programımızı yeniden gözden geçirmemiz gerekecek."

"Programı tümden iptal ediyoruz, desene şuna."

"Maalesef... Çok üzgünüm."

Deniz'in boynu bükük, çaresiz hali Nehir'i kendine getirmeye yetiyor. Sesine neşeli bir tını yüklemeye çalışarak, "Üzülecek ne var ki?" diyor. "Bundan güzel haber mi olur? Gözümüz aydın ki, o ihaleyi biz kazandık."

"Gerçekten böyle mi düşünüyorsun?"

"Tabii ki. Benim de bir Sezen olduğumu unuttun mu yoksa? Ne yapalım, kısmet bu kadarmış. Bir sonraki tatilin üstüne ekleme yaparız biz de."

"Nehir... Tanrı'nın bana sunduğu en büyük armağansın sen, hayatım boyunca alabileceğim en büyük ödülsün."

"Abartma... Şimdi söyle bakalım, yeni gelişmelerin ışığında, yarınki rotamızda ne gibi değişiklikler yapmamız gerekiyor?"

"Çizdiğimiz yol aynı. Konaklamaları kaldırıyoruz yalnızca. Hele bir yola çıkalım..."

Sabah erkenden yola koyuluyorlar. Günübirlik araba gezintisi yapar gibi küçük molalar dışında hiçbir yere takılmadan, Göcek ve Köyceğiz'den geçerek, Marmaris'le Bodrum'a uğramadan; Muğla üzerinden Söke'ye, oradan da Kuşadası'na varıyorlar.

"Yoruldük" diyor Deniz. "Bu gece burada kalabiliriz. İzmir'e de yarın geçeriz. Hemen bugün İstanbul'a dönmemiz gerekmiyor zaten. Hafta sonuna kadar üç dört günümüz var daha."

Denize yumuşak bir eğimle inen yamacın üzerine kurulmuş otelin ana binasında değil, marina bölümünde, tropik bölgelerdeki plaj evlerini çağrıştıran bir bungalova yerleşiyorlar. Tatillerinin son gecesini yaşadıklarının bilincinde ikisi de. Her dakikalarını, her saniyelerini doya doya yaşamaya çabalamaları bundan.

Nehir'in üzerinde belirgin bir durgunluk, gözlerinde hüzün var. Nedenini erken dönüşlerine bağlıyor önce Deniz. Ancak karısının ağzından dökülen ilk cümlelerle yanıldığını anlıyor.

"Bulunduğumuz koyun yanındaki komşu koyda, Kuşadası'nın ilk tatil köyü vardır, bilirsin. Çocukluğumda, her yaz oraya gelirdik. Babam, ablam ve ben! Babam Amerika'ya gitmeden önce..."

"Babam" derken sesinde oluşan titreyiş fark edilmeyecek gibi değil Nehir'in. Bakışları donuk, yüzü birdenbire soluvermiş gül yaprağı gibi.

Elini uzatıyor Deniz, elini tutmak için; parmakları buzdan birer kalem sanki. Geri çekilip tepki göstermeden dinlemek en iyisi...

Ta başından beri biliyor Deniz, Nehir'in en hassas olduğu konu, babası. Hiçbir şey sormadı bugüne kadar, onun anlattıklarıyla yetindi. Şimdi de öyle yapacak. Yaralı bir ceylanın yumuşak karnına basıp canını daha da çok acıtmanın anlamı yok.

Kendiliğinden anlatıyor zaten Nehir. Anlatmak ihtiyacında... Yüreğinin, sivri uçlu zehirli kristallerini içinde biriktirdiği şeffaf kâse dolmuş. Hepsini değilse bile, kâsenin dışına taşanları bedeninden atacak ki biraz olsun rahatlayabilsin.

"Bir keresinde bayram tatiliydi... Yaz sezonu başlamamıştı henüz. İlkyaz... mayıs gibi. Tesisin tümü hizmete açılmamış. Bayram ziyaretçileri için hazırlanıyor evler. Temizlik yapılmış ama, diğer hizmetlerde eksiklikler var. Umduklarının üstünde talep gelince, ön sıradan başlayıp en gerilerdeki evlere kadar açmak ve konuklara sunmak zorunda kalmışlar. Bize de dağın yamacında, en arka sıralardan bir ev verdiler.

İçeri girmemle çığlığı basmam bir oldu. Duvarda yürüyen dört tane kocaman kertenkele! Bir anda kendimi babamın omzunda buldum. Ablamsa kapının önünde durmuş, korkmamın gereksizliğini, bu zavallı hayvanların zararsız olduğunu anlatmaya çalışıyor.

Hemen idareyi aradık. Çok geçmeden bir görevli gönderdiler. Adamın elindeki sprey kutusuna şöyle bir baktı babam...

'Böcek ilacı bu' dedi. 'Bu hayvanlara etki eder mi sanıyorsun?'

Yatağın üzerine bıraktı beni. Kuyruklarından tutup birer birer dışarı attı kertenkeleleri. Gene de içine sinmedi.

'Bu odada kalamayız biz. Çocuklar korkar' dedi idarecilere.

İlk sıradan yer verdiler bize. Yedekte tutuyorlarmış meğer...

Sorun hallolmuştu ama, tatil boyunca omzunda gezdirdi beni babam."

Susuveriyor birden. Anlattıklarından duyduğu pişmanlık, kopkoyu bir leke gibi yapışıyor yüzüne. İstemi dışında çırılçıplak kalmış da örtünmeye çalışıyor sanki. Bu kadarıyla da yetinmeyip, çıplak halinin zihinlerde bıraktığı izi anılardan kazıyıp silmeye çabalıyor kendince.

Onun bu umarsız çırpınışının farkında Deniz. Sevdiği insanın acısını yüreğinin derinliklerinde aynen hissediyor ama, onu incitmeden nasıl yardım edeceğini bilemiyor.

"Demek kertenkeleden korkardın sen..." diyor, anlatılmak istenen ana tema kertenkele ve ona duyulan korkuymuş gibi. Acının odaklandığı noktayı yok sayarak, karşısında yaşanan yakıcı sızıyı hissetmemişçesine, gülerek, umursamazca...

Kocasına minnetle bakıyor Nehir. Sessizce teşekkür ediyor anlayışı için. Yalnız ikisinin anladığı bir dili konuşuyorlar sanki.

"Hâlâ da korkarım kertenkeleden" diyor Nehir, eski neşesine kavuşmaya yüz tutmuş sesiyle.

"Yanında ben varım ya artık! Tek bir kertenkele yaklaşamaz yakınına. Hele bir yaklaşsınlar! Kuyruklarından tuttuğum gibi...

Ha, büyüdün artık; omuzlarımda taşıyamam seni ama, son nefesime kadar yüreğimde taşıyacağıma söz verebilirim."

Deniz'in uzattığı eli geri çevirmiyor Nehir. Sımsıkı tutuyor avuçlarının arasında.

Hep yanımda ol Deniz, yüreğinde taşı hep beni...

36

Kiraz kırmızısından kan kırmızıya

Nehir ve Deniz, yolculuklarının başından bu yana gece karanlığında yolculuk edeceklerine, geçtikleri her bir kilometreyi gün ışığında kat etmeyi yeğlediler. Yaylayı, ovayı, dağı, toprağı, denizi; çiçeği, böceği gündüz gözüyle görebilmek, gördüklerinin beyinlerindeki yansımasının tadını doyasıya çıkarabilmek için.

Ama, yolculuklarının son bölümünü özellikle geceye bıraktılar. Son günlerinden tek bir dakika çalmamak için.

Kat edecekleri yol kısa zaten. Kuşadası-İzmir, olsa olsa bir saat...

Nevin'le Ali'nin haberleri yok geleceklerinden. Tatillerini erken kesip dönüş yoluna geçtiklerini de bilmiyorlar, sürpriz olacak onlar için.

Nehir heyecanlı, içi içine sığmıyor. Sezen soyadını taşıyan evli bir kadın kimliğiyle ikinci kez geçecek ablasının eşiğinden. İlkinden, el öpmeye gidişlerinden de büyük bir hevesle kilometreleri sayıyor.

Deniz ise bambaşka düşünceler içinde. Direksiyonunu sıkı sıkıya kavradığı arabanın rengine, Nehir'in bu renge vuruluşuna takılıp kalmış.

İstanbul'a döndüklerinde inceden inceye araştıracak. Gene böyle kiraz kırmızısı, albenili, Nehir'in görür görmez sevinçle haykıracağı güzellikte bir araba bulacak. Ve ilk fırsatta (böyle bir fırsat olmasa da kendisi yaratacak!) karısına armağan edecek.

Bu ve buna benzer durumlarda zamanlamanın önemi yadsınamaz. Ancak, evlilik yıldönümünü beklemeye de hiç niyeti yok Deniz'in. Doğum günü dese, Nehir'in yeni yaşını üç ay önce kutladılar.

Tanışmalarının kaçıncı ayındalar? Gelecek ayki kutlamadan önce halletmeli bu işi.

Farklı düşüncelere yoğunlaşmanın suçluluğuyla aynı anda dönüp birbirlerine bakıyorlar. Aynı anda sıcacık gülüşlere dönüşüyor sevdalı bakışları.

"Tapıyorum sana" diyor Deniz, gözlerini ve dikkatini yeniden yola çevirirken. "Deliler gibi seviyorum seni Nehir..."

"Canımsın" diye fısıldıyor Nehir, aniden karşılarında beliriveren kamyonun ışıklarından gözleri kamaşarak.

Devamını getiremiyor.

Kiraz kırmızısı spor araba, kamyonun sol yanına ok misali saplanarak kan kırmızıya dönüşürken, Deniz'in son sözleri yankılanıyor kulaklarında.

"Sıkı tutun Nehir!.."

37

72. saat

Bugün, olumlu ya da olumsuz, kesin bir sonuç alacaklarını hissediyor Nevin. İçgüdüsel bir umuş belki. Ya da tıbben cahil sayılacak sıradan birinin, kulak dolgunluğuyla edindiği bilgi kırıntılarına dayandırdığı bir varsayım.

İlk 24 saat, ilk 48 saat, ilk 72 saat... Öyle derler ya, ölüş ya da kalış için sırat köprüsü niyetine biçilen zamana.

72. saat doluyor bugün. Deniz'in, kafa travması tanısıyla kalabalık bir beyin cerrahı ekibi tarafından ameliyat edilmesinin üzerinden geçen 72 saat... Her biri bir asır sanki.

Nehir'in durumu iyi. Sağ bacağındaki diz altı çoklu kırık, plak takılarak tespit edildi. Kaburgasındaki çatlaksa önemli değil. Orasına burasına serpiştirilmiş gibi duran yara berelerini de zerrece umursamıyor Nehir. Bedensel değil, ruhsal yaralı o; öyle düşünüyor.

Ameliyatlı oluşu, Deniz'in yanına gitmesine engel değil. Neden hâlâ izin vermiyorlar, anlayamıyor. Ameliyattan çıktığı gün, tansiyonunu ölçen hemşire, tekerlekli sandalyeyle hastanenin diğer bölümlerine geçebileceğini söylemişti oysa.

Bıraksalar fırlayıp kalkacak. Nereye gideceğini, Deniz'i nerede bulacağını bilse... bir saniye bile düşünmez.

"Sıkı tutun Nehir!.."

Hep bu sözler dolanıyor beyninde.

"Sana tutundum ben Deniz" diyor umarsızca. "Sen de sıkı tutun Deniz! Yalvarırım... Bana ve hayata... Sıkı tutun!"

* * *

Halil, Nisa ve Dila Sezen, ancak bugün gelebilecekler Londra'dan. Geç ulaşılmış kendilerine, gittikleri tatil yöresine telefon bağlantısı yapılamamış. Ama Deniz'in amcası Hilmi Sezen, ilk günden beri burada. Yalnızca geceleri, Alsancak'ta, kaldığı otele gitmek için ayrılıyor hastaneden.

Önemli gün bugün. Deniz'in yoldan gelecek ailesine iyi haberler vermeyi umuyor Nevin. Ali ise karısı kadar iyimser olmasa da ağzını açıp olumsuz tek söz etmiyor.

Kahredici bir bekleyiş...

Ali Enişte'yle Hilmi Sezen, dışarıdaki koltuklarda oturup havadan sudan konuşarak vakit dolduruyorlar. Nevin ise bir içeride kardeşinin yanında, bir dışarıda. Yüreği ağzında hepsinin, dudakları kıpır kıpır dualarda...

Yoğun bakım hekimi Selim Kırcı, hasta yakınlarını odasına çağırdığında, Nehir'in yanında hemşire kalıyor.

Nevin, Ali ve Hilmi Sezen, ucuna iliştikleri koltuklarda son derece huzursuz, doktorun ağzından çıkacak sözleri bekliyorlar.

"Keşke size iyi haberler verebilseydim" diye başlıyor doktor.

"Aman Allahım!" diye haykırıyor Nevin. "Öldü mü yoksa Deniz?"

"Maalesef... Yarım saat önce beyin ölümü gerçekleşti."

"Ne demek oluyor bu? Öldü mü, ölmedi mi?"

"Tıbben kaybettik hastayı. Ancak kalbi çalışıyor. Makineye bağlı olarak..."

Hilmi Sezen, başını ellerinin arasına almış, sessiz hıçkırıklarla sarsılıyor. Ali de ondan farklı durumda değil. İkisinin suskun, kabullenmiş tavırlarına karşın Nevin, konuştukça bir şeyleri geri çevirebilecekmiş gibi birbiri ardına ekliyor sorularını.

"Anlamıyorum... Kalbi çalışan bir insan, nasıl ölmüş sayılabilir ki?"

"Beyin ölümü ile ilgili olarak bir doktor arkadaşım bilgi verecek size. Doktor Nüket Çelik. Görüşme odasında sizi bekliyor."

Yoğun bakım hekiminin söz ettiği görüşme odası, hastanenin diğer bölümlerinden bağımsız gibi duran, farklı bir yer. Ancak Deniz'in ölüm haberiyle yıkılmış yakınları, ayrıntılara dikkat edecek durumda değiller. Burasının *Organ Nakli Görüşme Odası,* konuşacakları Nüket Çelik'in de hastanenin *organ nakli koordinatörü* olduğunu da akıllarına bile getiremiyorlar.

"Öncelikle başınız sağ olsun" diyerek karşılıyor onları Nüket Çelik. "Buyurun, oturun" diye yer gösteriyor. Davranışları ince ve çok nazik.

Nevin, sonucu değiştirecekmiş gibi, bu kez de Nüket Hanım'a, "Hastamızın kalbi çalışıyormuş doktor hanım" diyor. "Bu durumda ölmüş sayılmaz, öyle değil mi?"

"Kalbinin çalışması, yoğun bakımda yatıyor olması yanıltmasın sizi" diye yumuşacık bir sesle yanıtlıyor doktor. "Solunum cihazı durduğu anda her şey bitecek... Çok zor bir durum, biliyorum ama, Nehir Hanım'a da eşinin beyin ölümünün gerçekleştiğini söylememiz gerekiyor."

Nehir'in adı geçince; söylenenleri yeni algılamış, gerçekleri ancak kavrayabilmiş gibi üçü birden yeniden gözyaşlarına boğuluyorlar.

"Nasıl veririm bu haberi ona?" diye çırpınıyor Nevin. "Nasıl dayanırım onun çekeceği acıya..."

Çekingen bir tavırla, "Bir de organ bağışı konusu var" diyor Nüket Çelik. "Onu da konuşmamız gerekiyor."

"Yok artık!" diye haykırıyor Nevin. "Hem en sevdiği varlığın öldüğünü söyleyeceğiz, hem de henüz bedeni bile soğumamış o varlığın organlarını bağışlamasını isteyeceğiz..."

"Çok haklısınız. İşiniz çok zor. Ama bir de o organlarla yaşama dönecek çaresiz insanları düşünün. Zamanımız kısıtlı olmasa, böylesine aceleci davranmazdım. Her geçen dakika, altın değerinde bizim için."

"Benim bildiğim Nehir, dünyada razı olmaz böyle bir şeye. Değil organ, saçının bir telini bile vermez kocasının."

"Yoğun bakım hekimi arkadaşım ölüm haberini verdikten

sonra, Nehir Hanım'la da görüşeceğim. Belki de hiç ummadığınız bir yaklaşım gösterecektir. Canı kadar sevdiği eşinin başka bedenlerde yaşamasına sıcak bakabilir. Bu arada, Deniz Sezen'in birinci dereceden diğer yakınlarına da haber vermelisiniz."

İlk kez ağzını açabilen Hilmi Sezen, "Ben ararım onları" diyor. "Yoldalar zaten..."

38

İki kişilik ölüm

İnsan hayatında, "İşte dünyanın sonu!" diyebileceği sayılı anlar vardır.

Nehir de işte o anlardan birini yaşıyor.

"Deniz'i kaybettik!"
Deniz'i kaybettik...
Deniz'i... Deniz...
HAYIR!!!

"Hayır, hayır!" diye dakikalarca haykırıyor Nehir. "Bana onun öldüğünü söyleyemezsiniz" diye oradan oraya atıyor yaralı bereli bedenini.

Yürekleri paralıyor sesi, beyinleri oyuyor.

Acı'yı duygu olmaktan çıkarıp somutlaştırarak, daha da dayanılmaz kılıyor.

Yoğun bakım hekiminin üzerine düşeni yapıp Deniz'in beyin ölümünü haber verdiği ve yerini Nüket Hanım'a bıraktığı kahredici dakikalar...

"Canım kardeşim benim" diye usul usul Nehir'in saçlarını okşuyor Nevin. "Keşke doğru olmasa. Ama gerçek bu, Deniz yaşamıyor artık."

"Onun yanına götürün beni, hemen! Şimdi... cansız bedenine sarılmak istiyorum. Doya doya... son defa."

"Görmek hakkınız" diye araya giriyor Nüket Hanım. "Önce biraz toparlanın... Bilmeniz gereken bir şey daha var. Beyin ölümü gerçekleşti ama, Deniz Bey henüz yoğun bakımda."

"Yoğun bakımda mı?" diye doğruluyor Nehir. "Bir umut var yani... Bitkisel hayata mı girdi Deniz?"

"Hayır. Keşke öyle olsaydı. Bitkisel hayatta yaşam vardır. Geri dönüş de. Ancak beyin ölümü, geri dönüşsüzdür."

"Nasıl böyle kesin konuşabiliyorsunuz? Çıkmayan canda umut yok mudur?"

"Gerçekleri kabul etmemiz gerekiyor Nehir Hanım. Deniz Bey yaşamıyor artık. Solunum cihazından çıkınca kalbi de, soluğu da duracak."

"Hep cihazla yaşasın o zaman!" diye feryat ediyor Nehir. "Razıyım ben. Kalbi atsın, soluk alıp versin; bu kadarı bile yeter bana."

"Ne yazık ki, bu mümkün değil. Sonucu değiştiremeyiz, Deniz Bey'i kaybettik. Başınız sağ olsun. Acınız çok taze... Sizleri bir süre baş başa bırakmak daha iyi olacak galiba."

Kapıya doğru yürürken, "Yarım saat sonra koridorun sonundaki odada buluşalım lütfen" diye ekliyor. "Diğer ayrıntıları orada konuşuruz."

Nevin, Ali ve Hilmi Sezen, bu sözlerin ne anlama geldiğini biliyor ama; "Keşke ölen ben olsaydım!" diye çığlıklar atan, "Deniz'siz yaşam ölüme eşdeğer. Onunla beraber ben de öldüm" diyerek iki kişilik ölümü göğüslemeye gönüllü Nehir'in, organ nakliyle ilgili hiçbir fikri yok...

* * *

Yarım saat sonra, yeniden görüşme odasında toplanıyorlar. Burası, ölenin birinci dereceden yakınlarıyla organ bağışı görüşmelerinin yapıldığı, bu konuda ayrıntılı bilgilerin verildiği özel, ferah bir oda.

Dört tanesi tekli, iki tanesi ikili koltuklar, rahatlatıcı olması açısından yeşil renkte seçilmiş. Ortada oval, büyücek bir masa, aralarda sehpalar var. Su, sıcak ve soğuk içecekler, sigara, telefon gibi aniden beliriverecek gereksinimlere karşı her türlü önlem alınmış.

Tekli koltukta oturan Organ Koordinatörü Doktor Nüket Çelik, orada bulunanların hepsiyle göz iletişimi kurabilecek şekilde bir halka oluşturuyor. Hiçbir hareketi, hiçbir sözü rastlantısal değil. Olayların belli bir kurgu çerçevesinde gelişmesini sağlamak için bilimsel verilerden ve önceki deneyimlerinden güç alıyor.

Buraya kadar tekerlekli sandalyeyle gelen Nehir, odanın hangi işleve hizmet ettiğinin farkında bile değil henüz.

"Umarım biraz sakinleşmişsinizdir Nehir Hanım" diye başlıyor Nüket. Sesi yumuşacık ve olabildiğince sıcak. "Sizinle konuşmam gereken çok önemli bir konu var... Organ bağışı! Razı olursanız eğer, Deniz Bey'in organları, yaşamla ölüm arasına sıkışıp kalmış çaresiz insanlara umut olacak."

"Nasıl?" diye öfkeyle haykırıyor Nehir. "Onu yitirdiğim yetmemiş gibi, bir de cansız bedeninin parçalara ayrılmasına izin vereceğim, öyle mi? Ne kadar acımasız bir teklif bu böyle..."

Beklenen tepkiler bunlar.

"Çok haklısınız" diyor Doktor Nüket. "Ama bir de şöyle düşünün... Sevdiğiniz insanı götürüp toprağın altına bırakacaksınız. Oysa ondan kalacak izlerin başka bedenlerde yaşayacak olması, buruk ama huzur verici bir mutluluk katacak size... Yanı sıra, adım adım ölüme yürüyen insanlara da can vereceksiniz. Az şey mi bunlar?

Organ yetmezliği sonucu her gün biraz daha ölüme yaklaşan insanlar için tek çare, organ nakli! Nakilden sonra bu kişilerin bizlerden farkı kalmıyor. Bıraktıkları yerden yaşamlarını sürdürebiliyorlar.

Yalnızca beyin ölümü gerçekleşen kişilerin organları nakledilebiliyor. Evdeki ölümlerde, organlar canlılıklarını yitirdiklerinden, nakil için uygun değiller. Düşünün, yılda en az otuz bin insan organ bulunamadığı için ölüyor..."

"Boşa konuşuyorsunuz! Deniz'in bedeni bir bütün halinde verilecek toprağa. Onun kesilip biçilmesine asla dayanamam."

"Deniz Bey organ bekliyor olsaydı, o zaman ne düşünürdünüz? Ya da sizin yerinizde Deniz Bey olsaydı?.. O nasıl davranırdı dersiniz? Başka bedende de olsa, sizden bir parçanın yaşamayı sürdürmesini istemez miydi?"

"Saçma sapan varsayımlar bunlar. Eminim, Deniz de benim gibi düşünürdü."

"Keşke mümkün olsaydı da kendisine sorabilseydik... Böbreğiyle, kalbiyle ve işe yarar diğer organlarıyla birilerine can olmayı isterdi belki de. Toprağın altında çürümeye terk edileceğine..."

"Doktor hanım" diye araya giriyor Nevin. "Bunları düşünecek durumda değil kardeşim. Görüyorsunuz, çok perişan. Daha sonra konuşsanız..."

"Zaman çok değerli bizim için. Organların sağlam kalacağı saatler sayılı. Her geçen dakika zararımıza işliyor."

"Böyle ayaküstü verilecek bir karar mı bu?" diyor Nehir isyanla. "Ben kabul etsem bile ailesi; anası, babası, kardeşi ne der? Oğullarının parçalanmasına izin verdim diye hesap sormazlar mı benden?"

İlk yanıt Hilmi Sezen'den geliyor.

"O konuda tasan olmasın kızım. Biraz önce konuştum onlarla. Bugün geliyorlar. Cenazede bulunacaklar. Organ bağışı hakkındaki görüşlerini sordum. Karşı değiller, ancak karar vermeyi sana bırakıyorlar."

"Karar hakkı eşe aittir zaten" diyor Doktor Nüket, usulca. "Önce eş, reşit çocuklar; yoksa anne ya da baba. Onlar da yoksa amca, dayı, yeğen onay verebiliyor."

Nehir'e dönerek kaldığı yerden devam ediyor.

"Evet, Nehir Hanım... Dudaklarınızın arasından çıkacak olumlu sözcüklerin kurtaracağı canları bir kez daha düşünün lütfen. Deneyimlerime dayanarak söylüyorum, bugüne kadar organ bağışı yapıp da sonradan pişman olan yok. Tam tersine, *iyi ki* diye başlayan cümleler kuruyor hepsi. Sevdiklerinden bir ya da birkaç parçayı yaşatıyor olmanın sevincini taşıyorlar. İyi düşünün... Sonradan *keşke* demenin yararı yok çünkü."

"Ne kadar zor bir karar bu!"

"Zorlama yok! Hayır da deseniz, saygıyla karşılanacağından

emin olabilirsiniz. Ancak, daha fazla zaman kaybetmeden, bize kesin bir yanıt vermeniz gerekiyor."

"Anlıyorum... Kısa bir süre yalnız kalabilir miyim? Kendimle baş başa... içsesimi dinleyerek... daha sağlıklı düşünebilirim belki."

"Tamam. Çıkalım biz o zaman..."

"Hepimiz mi?" diyecek oluyor Nevin.

"Evet" diyor Nehir. "Hepiniz... lütfen."

Dışarı çıkmadan, Nehir'in elini tutup dostça sıkıyor Doktor Nüket.

"Unutmayın" diyor. "Yanıtınız olumsuz da olabilir. Bağışlamamak gibi bir seçeneğiniz var. Bunun için birilerinin sizi kınayacağını aklınıza bile getirmeyin. Ama ben, en doğru kararı vereceğinize inanıyorum. Yüreğinizin sesini dinleyin, yeter..."

39

En son yürekler ölür

"Deniz!

"Neler düşünmüş, neler ummuştuk seninle.

Yeminler etmiştik. El ele, yürek yüreğe, sonsuza dek, diye...

Benliklerimize kilitlemiştik birbirimizi.

Birbirimizin içinde erimiştik.

Asla çözülmeyecektik. Çözülmesi mümkün olmayan bir bütün oluşturmuştuk çünkü.

Hesapta yoktu böylesi bir ayrılık.

Neden Deniz? Neden!..

Madem gittin, madem yoksun bundan sonrasında, beni de yanında götürseydin ya. Şu anda sana koşabilmek için neler vermezdim...

Onca umut, onca beklenti... Uğursuz bir karanlığın derinliklerine gömülüverdi.

Minicik kum tanelerini üst üste koyarak, duvarları sabırla, sevgiyle, coşkuyla örülmüş muhteşem billur köşkün bir anda yerle bir oluvermesi gibi.

Deniz... Seninle beraber o duvarların altında kaldım ben de. Elimi kolumu oynatacak gücüm yok. Soluk alamıyorum sensiz. Almak da istemiyorum zaten...

Bütün bunlar yetmezmiş gibi acımasız tekliflerle çıkıyorlar karşıma. Her bir hücresine âşık olduğum; bakmaya, sevmeye, dokunmaya doyamadığım bedenini toprağın altına koymaya dayanamazken... organlarını istiyorlar benden!

Yapamam Deniz...

Kıyamıyorum sana. Senden tek bir zerreyi çıkarıp da kendi ellerimle birilerine veremem.

Haksız mıyım?

Yalvarırım yardım et bana Deniz!

Benim yerimde sen olsaydın, ne yapardın?

Verir miydin gözlerimi, verir miydin yüreğimi başkalarına?

Görüyorsun, senden başka yol gösterenim yok. Gidiyorsun diye hepten bırakmayacaksın ya beni.

Söyle bana bitanem, nasıl davranmamı istediğini söyle bana..."

Kaldıkları yerden görüşmeye devam ederlerken, sakinleşmiş hali, kararlı ve dik duruşuyla orada bulunan herkesi şaşırtıyor Nehir. Deneyimli organ nakli koordinatörü bile bu kadarını beklemiyor doğrusu.

"Yalnızlığımla baş başa kalmak, ilaç gibi geldi" diyor Nehir.

"Yalnızlığınızla ve yüreğinizle, öyle değil mi?" diye usulca araya girerek, konuya dönüşü sağlamaya çalışıyor Nüket Çelik.

Gözleri, diğerlerinin göremediği hayale takılı, "Yüreğimin yanında Deniz vardı" diyor Nehir. "O yardımcı oldu bana. Tek başıma kalkamazdım bu yükün altından. Sordum ona. 'Sen olsaydın ne yapardın? Benim nasıl davranmamı istersin?' diye. Şaşırttı beni! Çok şaşırttı... Nüket Hanım'a hak verdi.

'Toprağın altında çürüyüp gidecek bir beden ne işe yarar ki?' dedi. 'Başka bedenlerde yaşamımı sürdürmek varken... Onlara can vermek, onlarda yeniden can bulmakla eşdeğer değil mi?'

Ardından da kızdı bana.

'Ben hep yanında olmayacak mıyım ki, cansız bedenimle avunmaya çalışıyorsun?' diye."

Gözlerinden inen sicim gibi yaşlarla kardeşine sarılıyor Nevin.

"Güzel kızım benim... Gurur duyuyorum seninle. Bu kadar güçlü olabileceğini asla düşünemezdim."

"Kutluyorum sizi" diyor Doktor Nüket. "Beni yanıltmadınız. Kararınız için, organ nakli bekleyen bütün hastalar adına size teşekkür etmek istiyorum. Bu zor kararı, maalesef böyle zor bir anda vermek gerekiyor. Ama siz, bu aşamada bile öylesine ince ve zarifsiniz ki..."

"Evet, gördüğünüz gibi eşimin organlarını bağışlıyorum Nüket Hanım. Ancak, birkaç sorum olacak size."

"Buyurun, ne isterseniz sorabilirsiniz."

"Tamam desem de bir türlü susmayan, aykırı bir ses var içimde. O sesi susturmadan, geri dönüşsüz bir yola girdiğimizden emin olmadan bağış belgesine imza atamam.

Hâlâ kalbi atıyor Deniz'in... Cihazla da olsa soluk alıp veriyor. Bu durumda, *ölüm* kararını kimler, neye dayanarak verebiliyor?"

"Anlatayım... Adli vakalar, trafik kazaları yaralanmalarında acilden giriş yapan kafa travmalı hastalar, yoğun bakıma alınır. Hastayı yaşama döndürmek için ameliyat dahil, gereken her türlü çaba gösterilir. Sonrasında da tüm bulgular kontrol altında tutulur.

Dört uzman doktor; anestezist, nörolog, beyin cerrahı ve kardiyolog tarafından, 'Her şey yapılmış ve beyin ölümü gerçekleşmiş' şeklinde klinik tanı konulunca ölüm raporu hazırlanmaya başlar. Solunum, yutma, ışığa tepki testleri yapılır, refleksler ölçülür. 12 ve 24 saat sonra testler yinelenir. Sonuç aynıysa kesin beyin ölümü gerçekleşmiş demektir."

"Bitkisel hayatla beyin ölümünün farkı ne?"

"Beyin ölümünde, beyinde ve beyin sapında kan akımı yoktur. Geri dönüşü olmayan bir ölümdür. Bitkisel hayatta ise beyin ve beyin sapında kan akımı vardır. Hastalar kendi solunumlarını yapabilir ve uzun süre yaşayabilirler.

Bitkisel hayata girmiş hastaların organları asla alınamaz!

Beyin ölümü gerçekleşen hasta ise solunum cihazına bağlıdır, kendisi solunum yapamaz. Yalnızca kalbi atar, pompa sisteminde olduğu gibi."

"Ne zaman durur kalp?"

"Duruma göre, 6 saatle 48 saat arasında değişebiliyor bu süre. Kişinin fizyolojik özellikleri, beyin hasarının büyüklüğü bu süreci etkileyebiliyor. Tüm organlar birer birer iflas ederken kalp mekanik bir pompa gibi, bedeni yaşatıyor."

"Yani... en son yürekler ölüyor!"

"Aynen öyle. Buradan alınacak önemli bir mesaj var. Kalbin işlevini durdurmayı sona bırakan Tanrı, 'Aradaki zaman zarfında organları kurtarın!' diyor bize. 'Kurtarılan organlarla sönmeye yüz tutmuş bedenlere can verin' diyor."

"En son yürekler ölür..." diye yineliyor Nehir.

Farklı şartlarda duymuş olsa romantizm dozu yüksek bir deyiş olarak algılar, bambaşka anlamlar yükler bu cümleye. Tıbbi yönden yadsınamaz bir gerçeği yansıttığını nereden bilecek...

"Organları alacak kişiler belli mi? Kimlere can verecek Deniz?"

"Henüz belli değil. Sürecin işleyişi şöyle: Beyin ölümü raporu dört uzman doktor tarafından imzalandıktan sonra, aile tarafından organ bağışı onaylanmışsa, izin belgesi imzalatılıyor. Bu belge ile birlikte organ vericisine ait bilgiler BKM (Bölge Koordinasyon Merkezi) ve UKM (Ulusal Koordinasyon Merkezi)'ye bildiriliyor. Kısacası, '*potansiyel donör*[4] var' haberi ilgili birimlere ulaştırılıyor.

Bu sayede, iletişim halinde olan tüm hastaneler durumdan haberdar oluyorlar. Organ bağışı bekleyen binlerce hastadan uygun olanlar araştırılıyor. Kan grubunun örtüşmesine, doku uyumuna bakılıyor. Ve organlar, uygun alıcının olduğu yere ulaştırılıyor.

Ülkemizdeki hastanelerin bazıları yalnızca organ alan, bazıları nakil yapan, bazıları da her iki işlevi birden gören kurumlar. Bizim hastanemiz, Dokuz Eylül Üniversitesi Tıp Fakültesi Hastanesi, hem verici (donör) hem de alıcı (nakil yapan) bir hastane. Üstelik burada da böyle bir haberi bekleyen çok sayıda hastamız var."

"Nasıl alınacak organlar?" derken sesi titriyor Nehir'in.

"Organ bağışında bulunan herkesin takıldığı nokta bu. Örneğin gözün tamamının çıkarılacağı sanılıyor. Oysa alınan, yalnızca gözün ön kısmındaki ince saydam tabakadır.

Bu arada, göz için izin alma gereği olmadığını da belirtmeli-

4. Verici.

yim. Alınan organ değil, dokudur çünkü. Kornea, pek çok merkezde izin alınmadan kullanılıyor. Ancak bu yaklaşımı şık bulmuyorum ben ve hasta yakınlarından *Kornea İzin Belgesi*'ni de imzalamalarını istiyorum."

"Ya diğer organlar? Özellikle de kalbi... O nasıl alınacak?"

"Duyarlılığınızı anlıyorum ama, içiniz rahat etsin. Tüm organlar ameliyathanede, canlıya uygulanan titizlikle alınıyor ve açılan kesi, dikilerek kapatılıyor."

"Başka hangi organları alınacak?"

"Karaciğer ve böbrekler. Karaciğer ve kalp için aciliyet söz konusu. En hassası kalp, en çok beş saat dayanıyor ve çok uzağa gitmesi uygun değil. Karaciğer 812, böbrekler 18 saat dayanabiliyorlar.

İzin kâğıdı alınınca, İzmir Bölge Koordinasyon Merkezi'ne bildirilecek. Ve hemen acil ve uygun hasta araştırmaları başlayacak.

Bu arada, özellikle vurgulamak istediğim bir nokta var: Organ nakli koordinatörleri, organ dağıtımında rol almazlar. Yani benim görevim, bağış aşamasıyla sınırlı..."

"Teşekkür ederim" diyor Nehir yorgun bir sesle. "Sorularım bu kadar... İzin belgesini imzalayabilirim. Ancak, bir isteğim olacak sizden. Deniz'i son bir kez görebilir miyim?"

Doktor Nüket, boğazına takılan düğümü gerisingeriye gönderip, duygularından arındırmaya çabaladığı tekdüze ses tonuyla, "Tabii" diyor. "Vedalaşmak hakkınız."

Ancak, "vedalaştırmak" öylesine zor ki!

Yoğun bakımda yatan, beyin ölümü gerçekleşmiş hastanın son ziyaretçisiyle beraber o da içeriye girip bu dramatik sahnenin bir parçası olacak. Yakını, ağır ağır solan bir yaprak gibi ölmekte olan bedenin sıcaklığını son kez hissederken, hiçbir tepki vermeden, sessizce, gölge gibi bir köşeden izlemeyi; duygu yoğunluğunun ve acının zirveye vurduğu yerde duygularını geriye itmeyi başaracak. Görevi bunu gerektiriyor.

Organ koordinatörlüğü zor iş. Nüket Çelik bu işi hakkıyla ve severek yapanlardan. Bir başka can için organ istemek kolay değil... Harekete geçerken, ölen kişinin yakınlarınca acımasız ve duygusuz olarak nitelenmeyi peşinen göze alıyor.

Acılı insanların duyarlılığına saygılı, dürüst ve açık davranıyor. Bir ölenin yanında birkaç canın birden kurtulması için tüm çabaları.

Sağlam ve dik duruyor hep ama, duygusallığına yenildiği anlar da yok değil. Sonuna kadar tutuyor kendini. Organ bağışını ölen kişinin yakınlarına o hassas dönemde anlatabilme çabaları, organların alınması, uygun alıcılara yönlendirilip yeni bedenlere takılmaları...

Ve son aşama!

Organları alınan bedenin cenazesini geçirirken çözülüveriyor Nüket Çelik. Yüreğinde birikmiş tortuları gözyaşlarıyla döküyor dışarıya.

Kimseler görmese, bilmese de gidenlerin ardından ağlıyor Nüket Çelik...

40

Vedalaşma

Bugüne dek öylesine ilginç veda sahnelerinin tanığı oldu ki Doktor Nüket...

Yoğun bakımdaki vedalaşmalarında, hasta yakınları sessizce ağlar genellikle. Ayrılmak üzere olduğu can'ına dokunur. Hissetmediğini bilse de, onu incitmekten korkar.

Aralanan kapıdan içeriye süzülen tekerlekli sandalyede oturan Nehir de algıladığı görüntü karşısında donup kalıyor ilk anda. Günlerdir adını sayıkladığı, yanında olabilmek için deliler gibi çırpındığı Deniz, karşısında işte! Burnunun üzerindeki, yüzünün büyük bir bölümünü kaplayan solunum cihazının altında, derin bir uykunun kollarında gibi.

Bedeninin üst kısmı çıplak, ince bir çarşaf var üzerinde yalnızca. Göğsüne serpiştirilmiş, Nehir'in ne işe yaradıklarını bilemediği kablolar, kollarına, damarlarına bağlanmış serumlar, serum iğneleri... Yaşamsal verileri gösteren monitörler, ibresini şu anda *ölüm*'e doğru çevirmiş ekranlar...

Veda sahnesi için gereksiz bir sürü ayrıntı!

Oysa Nehir, bu sahneyi gözünün önünde canlandırdığında; alacağı solukların sayısı gitgide azalan, makinelere bağlı bir Deniz'i değil, biricik aşkının derin uykudaki halini anımsamak istiyor.

Tüm cihazlardan, iğne ve hortumlardan arındırıyor zihninde Deniz'i.

Elini tutuyor önce... Sıcacık!

Parmaklarını okşuyor, incitmekten korkar gibi, usul usul. Eğilip tek tek öpüyor parmak uçlarını; her birini sicim gibi inen, sele dönmüş gözyaşlarıyla ıslatarak.

Dudakları kıpır kıpır, bir şeyler söylüyor, konuşuyor sevdalısıyla; sohbet ediyor belki. Ama hiç mi hiç yükselmiyor sesi.

Doktor Nüket kıpırtısız, sessiz, hiçbir tepki vermeden izliyor yaşananları. Varlığının farkında bile değil zaten Nehir. Taş olsa, taşı eritecek acının kıyısında durmuş, içine doğru ağlıyor Nüket de.

Azalan zamana isyan halinde Nehir. Bıraksalar, sonsuza dek kalsa burada...

Ayağına takılı atelin[5] üzerine basarak dikeliyor.

"Deniz!" diye haykırarak üstüne kapanıyor Deniz'in.

Hıçkırıklar sarıyor bedenini. Uzunca bir süre öyle kalıyor.

Gitgide kesikleşiyor hıçkırıkları. Çaresizce kabullenişin gölgesi; hüzünlü, buruk, zehir acılığında bir gülüş olup öylece dönüveriyor dudaklarında...

Nehir olmuş neye yarar, bundan sonrasında?

Deniz'e ulaşamayacak olduktan sonra...

5. Kırık ve çıkıkları sabitlemede kullanılan destekleyici.

41

Arda

Dört yıldır, adım adım ölüme yürüyor Arda. 26 yaşında henüz. Üniversite diplomasını aldığı yıl yakasına yapışan illet, ağdalı, katran karası bir leke gibi, bedeniyle bütünleşiverdi.

İlk kez İstanbul'da, üniversitenin son sınıfındayken yüzünü gösterdi kâbus. Halı sahada top oynarken soluğu daraldı, çöküverdi olduğu yere.

"Aç karnına çıktın maça" dedi arkadaşları.

Sorunu basite indirgeyen bu gerekçeye sıkı sıkıya sarılmak, Arda'nın da işine geldi. Ne var ki uyanmıştı uyuyan canavar. Günlük işlerini yapmakta zorlanıyordu artık. Gitgide arttı şikâyetleri. Nefesi yetmiyor, çabucak yoruluveriyordu.

Kısa bir tatil için İzmir'e, ailesinin yanına gittiğinde, apar topar doktora götürdü babası. Tanıdıktı doktor, aile dostlarıydı; gencecik delikanlıya ağır hastalığı yakıştıramadı. Muayene bulgularında da bir şey çıkmamıştı zaten. Grip ilaçlarıyla, vitamin destekleriyle geçiştirilmeye çalışıldı.

Sözün kısası, tıbbi deyişle, "Hastalık atlandı!"

Şikâyetler arttıkça doktorlara, hastanelere gidiş gelişler de artmaya başladı. Son çekilen akciğer filmi, kalbin büyümüş, ciğerlerin su toplamış olduğunu gösteriyordu.

Kardiyoloğa[6] havale edildi. İlk kez elektrokardiyografi[7] çekildi. Kalbin kasılma gücünde zayıflama saptandı.

Kardiyomiyopati, dediler. Kalp kasının yavaş yavaş ölmesi...

Nedeni bilinmiyordu. Metabolik, bünyesel bir hastalık ola-

6. Kalp hastalıkları uzmanı.

7. Kalp elektrosu: Kalp kasının kasılmasını sağlayan elektriksel akımların kaydedilmesi temeline dayanan, tanıya yönelik inceleme yöntemi.

bilirdi. Büyük bir olasılıkla yıllardır kendisiyle beraber yaşıyordu; yirmili yaşlarda başlamış da olabilirdi. Kesin bir şey söyleyemiyorlardı.

Arda'nın ilk tepkisi, endişe ve ürküntüydü. Ölüm korkusu, geleceği üzerine çöküveren belirsizlik... Üniversite diplomasını almıştı ama, ne bir işe girip çalışabiliyordu ne de yıllardır hayalini kurduğu mastır programı için başvuru yapabiliyordu. Sorunun üstüne gideceğine, kolaycılığa sığındı. Doktor üstüne doktor değiştirmesinin altında yatan, "Yok bir şeyin" diyecek birini bulma çabasıydı.

Gitgide kötüleşiyordu durumu. Ve doktorlar, *kalp yetmezliği* tanısıyla son noktayı koyarak izlemeye aldılar Arda'yı. Yatak istirahatı, ilaçlar...

Verilen idrar söktürücü ilaçlar yüzünden, kendini iyi hissetse bile evden dışarı adımını atamıyordu. Bir ayağı tuvalette kalıyordu çünkü.

Spor yapması yasaktı. Ama, yorucu olmamak şartıyla yürüyüş yapabilir, araba kullanabilirdi.

Bir aralar iyi hissetti kendini. Hastalandığında, İstanbul'da arkadaşıyla paylaştığı evi öylece bırakıp İzmir'e, baba evine dönmüştü. Hesaplarını iyileşme ve kaldığı yerden İstanbul'daki yaşamını sürdürme üzerine yapmaya başladı yeniden.

Tam da umutlanır gibi olmuş, bilgisayar başında çalışma hayalleri kuruyordu ki, kullandığı ilaçlar yetersiz gelmeye başladı. Vücutta şişlik ve nefes darlığı şikâyetleriyle hastaneye kaldırıldı.

Bir hafta sonra taburcu olup eve döndüğünde, kalp nakli için acil listeye alınmıştı...

Bu kadarı da yetmedi ne yazık ki. Tablo daha da ağırlaşınca hastanede devamlı bakıma alındı. Koluna *kateter* denilen, damar içine ilaç vermek için özel olarak hazırlanmış bir tüp takıldı. Buradan, devamlı kalp güçlendirici ilaçlar verilmeye başlandı.

Şu anda, Dokuz Eylül Üniversitesi Tıp Fakültesi Hastanesi Kalp ve Damar Cerrahisi Bölümü'nün yoğun bakımında yatıyor Arda. Artık cihaza bağlı.

En büyük lüksü, arada bir tekerlekli sandalyeyle gezebilmek. Ondan ötesi yok yaşamında...

* * *

Ve umulmadık bir anda gelen haberle karanlığın ucunda küçücük bir ışık beliriyor Arda için.

Beyin ölümü gerçekleşen bir vericinin kalbi, Arda'ya uyuyor! Yaşama dönüş yolunda, cılız da olsa bir umudu var artık...

* * *

Nehir'in imzasını taşıyan izin belgesi İzmir Bölge Koordinasyon Merkezi'ne ulaşır ulaşmaz, hızlandırılmış bir saat akışı devreye giriyor. Türkiye çapında, organ bekleyen binlerce hasta arasından kan grubu ve doku tipi yönünden uygun olanlar araştırılıyor.

Karaciğer Ankara'ya gönderilecek. Böbrekler ise dağıtım ilkesine göre İzmir'de kalmak zorunda.

Beş saatlik dayanma süresiyle en kısa ömürlü organ olan kalbe, İzmir'den alıcı çıkıyor neyse ki...

Dokuz Eylül Üniversitesi'nde tedavi olan, acil bekleme listesindeki Arda'nın kan grubu, kilosu, boyu ve diğer özellikleri, nakil için uygun bulunuyor. Ve Arda'nın kalp nakli için hızlı bir koşturmaca başlıyor...

Organ çıkarımı, 4-5 saatlik bir işlem. Haç şeklinde, olabildiğince küçük ve estetik bir kesi yapılarak göğüs açılacak; kalp, karaciğer ve böbrekler alınacak.

Kalp nakli Dokuz Eylül Üniversitesi'nde yapılacağı için kalbi vericiden alan ve nakli gerçekleştirecek ekiplerin paralel çalışmaları gerekiyor.

Zamana karşı amansız bir yarış bu. Yoğun bakım hekimleri, hemşireleri ve personeli; organ nakli koordinatörü, organ nakli cerrahları, ameliyathane hemşireleri ve personelinden oluşan ekipler, ortak bir saat belirliyorlar. *Harvest: Organ Hasadı,* denilen çıkarım işlemi için tüm hazırlıklar tamam.

Alan ekiple veren ekip, yan yana iki salonda çalışıyorlar.

Deniz'in kalbinin alınışı 1,5 saat sürüyor. Önce, verici kalbe eko yapılarak sağlamlığı onaylanıyor.

Diğer salonda ise alıcı konumunda olan Arda uyutuluyor ve kalp-akciğer makinesine bağlanıyor. Bir süre için kalbi devre dışı Arda'nın.

Deniz'in kalbinin Arda'ya takılışı da 1,5 saatlik bir süreyi kapsıyor. Ardından, bedeni ısıtılıyor. 4,5-5 saatte ancak normal beden ısısına ulaşılabiliyor.

Gelinen aşama, yoğun bakımda uyutulma dönemi...

İlk anda karşılaşılabilecek, "erken doku reddi" denilen olumsuzluğun yaşanmaması umut verici. Uzun dönemde ortaya çıkabilecek doku reddi içinse ömür boyu ilaç kullanması gerekiyor Arda'nın.

Ameliyatın başarılı geçtiği söyleniyor ailesine. Annesi, babası, kardeşi sevinç içinde...

Arda'nın son hatırladığı şey, koluna takılan sıvı. Birkaç saat sonra kendine gelirken çok yorgun, bitkin, kamyon çarpmış gibi hissediyor kendini. Uyanıp uyanıp dalıyor.

Solunum cihazı ve bedenine bağlı diğer aygıtları çekip çıkarmasın diye, kollarını bağlamışlar. Monitör ve aspiratör[8] seslerini duyuyor hayal meyal; doktorların, hemşirelerin konuşmalarını...

Kollarında, boynunda kateterler var, göğüs boşluğunda borular... Deniz'in son haline benziyor görüntüsü. Ama arada çok büyük bir fark var.

Ölüme değil, yaşama koşuyor Arda...

Deniz'in organları alınmış, kesi yerleri dikilerek kapatılmış bedeni ise dünyadaki tüm işlevlerini tamamlayarak huzura kavuşmuş; morgun soğuk yüzeyinden alınıp toprağa kavuşturulmayı bekliyor.

Ve uzaklardan gelecek diğer yakınlarını...

8. Solunum yolundaki istenmeyen maddeleri emerek dışarı atan cihaz.

42

Soğuk rüzgârlar

Nisa, Halil ve Dila Sezen, havaalanından hastaneye ulaştıklarında, yaşadıkları büyük acının yanında, gecikmiş olmanın huzursuzluğunu da taşıyorlar üstlerinde.

Hep beraber, doğruca morga iniyorlar. Ancak Nisa içeriye giremiyor. Oğlunu, yaşamındaki biricik maviliği, Deniz'ini son gördüğü haliyle yaşatmak istiyor içinde. Dila ise karşılaşacağı tabloyu göğüsleyecek cesareti bulamadığından, annesinin yanında kalmayı yeğliyor.

Bir tek Halil Sezen giriyor içeriye. Oğlunu son kez, toprağa verilmeden önceki haliyle görmek için.

Omuzları çökmüş bir halde dışarı çıktığında, dünyanın o anda belki de en perişan insanı. Mal, mülk, onca servet neye yarar! Hepsini yoluna serse Deniz'i geri getirebilir mi? Burada, hastane yetkilileriyle oğlunun cenaze ve defin işlemlerini konuşan bir baba konumunda olacağına, toprağın altına kendi bedeninin girmesine çoktan razı.

Cenazenin morgda kalış süresi, genellikle bir iki gün. Özel durumlarda, eğer istenirse bir hafta, on güne kadar uzatılabiliyor bu süre.

Ne gerek var?

Hemen alıp gitmekten yana Sezenler. Galvanizli[9] tabutta, ilaçlanmış olarak, uçak kargosuyla İstanbul'a götürecekler Deniz'i. Burada, İzmirlerde bırakacak halleri yok ya!

Hastaneye geldiklerinden beri, hiçbirinin ağzından Nehir'in adı çıkmadı. İşlemler tamamlandığında, "Nehir'i görmeliyiz" diyor Dila. Halil Sezen de başıyla onaylıyor kızını.

9. Erimiş çinko ile kaplanmış.

Karşı çıkmıyor Nisa ama, zorla üzerine yüklenmiş bir görevi gönülsüzce yerine getiren insanların sıkıntılı haliyle, Dila'nın kolunda, sürüklenir gibi yürüyor hastane koridorlarında.

Nehir ise Deniz'in annesi, babası ve kardeşiyle karşılaşacak olmanın heyecanıyla, sabırsızlık içinde bekliyor yollarını. Sezenlerin hastaneye geldiğini öğrendiğinden bu yana yerinde duramıyor.

Ablası bıraksa, ayakta zor duruşuna, güçsüzlüğüne aldırmadan kalkıp kapıda karşılayacak onları. Madem içlerinde açılan yara ortak, acılarını da birbirleriyle paylaşacaklar ki biraz olsun dayanılabilir hale getirsinler.

Ne var ki Nisa Hanım'ın yüzündeki tanımlanması güç donukluğu, tavırlarındaki uzaklığı görür görmez, beklentilerinin anlamsızlığını kavrıyor Nehir. Ufacık bir sıcaklık bulabilmek umuduyla bir ona, bir diğerine yönelttiği bakışlarını yere indiriyor sonunda; ağzını açıp tek söz edecek gücü yok.

Onun yerine Nevin, "Hoş geldiniz" diyor. "Başınız sağ olsun! Buyurun, şöyle oturun..."

Nehir orada değil sanki; dönüp, "Senin de başın sağ olsun" diyen yok.

Deniz yalnızca onlara ait! Nehir'se bir su gibi akıp gitmiş hayatlarından...

Neden sonra, "Geçmiş olsun" diyor Halil Sezen.

Nisa da gözlerini kaçırarak hafifçe başını sallıyor, kocasını onaylar gibi.

Geçmiş olsun! Başın sağ olsun, değil.

Bir tek Dila sokuluyor Nehir'in yanına. Hayal kırıklığıyla kaskatı kesilmiş bedenini kendine çekip sımsıkı sarılıyor.

"Allah hepimize sabır versin" diyor. "Sana da" diye ekliyor cılızlaşan sesiyle.

Nisa, Nehir'le Dila'nın sarmaş dolaş halini görmezden gelip, hastaneye girdikleri andan itibaren kendilerine eşlik eden hemşireye dönüyor.

"Kimlere verildi oğlumun organları?" diyor suçlayıcı bir ifadeyle.

"Kalp nakli hastanemizde gerçekleşti. Hastamız erkek, 26 yaşında. Dört yıldır yoğun ilaç tedavisi görüyordu. Ameliyat olmasa yaşayamayacaktı. Şu anda, yoğun bakımda yatıyor. Karaciğer, acil bekleme listesindeki bir hasta için Ankara'ya gönderildi. Böbrekler İzmir'de, iki ayrı alıcıya nakledilmek üzere."

Sert bir el hareketiyle kesiyor Nisa.

"Tüm parçaları oraya buraya saçıldı, desenize."

"Böyle düşünmeyin" diyor hemşire, daha da yumuşattığı ses tonuyla. "O parçaların bundan sonrasında da yaşamlarını sürdürecek olmaları, küçük bir avuntu vermiyor mu içinize?"

Yanıt vereceğine, Nehir'e dönüyor Nisa.

"Deniz'i götürüyoruz, haberin olsun!" diyor, karşısındakini acıtmaktan zevk alır gibi. "Orada aile mezarlığına gömülecek oğlum. Eğer istersen, geldiğinde ziyaretine gider görürsün."

Karısının acımasızlığı karşısında insafa gelmiş gibi, "Daha fazla bekletmenin gereksiz olacağını düşündük" diye araya giriyor Halil Sezen. "Bir an önce toprağa verilsin ki huzura kavuşabilsin."

Ne söyleyebilir Nehir? Durum ortada. İstanbul'da yaşayan, İstanbul'a kök salmış bir ailenin oğlu, doğal olarak oraya gömülecek.

Zamanlama yönünden de onları suçlamak anlamsız. Cenazeyi kaldırmak için Nehir'in ayakta durabilecek hale gelip hastaneden çıkmasını bekleyecek değiller ya.

Böyle bir şeyi beklemiyor zaten Nehir. Uğradığı düş kırıklığı bundan değil, tüm aile fertlerinin onu suçlayıcı tavırlarından. Aralarında esen soğuk rüzgârlardan...

Anlayamıyor. Amca Hilmi Sezen, organ nakline karşı olmadıklarını, kararı kendisine bıraktıklarını söylememiş miydi görüşmede? İstemiyorlarsa, gelinleriyle konuşup anlatabilirlerdi dertlerini.

Ki o Nisa Hanım, "gelinim" değil, "kızım" diyordu artık Nehir'e...

Kazayla beraber ne değişmişti aralarında?

Deniz'in çimento işlevi görerek iki tarafı birleştirmesiyle oluşan duvar, onun aradan çekilmesiyle yerle bir oluvermişti. Bu kadar basit, bu kadar yüzeysel miydi aralarındaki bağ?

İsyan halinde Nehir. Böylesi bir dışlanmayı, yok sayılmayı kabullenemiyor.

Derinlemesine düşündüğünde; gerilere gidip Nisa Hanım'la ilk tanıştıkları güne, resim atölyesindeki karelere döndüğünde, bugün yaşananların kökeninde, görünenden farklı şeylerin yattığını kavrar gibi oluyor.

Evet evet, Nisa Hanım'ın derdinin organların bağışlanmış olmasıyla ilgisi yok. Kendisi bile farkında değil belki ama, bilinçaltındaki dürtülerle, en başa dönüp öyle sorguluyor Nehir'i...

Nehir olmasa, oğlu ona âşık olup evlenmese, bunların hiçbiri gelmeyecekti başlarına! İşte bu noktadan hareketle yön veriyor davranışlarına. Bu yüzden böylesine acımasız ve uzak...

Kocasını bile, kendisini resim çalışmalarından uzak tuttuğu için yıllarca affetmeyen, ilginç yöntemlerle cezalandıran Nisa Sultan, biricik oğlunu kendisinden koparan gelinini asla affetmeyecek... Bundan emin Nehir.

"Ama bu haksızlık!" diye mırıldanıyor kendi kendine.

Nisa ise asansörle aşağı inerlerken, "Senin için kolay küçükhanım" diye söyleniyor dişlerinin arasından. "Gençsin, güzelsin. Bir Deniz gider, bin Deniz gelir senin için. Ama ben, o Deniz'in bir damlasını bulamam artık... Evlat acısı bu yavrum, başka şeye benzemez! Çekeceğin birkaç günlük acıyla karıştırma sakın. Ve bana, ömrünün geri kalanını, yani onlarca yılını, üç beş aylık beraberliğin anılarıyla geçireceğin yolunda yeminler etmeye de kalkma.

Ne kadar inanarak söylersen söyle, beni inandıramazsın.

Karşında yılların Nisa Sultan'ı duruyor kızım! Senin gibi toy, deneyimsiz, üç günlük bir sevdalı değil..."

43

Mine

21 yaşında, cıvıl cıvıl bir genç kız...

Daha doğrusu, öyle idi. Son iki yıldır yaşadıkları, tüm cıvıltısını aldı götürdü Mine'nin.

Lise son sınıfta, üniversite giriş sınavlarına hazırlanırken gözünde ortaya çıkan kızarıklık, ışığa hassasiyet ve yanma şikâyetleri, "Çok çalışmaktan, gözlerini fazlaca yormaktandır" gerekçeleriyle önemsenmedi. Şikâyetlerine ağrı ve bulanık görme de eklendiğinde doktorun kapısı çalındı, ancak geç kalınmıştı.

Herpetik keratit[10] tanısı kondu.

"Gözde de uçuk olur muymuş diye düşünmeyin" dedi doktor. "Bildiğimiz uçuk virüsü (Herpes Simplex), göze de yerleşebiliyor. Uygun olmayan tedaviler de enfeksiyonun artmasına neden oluyor."

Eczaneden dönerken, ellerindeki torba dolu. Antiviral[11] göz damlası, pomat, kortizonlu damlalar ve ağızdan alınacak antiviral haplar... İlaçlarını düzenli kullanması gerekiyordu.

"Korneadaki göz uçuğu hiç iz bırakmadan geçebilir. Ancak, saydam tabakayı daha derinlemesine etkileyerek, görmeyi kalıcı biçimde azaltabilir de" diye uyarmıştı doktor.

İyileşir gibi oldu önce. Üniversite sınavlarına girerken, gözündeki küçücük yangının başına ne işler açacağını bilemiyordu. Yaz tatili rehavetine kapılıp kontrol muayenelerini ihmal edince, yeniden palazlandı şikâyetler.

Üniversite sınav sonuçlarını öğrendiklerinde, dershane ar-

10. Göz uçuğu.

11. Virüse karşı.

kadaşlarıyla büyük müjdeyi paylaşırken gözünde bandaj vardı Mine'nin. İzmir Ekonomi Üniversitesi'ni kazanma sevinciyle bu küçük ayrıntıyı önemsemedi bile.

Tatillerinin değişmez alışkanlığı, kitap okumanın keyfine varamıyordu bu yaz Mine. Sağ gözünün görüşü gitgide bozuluyordu.

Yineleyen ataklar sonunda, tümüyle görmez oldu gözü. Hem ailesi ve yakınları, hem de kendisi şaşkın ve perişandı.

"Doku nakli" olgusunu ilk kez o günlerde duydular ama, iyileşme umutlarını henüz yitirmemişlerdi.

Tek gözle yaşamayı öğrenmek... Zordu!

Derinlik hissi kaybolmuştu. Merdiven inip çıkmak, çay doldurmak gibi basit işler sıradan değil, üzerinde çalışılıp yeniden öğrenilmesi gereken eylemlerdi artık Mine için. Gene de soldurmadı yüzünü, sıcacık gülüşünü esirgemedi sevdiklerinden.

Ne var ki şanssızdı, hem de çok şanssız!

"Tek gözü etkileyen uçuk, yalnızca olguların yüzde 3'ünde iki gözü de tutar" demişti doktor. "Alerjik bünyelilerde, tedavisi iyi yapılamayan hastalarda..."

İşte o yüzde 3'ün içine girmişti Mine! Acımasız virüs, aldığı tek gözü yeterli bulmamış gibi diğer göze de atlayıvermişti.

İkinci gözdeki kötüye gidiş, daha çabuk ilerledi. Kısa süreli iyileşme sağlayan en etkili ilaçlar bile yararlı olamıyordu.

"Saydam tabaka, bulanıklaşma yüzünden gelen ışığı kıramıyor ve görme azalıyor" diye açıkladı doktor. "Kornea naklinden başka çare yok!" diye son noktayı koydu.

Üç yıldır görmüyor Mine. Hayal meyal ışığı seçiyor yalnızca. İyi ki o cılız canlılık var!

"Nakil ameliyatı için hastanın retina[12] dokusu ve diğer göz içi yapılarının sağlam olması gerek" diyor doktoru. "Saydam tabakada bulanıklık, leke, beyazlık, şekil bozukluğu hastalığın doğal seyri. Ancak diğer tabakalar, özellikle de sinir tabakası sağlam olacak..."

En azından gün ışığını seçecek kadar görmeli Mine. Hiç görmeyen, görme siniri ve retinası işlevsiz göze nakil yapılamıyor.

12. Ağtabaka.

İki buçuk yıldır kornea nakli listesinde, uygun bir vericinin çıkmasını bekliyor Mine...

Ve iki gün önce o haberi aldı!

Dokuz Eylül Üniversitesi Tıp Fakültesi'nde beyin ölümü gerçekleşen bir hastanın korneasının kendisine takılabileceği haberini... Annesi, babası ve iki ağabeyiyle beraber, nasıl koştuklarını bilemediler hastaneye. Biraz geç kalsalar, kendilerine sunulan fırsat geri alınırmış gibi.

İki gündür hastanedeler. Bu süre içinde tahlilleri yapıldı, ameliyata hazırlandı Mine.

Kornea, damarsız bir doku olduğu için kan grubu ya da doku uyumu şart değil; aciliyet sorunu da yok. Saydam tabaka, alındıktan üç gün sonra da takılabiliyor. Bu arada, verici gözün sağlık taraması da yapılıyor. Göz ameliyatı geçirmemiş kanser türü ya da mikrobik, virütik hastalıkları olmayan sağlam gözlerin saydam tabakaları kullanılabiliyor ancak.

Son derece sakin bir hasta Mine... Zerrece korkmuyor ameliyattan. Üç yıldır çektiklerinin yanında, bu ne ki!

Kornea nakli konusunda, epey de bilgi sahibi. Böyle bir değişime gerek duyulduğunu söyledikleri andan bu yana tüm ayrıntıları öğrendi. Ağabeylerine çok şey borçlu; bilgisayardaki verilere ulaşması için Mine'ye göz oldu ikisi de.

Yapılacak işlemin "göz nakli" değil, "kornea nakli" olacağını, kendisinin, şeffaflığını ve işlevini yitirmiş kornea dokusunun çıkarılıp yerine sağlıklı dokunun yerleştirileceğini biliyor. Bu işin sonunda göz renginin değişmeyeceğini de... Çünkü, göze rengini veren iris dokusu, korneanın arkasında yer alıyor ve cerrahi işlemlerden etkilenmiyor.

Bu konuda ailece bilgi sahibi oldukları halde, büyük ağabeyinin, "Bakalım ne renk bir gözle bakacaksın dünyaya?" diye takılmasını gülerek karşılıyor Mine.

"Mavi" diyor. "Deniz mavisi sabit bir lens takacak doktorum, öyle anlaştık."

Yaşamı boyunca alacağı en büyük armağanın Deniz'den geleceğini bilirmiş gibi...

44

İki özel hasta ziyareti

Taburcu olacağı için zerrece sevinç duymuyor Nehir. Bıraksalar, hastanede kalmaya razı. Bundan sonrasında tek başına yaşayacağı kapkara, ürkütücü bir dünya dışarısı. O dünyaya adım atacak gücü yok, korkuyor...

Buradan doğruca Nevin'le Ali'nin oturduğu Güzelyalı'daki eve gidecekler. İstanbul'a dönme konusu gündeme gelmedi henüz.

Nehir'in işine olan tutkunluğu da gerilerde kalmış gibi. Şirkettekilerle konuşmuyor bile. Pınar'la Hakan, önemli gelişmeleri Nevin Abla ya da Ali Enişte'yle paylaşıyorlar. Gönülleri, Nehir'in bir an önce iyileşip aralarına dönmesinden yana, ama işlerin yolunda olduğunu, durumu idare ettiklerini, patronları tamamen iyileşinceye kadar da idare edebileceklerini söylüyorlar telefonda.

Umurunda bile değil Nehir'in. Onca emek, onca hevesle açtığı işyeriyle ilgili haberler, ablasıyla eniştesinin ağzından çıkıp hedefe ulaşmadan havada uçuşuveriyorlar.

Hastaneden çıktıktan sonra gidecekleri yer de önemli değil Nehir için. Ablasının yardımıyla giyinip hazırlanırken, tarifsiz bir boşluk hissediyor içinde. Yüreğini, beynini, duygularını, ruhunu, tüm benliğini de giderken beraberinde götürmüş sanki Deniz. Geride, uzaktan kumandalı bir robot gibi mekanik hareketlerle varlığını sürdüren, gölgeleşmiş, silik, ruhsuz bir beden kalmış.

Birazdan ayrılacaklar hastaneden. Ali'nin, çıkış işlemlerini tamamlamasını bekliyorlar.

Onları uğurlamak için odaya gelen Doktor Nüket, "İyi görünüyorsunuz" diyor Nehir'e, gördüğünü değil de görmek istediğini söyler gibi.

"Doğru" diye içini çekiyor Nehir. "Bedenimdeki ağrıları pek duymuyorum artık, gitgide azalıyorlar. Ama yüreğimdeki sızı, dayanılacak gibi değil!"

"Tümüyle geçeceğini söylemek, yaşadıklarınızı azımsamak olur. Ancak, geride bırakacağınız her yeni gün, yeni yaşamınıza biraz daha alıştıracak sizi."

Nevin, bu acının burada noktalanmayacağının, günler geçtikçe Nehir'i ruhsal yönden daha da hırpalayacağının bilincinde. Ona iyi gelebileceğini, manevi yönden biraz olsun rahatlatarak huzur vereceğini düşündüğü bir önerisi var.

Sözü daha fazla dolandırmadan, "Çıkmadan, hastanede yatan o iki hastayı, Mine'yle Arda'yı görseydik" diyor. "Onları ziyaret etmeye ne dersin?"

Alabileceği olumsuz yanıtı duymak istemez gibi hemen ekliyor.

"Onları görünce, tüm acılarından arınacak değilsin. Ama içinde, hiç ummadığın hoş bir ferahlık duyacağını hissediyorum."

Nevin, Nehir'in kararsızlığına, olurla olmaz arasındaki bocalamasına zaman tanıma çabasıyla, farklı ayrıntılar içeren sorular yöneltiyor Doktor Nüket'e.

"Organ nakli olan hastalarla organları bağışlayan kişiler, görüşebiliyorlar değil mi? Herhangi bir yasaklama ya da kısıtlama yok yani..."

"Yurtdışındaki ülkelerde, Amerika'da ve Avrupa'da alanlar ve verenler birbirlerinin kimliğini bilmezler. Özellikle Amerika'da çok sıkı kurallar vardır. Böyle bir yasaklama yok bizde. Organları alanlar, kendilerine yeni bir yaşam sunan kişilere minnetlerini iletmek istiyor. Organ bağışlayan ailelerin de ilk isteği, organların yeni sahiplerini tanımak oluyor genellikle."

"Bu görüşmelerin herhangi bir sakıncası olmuyor mu?"

"Olmaz mı? Ama, manevi getirilerinin yanında önemsiz kalıyor. Örneğin, bağışlayan aile para talep edebilir. Asla kabul edilemez bir istektir bu. Ya da vericinin kötü bir geçmişi olabilir. Katil ya da hırsız gibi. Parmakla gösterilecek kadar az sayıda örneklerdir bunlar ve ancak macera filmlerine konu olabilir.

İşin bir başka yönü de Türkiye'de hiçbir şeyin gizli kalmaması. Bazı adli vakalar ve trafik kazalarından sonra yaşanan beyin ölümü ve organ nakli süreçlerini televizyon ve gazetelerden izlemek, âdetten oldu."

Günlerdir gazete okumadı Nehir, televizyon hiç açılmadı hastane odasında. Ama gözünde canlandırabiliyor...

"Seferihisar girişinde karşı yönden gelen kamyonun altına giren arabadaki Deniz Sezen, Dokuz Eylül Üniversitesi Tıp Fakültesi Hastanesi'ne kaldırıldı. Ancak, tüm çabalara rağmen kurtarılamadı. Beyin ölümü gerçekleşen Sezen'in organları, yakınlarının izniyle..."

İçi bulanıyor Nehir'in. "Böyle bir karşılaşmaya hazır değilim" demeye hazırlanıyor. "Şu anda göremem onları" diyecek. "Belki daha sonra" diye ekleyecek.

Ama ablası erken davranarak, "Siz de bizimle gelir misiniz Nüket Hanım?" diye soruyor.

"Tabii ki" diyor Doktor Nüket. "Karanlığın eşiğinde ışığı yakalayan bu insanların yaşama sevincini göreceksiniz. Buna tanıklık etmek beni de sevindirir."

Bu sözler mi etkiliyor Nehir'i, yoksa için için zaten istediği ama, bilinçsizce bastırmaya ya da ertelemeye çabaladığı "onları görme" arzusunun dışavurumu mu, kendisi de bilmiyor. Dillendiremiyor da yaşadığı ikilemi.

Başını hafifçe yana eğerek, gözleriyle sessizce olurluyor ablasının önerisini...

* * *

Yardımla da olsa yürüyebiliyor, daha doğrusu ilerleyebiliyor artık Nehir. Bir elinde baston, topuğuna yerleştirilmiş atelin üstüne basarak, ablasının kolunda...

Ancak, hastane içindeki bu kısa tur süresince, asansörle

katları inip çıkarken, labirent gibi dolambaçlı koridorlardan geçerken, tekerlekli sandalyede oturacak.

"Önce Mine'yle tanıştıracağım sizi" diyor Doktor Nüket. "Kornea nakli yapılan genç kızımız. Kornea, sentetik olarak yapılamayan bir doku. Doku nakli gerçekleşmeseydi, Mine'nin görmesi mümkün değildi."

"Zor bir ameliyat mı?" diye soruyor Nevin.

"Değil. Genel ya da lokal anesteziyle yapılabiliyor. Mine için genel anesteziyi tercih etti doktorumuz."

"Ameliyattan ne kadar sonra görmeye başlıyor hastalar?"

"Bandaj alındığında, gözlerini açar açmaz... Mine'nin ameliyatının üçüncü günü bugün. Bandajı, ameliyatın hemen ertesi günü alındı. İki gündür görüyor kızımız. İlk anda yaşadığı sevinci görmenizi isterdim."

"Bir şey takıldı aklıma... Kalp ve diğer organların nakli yapılalı neredeyse bir hafta oldu. Mine'ninki neden bu kadar geç kaldı?"

"Kornea, diğer organlara göre uzun ömürlü bir doku. En son alınıp, bir süre bekletilebiliyor da. Diğer nakillerde, hiç zaman kaybetmeden takılıyor organlar. Özellikle de kalp. Hastalar zaten listede; tetkikleri, tıbbi bulguları hazır. Gözde ise, hastayı ameliyata hazırlamak ve tetkikleri tamamlamak için iki günlük bir süre geçebiliyor. Mine'de olduğu gibi. Kalp nakli yapılan Arda'yla Mine'nin ameliyatı arasındaki dört günlük zaman farkı, buradan kaynaklanıyor."

Kapının önünde bir an duraklıyor Doktor Nüket. Gözleriyle şöyle bir tarıyor odayı. Pencerenin önünde nicedir özlediği İzmir manzarasını doyasıya yudumlayan Mine'yi ve onu mutlulukla izleyen annesini görünce, tekerlekli arabayı içeriye sürüyor.

"Nehir Hanım, işte Mine!"

Nehir'le Mine bambaşka duygular içinde, uzun uzun birbirlerini süzüyorlar. Nehir'in gözleri Mine'nin gözlerinde... Deniz'den izler arıyor gibi.

Mine ise sevincinin doruklarında. Öncesinde hiç tanımadığı, yüzünü bile görmediği birine, içinin tüm sıcaklığıyla, "Ablam benim!" diye sarılabiliyor.

"Birkaç gün önce olsa, gönül gözüyle bakarak da güzel olduğunuzu görebilirdim. Ama şimdi gerçek anlamda görerek söyleyebiliyorum. Benim ablam dünyalar güzeli. Hem yüzüyle hem de yüreğiyle..."

"Geçmiş olsun Mine" diyor Nehir, fısıldar gibi. "Sen de çok güzelsin... Aynada kendi yüzüne bakmadın mı hiç?"

"Bakmaz olur muyum? Dört yıldır kendi yüzünü bile göremeyen beni, ışığa kavuşturdunuz."

Baştan beri yatağın kenarından sesini çıkarmadan olanları izleyen Mine'nin annesi, yerinden fırlayıp Nehir'in eline yapışıyor ve onun karşı koymasına fırsat vermeden dudaklarına götürüp öpüveriyor.

"Ne yapıyorsunuz?" diye şaşkınlıkla elini geri çekiyor Nehir.

"Öpülesi eller onlar kızım" diyor anne, gözlerinden inen yaşlarla. "Yaptıklarınız için teşekkür etmek yetersiz kalır. Ne söylesem, içimdekileri sözcüklere dökemem ki..."

"Annem bana can verdi, siz ise gözlerimi" diyor Mine. "Bütünlediniz beni. Ne yapsam ödeyemem bu borcu."

"Borç diye bir şey yok Mine. Gözlerindeki ışıltıyı görmek yeter bana. Seni tanımanın beni bu kadar mutlu edeceğini düşünemezdim, inan."

"Hastaneden çıkınca sizi ziyarete gelebilir miyim Nehir Abla? Buna izin verir misiniz?"

"Neden olmasın? Ben de çok isterim."

Sesi titriyor Nehir'in. Gölcükler oluşuyor gözpınarlarında.

"Can gözümle bakacaksın bana... Az çok tanıyor olacağım bakışlarını. Bunun, benim için ne anlama geldiğini bir bilsen.."

Nehir de biliyor aslında, karşısında duran Deniz'in gözleri değil! O gözlerden alınan, yüzeysel bir kesit yalnızca.

Ama olsun... Bir zamanlar, o billur tabakaların ardından bakan, Deniz'in aşk tüten, sevdalı gözleri değil miydi?

* * *

Göz hastalıkları bölümünden kardiyolojiye doğru yol alırken, "Sıradaki hastamız Arda" diyor Doktor Nüket ve Arda'nın geçirdiği ameliyatla ilgili ayrıntıları anlatıyor kısaca.

Kalp nakli ameliyatından sonra, üç gün yoğun bakımda kalmış Arda. Kollarında, boynunda kateterler, göğüs boşluğunda borularla...

Üçüncü günün sonunda, boyundaki kateter dışında bedenine bağlı tüm cihazlar çekilip yoğun bakımdan, giriş çıkışın kontrollü olduğu, dış ortamdan yalıtılmış, steril özel odaya alınmış.

"Ameliyat başarılı geçti" diyor Nüket. "Ancak, doku reddini önlemek için hastaya, bağışıklık sistemini güçlendiren *immunsup-resif* tedavi uygulanıyor. Günde birkaç kez kanı alınıp ilaç ayarlaması yapılıyor.

İkinci haftayı burada tamamladıktan sonra, kardiyoloji bölümündeki odalardan birine alınacak. Bir, bir buçuk ayın sonunda da taburcu edeceğiz."

Ayaklarına galoş, üstlerine yeşil steril giysiler giydikten sonra, ancak girebiliyorlar Arda'nın yanına. Girişi çıkışı bu denli sıkı tutulan odanın içi, benzerlerinden pek farklı değil. Arda'nın da hastanenin diğer bölümündeki pek çok hastadan kötü görünmediği gibi. Öyle ki, kalp nakli gibi ağır bir ameliyat geçirmiş birinin bu kadar çabuk toparlanmasının hayret verici olduğunu düşünüyor Nehir.

Baş tarafı yükseltilmiş bir hastane yatağında sırtüstü yatan (altı hafta boyunca sırtüstü yatacak!) gencecik, kara yağız delikanlı, gelenleri görünce doğrulmaya davranıyor.

"Dur bakalım" diye engelliyor onu Nüket. "Centilmenlik yapmana gerek yok. Evet, tahmin ettiğin gibi, karşında duran, Nehir Sezen..."

"Hoş geldiniz!" diyor Arda, şaşılacak derecede güçlü bir sesle. "Bir kez daha sevindirdiniz beni."

Bir şeyler söylemek için ağzını açıyor Nehir... Sesi çıkmıyor. Gözleri Arda'nın göğsünü boydan boya yaran ameliyat izini örten sargılarda, ipnotize olmuş gibi öylece bakıyor.

Neden sonra, çekingen bir ifadeyle, "Geçmiş olsun" diyor.

"Bu kez gerçekten de geçmiş oldu galiba" diye gülüyor Arda, gözleri ışıl ışıl. "Şimdiden sapasağlam hissediyorum kendimi."

"Öylesine çok çile çekti ki Arda; bu ameliyat, yaşanan ve sonu belli olmayan zorlukların yanında en kolay olanıydı" diyor Doktor Nüket.

Fırtınalar kopuyor Nehir'in içinde. Çelişkili uyaranlar arasında sıkışıp kalmış yüreği. Deniz'in kalbini bir başkasına sunmanın belli belirsiz pişmanlığı, biraz da suçluluğuyla, o kalbi toprağın karasına kaptırmayıp canlı tutabilmenin kıvancı ve buruk mutluluğu arasında gidip geliyor.

Arda, Nehir'in iç savaşımından habersiz, "Sizin için ne kadar zor olduğunu tahmin edebiliyorum" diyor. "İşte tam şurada... şu sargının altında... sevdiğiniz insanın kalbi atıyor!"

Ürperiyor Nehir, o an oradan kaçıp gitmek istiyor. Ama, Deniz'in kalbinin karşısında duruyor olmanın verdiği heyecan öylesine büyük ki, kıpırdayamıyor yerinden.

"Bunu hissedebiliyorum" diyor sakinleştirmeye çalıştığı sesiyle. "Başka bir bedende de olsa, onu yaşatmak avuntu verecek bana."

"Borcum büyük. Aldığım her solukta sizi hatırlayacağım. Sizi ve cesur davranışınızı. Bu arada... sizi tekrar görmeme izin verir misiniz?"

Mine'ninkini çağrıştıran bu isteğe, "Bilemiyorum" diye yanıt verirken, doğruyu söylüyor Nehir. Deniz'in kalbinden gelecek bir isteği reddedip reddetmeyeceğini gerçekten de bilemiyor çünkü...

45

Yürek ve gözler

Geride kalmış izlerin gölgesine tutunmak... Tek umarı bu Nehir'in. Yaşamdan ve gelecekten beklediği hiçbir şey kalmamış, çevrelerinden soyutlanmış, köşesine çekilip ölümü bekleyen insanların dingin ve tepkisiz haliyle geçiriyor günlerini.

"Adım adım gerçek dünyaya dönmelisin artık" diyen ablasına şiddetle karşı çıkıyor.

"Benim dünyam Deniz'den ibaret" diyor. "Tek gerçeğim de anıların sıcak korunağında onunla beraber olmak... Bunun dışında hiçbir şeyin önemi yok benim için."

Çevresindeki herkese, tüm dünyaya, yaşama, hatta kendisine bile küsmüş gibi. Yapılan uyarılara inat, gitgide içine gömülüyor. Psikiyatra gidelim, önerisine gülüp geçiyor.

"Hasta değilim ben" diyor. "Yaralıyım. O yarayı da kimse onaramaz."

Hastaneden çıkalı yaklaşık bir ay oldu. Bu süre zarfında, doktorların önerisiyle kabul ettiği fizik tedavi dışında; gezme, tozma, keyif, zevk sözcüklerini çağrıştıracak hiçbir nedenle adımını dışarı atmadı.

Onu görmek için geçmiş olsuna gelen ziyaretçilerin yanına çıkmadı, ablasının ısrarıyla çıktığındaysa konuşmalara katılmadan, put gibi oturdu yanlarında.

Gelecek hafta İstanbul'a dönmeyi planlıyor. Biraz daha kalması için ısrar edecek Nevin ama, İstanbul'da kendi ortamında daha iyi olur belki, düşüncesiyle olumlu ya da olumsuz hiçbir şey söylemiyor. Söylese de dinletemeyeceğini biliyor zaten.

Nehir ise bundan sonra üzerinde yürüyeceği yolu çizmiş

kendince. Yaşamını gene Deniz'le sürdürecek. Eskisinden de çok beraber olabilecekler artık. Aynı bedende birlikte yaşayacaklar çünkü.

İstanbul'u özledi. Deniz de özlemiştir. Gidecekler...

Belki biraz zorlanacak ama, işinin başına geçmesi gerek. Yalnız kendine değil, çalışanlarına karşı da sorumlu olduğunu düşünüyor. Nevzat Bey'in gösterdiği güvenin; Pınar, Hakan, Tolga ve diğer şirket elemanlarının özverili çalışmalarının karşılığını vermeli.

Yerinde bir karar aldığına inanıyor. Sıra bu kararı uygulamakta. İstanbul'a gitmek için gün sayabilir artık...

* * *

Fizik tedavisinin son günü bugün. Her zaman olduğu gibi erkenden çıkıyor evden. On dört gündür, kliniğin ilk hastası o. Bir saatlik seansın sonunda eve döndüğünde, ablasını kahvaltı için kendisini beklerken bulunca içi sızlıyor. Onu sevindirecek bir şeyler yapabilse keşke...

Klinikten çıkınca, köşe başındaki pastaneden birkaç poğaçayla Nevin'in pek sevdiği ayçöreği kurabiyelerden alıyor. Kapıdan girer girmez ablasına uzatıyor paketi.

"Senin için" diyor. "Sıcacıklardı aldığımda. Zeytinli poğaça, susamlı ayçöreği... Seversin sen."

Yüzünde yarım yamalak, gölgeli, kırık bir gülüş... Gözlerinde, silik de olsa farklı bir ışıltı. Bu kadarı bile sevince boğuyor Nevin'i.

Uzun zamandır kendini bilmeden yatan bir hastanın verdiği ilk tepki, içine gömüldüğü karanlık dünyadan aydınlığa, ışığa doğru attığı ilk adım bu. Gerisi gelecek... Gelmeli!

"Hoş geldin yavrum" diyerek Nehir'i kucaklıyor Nevin. Hoş geldin yaşama, diye ekliyor içinden...

Abla kardeş, öncekilere göre keyifli sayılabilecek bir kahvaltıyı paylaşıyorlar. Nevin, haftalardır özlemini çektiği ve şu anda Nehir'in gözlerinde yakaladığı neşe kırıntılarını har vurup harman savuracak lükse sahip değil; ama söylemesi gereken bir şey var.

"Sen gelmeden biraz önce Mine aradı" diyor çekingen bir tavırla. "Arda'yla beraber ziyaretine gelmek istiyorlarmış. Sen de istersen eğer... Öğleden sonra gelecekler."

Bulutlanıveriyor Nehir'in yüzü, kapkara gölgeler çöküyor gözlerine.

Canlılığını yitirmiş sesiyle, "Hiç halim yok abla" diyor. "Yaram çok taze henüz."

Parlayıveriyor Nevin.

"Sen böyle davranırsan, hiç kabuk bağlamaz o yara. Biraz olsun inancın varsa doğruları görürsün. Allah'ın kocan için uygun gördüğü ömür bu kadarmış. İstese seni de alırdı yanına. Ama önüne, yaşaman gereken, süresi belirsiz bir ömür koymuş. İsyan mı ediyorsun?"

"Hayır, asla... ama beni anlamaya çalış abla. Hâlâ Deniz'le aynı dünyayı paylaşıyorum ben. Mine'yle ve Arda'yla karşılaşmak, Deniz'in ölümünü bir kez daha haykıracak suratıma. Henüz buna hazır değilim."

"Bir de onların gözüyle bakmaya çalış... Seni görmek, iyileşmiş hallerini sana göstermek, minnet duygularını iletmek için can atıyorlar. Hem onları reddetmekle, Deniz'in gerçek yaşamdaki yansımalarını da elinin tersiyle itmiş olmuyor musun?"

Ablası haklı galiba. Mine'yle Arda'nın gelmesini istememek, Deniz'e ait bir şeyleri geri çevirmek anlamına gelmiyor mu? Madem istediler, böyle olmasını Deniz de istiyor madem...

Gelebilirler!

Mine'yle Arda'yı kapıda karşılayan, getirdikleri kucaklara sığmayan, bin bir renkteki çiçekleri alıp vazoya yerleştiren, ikisini de sıcacık "hoş geldiniz" ve "iyi ki geldiniz"lerle sarıp sarmalayan, Nevin.

Nehir'se salondaki üçlü kanepenin ucuna ilişmiş, konuklarının içeriye gelmesini bekliyor. Karşılamak istemediğinden, hele önemsemediğinden değil asla! Heyecanının yoğunluğundan, kapının önünde dikilip duracak gücü bulamadığı için.

Mine'yle Arda içeri girdiklerinde, oturduğu yerden kalkıp kucaklıyor ikisini de. Son derece duygusal bir an, hepsi için. Titreyen dudaklar, nemli gözler... Konuşacak, hatır soracak hale gelmeleri zaman alıyor.

Nehir'in ilk dikkatini çeken, hem Mine'nin hem de Arda'nın hastanedeki durumlarına göre inanılmaz bir aşama kaydetmeleri. Özellikle Arda'nın bu derece canlı ve sağlıklı görünmesi şaşırtıcı. Bilmeyen biri, kısa süre önce ağır bir ameliyat geçirdiğine inanamaz.

Sohbeti başlatan, havayı ısıtıp sorduğu sorularla Nehir'in de konuşmalara katılmasını sağlayan gene Nevin.

"Çok iyi görünüyorsunuz çocuklar" diyor. "İyi ettiniz gelmekle. Nasıl gidiyor bakalım?"

Sorunun muhatabı yalnızca kendisiymiş gibi, "Harika!" diye atılıyor Mine. "Karşıdan bakılınca da belli olmuyor mu?"

Arda da göğüs kemiği boydan boya kesildiği için, altı hafta sırtüstü yattığını anlatıyor.

"Altı haftanın sonunda normal yaşama 'merhaba' dedim" diyor. "Taburcu olurken, yalnızca ilaçlarım vardı yanımda. Her öğünde avuç dolusu ilaç yutuyorum. Ömür boyu da yutmam gerekiyor. Bunun dışında, hiçbir kısıtlama yok yaşamımda."

Mine'nin de bir yıl boyunca kullanması gereken ilaçları var; damlalar ve haplar. Gözlerinin tümüyle iyileşmesi ve görmesinin tamamen düzelme süreci bir yılı bulacak. Ama halinden çok memnun...

Bundan sonrasında neler yapacaklar? Nevin'in sorusuna sırayla yanıt veriyorlar.

Mine, üniversiteye giriş sınavında kazanıp kaydını dondurduğu İzmir Ekonomi Üniversitesi'nde işletme eğitimine başlayacak. Arda ise mezun olduğu İTÜ İşletme Fakültesi'nde mastır yapmak istiyor. Yarım bıraktıklarını tamamlamak için sabırsızlanıyor ikisi de.

"Kırkı yeni çıkmış bebek gibi hissediyorum kendimi" diyor Mine. "Yaşamaya şimdi başlıyorum sanki." Nehir'e dönüp ekliyor. "Ya siz Nehir Abla? Siz nasılsınız?"

Hazırlıksız yakalanmış gibi, "İyi değilim Mine" deyiveriyor Nehir. "İyi olmayı da beklemiyorum zaten."

"Yapma Nehir" diye araya giriyor Nevin. "Mine'nin ışık saçan şu gözlerine bir bak... Bakışlarındaki sevinci yakalamaya çalış."

"Bakamıyorum ki abla! O gözlerin derinliklerinden bana akacak sıcaklığın, içimde fırtınalar yaratmasından korkuyorum."

"Benim işim çok daha zor, desenize" diye atılıveriyor Arda. "Heyecandan gümbür gümbür atan şu biçare kalbim, beklenmedik depremler yaratmasın sakın..."

Gerilmiş sinirleri gevşetmeye yetiyor bu sözler. Nehir bile belli belirsiz gülümsüyor Arda'nın yaptığı esprilere. Nevin'in çay servisi için kalkışı, Mine'nin ona yardım etme çabaları, iyiden iyiye yumuşatıyor ortamı.

Nehir ise yüzüne iliştirdiği gülümseme maskesinin ardında, fırtınalı çelişkiler yaşıyor.

"Deniz burada!" diyor, bir türlü susturamadığı içsesi.

Elle tutulur, gözle görülür hiçbir delil yok tabii ki ortada; ama Nehir, Deniz'in varlığını, soluduğu havanın zerrelerinden bedeninin tüm hücrelerine kadar her yerde, eski canlılığıyla aynen hissedebiliyor.

Arda'nın duygularını espriyle harmanlayarak dışavurumu, biraz önceki gibi güldüreceğine, canını acıtıyor Nehir'in.

Elini uzatsa dokunacağı, Deniz'in kalbi! Bir anlamda Deniz!..

Asla yapamayacak bunu, asla dokunamayacak o kalbe.

Ama büyük, çok büyük bir avuntusu var. Dokunmak bir yana, bir daha karşılaşamayacak olsa bile, Deniz'in kalbi hâlâ yaşıyor ya! Onu yaşattığı için kendisiyle ne kadar gurur duysa azdır...

Bu bakış açısıyla daha hoşgörülü, daha huzurlu olduğunu

hissediyor Nehir. Arda'nın "deli dolu, genç" söylemlerine gülebiliyor yeniden.

"Teşekkür borçluyuz sana Arda" diyor Nevin. "Nehir Abla' nız haftalardır ilk kez gülüyor."

"Böyle rahat konuştuğuma bakmayın" diyerek sahneye koyduğu oyunu sürdürüyor Arda. "Çok heyecanlıyım aslında. Nehir Hanım'ı görünce, kanatlanıverdi kalbim. Yerinden çıkıp asıl sahibine uçuverecek sanki. Nasıl çarpıyor, bir bilseniz..."

"Benim de yüreğim ağzımda Arda, heyecanımı anlatamam" derken, Nehir de oyunun bir parçası olmakta sakınca görmüyor.

Ancak, Nehir'in yumuşak tavrından cesaret alan Arda, bir adım öteye geçmekte gecikmiyor.

"Sizi telefonla arayabilir miyim Nehir Hanım? Kalp atışlarımda gariplik hissettiğimde... Bedenime girmiş yabancıyla uyumsuzluğa düştüğümde... Ne de olsa kullanma kılavuzu hâlâ sizde."

Kendisini yaşça daha büyük göstermek ister gibi, "Âlem çocuksun Arda" diyor Nehir. "Duygularını dışa vuruş şeklin ilginç."

"Öyleyimdir. Ama soruma yanıt vermediniz henüz."

"Beni aramanın hiçbir sakıncası yok. Hatta bundan mutluluk duyacağımı bile söyleyebilirim. Ancak, İzmir'deki günlerimin sonuna geldim. Gelecek hafta, İstanbul'da işimin başında olacağım."

Tüm sevecenliğiyle, "Ama ben buradayım" diyor Nevin. "Her zaman beklerim. Aileden sayılırsınız siz artık..."

* * *

Akşam yemeğinde, Mine'yle Arda'nın gelişini, konuşulanları en ince ayrıntısına kadar kocasına anlatıyor Nevin.

"Öyle şeker çocuklar ki, Nehir'i bile güldürdüler" diyor.

"Bu iyi işte" diye başını sallıyor Ali. "Gülmek, yaşama dönüşün ilk işareti sayılır. Ablan pek sevmiş anlaşılan... Ya sen şu gençler hakkında ne düşünüyorsun Nehir?"

"Bilemiyorum enişte. Düşüncelerimle duygularım çelişki içinde, aynı bedende savaş halindeler sanki. Hem çok yakın hissediyorum onları kendime hem de çok uzak... Varlıklarından etkilenmemem imkânsız. Deniz'in yansıması var yüzlerinde. Ama onlarla beraberken içim acıyor. Sevdiğim insanın ölümünü fısıldıyorlar bana."

"Bırak bunları Nehir... Belli ki sen de hoşlanmışsın bu beraberlikten."

"Belki de. Çelişkili duygularımın olumlu yönlerine hitap ettikleri için. Ama ya yüreğimdeki gerçekler? Onları yok sayabilir miyim?"

"Her neyse... Senin yüzünde küçük de olsa bir gülümseme yarattılar ya, bu bile yeter bize."

"Size bir şey söyleyeyim mi?" diye konuşmayı bölüyor Nevin. "Birbirlerine de çok yakışıyorlar. Mine ve Arda! Bir de bakmışsınız..."

"Aman Nevin!" diye gülüyor Ali. "Senin bu yakıştırmaların yok mu... Senaryo yazmaya başladın gene. Doğru, ortak noktaları çok. Ama bu, onların yakınlaşmasını sağlamaya yeter mi?"

Pes edecek gibi değil Nevin.

"Neden olmasın?" diyor. "Aynı insanın yüreği ve gözleriyle bakıyorlar birbirlerine. İyi bir başlangıç sayılmaz mı bu?"

"Sayılmaz!"

Umulmadık yerden, Nehir'den gelen bu kesin yanıt karşısında Nevin de, Ali de şaşkın.

Nehir ise ağır ağır sürdürüyor konuşmasını.

"Kendi yüreğinden ya da kendi gözlerinden etkilenen insan nerede görülmüş? O yüreği ve gözleri algılamak için, *ben* olmaları gerek abla... Sence bu mümkün mü?"

Ablasıyla eniştesinin hayret dolu bakışlarına aldırmadan sofradan kalkıp odasına, iki kişilik yalnızlığına doğru yürüyor Nehir...

46

Dönüş

İstanbul'a dönüşün ne derece zor olacağını baştan biliyor. Deniz'le beraber el ele, yürek yüreğe, mutluluktan kanatlanıp uçarcasına çıktıkları şehre, birbirlerini paylaşmaya doyamadıkları aşk, sevgi, tutku kokan evlerine, şimdi tek başına dönecek Nehir.

Çok ısrar etti ablası. Hem ablası, hem eniştesi, "Hep beraber gidelim, biz götürelim seni" dediler.

"En azından ben geleyim" dedi Nevin. "Seni bırakır dönerim."

İstemedi Nehir, ne söyledilerse karşı çıktı.

"Yanımda birileri olursa alışamam o eve, yaşayamam orada" dedi. "Yitirdiğimin ve yalnızlığımın acısıyla tek başıma kavrulmalıyım ki gerçeklerle yüzleşebileyim. Aksi halde, sürüp gider sürünüşüm. Sizin desteğinizle ayağa kalkarsam eğer, sizden sonra yeniden tökezlerim."

Üstelemek gereksizdi. Kardeşinin inadını iyi bilirdi Nevin. Belli ki kararlıydı ve aklına koyduğunu yapacaktı. Onun açısından bakıldığında, haklıydı da. Öne sürdüğü gerekçeler, yabana atılacak cinsten değildi doğrusu.

Madem amaç Nehir'in bir an önce eski düzenine dönmesiydi... Hangi yol kısaysa, hep beraber, dayanışma içinde o yolu izleyeceklerdi.

* * *

İstanbul'a gitmek için özellikle pazar gününü ve sabah uçağını seçmiş Nehir. Gündüz gözüyle evine girsin, yaşanacağı baştan belli olumsuzluklarla karanlık basmadan yüzleşebilsin diye.

Deniz'le beraberken cenneti yaşadığı gecelerden korkuyor artık. Eskilerin dost geceleri çehrelerini değiştirmiş; ürkütücü, acımasız birer düşmana dönüşmüşler. Bir zamanlar mutluluğu, aydınlığı, sevinci, coşkuyu dillendirirken, dipsiz bir kuyunun siyahına bürünmüş tekinsiz bir çift göz gibi ölümü ve yalnızlığı haykırıyor; özlemi en onulmaz, en dayanılmaz haliyle sunuyorlar Nehir'e.

Ve Nehir, Deniz'i yitirdiğini öğrendiğinden bu yana karanlıklarla boğuşuyor.

Ya şimdi? Kendi evinde...

"Bir daha asla Deniz'e kavuşamayacaksın!" diye isterik ve tiz çığlıklar atan; kanatmaya hazır, zehire bulanmış sipsivri tırnaklarını yüreğinin derinliklerine batıran, *gece* kılığına girmiş şeytanlarla nasıl baş edecek?

İyi ki Sultan'a anahtar bırakmışlar. Gelmiş; evi temizlemiş, derleyip toparlamış. Alışveriş bile yapmış. Kahvaltılıklar, sebze, meyve; buzdolabı dolu. Nehir'le Deniz'in vazgeçilmezi, "kepekli, bademli ekmek" bile unutulmamış.

"Çalışan kadının sağ kolu, evini çekip çevirecek yeteneklere sahip, becerikli bir yardımcıdır!" diyerek, evliliklerinin ilk günlerinde Nisa Hanım'ın Nehir'e sunduğu Sultan! Gerçek bir sağ kol olduğunu kanıtlamış gene...

Bavulunu, Nisa Hanım ve Sultan'la beraber kapının önünde bırakıp, ürkek adımlarla salona geçiyor Nehir.

Her şey bıraktıkları gibi. Ama Nehir, buradan ayrıldığı günkü Nehir değil!

Yabancı bir eve gizlice girmiş gibi, ne yapacağını bilmez bir halde içinde bulunduğu ortamı, eşyaları yeniden tanımak istercesine, oradan oraya kararsızca adımlıyor salonu. Her nesnenin önünde durup, tüm ayrıntılarına kadar inceleyerek, her birini yeniden keşfediyormuş gibi.

Beraberce, keyifle seçilmiş (o seçiliş anlarını bire bir yeniden yaşıyor Nehir!) ya da yeni evlilere armağan olarak gelmiş biblolar, vazolar, mumluklar, resim çerçeveleri... En çok da o çerçevelerin içlerindeki fotoğrafların karşısında oyalanıyor Nehir. Duvarlara, büfenin, sehpaların üzerine, vitrin içlerine serpiştirilmiş, *dün* kadar taze bir *geçmiş*'in artık geride kaldığını fısıldayan fotoğraflar...

İkinci turun sonunda yorgun düşüyor. Bedensel bir yorgunluk değil bu; benliğinin derinliklerinden yükselen, ruhsal bir boğuntu hissi. Oturacak yer arıyor. Öylece dikiliyor ayakta, uygun yeri bulamıyor bir türlü. Tamamlanmış puzzle'ın nasılsa açıkta kalmış gereksiz bir parçası gibi, salonun neresine koyacağını bilemiyor kendini.

Şaşkınlığına, çaresizliğine, perişanlığına yeniliyor sonunda. Akşamları Deniz'le sarmaş dolaş uzanıp televizyon seyrettikleri üçlü kanepeye değil de hemen onun yanındaki berjer koltuğun ucuna ilişiyor. Hıçkırıksız, gürültüsüz patırtısız; ama derinden, en derinlerden kopup gelen boynu bükük ağlamasıyla, inci tanesi yaşlar döküyor Deniz'i için. Onu göremeyecek, onunla yaşadığı güzellikleri bir daha asla tadamayacak olmanın kahredici acısıyla.

İlk günlerdeki isyankârlığını yadsır gibi, fırtına sonrası yatışan dalgaların dinginliğinde, umarsızlığına teslim, kaderine razı; ağlıyor, ağlıyor, ağlıyor...

Üzüntüsünün derinliğine karşın; garip, kendinin de şaştığı bir ferahlık var üzerinde. Alabildiğine özgür hissediyor kendini. Nedeni apaçık ortada... Doya doya ağlayabilmenin özgürlüğü bu!

Ölüm haberini aldığından bu yana, "Ağlama, üzme kendini" diyen iyi niyetli yakınlarıyla sarılıydı çevresi. Her taziye ortamında olduğu gibi.

Ölen kişinin yakını, ağlama ihtiyacında oysa. Haykırarak, bağırarak, hıçkıra hıçkıra ya da usul usul, sessizce...

Bırakın ağlasın! Gözyaşlarıyla beraber, acısını da dışarı vursun...

Kısıtlamaları, kuralları, yasakları kendi koyacak artık. İlk uyarısını da hemen yapıyor zaten.

"Kalk Nehir" diyor. "Zamanının tümünü ağlayarak geçiremezsin. Kalk ve işe koyul."

Bavulunu açıp eşyalarını yerleştirirken, "İlk gün için olağandır" diyor. "Bundan sonrasında bu kadar ağlamam gerekmeyecek."

Daha İzmir'deyken verdi kararını. Deniz'le yaşayacak, bundan sonrasında da içinde yaşatacak Deniz'i. O hiç ölmemiş gibi... Ölmediğine göre, ağlamak da yok!

Toprağa verilen, Deniz'in cansız bedeni yalnızca, ruhu Nehir'in bedeninde yaşamını sürdürüyor. İki kişilik soluk alıp verecek artık Nehir; iki kişilik yiyip içecek, iki kişilik çalışacak, iki kişilik gezip eğlenecek... Dışardan bakanlar anlamayacaklar bile, Nehir'in iki kişilik yaşadığını.

Deniz'i içinde hissetmezse, nasıl insan içine karışır, nasıl sürdürür yaşamını kaldığı yerden?

İki büyük bavulla çıktıkları yolculuktan tek bavulla ve tek başına dönmenin hüznüne kapılmamaya çalışarak, İzmir'den getirdiği eşyalardan gerekenleri askıya asıyor, diğerlerini de şifoniyerin gözlerine yerleştiriyor.

Bunları yaparken, elbise dolabının sol tarafına gözü takıldıkça gülümsüyor hafiften. Kocası uzun bir yolculuğa çıkmış da gelirken eşyalarını beraberinde getirecekmiş gibi. O taraftaki dolap gözlerini açmıyor Nehir, kapaklarına el sürmüyor.

Ertesi sabah işe giderken ne giyeceğini düşünerek oyalanıyor bir süre. Seçtiği pantolon ceket takımı askısıyla beraber çıkarıp, ayaklı askılığa asıyor. Bir yanı boş kalıyor askılığın. Deniz'in ertesi gün giyecekleri nerede?

"Amma da yaptın Nehir! İş seyahatinde ya Deniz..." diye uzun uzun gülüyor. Ağlamakla özdeş, ağlamakla kardeş, buruk bir gülüşle.

İştahı yok ama bir şeyler yemek zorunda. Kendisiyle yaptığı anlaşma bunu gerektiriyor. O uğursuz kazadan bu yana tamı tamına yedi kilo vermiş. Deniz olsaydı, hiç hoşlanmazdı bu durumdan.

Her kapıyı açan biricik anahtar bu: Deniz olsaydı!

Deniz olsaydı ne düşünürdü; Deniz olsaydı, böyle bir durum karşısında nasıl davranmamı isterdi?

Diline pelesenk olan bu sözcüklerin büyülü bir iyileştirici etkisi var Nehir üzerinde. Başkalarının, "Ağlama, üzülme" demesi beklenen yatışmayı sağlamak bir yana, daha da kışkırtıcı olurken, Deniz olsaydı bu kadar ağlamamı, üzülmemi istemezdi, diye düşünmek, Nehir'e olağanüstü bir güç veriyor ve içi boş, kof bir duruş da olsa, onu ayakta tutmayı başarıyor.

Ne var ki banyoya, duşun altına girdiğinde söz geçiremiyor kendine. Deniz'e duyurmak istemediği hıçkırıklarını engelleyemiyor. Oysa, hıçkırıklar olmasa, duştan inen damlalara karışıp gidecek gözyaşları. Nehir bile farkında olmayacak ağladığının.

Bornozuna sarınıp yatak odasına doğru yürürken son derece bitkin hissediyor kendini. Rol yapmaktan, hayalle gerçek arasındaki yolu binlerce kez kat etmekten yorgun düşmüş. Tükenen gücünün son zerreleriyle kurulanıp rahat bir şeyler geçiriyor üstüne.

Giyinirken garip bir huzursuzluk sarıyor her yanını. Deniz, Nehir'in içinde yaşattığı sevdiceği, sıyrılıp oradan çıkmış da odanın tavanından onu seyrediyor sanki. Her banyodan çıktığında yaptığı gibi gelip arkadan sarılıverecek Nehir'e; eğilip ensesinden öpecek...

Ürperiyor Nehir. Bir an önce kaçıp gitmek istiyor buradan. Aceleyle, yatarken giyeceği geceliği çekmeceden çıkarırken... ipler kopuyor! Olduğu yere yığılıveriyor.

Şaşılası bir gayretle birkaç saniye içinde toparlanıp ayağa kalkıyor. Düşerken oraya buraya çarptığının farkında, ama canının acısını duymuyor bile. Panik halinde çünkü! Anlamlandıramadığı, yabansı bir suçluluk duygusuyla beraber gitgide palazlanan, beklenmedik bir panik...

Zangır zangır titriyor her yanı. Elinde tuttuğu geceliğe sıkı sıkıya sarılıp dışarı atıyor kendini. Odanın kapısını kapatması yetmezmiş gibi dışarıdakilerin içeri girmesini, içerdekilerin de dışarı çıkmasını engellemek istercesine, telaşla kilitliyor üstelik.

Sakinleşir gibi olunca, utanıyor yaptığından. Anahtarı çevirip usulca kilidi açıyor. Ama kapıyı açamıyor.

"Affet beni Deniz... Yapamayacağım!
Yalvarırım affet...
Enseme öpücükler kondurduğun, güçlü kollarınla sarıp sarmaladığın; tutkuyu, aşkı dudaklarından içirdiğin o odada tek başıma kalamayacağım.
Sen olsan, o yatakta bensiz yatabilir miydin?"

Uyumak için her yolu denese de evindeki ilk geceyi uykusuz geçiriyor Nehir...
Çalışma odasındaki kanepeye uzanıyor önce. Gözlerini kapatıp, tüm düşüncelerinden arınmaya, uykunun dingin kollarına sığınmaya çabalıyor... Olmuyor! Bir zamanlar bilgisayar başında saatlerce çalışıp yorgun düştüğünde, biraz dinlenme niyetiyle başını koyar koymaz derin uykulara daldığı kanepe, bu gece iğneli beşik sanki.
Israrcı olmanın anlamı yok. Bitki çayı hazırlayıp televizyonun karşısına geçiyor. Yerli kanallardan birinde, yarısını yakaladığı macera filmiyle geç saatlerde yayına giren bir tartışma programını izliyor. Yabancı kanallara geçiyor ardından. Filmler, şov programları...
Umudunu kesiyor artık, belli ki uyuyamayacak.
Gün ağarmaya başlarken yorgunluktan, üzüntüden, içsel endişe ve korkularından kaskatı kesilmiş bedeni, daha fazla sürdüremiyor inadını. Ve Nehir, dizinde battaniyeyle kıvrılıp oturduğu kanepenin üzerinde uyuyakalıyor...

47

Demir Leydi

O gün iki saatlik uykuyla işe gidiyor Nehir. Dinlenmemiş yorgun bedeni isyan halinde ama, verdiği kilolar yüzünden bedenine biraz bol gelen siyah pantolon ceket takımının içinde kendinden emin, dimdik yürüyor. Yaptığı hafif makyaj, gözlerinin altındaki mor halkaları tümüyle kapatamasa da dingin bir ifade kazandırmış yüzüne.

Açılışının üzerinden yalnızca birkaç ay geçen yeni şirketine giderken, buruk bir heyecan var içinde. Onca emek harcayarak elleriyle kurduğu iş düzeninin keyfini çıkaramadan yaşanan olumsuzlukları bir yana itip, tüm zamanını çalışmaya ayırmaya, bir başka deyişle, kendini işine adamaya kararlı Nehir. İşi dışında oyalanıp avunabileceği başka ne kaldı ki hayatında?

Pınar'la Hakan kapıda karşılıyorlar Nehir'i, bir adım gerilerinde de Tolga'yla Nurcan. Diğer çalışanlar kalabalık etmemek için kapı önündeki karşılamaya katılmamışlar, oldukları yerde ayağa kalkarak bekliyorlar patronlarını.

Rasgele bir davranış biçimi değil bu; düşünüp taşınarak, aralarında uzun uzun tartışarak böyle bir karşılama ve topluca başsağlığı dileme kararı almışlar. Teker teker odasına gidip taziyelerini sunmaları, acıyı tazelemekten başka işe yaramayacak.

Pınar, Hakan, Tolga ve Nurcan'la kucaklaşıyor Nehir. Kendilerince saptadıkları protokol sırasına göre, "Hoş geldiniz" diyen şirketin hukuk danışmanı, muhasebe müdürü ve Antalya'ya gitmeden önce işe aldıkları dijital medya uzmanıyla tokalaşıyor. Sonra da masaların arasında gezinerek, ayakta bekleyen tüm çalışanların tek tek ellerini sıkıyor.

Duygularından arınmaya şartlandırdığı bedeni, beyninden gelen komutlarla hareket ediyor. Başlar önde, alçak sesle dile getirilen, "Başınız sağ olsun", "Çok üzüldük", "Allah sabır versin" diyenleri başını hafifçe sallayarak, hatta biraz da gülümseyerek yanıtlıyor.

Bütün iletileri kulağının dışında bırakmaya kararlı. İçeri girmelerini, beyni tarafından algılanmalarını engellemeli ki ayakta kalabilsin.

Dışardan bakınca şaşırtıcı derecede sakin, yaşadığı tüm olumsuzlukları aşmış olduğunu düşündürüyor. Onca yükün, onca acının altından, ezilmiş, lime lime çıkmış birine hiç benzemiyor. Uzun bir seyahatten, hatta yüzündeki ifadeye bakılırsa, dinlendirici bir tatilden dönmüş de iş arkadaşlarıyla özlem gideriyor sanki.

"Acilen toplantı yapmamız gerekiyor! İlgili birimleri yarım saat sonra odamda bekliyorum."

Derin bir sessizlik! Şaşkın, duyduklarına inanamayan bakışlar...

Nehir'i tanımakta güçlük çekiyor herkes. Deliler gibi sevdiği insanı kaybetmiş, incinmiş, acılı, naif bir eş beklerken; şirketten ayrı kaldığı iki ayın acısını çıkararak aradaki açığı kapatmak istercesine hırslı, katı; eski haliyle taban tabana zıt bir kadın duruyor karşılarında.

Nehir'in sıkı sıkıya yapıştığı maskenin altında yatan gerçekleri yalnızca en yakınları, Pınar'la Hakan az çok hissedebiliyorlar ama, onlar bile sezilerinin doğruluğundan emin değiller.

"Kolay gelsin herkese! İyi çalışmalar..." diyerek odasına doğru yürüyen patronlarının peşinden giderken, baş başa kaldıklarında neler olacağının merakı içindeler.

Kalın zırh tabakasının gerisine itilmiş duyguların, vurdumduymazlığı çağrıştıran bir kayıtsızlıkla dışavurumu; aynı soğuk tavırlar, aynı katı tutum saltanatını sürdürecek mi? Yoksa...

Acabalarla daha fazla boğuşmalarına gerek kalmıyor. Odasına girip kapıyı kapattıklarında çözülüveriyor Nehir... Öyle ki, tutmasalar yığılıp kalıverecek oraya. Hıçkırıklarını boğmak için yumruklarıyla ağzını tıkıyor. Pınar'ın göğsünde ağlıyor, Hakan'ın omzunda.

Onların da Nehir'den eksik kalır yanları yok. Acıyı tek yürek halinde yaşarken birbirine karışıyor gözyaşları...

"Buraya kadarmış direncim" diyor Nehir, gözlerini kurulayıp toparlanmaya çalışırken. "Dayanırım dedim ama, beceremedim."

"Dayanma da zaten!" diyor Pınar isyanla. "Herkes biliyor acının büyüklüğünü. Kendini zora sokmanın anlamı yok."

"Öyle deme Pınar. Kendimi bırakırsam, bir daha asla toparlayamam."

Kapının tıklatılmasıyla bölünüyor konuşmaları.

Tolga, içlerinde bir aylık çalışma raporlarının bulunduğu dosyaları masanın üzerine bırakırken, Nehir'in üzerinden alamıyor gözlerini. Biraz önceki kaya sertliğindeki işkadını bu mu?

Tolga da yabancı sayılmaz artık. Pınar ve Hakan'la beraber, Nehir'in şirketteki vazgeçilmez sacayağının bir parçası. Ama, toplantıya gelecek diğerleri, bu halde görmemeliler onu.

Pınar, Hakan, Tolga ve Nurcan ekip halinde, cansiperane bir gayretle iyileştirmeye çalışıyorlar patronlarını. Pencereler açılıp oda havalandırılıyor. Su, kolonya, kahve... Bulundukları ortam ve şartlarla uzaktan yakından ilgisi olmayan sohbet girişimleri...

"Merak ettim şimdi" diyor Tolga. "Bütün *Demir Leydi*'ler perde gerisinde böyle gözyaşı dökerler mi, yoksa yalnız bizimkine has bir özellik mi ağlamak?"

"Ben kim, demirden leydi olmak kim, Tolga?" diye acı acı gülüyor Nehir. "Benimki yalnızca, dışarıya karşı dik durma çabası..."

Şirketin üst düzey toplantısına katılmak üzere içeriye giren avukat, muhasebe müdürü, personel müdürü, medya uzmanı, biraz önceki güçlü duruşundan ödün vermeyen, tüm varlığıyla işine odaklanmış gerçek bir *Demir Leydi*'yle, Nehir Sezen'le oturuyorlar masaya.

Nehir'in gözlerindeki solmaya yüz tutmuş kırmızılığı, kirpiklerinin dibine oturmuş, gözyaşlarından armağan tuz tortularını fark etmiyorlar bile; yüreğinden geçenleri kestiremedikleri gibi...

Toplantının akışında daha öncekilere göre, bazı konulardaki birikmişlik dışında, önemli bir farklılık yok. Nehir'in olmadığı zaman diliminde yapılan işlerin raporları sunuluyor önce. Ardından da taslak halindeki yeni projeler üzerinde konuşuluyor.

"Rapor dosyalarını en ince ayrıntılarına kadar tek tek inceleyeceğim" diyor Nehir. "Ama gördüğüm kadarıyla hiçbir eksik yok çalışmalarınızda. Tam tersine, benim olmayışımla kamçılanmışsınız sanki. Kutluyorum sizi ve hepinize teşekkür ediyorum."

Toplantı dağılıp baş başa kaldıklarında, ilk başarılı işlerine imza attıkları gün, "atom karıncalarım" dediği Pınar, Hakan ve Tolga'yla asistanı Nurcan'a ayrıca teşekkür ediyor Nehir. Yapılan işlerde, işlerin yönetilmesinde aslan payının onlara ait olduğunu biliyor çünkü. İyi ki varlar. Onlar olmasa ne yapardı Nehir? Nasıl kalkardı bunca işin altından...

* * *

Önüne konan raporların hepsini eve götürüyor Nehir. Sözüm ona inceleyecek...

Soyunup dökündükten sonra, çalışma masasının üzerine dizdiği dosyaların başına geçiyor gerçi ama, henüz ilk raporun ilk sayfasından birkaç paragraf okumuşken, hiç alışık olmadığı biçimde uyuyakalıyor. Kolları masanın üstünde, başını kollarının arasına bırakmış, saçları dosyaların üzerinde darmadağın.

Gece uykusu gibi uzun soluklu, dingin bir uyku değil bu. Fazla uyuyamıyor zaten. Olsa olsa bir ya da iki saat.

Birileri dürtmüş gibi irkilerek uyanıyor. Kaskatı kesilmiş bedeni. Aynı konumda hareketsiz kalmaktan bacakları uyuşmuş.

Doğrulup kalkıyor. Bir önceki uykusuz gecenin bu geceye getirisi diye yorumluyor zamansız uyumasını.

"İki saatlik uykuyla işe git, üzerine yorucu, hırpalayıcı bir gün geçir; olacağı budur!" diye çıkışıyor kendine. Bu gece zamanında yatıp uykusunu almalı ki yarına, yeni güne dinlenmiş olarak uyanabilsin.

Ne var ki isyankâr bedeni verilen komutları dinlemiyor. Bir şeyler atıştırıyor; ıhlamur, bal, tarçın karışımı (ablasının iddialı tarifi) hazırlayıp içiyor. Raporlara göz atıyor yeniden, televizyon seyrediyor.

Bütün bunların, yatıştırmak yerine diriltici etki yaptığını fark edince, kanepeye uzanıp İzmir'de okumaya başladığı romanı alıyor eline. Sabaha karşı roman bitiyor. Gözlerinde hâlâ uyku yok Nehir'in.

Akşam, dosyaların üzerinde kestirdiği kısacık uykuyla gidiyor ikinci iş gününe...

48

Şimdi uzaklardasın

Bir gün öncesine göre, daha da yorgun Nehir. Güneş ışığına bakmakta zorlanıyor. Gözyaşlarının tuzuyla zaten kavrulmuş gözleri, uykusuzluktan kıpkırmızı. Kirpiklerinin üzerinde tonlarca yük var sanki.

Koyu renk güneş gözlüklerini takınca rahatlar gibi oluyor. Fiziksel rahatlamanın dışında, kendine ait kalmasını istediği tüm gizlerini de saklıyor bu siyah camlar. Uzağında durmak istedikleriyle arasına set çekiyor; koruyor, kolluyor onu. Dışa vurmak istemediklerini de içinde tutuyor; dışarıya sızmalarını, yayılmalarını, her önüne gelenin bilir bilmez yorumlarıyla yok yere örselenmelerini engelliyor.

Bir çift koyu renkli camın koruyucu kalkanının ardına sığınarak iş yoğunluğuna kaptırıyor kendini. Gün içinde, o yoğunluğun tekdüzeliğini bozan birkaç ziyaretçisi oluyor Nehir'in. İstanbul'a döndüğünü duyan, eski işyerinden birkaç çalışma arkadaşı ve açılışa davet ettikleri işyeri komşularından şirketlerini temsilen gelen, halkla ilişkiler bölümlerinden iki kadın...

İş arkadaşlarının yanında daha rahat davranabiliyor Nehir, ama şirket temsilcilerinin karşısında ölçülü ve mesafeli olmaktan yana. Bu yüzden de siyah camların gerisinde durmaktan son derece memnun.

Ancak, akşamüzeri gelen iki özel konuğunun karşısına, yüzüne maske gibi yapıştırdığı kapkara gözlüklerden arınarak çıkabilir. Patronu olmanın ötesinde canından, kanından bir yakınıymış gibi bağlandığı; iş konusundaki önderi, yol göstericisi Nevzat Bey ve onun en az kendisi kadar sevecen, dost yürekli eşi Sedef Hanım...

Gözyaşları içinde sarmaş dolaş oluveriyorlar bir anda.

Nehir'e Nokta Ajans'ın yan kolu olma şansını tanıyan ve yeni şirketin kuruluşunda başrolü oynayan, yanı sıra İzmir'deyken her gün telefonla arayarak yanında olduklarını hissettiren bu iki güzel insana çok şey borçlu Nehir. Yaptıkları onca şey yetmezmiş gibi, yurtdışında oldukları için o zor günlerinde yanına koşamadıklarına hayıflanıyorlar hâlâ...

Sedef Hanım'ın kaygılı bakışları, Nehir'in gözlüğünün altından çıkan kan çanağına dönmüş gözlerinde.

"Geçti artık güzel kızım" diyor kadife yumuşaklığındaki okşayıcı ses tonuyla. "Yaşadıklarını azımsadığımı sanma sakın! Acının çok taze olduğunu da biliyorum. Ama bir şeylerin geride kaldığını kabullenip, geleceğe çevirmelisin yüzünü."

"Ne diyorsunuz siz Sedef Hanım?" diyor Nehir. "Hangi gelecekten söz ediyorsunuz? *Bugün*'ümü bile yaşayamıyorum ben. *Dün*'de kaldım. Ne bugün, ne gelecek... Beni yaşama bağlayan ne varsa, *dün*'de var."

"Haklısın kızım, çok haklısın" diye araya giriyor Nevzat Bey. "Ama ilk günkü acı, aynı şiddetiyle sürse kimseler dayanamaz buna. Asla bitip tükenmeyeceğini düşündüğün o acı, zaman içinde şekil değiştirip dayanılır hale gelecek. Ve sen yaşamını sürdüreceksin..."

Birden ayılıyor Nehir. Nevzat Bey ve Sedef Hanım'ın 12 yaşındayken yitirdikleri kızlarının acısı üzerine konuştuklarını fark ediyor. Kendi acısını yücelterek onların yarasına tuz basmış olmanın ezinciyle gülümsemeye çalışıyor.

"Zamanla belki" diye mırıldanıyor, kendisini affettirmek ister gibi.

Onun yumuşamasını fırsat bilen Nevzat Bey, "Bir yerden başlamalısın ama" diyor. "Örneğin bu gece, neden hep beraber yemeğe çıkmayalım ki?"

"Henüz çok erken! Böyle bir şeye hazır değilim..."

"Hazır olmanı isteseydik, önceden haber verirdik" diyerek

gülüyor Sedef Hanım. "Sonrası yok, daha sonrası olmayabilir! Yaşanan acı deneyimler, hiçbir şeyi ertelememesi gerektiğini öğretiyor insana. İtiraz etme; seni yemeğe götürmeye geldik, götüreceğiz de..."

* * *

Bebek'teki balık restoranına girerken, adımları geri geri gidiyor Nehir'in. Suçluluk duygusu her yanını sarmış. Acımasız bir yargıç gibi, "Senin yerin burası değil!" diye haykıran içsesine hak veriyor.

"Neşelenmeye, gülmeye, keyiflenmeye gelmiş bu insanların arasında ne işim var benim?" diye içten içe sorguluyor kendini.

"Ben istemedim gelmeyi Deniz... Dostlarımızın hatırı için. Kıramadım onları. Bağışla beni..."

Nevzat Bey'le Sedef Hanım, Bebek Koyu'nu tüm güzelliğiyle gözler önüne seren manzaraya karşı, camın önüne oturtuyorlar Nehir'i. Kendileri de karşısına geçip yan yana oturuyorlar, öyle ki üzerine titredikleri konuklarına eşit uzaklıkta olsunlar.

Karıkoca, iki garsonun iki tarafından tutarak getirdiği ahşap meze tepsisinden, el çabukluğuyla birbirleriyle yarışırcasına seçtikleri küçük tabaklarla masayı donatıveriyorlar. Nehir'in canının çektiği tek bir yiyecek yok içlerinde. Ara sıcak, ana sıcak tuzlu balık laflarını da ilgisizce dinliyor.

Suç yiyeceklerde değil, Nehir'de! Kazayla beraber "acıkma" güdüsünü de yitirmiş sanki. Bıraksalar, lokma koymayacak ağzına. Yemek için yaşayanlardan hiç olmamıştı zaten. Ama şimdi, yaşamak için bile değil, ölmemek için yiyor.

"Çok zayıflamışsın" diyor Sedef Hanım. "Şu bileklere bak hele... Eriyip yok olarak öbür tarafa, sevdiğinin yanına gitmeye niyetleniyorsan, daha önce bunu başaran kimse olmamış, haberin olsun. O halde neymiş? Yemene bakacaksın..."

Eski fotoğraflarında incecik görünen Sedef Hanım'ın kızını kaybettikten sonra aldığı kiloların altında yatan neden, bu demek.

Geldiğinden beri ilk kez gülümsüyor Nehir. Benzer acıları yaşamış insanların anlayışlı, olgun, paylaşımcı ifadesi var yüzünde.

"Haklısınız" diyor. "En kısa zamanda eski kiloma dönmeye çalışacağım."

"Hemen işe koyul o halde" diye masaya serpiştirilmiş mezelerden Nehir'in tabağına servis yapıyor Nevzat Bey.

Tabağına konulanlardan davet sahibi dostlarını memnun edecek kadar yiyemese de uzun zamandır ilk kez birileriyle beraber olmaktan, onlarla bir şeyleri paylaşmaktan keyif aldığını hissediyor Nehir. Uzaktan uzağa kulaklarına dolan o şarkının nağmelerini duyuncaya kadar...

"Şimdi uzaklardasın
Gönül hicranla doldu
Hiç aynlamam derken
Kavuşmak hayal oldu."

Kalabalığın uğultusuna karışıp gidecek hafiflikte çalınan şarkının sesi, pencere önünde yer alan upuzun masadaki grubun ricasıyla yükseltilip, yetmezmiş gibi koro halinde söylenmeye başlanınca... dayanacak gücü kalmıyor Nehir'in.

"Şimdi uzaklardasın Deniz" diye mırıldanmaya başlıyor. "Gönül hicranla doldu... Hiç ayrılamam derken... Kavuşmak hayal oldu..."

Son iki dizede hıçkırıklarını engelleyemiyor. Başını kaldırıp baktığında, Sedef Hanım'la Nevzat Bey'in de kendisinden farklı bir durumda olmadıklarını görüyor.

Üçü birden yitirdiklerine, "hiç ayrılamam" derken, kavuşmanın hayal olduğu *can*'larına döküyorlar gözyaşlarını... Koronun gürültüsüne karışıyor hıçkırıkları.

Şarkı bitince, hiçbir şey olmamış gibi, ortaya getirilen

meyve tabağından birkaç dilim portakalla elma koyuyor Nehir'in tabağına Sedef Hanım. Nehir'se yüzünü gözünü silip saçlarını düzelterek biraz önce yaşananların izlerini yok etme çabasında.

"Ağlamaktan utanma!" diyor Sedef Hanım, tabağındaki elmayı parçalara bölerken. "Gülmekten utanmadığın gibi ağlamaktan da utanmayacaksın. İnsana özgü duyguların dışavurumudur ikisi de. Bir başka deyişle, insanı insan yapan duygu yansımalarıdır. Hayatı doya doya yaşamak istiyorsan, yeri geldiğinde katılarak gülecek, yeri geldiğinde hıçkırarak ağlayacaksın. Ve bu yaptıklarından asla utanç duymayacaksın."

Bir başkası söylese, "Bundan sonrasında hayatı doya doya yaşamak isteyen kim!" diye kafa tutar Nehir. Ama evlat acısı yaşamış birinden bunları duyunca ağzını açıp tek söz edemiyor.

Sedef Hanım, "Herkese biçilen ömür farklı. Ve herkes de kendisine biçilen o ömrü en iyi şekilde yaşamak zorunda" diye geceye son noktayı koyarken de sessiz kalmayı yeğliyor Nehir...

49

En zorlu gece

İzmir'den geleli bir hafta olmuş. Dönüp baktığında, ilk günden bugüne kaydettiği aşamayı görebiliyor Nehir.

Deniz'le paylaşımı aynı. Her anında, yaşadığı her şeyde o var; zamanının tümünü ve yaşadıklarını onunla paylaşıyor hâlâ.

Yeni düzenini kurdu sayılır. İşle ev arasında bölüştürdüğü zaman zarfında hiçbir sorun yaşamıyor.

Ev, Sultan Hanım'a emanet! Gölge gibi hiç rahatsız etmeden işini görüyor Sultan. Sabahları, Nehir evden çıktıktan sonra geliyor, anahtarıyla kapıyı açıp içeri giriyor. Temizlik, çamaşır, ütü, yemek... Nehir bıraktığı notta ne istediyse, hepsini halledip akşamüzeri çekip gidiyor. Bazı sabahlar kapıda karşılaştıkları oluyor. Ya da Nehir'in erkence geldiği akşamüstlerinde...

İşteki düzeni, eskinin bir devamı zaten. Günden güne, daha da yoluna giriyor her şey.

Ablasıyla her gün konuşuyorlar, bazen günde birkaç kez. Kardeşinin kendisinden uzak geçirdiği zamanın ayrıntılı dökümünü almadan içi rahat etmiyor Nevin'in. Ona kalsa atlayıp gelecek hemen. Nehir istemiyor.

"Bekle" diyor. "Az kaldı. Yeni düzenime tümüyle alıştığımda söylerim sana."

Bu erteleyişin arkasında yatan büyük bir sorunu var Nehir'in: Uyku düzensizliği. Onu halletmeden çağıramaz ablasını. Kardeşinin, uykusuzluktan perişan bir halde kendini oradan oraya attığını ya da olur olmaz bir yerde, olmayacak zamanda uyuyakaldığını görse, yüreğine iner Nevin'in.

Alışmam gereken düzen, derken; evindeki, işyerindeki az çok yoluna girmiş düzeni değil, var olan tek olumsuzluğu, uyku düzensizliğini kastediyor aslında Nehir.

* * *

Cumartesi akşamı şirketten çıkarken kendini çok yalnız hissediyor Nehir. Bir zamanlar sabırsızlıkla beklediği hafta sonu tatili, kâbus gibi görünüyor gözüne. Önündeki, uykusuz geçeceği baştan belli upuzun gece ise tam bir karabasan...

Anahtarıyla kapıyı açıp eve girdiğinde, kapının tam karşısındaki boy aynasına yansıyan görüntüsü, tokat gibi çarpıyor yüzüne. Omuzları çökmüş, saçları dağılmış, burnunun üzerine oturttuğu geniş camlı gözlüğün (son günlerde loş, hatta karanlık ortamlarda bile çıkarmıyor!) arkasına sığınmaya çabalayan, adım atmaya mecali kalmamış bir zavallı!

Gözlüğünü çıkarınca daha da ağırlaşıyor tablo. Yanakları, dudakları, yüzünü kaplayan derinin tümü aşağıya doğru çekilmiş, pörsümüş, sarkmış sanki. Göz altlarındaki mor halkaların iyice belirginleşmesiyle, beyazları bile kararmış gözleri, resmi belgelerin altına basılmaya hazır, kopkoyu birer mühür gibi duruyorlar suratının ortasında.

"Uykusuzluktan" diye omuz silkiyor. "Ama bu gece uyuyacağım!"

Ayakkabılarını çıkarıp küçük bir tur atıyor evin içinde. Her tarafı temizlemiş Sultan. Çamaşır yıkamış, ütü yapmış, ütülediklerini yerlerine yerleştirmiş. Nereye kalkacağını bilemediklerini de ütü masasının üzerine bırakmış. Yemek de yapmış üstelik, mis gibi mercimek kokusu geliyor mutfaktan. Aferin ona, belli ki iyi çalışmış bugün...

Yatak odasının kapısı da diğer odalarınki gibi açık. İçeri girip pantolonunu, ceketini çıkarıyor Nehir, gardıroba asıyor. Rahat bir eşofman takım geçiriyor üzerine. Fazlaca oyalanmadan odadan çıkıp kapıyı kapatıyor.

Bir haftadır, her gün yineleniyor bu durum. Her akşam sıkı ca kapatılan kapı, sabahleyin açılıyor ve Nehir işe gitmek üzere burada hazırlanıyor. Giyiniyor, makyajını yapıyor... Kapıyı açık bırakarak çekip gidiyor.

Bu gece kaçışlarının nereye kadar süreceği konusundaysa hiçbir öngörüsü yok...

Gelirken, alışveriş merkezindeki kitabevinden aldığı kitapları salondaki masanın üzerine diziyor. Hangisinden başlasa acaba? Cumartesi gecesi için uygun düşecek, eğlenceli bir macera romanını seçip koltuğun yanındaki sehpanın üstüne koyuyor.

Bir şeyler yemeli önce. Sultan'ın hazırladığı köfteyi kızartmaya üşeniyor. Canı da istemiyor zaten. Mercimek çorbasından birkaç kaşık ısıtıp tabağa boşaltıyor. Tam yemeğe başlayacakken telefon çalıyor.

Sedef Hanım. Kısa bir hatır sormanın ardından, konuya giriyor hemen.

"Seni de alıp bir yerlere gidelim dedik Nevzat'la. Hadi hazırlan, yarım saate kadar sende oluruz."

"Çok incesiniz Sedef Hanım. Beni düşündüğünüz için teşekkür ederim, ama gelemem. Yorgun döndüm işten, soyunup döküündüm... Kusura bakmayın."

Israrcı değil Sedef Hanım. Teklifini yapıp kararı Nehir'e bırakmaktan yana. Üstüne üstüne gidip bunaltmak istemiyor karşısındakini.

Nehir'in bu akşam için aldığı ilk teklif değil bu. Pınar'la Hakan'ın çıkarken yolunu kesip, "Bir yerlere gidelim mi?" deyişi, Nurcan'ın tüm içtenliğiyle, eğer isterse hafta sonunu onda geçirebileceğini söylemesi...

Hepsini nazikçe geri çevirdi Nehir. Neden kabul etmiyor hiçbirini?

Çünkü...

Grup halinde bir yerlere gitmek ya da farklı ortamlarda birileriyle beraber olmak, ortak zevkleri, istekleri, keyifleri paylaşmayı gerektirir. Oysa Nehir, sevinçleri ve neşeleri paylaşacak durumda değil henüz.

Birlikte olacağı insanlarda avuntu bulabilir belki, ama şu anda onlara verebileceği tek şey, "üzüntü"!

Ve bir tatil gecesinde, kendi dertleriyle başkalarını üzmeye hakkı olmadığını düşünüyor Nehir. Ancak, geri çevirdiği her teklifin ardından, üzerinde yürümekte olduğu hüzün batağının içine daha da hızlı çekildiğini hissediyor.

Bu insanlar kim, diye soruyor kendine.

Nevzat Bey ve Sedef Hanım, gerçek birer dost. Birinci dereceden yakınıymış gibi davranıyorlar Nehir'e. Karşılıklı sevgi ve saygıya dayanan, sağlam bir bağlılık var aralarında. Ancak, madalyonun arka yüzünü çevirdiğinde, iş ortamında "patron" kimliğiyle tanıyıp, yaşanan olumlu gelişmelerin ışığında yakınlaştığı insanlar ve *önce*'si olmayan ilişkiler çıkıyor karşısına.

Pınar'la Hakan için de aynı şeyler geçerli. Şirket için baştan beri özveriyle çalışan, pırıl pırıl bu iki genci kardeşi gibi görüyor Nehir. Ama, gibi'nin yetmediği, tıkanıp kaldığı yerler de var...

İş dışında, üniversite grubundan, belli aralıklarla toplanıp bir yerlere yemek yemeğe ya da eğlenmeye gittikleri arkadaşları da var Nehir'in. Haklarını teslim etmeli, dar gününde arayıp sormakta kusur etmedi hiçbiri. Bir an önce eski haline dönüp aralarına katılmasını bekliyorlar.

Ama Nehir, kimselerin beklentisine yanıt verecek durumda değil. Önüne her çıkanın omzuna yaslanıp teklifsizce ağlayamadığı gibi.

Var aslında birileri!

Aynı acıyla kavrulmuş yürekler... Her soluk alıp verişte aynı ismi telaffuz eden, "Deniz!" diye çaresizlik içinde kıvranan diller...

Ama onlar da öylesine uzak duruyorlar ki Nehir'e!

İzmir'e gelip Deniz'in cenazesini apar topar, kaçırırcasına götürdükleri günden bu yana, Sezen ailesiyle görüşmediler hiç. Dertlerini en iyi onlarla paylaşabileceğini, paylaştıkça iki tarafın acılarının da yavaş yavaş azalarak dayanılabilecek düzeye ineceğini düşünürken... Ne büyük bir hayal kırıklığı, ne büyük bir bozgundu yaşadığı!

Hastane odasındaki o günü hiç unutamıyor Nehir... Bedenen ve ruhen yaralı gelinlerinin varlığını yadsıyarak aşağılama yoluna giden bu insanlar, Deniz'in ailesi miydi gerçekten? En acımasız tavırlarıyla yargılamış, kendileri için yok sayılmaya mahkûm etmişlerdi Nehir'i.

Döndükten sonra da arayıp sormadılar. Ne onu gelini değil, kızı gibi gördüğünü söyleyen Nisa Hanım, ne de gerçek bir baba şefkatiyle üzerine titrediğini hissettiren Halil Sezen. Bir tek Dila aradı, Londra'ya döndükten sonra.

"Nasılsın?" dedi. "Umarım son gördüğümden daha iyisindir. İstanbul'a geldiğimde uğrarım..."

Koskoca Sezen ailesinde dışarı sızan biricik ışık, işte bu kısacık telefon konuşması. Onun da Nisa ve Halil Sezen'in bilgisi dışında, gizlice gerçekleştiğinden adı gibi emin Nehir.

"Ben ne yaptım onlara?" diye isyanla haykırıyor duvarlara. "Bunları hak edecek ne yaptım ben?"

Ne kadar düşünse de, ne kadar farklı varsayımlar koysa da ortaya; işin içinden çıkamıyor bir türlü. Gidip yüz yüze konuşmak, saygı sınırlarını aşmadan inceden inceye hesap sormak var ya... Böylesi bir davranış da Nehir'in tarzına uymuyor.

İçine sindiremese de Sezen ailesi, Deniz'in ölümünden onu sorumlu tutuyor sanki.

Nehir olmasaydı... Onunla evlenmeseydi oğulları. O seyahate çıkmasalardı...

Özellikle Nisa Hanım'ın hastalıklı bir akıl yürütmeyle Nehir'i suçlu sandalyesine oturttuğu belli. İş hayatında imparator, ancak evde söz dinleyen, sakin bir eş kimliğindeki Halil Sezen de her zamanki gibi karısına uyunca... İşte böyle bir tablo çıkıyor ortaya.

Haksız yere suçlanışı ilk değil Nehir'in. Daha annesinin karnından çıkarken yargılanmış ve annesinin ölümüne neden olduğu gerekçesiyle babası tarafından suçlu bulunmamış mıydı?

Yıllar yılı yüzüne bakılmayan, yok sayılan, babaanne eline

bırakılmış bir çocuk... Babaanne, o ölünce de abla aracılığıyla yürütülen yüzeysel, bölük pörçük bir baba kız ilişkisi. Arada birkaç yıllık bir düzelme dönemi... Sonrasında, ver elini Amerika! Bir kaçış kaçmış ki babası, bir daha bu diyarlarda görene aşk olsun!

Salondaki berjer koltuğa oturmuş, iç hesaplaşmasını sürdürüyor Nehir. Yüzünün gitgide solduğunun, gözlerindeki ferin sönmeye yüz tuttuğunun farkında değil. Yüksek sesle konuşuyor kendi kendine.

"Benim en büyük suçum doğmak! Ondan da en büyüğü, evlenip mutluluğa 'merhaba' demek. İlkinde annemin, sonrakinde kocamın katili olmuşum. Öyle diyorlar... Oysa onların yaşamalarını benden çok kim isteyebilir bu dünyada?

Annem! Keşke bir kez, yalnızca bir kez sıcaklığını duyabilseydim...

Kocam! Biricik aşkım... Bıraksalardı, onun yerine ben ölmez miydim?"

Sinirli bir kahkaha atıyor.

"Amma arabesk oldun!" diye azarlıyor kendini. "Silkin ve kendine gel Nehir Hanım! Ne bekliyordun ki? Öz baban bile, adını sanını defterinden silmişse senin; evlendiğin insanın üç gündür tanıdığın ailesi şöyle bir iteleyivermiş, kapının dışına bırakmış, çok mu? Aramadılar, sormadılar, diye sızlanma hiç...

Sevgili babacığın arayıp, 'Ne haldesin?' diye sordu da mı, ellerin aramasını bekliyorsun?"

Fırlayıp kalkıyor yerinden. Büfenin gerisindeki aynaya yansıyan yüzü felaket!

Aldırmıyor, salonu çepeçevre dolanıp pencereyi açıyor. Derin derin soluyor temiz havayı.

Daha iyi hissediyor şimdi kendini. Duvardaki saate takılıyor gözü. Gecenin 1'i. Uykuyla ne zaman buluşabilecek, bilemiyor.

Amaçsızca salonu adımlarken, köşedeki Amerikan barın önünde duraklıyor. Bir kadeh bir şey içse iyi gelir mi acaba?

Şişelerin soğuk yüzünde gezdiriyor elini. Deniz viskisini yudumlarken ona eşlik etmek için içtiği likör, Irish Mist... Beraberce kadeh kaldırıp çikolata ya da badem eşliğinde içtikleri Napolyon ve Kruvaze kanyaklar...

Coconut[13] aromasıyla, şu andaki damak tadına uygun düşecek Malibu'nun mat beyaz şişesine doğru uzanırken ateşe değecekmiş gibi, hızla geri çekiyor elini.

"Hayır, içmeyeceğim!"

Kaza anından bugüne kadar, hastanede serumun içinde verilenler dışında, tek bir sakinleştirici ilaç kullanmadı Nehir. Bundan sonrasında kullanmaya da hiç niyeti yok. Ne ilaç ne de bu tür sanal oyalayıcılar... Yapay yollarla uyuşturulan acıların, yanlarına yeni dertleri de ekleyerek, devasa boyutlara ulaşmış bir halde yeniden karşısına dikileceklerini çok iyi biliyor.

Paylaşmamakla yanlış yapıyor belki, ama kendince doğru yolda. Kime anlatsa, "Bir haftadır uyumuyorum, doğru dürüst bir şey yediğim yok; sanrılar, halüsinasyonlar, kendi kendine konuşmalar da cabası..." dese, hemen profesyonel yardım almasını, psikiyatr ya da psikoloğa gitmesini önerir karşısındaki kişi.

Ama bedenini çok iyi tanıyor Nehir. Nerede, nasıl tepki vereceğini herkesten iyi o biliyor. Yaşadığı ağır darbenin ardından sergilediği uyumsuzluklar doğal. Bunların hepsini aşacak.

Güveniyor kendine... Başaramazsa, o zaman düşünür.

Deniz'i içinde yaşattığını yinelerken, psikolojik bir sapkınlık değil yansıttığı. Bilerek seçtiği bu düşünce tarzı, sağaltıyor onu; acılarının üzerine merhem oluyor.

Onunla konuşmak da öyle... Kararsız kaldığı, bocaladığı konularda, "Deniz olsaydı nasıl davranırdı?", "Deniz olsaydı nasıl davranmamı isterdi?" sorularına yanıt ararken, daha kolay çözüyor sorunlarını.

Aşamadığı tek engel var: Yetkin bir psikiyatrın, *yatak odası sendromu* diyebileceği, Nehir'in henüz kökenine inemediği, o garip ürküntü!

13. Hindistancevizi.

Mutfağa geçip bir fincan ballı süt hazırlıyor. Salona dönerken, "Hortlağa dönmüşsün" diyor aynadaki görüntüsüne. "Bu gece de uyuyamazsan, öleceksin!"

Gerçekten de bu gece çok önemli Nehir için. Uyuyamazsa, profesyonel yardım alması gerektiğinin farkında.

Kendi ruh analizini yaparken tıkandığı, takıldığı bir nokta var. Yatak odasında düğümleniyor sanki her şey... Deniz'i en yoğun olarak orada hissettiğinden belki.

Ne var ki bu açıklama da yeterli değil.

Deniz, korktuğu ya da kaçtığı bir imge değil ki! Hâlâ içinde yaşıyor ve Nehir'in en güçlü gerçekliği...

İtiraf etmeli ki bu evde tek başına kalmak, umduğunun çok üstünde hırpalıyor onu. Eğer böyle sürerse, günlerdir aklının bir köşesinde asılı duran girişimi uygulamaya koymak zorunda kalacak Nehir.

Madem bu şartlarda yaşayamıyor, evini değiştirecek!

Manolya Konakları'nı aklına bile getirmiyor. Deniz'le yalnızca hafta sonları kullandıkları ev, bırakıldığı gibi aylardır kapalı. Sahiplerinin yasını tutuyor kendince.

Asla oraya gidemeyeceğini düşünüyor Nehir. Hem kabuk tutmasına çabaladığı yaralarını yeniden kanatacağı korkusuyla hem de konağı, kendisinden çok Sezenlere ait bir mekân olarak gördüğünden.

Öyle bir evin varlığını unutacak! Ya buraya alışacak ya da yakın bir yerlerde yeni bir ev bulup taşınacak. Başka çaresi yok...

İstanbul'a geldiğinden beri geçirdiği en zorlu gece bu...

Uyuma umuduyla uzandığı yerler bedenini itiyor, reddediyor sanki. Günlerin, gecelerin yorgunluğuyla kapanan gözleri, ani irkilmelerle yuvalarından fırlayacakmış gibi açılıveriyorlar. Kramplar giriyor bacaklarına. Elleri, ayakları buz gibi.

Uzanıp kalkmadığı yer kalmıyor evin içinde; salondaki üçlü kanepeden berjer koltuğa, oturma odasındaki çekyata, çalışma odasındaki dinlenme koltuğuna kadar nereyi denediyse olmuyor. Bir elinde yastık, diğerinde battaniye, oradan oraya savrulup duruyor.

Salonda, halının üzerine kıvrılıyor bir ara. Uykudan çok, bayılmayı çağrıştıran kısa bir kendinden geçiş... Öylece kalıyor bir süre.

Ayıldığında, tüm bedeni kaskatı. Ağır ağır doğruluyor. Kararlı adımlarla koridoru geçip yatak odasının önünde duruyor. Uyuyan birileri varmış da uyandırmak istemiyormuş gibi usulca kapıyı açıp içeriye süzülüyor...

İki aydır kapalı kalmış saten yatak örtüsünü toplayıp özenle katlıyor, yatağın ayakucundaki ince uzun pufun üzerine koyuyor. Yorganı kaldırıp yatağa atıyor kendini.

"Merhaba!" diye fısıldıyor Deniz'e. "Ben geldim..."

"Hoş geldin" diyor Deniz sevinçle. Güçlü kollarıyla, şefkatle sarılıyor Nehir'e.

Ve Nehir, günlerin susamışlığıyla derin ve deliksiz bir uykuya dalıyor sonunda...

"Hoş geldin Nehir! Hoş geldin bitanem...

Doğruyu buldun sonunda. Merak etme, benden kaçtın diye gücenmedim sana. Ne yapsan gücenemem, bilirsin.

Nerede hata yaptığını söyleyeyim mi sana?

Yaşamının içinde tuttun beni, mutlu oldum.

Ama, bazı anıların canlanmasından, seni ele geçirmesinden korktun.

Endişelerin yersizdi oysa.

Gördün işte, benden kaçarken bana sığındın gene.

Huzurlusun artık!

Huzurun daim olsun aşkım..."

50

Çürümüş zeytin

Yoluna devam etmesi için aşması gereken zorlu bir engeli geride bırakmanın rahatlığı içinde Nehir. Ölmek üzereyken mucizevi bir dokunuşla hayata dönmüş gibi.

Arkasına sığındığı gözlüklerini takmıyor artık. Ablasına telefon edip, "Gelebilirsin" dedi. Birkaç güne kadar İstanbul'da olacak Nevin.

Yazgısına olan küskünlüğü hâlâ sürse de kendisiyle ve Deniz'le barışık ya... Geleceğe daha iyimser gözlerle bakabiliyor bu sayede.

Yeni çıkacak bir mutfak ürünü için yapacakları kampanyanın ilk toplantısından çıkarken iş konusunda eski hırsını, hevesini, hepsinden önemlisi çalışma arzusunu yakalamanın mutluluğu içinde.

Maroken koltuğun yüksek arkalığına yaslanıp kahvesini istemeye hazırlanırken, "Sizi görmek isteyen biri var" diyor Nurcan. "Toplantıyı bölmek istemedim. Yarım saattir dışarıda bekliyor."

"Kimmiş?"

"Gençten biri" derken aldığı nota bakıyor Nurcan. "Adı, Arda Poyraz."

İlk anda algılayamıyor Nehir. Arda Poyraz...

"Hangi Arda bu?" diye mırıldanırken her yanını sarıveren suçluluk duygusuyla kasılıp kalıyor.

Tabii ya... İzmir'deki, kömür gözlerinden minnet taşan, boynu bükük delikanlıyı ne çabuk unuttu!

Arda'ya değil de Deniz'e saygısızlık etmişçesine ezik, "İçeri al hemen" diyor Nurcan'a. Ve yaptığı bağışlanmaz hatayı onarmak ister gibi abartılı bir sevecenlikle karşılıyor Arda'yı.

"Hoş geldin Arda!" derken, bu ziyareti dört gözle beklermiş gibi bir tını var sesinde.

Nehir'in karşılaştıkları anda ilk yaşadığı, büyük bir şaşkınlık. İzmir'deki, ilki hastane yatağında, ikincisi Mine'yle beraber ziyaretine geldiklerinde gördüğü solgun yüzlü gençle karşısında duran Arda arasında dağlar kadar fark var. Hastalıklı çehresinden soyutlanınca, bambaşka biri olmuş, çıkmış. Öyle ki, burada değil de sokakta görse tanımazdı Nehir.

İnce uzun boyu, spor ama şık giyimi, kendinden emin duruşuyla yepyeni bir Arda! Nehir'e tanıdık gelen tek yanı, kömür karası gözleri...

Sıcak karşılanmanın hoşnutluğuyla, "Hoş bulduk" diyerek Nehir'in karşısındaki koltuğa yerleşiyor.

"Umarım sizi rahatsız etmemişimdir."

"Olur mu hiç? Toplantımız yeni bitti, yorgunluk kahvesi içmeye hazırlanıyordum ben de. Beraber içeriz. Ama sen..."

Yine mi pot kırdı? Ya konuğunun kahve içmesi yasaksa...

"Günde bir kahveye izin var" diye gülüyor Arda. "Onu da sizinle içmek, bugünün keyfi olacak."

"İyi görünüyorsun. Sağlığınla ilgili herhangi bir sorun yok, değil mi?"

"Yok sayılır. Ufak tefek psikolojik pürüzler dışında... Onları da aşacağıma inanıyorum. Bu arada, sizin de çok iyi göründüğünüzü söylemeliyim."

"Sağ ol Arda, iyi olmaya çalışıyorum. E, anlat bakalım, ne işin var İstanbul'da?"

"İzmir'deyken söylemiştim size" diyor Arda sitemle. "İstanbul'da yaşıyordum ben zaten."

Bölük pörçük hatırlıyor Nehir; Arda'nın İTÜ İşletme Bölümü'nde okuduğunu, hastalığı yüzünden güçlükle mezun olup mastır yapamadan İzmir'e, ailesinin yanına dönmek zorunda kaldığını...

Mahcup bir ifadeyle başını öne eğiyor.

"İlgisizlik olarak algılama lütfen" diyor. "Bazen, kendimle ilgili ayrıntıları bile tutamıyorum aklımda."

"Doğaldır, ikimiz de çok zor günler yaşadık. Ama artık geçti. Daha doğrusu geçtiğine inanmak istiyorum... İstanbul'a da yarım kalan işlerimi tamamlamaya geldim."

"Ne gibi?"

"İşletme bölümündeki mastır programına kabul edildim. Bu dönem başlıyorum. Yanı sıra çalışacağım da. Hastalığım ilerlemeden önce de çalışıyordum zaten. Hem okudum, hem çalıştım derler ya; benimki de o hesap. Diğerlerinden farkım, kendi işyerimizde çalışıyor olmam. İzmir'deki tekstil işinin bir kolu da burada."

"Çok iyi" diye memnuniyetle gülümsüyor Nehir. "Senin adına sevindim."

Birden aklına gelmiş gibi ekliyor.

"Mine'yle görüşüyor musunuz? O neler yapıyor?"

"Bilmiyorum" diyor Arda üzüntüyle. "Size geldiğimiz günden sonra hiç görmedim. Aramalıydım aslında. Aklıma gelmedi ki..."

"Suçlama kendini. Kritik bir geçiş dönemi yaşıyorsun, bu tür aksaklıkların olması doğaldır."

"Haklısınız. Yeni yaşamımda nasıl davranmam gerektiğini kestiremiyorum. İçsesimin götürdüğü yere gidiyorum yalnızca."

"Buraya da içsesimle geldim" diyecekken susuyor. İçinden geçenleri iteleyerek, "Daha fazla zamanınızı almayayım" diyor. "Ancak, kalkmadan önce birkaç soru sormak istiyorum. İzniniz olursa..."

"Tabii, ne istersen sorabilirsin."

"Deniz Bey zeytin sever miydi?"

Şaşkınlıktan donup kalıyor Nehir. Yanıt vermeden önce, Arda'nın soruyu açmasını bekliyor.

Arda, bakışlarını Nehir'den kaçırarak, "Kalp nakli yapılan kişilerin bazı alışkanlıklarında farklılıklar olurmuş" diyor. "En belirgin değişiklikler de yiyecek içecekle ilgili tercihlerinde..."

"Saçmalık bunlar!" diye kesiyor Nehir. "Nereden duyduğunu bilmiyorum ama, bu tür şartlanmalar yanlış yere götürür seni."

"İtirazınızı anlıyorum ama, önce beni dinleyin lütfen. Bu konuda pek çok şey duydum; ancak ben, kendi yaşadıklarımdan bir örnek vereceğim size... Ameliyattan önce siyah zeytine tutkundum. Öyle ki, kalp hastalarına konulan tuz yasağına karşı değişik önlemler geliştirmiştik annemle. *Hurma zeytini* diye bir zeytin vardır Ege'de. Tuzlanmamış haliyle kilo kilo alır getirirdi annem. En iştahsız zamanlarımda bile, çerez niyetine üçer beşer atıştırırdım.

Ya şimdi? Ağzıma koymuyorum! Ne hurma zeytini ne de diğerleri... Yediğim yalnızca, kırma ya da çizme yeşil zeytin türleri. Siyah olanlarını görmek bile istemiyorum."

"Annenin işi zor" diyerek gülüyor Nehir. "Şimdi de kırma zeytin toplayacak senin için, ha... Bak Arda, anlattıklarının doğruluğuna inanıyorum. Ama bunları geçirdiğin ameliyatın türüne, kalp nakline bağlaman yanlış. Ben de benzer değişiklikleri yaşıyorum. Eskiden çok sevdiğim pek çok yiyeceği ağzıma bile koyamıyorum şu günlerde.

İkimiz de narkoz aldık. Hele sen, çok uzun süre narkoz altında kaldın. Ameliyat sonrasında görülen davranış değişiklikleri buna bağlıyorlar. Merak etme, zaman içinde her şey yoluna girecektir..."

"Teşekkür ederim, çok yararlı oldu!" derken, alaycı bir ifade var Arda'nın ses tonunda. "Dua edelim de ikinci bir ameliyat, ikinci bir narkoz olmasın. Yoksa hepten şaşıracağız yolumuzu..."

"Hele sen şu geçiş sürecini atlat, hiçbir sorununun kalmayacağından eminim."

"Bu süre içinde bana yardımcı olmanızı isteyebilir miyim?"

"Tabii ki... Elimden geldiğince yardımcı olmaya çalışırım. Ama, ayakta durduğuma bakma, kendime hayrım yok benim."

"Zaman, sizin için de çare olacak. Kalkayım ben... Her şey

için teşekkürler. Sizinle sohbet etmek ferahlatıcıydı. Hoşça kalın!"

Kapanan kapının ardından boş gözlerle bakıyor Nehir.

Deniz henüz beş yaşında.

Verandaya kurulmuş sofranın etrafında hoplayıp zıplayarak, annesiyle babasının kahvaltıya inmelerini bekliyor.

Kevser, mutfakla veranda arasında gidip gelmekten yorgun düşmüş, yetmezmiş gibi bir yandan da Deniz'in yaramazlıklarını göğüslemeye çabalıyor.

Dili de durmuyor yumurcağın; soru üstüne soru sorarak bunaltıyor kadıncağızı.

"Kevser Teyze, neden bu peynir sarı da öteki beyaz?"

"Sarı olanı kaşar peyniri, diğeri de beyaz peynir."

"Ya zeytinler? Şunun adı ne?"

"Yeşil zeytin o."

"Rengi yeşil değil ama."

"Kalınca kızarmış biraz, toplanırken yeşildi."

"Ya diğeri? Siyah olanı? O ne renkmiş toplanırken?"

Sabrı taşıyor Kevser'in.

"Çürümüş zeytin o!" deyiveriyor.

"Çürümüş mü?" derken gözleri büyüyor Deniz'in.

"Evet. Bekleye bekleye çürümüş, kararmış, simsiyah olmuş..."

O günden sonra siyah zeytini ağzına koymamış Deniz. Pizzanın üstündeki, salatanın içindeki küçük zeytin dilimlerini bile titizlikle ayıklamış. Nehir'i bile şaşırtmış bu sıra dışı titizliğiyle.

"Neden sen hiç siyah zeytin yemiyorsun Deniz?"

"Yiyemem aşkım... Çürümüş zeytin o!"

Bunları bilseydi, ne düşünürdü acaba Arda?

51

Veraset ilamı

Ablasının geleceği günün sabahı, evden biraz geç çıkıyor Nehir. Sultan'a not yazmakla hallolmayacak bugünkü işler. Akşam için yapılacak yemekler, konuk odasının hazırlanması, serilecek çarşaflar, nevresimler, çıkarılacak banyo havluları... İnceden inceye anlatılacak Sultan'a.

İzmir'den ayrıldığından bu yana asırlar geçmiş gibi. Nasıl da özlemiş ablasını... Onu rahat ettirmek için elinden geleni yapmaya kararlı.

Evdeki işleri Sultan'ın becerikli ellerine teslim edip şirkete geldiğinde, elindeki evrakı ona teslim etmek için kapının önünde bekleyen özel kuryeyle burun buruna geliyor Nehir.

Kuryenin elinde büyücek bir sarı zarf var. Üzerinde kalın harflerle "Nehir Sezen", yan tarafta da verev doğrultuda, "Kişiye Özel" yazıyor. "Sahibinden başka kimseye teslim edilemez!" anlamında.

Kuryenin elindeki defterde adının karşısındaki boşluğa imzasını atarak, içeriği hakkında en ufacık bir tahmin yürütemediği zarfı alıp doğruca odasına geçiyor.

Açacakla zarfı açıyor. İçindeki bir boy küçük ikinci zarfı tutup çıkarıyor ve üzerindeki yazıyı okuyor:

"Veraset İlamı"!

Okumasıyla fırlatıp masanın üzerine atması bir oluyor.

"Hemen Cengiz Bey'i bulun bana" diyor Nurcan'a. "Gelsin ve gerekeni yapsın."

Hukuki konularda cahil olduğunun bilincinde. Söz konusu Deniz ve onun ölümü olunca, iyiden iyiye paniğe kapılıyor Nehir.

On dakika sonra, şirketin avukatı Cengiz Koçar içeriye giriyor.

"Hayrola Nehir Hanım? Çok önemli bir durum olduğunu söyledi Nurcan..."

Konuşacağına, zarfı uzatıyor Nehir.

"Ne var bunda?" diyor Cengiz, hukukçulara has serinkanlılıkla. "Ölen her kişinin arkasından olduğu gibi, Deniz Bey'in ölümünden sonra da veraset ilamının çıkması doğal değil mi?"

Bunları söylerken bir yandan da zarfı açıyor avukat. Çıkan ilamı dikkatle okuyor.

"Tamam" diyor. "Eksik ya da fazla hiçbir şey yok, her şey mevzuata uygun."

"Ama ben, veraset ilamı istemedim ki!"

Müvekkilinin saflığını yüzüne vuracağına, konuyu anlaması için yardımcı olmaya çalışıyor Cengiz.

"Siz istemeseniz de çıkacaktı o ilam. Ölen kişinin birinci dereceden yakınları; eş, evlatlar, ana, baba; onlar yoksa amca, teyze, dayı, hala ya da kuzenler, ölümden sonraki kırk gün içinde, veraset ilamı için başvuruda bulunurlar. Bir kişinin başvurması yeterli. Çıkan ilam, tüm vârisler içindir ve o vârisleri ilgilendiren maddeleri içerir. Görünen o ki, Deniz Bey'in babası başvuru yapmış, çıkarılan veraset ilamının bir kopyasını da size göndermiş."

"Göndermeseydi! Vâris falan değilim ben."

"Olur mu öyle şey? Resmi nikâhlı eş sıfatıyla, birinci dereceden vâris konumundasınız."

"Evlilik anlaşması falan yapmadık biz. Deniz'in tüm malları, evlilikten önce edinilmişti. Hani diyorlar ya ancak evlilikten sonra edinilmiş mallar paylaşılır diye..."

İçinde bulundukları dramatik duruma hiç uymasa da hafifçe gülmekten kendini alamıyor Cengiz. Okumuş, yükseköğrenim görmüş, belli yerlere gelmiş kişilerin hukuki konularda bu denli bilgisiz oluşunu da çözemiyor zaten.

Saygı çerçevesini aşmadan, sabırla anlatıyor.

"Sizin söyledikleriniz, boşanan çiftler için geçerli Nehir Hanım. Mahkeme kararıyla kanunen ayrılan çiftler, ancak evlendikten sonra edinilmiş malvarlıklarını paylaşabilirler."

"Yalnızca iki ay evli kaldık Cengiz Bey. Yalnızca iki ay! Deniz'e ait tek bir iğne bile istemiyorum ben. Hak ettiğime inanmıyorum."

Bu kez, gizlemeye gerek duymadan, açıktan açığa gülüyor Cengiz.

"Bu sözlerinizle eski bir davayı hatırlattınız bana" diyor. "78 yaşındaki emekli general büyüğümüz, 55 yaşında, iyi bir aileye mensup, daha önce hiç evlenmemiş bir hanımefendiyle evlendi. Evlatlarının şiddetle karşı çıkmalarına rağmen! Damat bey son derece sağlıklıydı ve yaşını göstermiyordu. Fenerbahçe Orduevi'ndeki nikâh töreni ve kokteyle eşimle beraber ben de katıldım.

Balayını Antalya'da geçirdiler. Eşimden duyduğum kadarıyla çok mutluydu yeni evli çift. El ele yürüyüşe çıktıklarında, onları tanıyanlar pencerelere üşüşüyorlardı. Ve evliliklerinin 15. gününde, ani bir kalp kriziyle paşamız sizlere ömür!

Ortalık karışıverdi. Diğer vârisler ayaklandılar. İtirazlar, dava dilekçeleri... Sonuç değişmedi tabii. Ölenin birinci dereceden vârisleri arasında, oğlu ve kızı ile beraber eşi de payına düşeni aldı. Yanı sıra birinci dereceden emekli maaşı bağlandı ve eşine tanınan sosyal haklardan yararlanma ayrıcalığına da sahip oldu.

Bugün gibi hatırlıyorum, o hanımefendi de, '15 gün için bunları hak etmedim ben' demişti. Ne var ki süre hiç önemli değil. Nikâh defterine atılan imzanın üzerinden yalnızca bir saat bile geçse, kanunen tanınan hak geçerlidir."

"Ya kabul etmezsem?"

"*Reddi miras* diye bir durum var; payınıza düşen mirası reddedebiliyorsunuz. Daha çok, borçlu kişilerin ölümünden sonra kalan borçlarını ödememek için vârislerin seçtiği bir yoldur. Kusura bakmayın ama, neden böyle düşündüğünüzü anlayamıyorum Nehir Hanım.

Eşinizin ailesinin size karşı çıkacak kişiler olacağını hiç

sanmam. Kanun, yol yordam bilen insanlar. Çıkardıkları veraset ilamının kopyasını göndermeleri de miras paylaşımını doğal karşıladıklarını gösteriyor. Ki bu sizin yasal hakkınız... Ne kalıyor geriye?"

"Verdiğiniz bilgiler için sağ olun Cengiz Bey. Ben biraz düşüneyim... Kararımı bildiririm size."

Avukatın arkasından bir kez de kendisi okuyor ilamı.

"... Davacı tarafından hasımsız olarak açılan veraset davasının" diye başlayan, "Gereği Düşünüldü" ve "Hüküm" bölümlerini içeren, hukuk terimleriyle bezeli metinden çıkardığı sonuç; Deniz'in malvarlığının, kendisiyle anne baba Sezenler arasında eşit oranda paylaşılacağı.

Tekrar zarfına yerleştirirken, küçük bir kâğıt parçasına ataçla tutturulmuş bir kartvizit düşüyor zarfın içinden. Halil Sezen'in kartı! Arkasında da birkaç satırlık, kısacık bir not: "Deniz'in veraset ilamı ekte. Gereken yapılacak. İhtiyaç duyduğun bir şey olursa arayabilirsin."

Neden arayayım ki?

En zor zamanlarımda neredeydiniz?

"Ne oldu, nasıl oldu, ne haldesin?" diye sordunuz mu hiç? Yanımda olduğunuzu hissettirecek en ufacık bir girişimde bulundunuz mu?

Acınız, acımdı oysa.

Benim de acı çektiğimi düşünmek bile istemediniz. Ya da yaşananların faturasını bana çıkartırken, "Bu da senin payın!" diye, yalnızlığa mahkûm ettiniz beni.

Şimdi de kalkmış, paraya pula, mala mülke ilişkin paylarımı alabilmemin yolunu açıyorsunuz...

Eksik olsun!

Deniz'in bıraktıkları yeter bana...

Kartın ataçla tutturulduğu kâğıtta, "Ada No: 30 / Parsel No: 100053" yazıyor. İlk anda algılayamıyor Nehir. "Deniz Sezen" adını görünce dank ediyor kafasına.

Deniz'in mezarlık adresi bu!

Sıtma nöbetine tutulmuş gibi titriyor bedeni. Yok saymaya çalıştığı gerçekleri tüm çıplaklığıyla yüzüne vuran küçücük kâğıt parçası, ona meydan okuyor sanki.

"İstediğin kadar içinde yaşatmaya çalış sen onu... Yanında olduğunu düşün, sohbet et, kollarında uyut. Gerçeği değiştiremezsin.

Deniz öldü!

Diğerleriyle eşitlendi o da. Bir avuç toprağın altında yatıyor.

Git, gör..."

Bugüne kadar gitmeyişi, elinde adres olmadığından değil. Yitirilen kişiyle ruhsal birlikteliğe erişmek için mezarlığa gitmenin şart olmadığına inanıyor Nehir. Toprağın altında yatan; o toprağa karışacak, çürümeye bırakılmış bir beden yalnızca. Ruhu, tinsel varlığı, gene sevdiklerinin yanında.

Kâğıtta ada ve parsel numaralarını gördü diye bu görüşünde herhangi bir değişiklik olmayacak. Ama oraya gitmesinin Deniz'i sevindireceğini düşünüyor Nehir.

O halde gitmeli, gidecek...

52

Sezen aile kabristanı

Karşılanmayı istemedi Nevin. Nehir'in tüm ısrarlarını geri çevirdi. Taksiye atladığı gibi eve gelecek, kapıyı kardeşine açan o olacak.

Fazla üstelemedi Nehir. Madem öyle istiyor, karşılanan değil, karşılayan olmayı tercih ediyor; hevesini kırmak anlamsız.

"Ne bu halin böyle?"

Nehir'i kucaklayıp göğsüne bastırırken ilk tepkisi bu oluyor Nevin'in.

"İzmir'den bu yana daha da zayıflamışsın. Kaşık kadar kalmış suratın. Hâlâ ağlıyor musun sen? Gözlerinin beyazına kan oturmuş ayol. Telefonda anlattıklarına inanıp, düzeldiğini sanıyordum ben de..."

"Dur abla, soluklan biraz. Bu sabah işe gidinceye kadar gayet iyiydim. Ama öyle şeyler oldu ki..."

"Neymiş olanlar?"

"Ayağının tozuyla canını sıkmayayım şimdi. Hele biraz soluklan..."

Yemekten sonra, dilinin dönüğünce anlatıyor Nehir.

"Veraset ilamı" diyor. "Mal paylaşımı, miras..." Sayıp döküyor gün içinde olanları.

"Sezen ailesinden gelecek hiçbir şeyi kabul edemem ben" diye bitiriyor sözlerini.

"Deli misin sen?" diyor Nevin hayretle. "Ölüm hak, miras helal derler, duymadın mı hiç? 'Ölüm herkese gelecektir. Ölenin mirası da mirasçının hakkıdır' anlamında...

Kafandaki şu saçma sapan düşünceleri sil önce. Unutma ki sen de Sezen ailesinin bir ferdisin. 'Hakkım değil' demek de neyin nesi? Kanun bile seni 'hak sahibi' olarak görmüşken..."

"Neyse abla, keselim bu konuyu."

"Konuyu kesmekle gülecekse yüzün, kabul. Susuyorum. Gerektiğinde, zamanı gelince tekrar konuşuruz... Ama benim güzel kardeşimi üzen bir şeyler daha var sanki. Yanılıyor muyum?"

"Yanılmıyorsun."

Çantasından, Deniz'in mezarının ada ve parsel numaralarının yazılı olduğu kâğıdı çıkarıp ablasına uzatıyor Nehir.

"Veraset ilamıyla beraber bunu da yollamış Halil Sezen. İşte kocan burada yatıyor, der gibi."

"Sen daha Deniz'in mezarına gitmedin mi?" diye hayretle soruyor Nevin.

Eksik bırakılanı yadırgadığı belli. Kardeşinin, kocasının ardından bunca yanıp yakılırken gösterdiği ihmalkârlığı neye bağlayacağını bilemiyor.

"Gitmedim abla, gidemedim... Yarın bir ara uğrarım."

Nehir'in tavırlarındaki rahatlıktan, "uğrarım" derkenki hafife alıştan hiç mi hiç hoşlanmıyor Nevin. Böylesi daha iyi, diye düşünüyor bir taraftan da. Yaşadığı deneyimlerden biliyor çünkü; taziye evinde unutulmaya yüz tutan acılar mezarlığa gidince yeniden depreşir, sil baştan ilk günkü keder yumağının içine gömülür insanlar...

Daha önce gitmemekle, bilmeden kendini korumuş Nehir. Yüzüne vurup uyandırmanın anlamı yok.

Kardeşininkine benzer bir rahatlıkla, sıradan bir ziyaretten söz eder gibi, "Beraber gideriz yarın" diyor Nevin de. "Tekin yerler değildir oralar. Gencecik bir kadının tek başına mezarlıklarda dolandığı nerede görülmüş? Töbe, töbe..."

* * *

Su dolu kovalara daldırdıkları çiçekleri ziyaretçilere satmak için bekleyen çiçekçilerin, ellerindeki demetleri arabaların camlarından içeri uzatmaya çalışan çocukların arasından geçip mezarlığa giriyorlar.

Nevin çantasından çıkardığı eşarplardan birisiyle başını örtüyor, diğerini Nehir'e uzatıyor.

"Şunu bağla da öyle devam et."

Adresi bulmak için önce danışmaya, sonra da önlerine çıkan iki görevliye daha sormaları gerekiyor. Halil Sezen, alçakgönüllülüğü bir yana bırakıp, ada ve parsel numaraları yerine mekânın adını yazsaymış kâğıda, çok daha kolay bulacaklarmış ya, neyse...

İki mermer sütunun üzerine yatay olarak uzatılmış oymalı mermerin üzerindeki *Sezen Aile Kabristanı* yazısı, Sezenlerin gerçek dünyadaki farklılıklarını buraya da yansıtıyor sanki. "Aile" sözcüğü yetersiz aslında. Genişçe bir alana yayılmış mezarlar, "sülale kabristanı" başlığı altında toplanmalıymış.

Büyük dede İstemi Efendi, dede Sami Sezen; eşleri ve erkek evlatları... Kız evlatlar yok! Onlar, kocalarının uhdesinde.

Ve atlanmış bir kuşak! Hilmi ve Halil Sezen'le eşleri için ayrılmış yerler henüz boşken, en yeni mezar Deniz Sezen'e ait!

Nevin de, Nehir de içeriye adım attıklarından bu yana çelişkili duygular içindeler. Haykıra haykıra ağlamakla suskun kalmak / kalabilmek arasında gidip geliyor ikisi de.

Diğerlerinin görkemli yapısıyla; oymalar, bordürler, bin bir çeşit süslemelerle taban tabana zıt, kuru toprak yığınına bakarak, "Neden boynu bükük bırakmışlar Deniz'i?" diyor Nehir isyanla.

Başka bir neden yokmuş da sırf onun boynu büküklüğüne dayanamıyormuş gibi, gözlerinde göllenen yaşları engellemekten vazgeçiyor.

"Deniz'e farklı davrandıklarından ya da onu ihmal ettiklerinden değil" diyor Nevin, gözyaşlarının yarısını içine, yarısını dışarı dökerken. "Usuldendir, taze toprak otursun diye beklenir biraz. Merak etme sen, Sezenler oğullarına yaraşır mezarı yaptıracaklardır."

"Yaptırırlar abla, yaptırırlar da... *Mezar* sözü Deniz'e yaraştı mı, sen onu söyle..."

Kendilerini sıkmaktan, serinkanlı görünmeye çalışmaktan vazgeçiyor ikisi de. Yüreklerinden kopup gelen çığlıklar hıçkırıklara, hıçkırıklar gözyaşı seline dönüşüyor. Deniz'in birkaç kürek toprakla, adının yazılı olduğu levhadan ibaret geçici mezarının başında katılıp kalıyorlar.

"Ah, şeytan tüylü yakışıklım, ah!" diye içini çekiyor Nevin. "Yalnız ananı, babanı, bacını, karını değil; Uğur Abla'nı da yaktın be gülüm..."

Çöktüğü yerden doğrulup kalkıyor Nevin. "Gidip hoca çağırayım ben, dua okusunlar ruhuna."

Amacı, Nehir'le Deniz'i baş başa bırakmak. Nehir'in Deniz'i nerede aradığını, nerede bulduğunu, onu çağırmak için nereye seslendiğini bilmediğinden... Elini göğsüne bastırıp, "Deniz!" derken, başını toprağa değil, gökyüzüne çevirdiğini görmediği için.

Deniz...
Kıyamıyorum sana.
O güzel, o yakışıklı bedenin şu toprağın altında ha!
Ama kalbin... Ama gözlerin...
Kurtardım onları! Onları ve birkaç küçük parçayı daha.
İyi ki alıkoymuşum.
İyi ki vermemişim onları da toprağın altına.
Çürümeye bırakmamışım tümüyle SEN'i.

İki hoca geliyor Nevin'le beraber. Ses sese verip dualar okuyorlar Deniz'in ruhuna. Demet demet çiçekler seriyor Nehir, toprağın kara yüzüne.

"Diğer ölmüşlerimize de okuyun hoca efendi" diyor Nevin, kabristandaki Sezenlerin hepsini aileden sayar gibi.

Nevin'in komutuyla mezarlar sulanıyor, mermer suluklar dolduruluyor. Ne var ki Nehir, ablası kadar benimseyemiyor ölmüş Sezenleri.

"Bak" diyor Nevin'e. "En büyük dededen amcalara, kuzenlere kadar her erkeğin mezarının yanında eşleri de yer almış. Hilmi ve Halil Sezen'in mezarları çift. Kız evlatlarına yer yok! Tamam, evlenip gidecekler; kocalarının soyadıyla onların ailelerine katılacaklar.

Peki, benim yerim nerede? Neden Deniz'in mezarı tek?

Bir de kalkmış, Sezen ailesinin bir ferdi olduğumdan söz ederek mirasta payım olduğunu söylüyorsun. Aile mezarlıklarında bana yer vermeyen insanlarla değil malvarlığı, hiçbir şeyi paylaşamam ben..."

"Yanlış düşünüyorsun bir tanem" derken sesi titriyor Nevin'in. "Beklenmedik, ani bir ölümdü Deniz'inki. Apar topar getirilip toprağa verildi. Sen daha yaşıyorsun ve inşallah uzun yıllar boyunca da yaşayacaksın.

Bu insanlar, oğullarının mezarını bile yaptırmamışken sana da onun yanında yer ayırmayı düşünecek durumdalar mıydı? Böyle bir şeyi sana sormadan yapmaları da mümkün değildi zaten."

Dilinin ucuna gelip de söyleyemediklerini, olduğu gibi geri gönderiyor Nevin.

"Daha çok gençsin. Uzun yıllar var önünde. Nereden bilecekler senin bir başkasıyla evlenmeyeceğini? Olur ya da olmaz, böyle bir durum gerçekleşirse eğer, Sezen yerine bir başka aile kabristanında yer alman gerekmez mi?"

Bunları söylemeye kalksa başına gelecekleri çok iyi biliyor Nevin. Yeri göğü inletir Nehir, kıyametler koparır. Başına iş alacağına, en iyisi susmak...

Mezarlığın ağır, kasvetli havasından sıyrılıp şehre doğru hızla yol alırken, ablasını eve bırakıp işe gitmeyi düşünüyor Nehir.

"Hazır çıkmışken bir yerlere gidip otursak; çay, kahve, bir şeyler içsek bari" diyor Nevin.

Ablası haklı, nasıl da düşünemedi Nehir...

İşyerine yakın, arkadaşlarıyla sık sık grup halinde gittikleri bir kahvenin önünde park ediyor arabayı. İçeri girerken neden doğruca eve gitmeyi istemediğini anlatıyor Nevin de.

Âdetmiş efendim! Taziye evinden ya da mezarlıktan çıkan insanın üzerinde ağırlık olurmuş. O ağırlıkla gittiği yeri de kasvet ve sıkıntı basarmış. Ölümü çağrıştıran bu gibi yerlerden çıkanlar üzüntülerini, sıkıntılarını, üstlerindeki ağırlığı uçurup, kuşlar gibi hafifledikten sonra gitmelilermiş evlerine, işlerine; her nereyeyse artık...

Dahası da var... Herhangi bir ölüm haberini vermek için birinin kapısına gelen habercinin de içeriye girmemesi gerekirmiş.

Bu tür safsatalarla işi olmaz Nehir'in! Ablasının hatırına, gönülsüzce dinliyor anlattıklarını.

Ölüm = Deniz olsa, ne fark eder ki?

Ürker mi Nehir ölümden? Geri mi çekilir?

Kaçar mı üstüne gelecek ağırlıktan?

Asla!

Tam tersine, evini açar ona; yüreğini, kollarını, kucağını...

Ölümün kollarında Deniz'e, Deniz'in kollarında ölüme kavuşmak mümkün olabilseydi keşke...

* * *

"Kahve molası iyi geldi" diyor Nehir, az şekerli Türk kahvesini yudumlarken.

"Dedim sana" diye memnuniyetle gülümsüyor Nevin. "O kafayla ben eve, sen işe gitseydik, çatlardık alimallah..."

Söyleyip istediği bir şey varmış da söyleyemiyormuş gibi huzursuzca kıpırdanıp susuyor. Güç almak istercesine, kahve fincanının içine topluyor bakışlarını.

"Ne o ablacım, kendi falına mı bakıyorsun?"

"Yok canım... Bir şey soracaktım sana."

"Evet... dinliyorum seni."

"Deniz'in mezarının başındayken, organlarını bağışladığın için pişmanlık duydun mu hiç? Ne bileyim... Bedeninin bütün olarak değil de organları eksilmiş bir halde toprağın altında durduğunu düşünmek, nasıl etkiledi seni?"

"Biliyor musun abla, oraya gitmeden önce ben de merak ediyordum bu sorunun yanıtını. Ama eminim artık. Gördün işte, bir avuç toprak yığınına indirgeniyor bedenler. Organları vermemiş, daha doğrusu kurtarmamış olsaydık, onlar da toprağın altında çürümeye yüz tutmuş olacaklardı şu anda. Dikkat edersen, *vermek* yerine *kurtarmak* dedim. Çünkü, Deniz'in bedeninden çıkarılan o parçaların kurtarıldığına inanıyorum.

Böyle davranmasaydık eğer, Deniz'le beraber dört beden daha girecekti toprağın altına. Ölümün kıyısında bekleyen dört hasta, yeniden can buldu. Az şey mi bu?"

"Canım yavrum benim... Böyle düşünmene nasıl sevindiğimi anlatamam."

"Ha... Hafta başında Arda geldi. Epey konuştuk. İstanbul'a dönmüş. Mastıra başlayacak, çalışacakmış da... Bayağı iyi görünüyordu.

Bana karşı kendini borçlu hissediyor galiba. Gelir gelmez uğradığına bakılırsa... İşyerinin adresini nereden buldu acaba? Akıl edip sormadım bile."

"Adresi ben verdim."

"Sen mi verdin? Neden benim haberim yok bundan?"

"Arda'yla annesi Feride Hanım, ziyaretime geldiler. Arda, İstanbul'a dönmeden eş dost, kapı kapı gezerlerken bana da uğrayıvermişler. Çok memnun oldum.

Seni sordular, anlattım ben de. Yeni işini, kendini paralarca çalışmanı... O arada, kabaca tarif ediverdim şirketin yerini de."

"Bunlardan hiç söz etmedin bana..."

"Fırsat düşmedi. Hem, telefonda ne anlatacaktım ki? Birkaç gün sonra gelecektim zaten. Nasıl olsa konuşmayacak mıydık?

Ha, çocuğun öyle ezik, kendi halinde durduğuna da bakma. Sökeli çok köklü bir aile bunlar. Arda'nın babası Nahit Bey, Poyraz Tekstil'in sahibi. Büyük çapta ihracat yapıyorlar. Şirketin İstanbul ayağı da ihracat üzerine odaklanmış; bundan sonrasında Arda'nın sorumluluğunda olacakmış."

"Magazin habercisi gibisin abla" diye gülüyor Nehir. "Bu kadar ayrıntıyı aklında tutabilmene şaşıyorum."

Çalışan kadınla ev kadını arasındaki farktan mı kaynaklanıyor bu durum, bilemiyor Nehir. Ablası gibi dost, ahbap, komşu gezmesi yapmadı bugüne kadar. Daha doğrusu yapamadı. Kendini bildi bileli ya derslerine çalıştı ya da işine harcadı tüm zamanını.

Ablasının dedikoducu bir tip olduğunu asla düşünmüyor. Ancak, karşılaştığı kişilerin özel hayatlarıyla ilgili ayrıntılara ustalıkla sızabilmesi, Nehir'in tarzına ters düşüyor. Hiç tanımadığı, sonrasında da yaşamında yeri olmayacak birilerinin nesini merak eder insanlar, anlayamıyor.

53

Alışveriş merkezleri

"Alo Nehir Hanım?"
"Evet?"
"Ben Arda. Nasılsınız?"
Ne düşüneceğini, bu beklenmedik telefonu neye yoracağını bilemiyor Nehir.
"Teşekkür ederim Arda" diyor. "İyi olmaya çalışıyorum."
"Dışarıdaki pırıl pırıl havanın farkında olmadığınızı söylemeyin sakın bana. Bakın ne diyeceğim... Şu anda işyerinize çok yakın bir yerdeyim. Gelip sizi alsam... Bir yerlerde kahve içsek?"
"Çok isterdim ama, üzerinde çalıştığım projede önemli bir pürüz çıktı, onu halletmeye çalışıyorum. Keyfim yok anlayacağın. Başka zaman..."
"Ne demiş şair? *'En ağır işçi benim / Yirmi dört saat seni düşünüyorum...'* Bu felsefeye gönül verdiğinizi biliyorum. Tamam, tüm zamanınız düşünmekle ve işle geçsin. Ama 24 saatinizin 24 dakikasını da bu gariban kulunuza ayırsanız..."
"Davetin için sağ ol. Bu halimle senin de neşeni kaçırmak istemem."
"Bende neşe bol. Birazı kaçsa bile, geride kalanı ikimize de yeter."
Dağarcığında kalan son engeli de çıkarıp Arda'nın önüne koyuyor Nehir.
"Asıl önemlisi, bir saat sonra Akmerkez'de olmam gerekiyor. Ablam bir haftadır İstanbul'daydı, yarın İzmir'e dönecek. Ona söz verdim, buluşup alışveriş yapacağız."

"Nevin Hanım'ın yabancısı değilim ki ben! Hem bu sayede onu da görmüş olurum. Merak etmeyin, abla kardeş arasına girecek değilim. Sizi ablanıza teslim eder ayrılırım yanınızdan."

"Ama..."

"Aması yok! Bu kalbin sesini nasıl geri çevirebilirsiniz? Hadi, evet deyin de alışveriş merkezinin yolunu tutalım artık..."

"Neredesin sen?"

"Tam kapınızın önünde duran arabada. Yani, pencereden bakış uzaklığında."

"Yaramaz ve inatçı bir çocuk gibisin Arda."

"Öyleyimdir. Sorunlarına çözüm arayan bu zavallı çocuğu ilginizden yoksun bırakmayacaksınız, değil mi?"

"Pes ediyorum, söylediğin gibi olsun bakalım..."

* * *

Alışveriş merkezinin zemin katındaki kafede oturmuş kahve içiyorlar. Nevin de bir saat sonra buraya gelecek zaten, sabahleyin öyle sözleştiler Nehir'le.

"Nehir..." diyor Arda. "Saygısızlık olarak algılamazsanız eğer, böyle hitap etmek istiyorum size."

"Neden olmasın?" diye gülüyor Nehir. "Ben de sana yalnızca *Arda* demiyor muyum?"

Aralarında iş ilişkisi yok, yaşça da kendinden küçük Arda... Tanışmalarını sağlayan şartlar çerçevesinde, hep bir basamak altında gördü onu Nehir. Uzak bir akrabanın ya da ailece görüşülen birilerinin oğlu gibi... Alışkanlıklarının dışına çıkıp ilk günden adıyla hitap etmesi, senli benli konuşmakta sakınca görmemesi bu yüzden. Ama, karşısındakini kırmamak için bu düşündüklerini kendisine saklamak zorunda.

Nehir'in içinden geçenlerden habersiz, "Sizli bizli konuşmanın gereksizliği ortada" diyor Arda. "Yeni tanıdın beni, doğru; ama kalbimin atışlarına yabancı değilsin ki."

"Haklısın" deyip konuyu değiştirmeye çalışıyor Nehir. "Burayı sevdin mi? Arkadaşlarla sık sık geliriz biz..."

"Benim de ilk gelişim değil. İstanbul'daki alışveriş merkezlerinin içini ezbere bilirim ben."

"Özel bir merak galiba."

"Değil... Ameliyat olmadan önceki iki yılımı hiç yaşamadım sayılır. Sokakta yürümekte bile zorlanan, iki adım attığında yoruluveren bir insan düşün... Yürürken sık sık duraklamak zorunda kalıyordum. Alışveriş merkezlerini de bu yüzden seviyordum ya..."

"Ne ilgisi var?"

"Nefes nefese kalmış halimle bir durup bir yürürken, tüm bakışların üzerimde toplandığını düşünüyordum. Öyle değildi belki ama, bana öyle geliyordu.

Her vitrinin önünde duruyordum ben de. Kimse hasta olduğumu anlamıyor diye avutuyordum kendimi. Sonraları, oralara da gidemez oldum..."

"Çok zor günler geçirmişsin."

"Hem de nasıl... Beni kapkara bir kuyunun dibinden nasıl çekip çıkardığını anlıyorsun, değil mi? Aldığım her soluğu sana borçluyum."

"Böyle düşünme Arda. Kendini bana karşı borçlu hissetmeni istemiyorum."

"Ama gerçek bu! Senin sayende yaşıyorum ben."

"Bugün için teşekkürler, seninle oturup kahve içmek güzeldi. Ama beni oyalamayı kendine görev edinme lütfen."

"Yanlış anladın. Ya da ben anlatamadım. Seninle beraber olmak görev değil benim için. Diğer hastalarla, diğer organların can verdiği kişilerle de bir tutamazsın beni. Kalbimin sesi, farklı olduğumu söylüyor. Duymuyor musun?"

İşte Nehir'in en zayıf noktası!

"Bu konuyu saplantı haline getirmemelisin" derken sesi titriyor. "Yaşadığın sarsıntının etkisindesin hâlâ. Zaman içinde aşacaksın bunları."

Küçücük, küskün bir çocuk gibi şimdi Arda.

"Halimden memnunum ben" diyor. "Kaydettiğim aşama da yeter bana."

"Öyle olsun... Çok değil, birkaç ay sonra doğruları daha net göreceğine inanıyorum."

"Bu süre içinde pek çok kez kapını çalabilirim ama..."

"Ne yapalım, katlanacağız artık."

Sesinde belirgin bir şefkat ifadesi var Nehir'in. Koruyup kollaması gereken, yardıma ihtiyaç duyan bir yakını gibi görüyor Arda'yı.

Bir şeyler daha söyleyecek ama, kapının girişinde ablasının belirmesiyle unutuveriyor dilinin ucuna gelenleri.

"Ablacım!" diye sarılıyor Nevin'e. "Her zamanki gibi dakiksin. Bekletmedin beni..."

Arda da en az Nehir kadar sevecen, Nevin'le kucaklaşmakta kusur etmiyor.

"Arda! Seni burada görmek ne güzel..."

"Asıl sizi İstanbul'da görmek çok güzel. Hoş gelmişsiniz."

"Dur bakayım sana... Maşallah, maşallah! Her karşılaşmamızda daha iyi buluyorum seni. Bakışların bile ışıldamış, farklı bir renk gelmiş yüzüne."

"İçimin ferahlığı yüzüme vurmuş, desenize. İyiyim gerçekten."

Nehir'e verdiği sözü hatırlamış gibi kalkmaya davranıyor Arda.

"Gideyim ben... Abla kardeş konuşacaklarınız vardır."

"Ben geldim diye mi kalkıyorsun" diyor Nevin sitemle. "Karşılıklı bir çay içmeden dünyada bırakmam."

"Ablamı reddetmek zordur" diye gülüyor Nehir.

"Ne haddime!" diye kalkmak üzere olduğu koltuğa iyice yerleşiyor Arda. "Nazlanıyordum ben de zaten."

"Akşama mantı açtım" diyor Nevin çayını karıştırırken. "Böyle ince işlere yetişemez Sultan. Dönünce haşlarız. Bol biberli bir de sos..."

Arda'nın varlığını unutmuş gibi iştahla anlatırken susuveriyor birden. Canı çekmiştir şimdi çocuğun, diye geçiriyor içinden.

"Sen de gelsene akşama" diyor Arda'ya. "Mantının yanına un helvası da kavuracağım."

"Sağ olun, rahatsız etmeyeyim ben."

Nehir'in ters bakışlarını görmezden gelerek devam ediyor Nevin.

"Ev yemeğine hasretsindir sen buralarda. Gel işte oğlum..."

"Merak etmeyin, benim de ev işlerimi gören, yemeklerimi yapan becerikli bir yardımcım var. Annem de sık sık gidip gelecek... Yemek konusunda sorunum yok yani."

Nehir'den cesaret alsa kabul edecek belki ama, beklediği ışığı göremeyince toparlanıp kalkıyor.

"İyi günler size" diyor. "Size de hayırlı yolculuklar Nevin Abla. Bir sonraki gelişinizde beni de aramazsanız gücenirim, haberiniz olsun."

* * *

Arda'nın arkasından parlayıveriyor Nehir.

"İnanamıyorum abla sana! Gitmek için ayağa kalkmış insanı yerine oturtup zorla çay içirmen yetmezmiş gibi, bir de ısrarla akşam yemeğine davet ediyorsun."

"Ne var bunda? Masaya bir tabak daha koysak fena mı olurdu?"

"İyi de ne gerek var; söyler misin bana?"

"Ha... Orada biraz dur bakalım! Dışarıda oturup çay kahve içebiliyorsun da ev ortamında yemek yemeye neden karşı çıkıyorsun ki?"

"Haklısın, kahve de içmemeliydim aslında."

"Onu demek istemedim. Harika bir genç Arda! Bu yakınlaşmanın devamı gelse keşke..."

Öfkesinden kıpkırmızı kesiliyor Nehir.

"Ne diyorsun sen abla? Ne yakınlaşması! Yaşananların hatırına içilen birer fincan kahve... Hepsi bu!"

"Arda'nın bakışları öyle söylemiyor ama."

Nehir isyan halinde.

"Nasıl böyle düşünebilirsin?" diyor. "Bu konuştuklarına inanamıyorum" diye susturmaya çalışıyor ablasını.

Duymuyor bile Nevin. Kurguladığı senaryoya kendini kaptırmış, dilinin ucuna gelenleri cömertçe döküyor ortaya.

"İzmir'deyken, Mine'yle Arda'yı aynı karede düşünmekle hata etmişim. Deniz'in gözleri, neden kendi kalbini taşıyan birine yönelsin ki? Kalbinin de asıl sahibine kayması doğal değil mi?"

"Ah, abla! Senin bu saçma sapan yakıştırmaların... Kendi kendine hikâyeler yazıp bir de onlara inanıyorsun."

"Yılların deneyimi var yavrum. Adamın gözüne baktım mı, içini okurum ben."

"Deli etme beni abla. Söylediklerinde zerrece gerçeklik payı olduğuna inansam, Arda'nın yüzüne bile bakmam. Bir daha ağzından bu tür şeyler duymak istemiyorum, bilmiş ol..."

54

Kristal Orkide

Nehir'in, yaşamının miladı olarak kabul ettiği o uğursuz kazanın ardından, bir daha asla yürek dolusu sevinemeyeceğini sanması, ne büyük bir yanılgıymış meğer!

İşte şimdi, Kristal Orkide heykelciğini havaya kaldırırken sevincin, kıvancın, mutluluğun zirvelerini zorluyor gene. Bu duyguları doludizgin yaşadığı için zerrece rahatsızlık duymuyor üstelik. Deniz'le beraber yaşıyor bu güzelliklerin hepsini çünkü. İçindeki Deniz'in de en az onun kadar sevindiğini ve mutlu olduğunu hissedebiliyor.

Evet, Nehir'in sahibi olduğu Su Pazarlama ve Reklam Ajansı, yılın en büyük pazarlama ödülünün sahibi oldu.

Müjdeyi Nevzat Bey'in ağzından aldı Nehir.

"Boynuz kulağı geçti" diyordu Nevzat Bey telefonda. "Yolun açık olsun kızım. Seninle gurur duyuyorum."

Ünlü bir markanın son ürünü olan *dondurulmuş pasta* çeşitlerinin tanıtımı çalışmalarıyla ulaşmışlardı Kristal Orkide Ödülü'ne.

Birinciliğe değer bulunurken baz alınan ölçüt; çalışmalarının farklı yaşam düzeyindeki her yaştan insana ulaşabilirliği, satışları artırması ve müşteriye yaklaşımdaki sıcaklık olmuştu.

Nehir'in ayaklarını yerden kesecek derecede muhteşem bir ödül töreniydi...

Tören boyunca ekip arkadaşlarının elini hiç bırakmadı Nehir. Ödüle hak kazanan çalışmayı ortaya çıkarırken de el eleydiler çünkü.

Ertesi günkü gazetelerde, televizyon programlarında ödül törenine geniş yer verildi. "Reklam ve pazarlama dünyasının yeni ışığı" diyorlardı Nehir için.

Bir türlü kabuk tutmayan yaralarına ilaç gibi gelmişti bu ödül. Ve Nehir, yaşanan hiçbir şeyin rastlantı olduğuna inanmıyordu.

"Çektiklerin yeter!" demişti Tanrı. "Bundan sonrasında gülebilirsin artık..."

* * *

İki gündür telefonu susmuyor Nehir'in.

Kutlamak için arayanların yanı sıra, yağmur gibi yeni iş teklifleri alıyorlar. Şirketin beyin takımı, her birini titizlikle değerlendiriyor.

Çalışanların hepsi farkında; hiçbir şey eskisi gibi olmayacak artık. Yepyeni bir sayfa açılıyor önlerine. Ve bu sayfada, dur durak bilmeden çalışmak gerekiyor...

Son derece hareketli ve yorucu geçen haftanın ardından, cumartesi gününün daha sakin geçeceğini umuyor Nehir. Şirket, yarı yarıya boş bugün. Diğer çalışanlar cuma akşamından hafta sonu tatiline girdiler. Ancak, beyin takımı iş başında.

Nehir, Pınar, Hakan ve Tolga dörtlü bir değerlendirme toplantısı yapıyor. Yeni iş tekliflerinden şirketin çizgisine uygun düşmeyenleri eleyerek diğerlerini mercek altına alıyorlar. İçlerinden iki tanesi kafalarına yatıyor. Pazartesi günü başlayacak haftayla beraber, yeni anlaşmalara imza atabilecekler...

Akşamüzeri, biraz erken çıkmaya hazırlanırken cep telefonu çalıyor Nehir'in. Arayan Arda...

"Merhaba" diyor kırık bir sesle. "Kutlamak için hafta sonunu bekledim. Gerçekten de büyük bir başarıya imza attınız."

"Teşekkür ederim Arda, sağ ol."

"Aldığın ödül için senin adına sevindim. Ama kendimi çok

kötü hissettiğimi de söylemeliyim. Şimdi sen, iyice geri plana atarsın beni."

"Öyle şey olur mu hiç? İş yoğunluğunun daha da arttığı doğru. Ama bu, iş dışındaki hiçbir şeye zaman ayıramayacağım anlamına gelmiyor."

"Sahi mi? Yani şimdi ben, kutlamak için bir yerlerde oturup bir şeyler içmeyi teklif etsem, reddetmeyeceksin..."

"Çok isterdim ama... inan ki çok yorgunum Arda. Şu anda, eve gidip dinlenmekten başka bir şeyi düşünemiyorum."

"Biliyordum zaten!" derken, daha da kırılıyor Arda'nın sesi. "Oysa seninle dertleşmeye öylesine ihtiyacım var ki..."

Boynunu büktü gene kömür gözlü çocuk! Küskün, hırçın, kırılmış halini göremese de gözünde canlandırabiliyor Nehir.

"Benden başka dertleşecek kimsen yok mu senin?" derken, daha yumuşak çıkıyor sesi.

"Yok! Çevrem dost yüzlerle sarılı ama, karşılaştığım olumsuzluklara çözüm bulacak tek kişi yok içlerinde."

Arda'nın çözümsüzlüklerinin tek sorumlusu kendisiymiş, onu reddetmekle Deniz'in isteklerini de geri çeviriyormuş gibi, suçluluk hissini çağrıştıran garip bir eziklik duyuyor içinde Nehir.

"Tamam" diyor. "Buluşalım... Ama baştan söyleyeyim, yarım saatten fazla kalamam."

55

Varlığımızın özü beyin değil, kalp!

"Beni kırmayıp geldiğin için sana nasıl teşekkür edeceğimi bilemiyorum Nehir."

"Karşı koyacak fırsat bırakmadın ki..."

"İyi de oldu ama, değil mi? Bu saatte eve gidip ne yapacaktın... Beğendin mi parfeyi?"

Camın dışında, aceleci adımlarla bir yerlere yetişmeye çabalayan akşam kalabalığına diktiği bakışlarını önündeki tabağa çeviriyor Nehir.

"Güzelmiş" diyor.

Ardından da lafı dolandırmadan konuya giriveriyor.

"Anlat bakalım, neymiş derdin?"

Derin bir soluk alarak konuşmaya başlıyor Arda.

"Zordayım Nehir" diyor. "Garip bir ruh hali içindeyim. İnanır mısın, kendimi tanımakta güçlük çekiyorum. Öylesine değiştim ki... Dış görünümüm, aynadaki yansımam aynı. Ama ben, eski ben değilim."

"Geçirdiğin ameliyatın doğal izleri bunlar."

"O kadar basite indirgeme. Varlığımızın özünün beyin değil, kalp olduğuna inanıyorum ben. Ve şu anda bir başkasının kalbini taşıyorum. Değişimimin tek açıklaması bu."

"Bana göre de basit bir pompadan ibaret değil kalp. Ama duygusal çalkantılarımızın hepsinin sorumlusu da o değil şüphesiz."

"İçinde bulunduğum durumu, sağlam nedenlere dayanmayan ruhsal saplantılar olarak algılama lütfen. Ölümü iliklerime kadar hissettim ben, Nehir. Kafanda canlandırabiliyor musun?

Tehlike ortadan kalkınca bile düzelmiyor işler, sudan çıkmış balığa dönüyor insan.

Bir gecede sağlam bir bedene kavuşuvermek de kaldırılması güç bir yük! Aklın, duyguların ve ruhun, baş döndürücü bir hızla gerçekleşen değişimlere ayak uydurmakta zorlanıyor.

İşin başında, yoğun bir suçluluk duygusuyla boğuştuğumu da söylemeliyim. Kendi kurtuluşum için dua ederken, bir başkasının ölmesi gerekiyordu çünkü... Bana kalbini verecek kişinin ölümünün benim duamla hiçbir ilgisi olmadığını bilsem de ellerimi açıp Tanrı'ya yakarırken utanç duyuyordum.

Yaşadıklarımın, hissettiğim gariplikler in *ameliyat sonrası depresyonu* denilen bir durum olduğunu söylüyorlar... İnanıyorum. Bu kadar ağırlığın altında, bunalıma girmemek mucize!

Şöyle bir düşün... Bedenindeki en önemli organın, kalbinin yavaş yavaş ölümüne tanık oluyorsun, ardından da kaybediyorsun onu. Aynı anda yeni ve sağlam bir organ takılıyor göğüs boşluğuna. Ve ona uyum sağlamaya çalışıyorsun.

Yanı sıra, yeni kalbinin sana verilmiş değerli bir emanet olduğunun da bilincindesin. Onu korumak, kollamak, diğer organlarından da iyi bakmak zorundasın. Bu arada, emanet bir kalple nereye kadar gidebileceğinin garantisi olmadığını da biliyorsun.

Çok büyük değişimler, bir bedenin yaşayabileceği en büyük depremler bunlar... Ameliyat, birkaç saat içinde olup bitiyor. Ya etkileri?

Ürkütücü bir kâbustan uyandığında, kısa bir süre etkisi altında kalırsın. Ama kâbus benimki gibi yıllarca sürmüşse, etkisinin de uzun sürmesi kaçınılmaz.

Yanlış anlamanı istemem, yaşama yeniden 'merhaba' demek mutlulukların en güzeli. Benimki, yerin yedi kat altından gökyüzünün derinliklerine doğru yükselirken yaşanan bocalama yalnızca. Ve bunların hepsini aşacağıma inanıyorum."

Arda'nın her zaman neşeli görünmeye şartlandırılmış yüzü, gülmüyor bugün. O yüzün ardına ustaca sakladığı gizler ortaya döküldükçe; şaşkınlıktan üzüntüye, yardım edememenin çaresizliğinden ne yapabilirim arayışına, karmaşık bir gelgit yaşıyor Nehir de.

"Psikolojik yardım almayı düşündün mü? Bir psikiyatra ya da psikoloğa gitsen..."

"Her yanım doktor" diye gülüyor Arda. "Yenisini aramıyorum. Ameliyat sonrasında beni iyileştirmeye çalışan ekibin içinde psikiyatr da vardı. Her kontrol muayenesine gittiğimde, hastanenin psikiyatrıyla da merhabalaşıyoruz. Ama şuna inanıyorum ki, beni en iyi tanıyan gene benim.

Şu aralar biraz zorluk çekiyorum o konuda, yabancılıyorum kendimi. O yüzden de senden yardım istiyorum ya. Kalbim delicesine çarparken, benliğimin merkezinde *ben*'den bağımsız kıpırtılar hissettiğimde sana sığınıyorum. Bir de gönüllü doktorlarıma..."

Eğilip, o ana kadar Nehir'in dikkatini çekmeyen siyah deri çantasının içinden bir şeyler çıkararak masanın üzerine seriyor. İngilizce ve Türkçe kitaplar, dosyalar, bilgisayar çıktıları, gazete ve dergilerden kesilmiş yazılar...

Şaşkınlıktan donup kalıyor Nehir.

"İnanmıyorum sana" diyor Arda'ya. "Mastırını organ nakli konusunda mı yapıyorsun yoksa?"

"Öylesine çok okudum, öylesine çok araştırdım ki; tıp eğitimi almış olsam, bu konuda uzmanlaşmayı isterdim. Fazla da büyütme gözünde... Bunların hepsi ameliyat sonrasına ait değil. Kalp nakline gerek duyulduğunu söyledikleri gün başladım araştırmaya. Elime ne geçtiyse okudum.

Burada gördüklerin, oluşturduğum arşivin küçük bir kısmı yalnızca. Bilimsel kitaplar, ameliyat öncesi ve sonrası hakkında ayrıntılı bilgileri içeren zengin bir belgelik. Yanı sıra, başkalarının organlarıyla yaşayan insanların ilginç öyküleri..."

Anlattıklarına yoğunlaşmış bakışlarındaki ciddi ifadeyle, bugün en az on yaş olgunlaşmış görünüyor Arda. Nehir'in görmeye alışık olduğu çocuksu halinden eser yok.

"Çok şey borçluyum doktorlarıma" diyor. "Azrail'in elinden çekip aldılar beni. Ne var ki, hepsinin tek amacı bedenimi sağ ve sağlıklı tutmak. Ruhsal dünyam onlar için ikinci planda kalıyor. Hiçbirini suçlamıyorum, görevlerini yapıyorlar, işleri bu! Ancak şu gördüğün, *gönüllü doktorlarım* dediğim kitap ve kâğıt yığını var ya... Onlarda bulduğum yakınlık bambaşka. '*Kalp yalnızca bir pompadır!*' diye kestirip atmıyorlar. Hissettiklerimin yanılsama, düşüncelerimin saçma, davranışlarımın hatalı olduğunu söylemiyorlar bana. Tam tersine, hoşgörüyle yaklaşıp, benim yaşadıklarıma benzer örnekleri önüme sererek içimi ferahlatıyorlar.

Şu kitapta, kalp-akciğer nakli yapılmış Amerikalı dansçı bir kadının öyküsü var. Organlarını aldığı kişinin ruhunu taşıdığına inanıyor. Onun kadar uç noktaları zorlamıyorum ben. Ama kalbe, kasılıp gevşemekten başka bir işe yaramayan, sıradan bir kas yumağı gözüyle bakılmasına da karşıyım."

Konuşmasını sürdürürken, bir yandan da masanın üzerine yaydığı kitapları, dosyaları, gazete parçalarını topluyor Arda.

"Senin için getirdim bunları" diyor. "Birkaç gün sende kalabilirler. Hepsini okumaya fırsatın olmayabilir. Altını çizdiğim yerlere göz gezdirsen yeter. Üzerinde konuşuruz sonra..."

Vedalaşıp ayrılıyorlar.

Gelirken Arda'nın taşıdığı siyah çanta, Nehir'in arabasının ön koltuğuna kurulmuş; eve götürülüp açılmayı ve sıcacık bir ilgiyle ağırlanmayı bekliyor...

* * *

Eve girip alelacele bir şeyler atıştırdıktan sonra salona geçiyor Nehir. Arda'nın çantasından çıkardığı kitap ve belgeleri masanın üzerine yayıyor. Hangisinden başlasa acaba?

İlk gözüne çarpan, Analitik Psikoloji'nin kurucusu İsviçreli düşünür ve psikiyatr Cari Gustav Jung'ın *Anılar, Düşler, Düşünceler* adlı kitabı oluyor. Kitapla organ nakli arasında ilgi kuramıyor Nehir. Kapağı araladığında, Jung'a ait, Arda'nın elyazısıyla yazdığı sözlerle bezeli bir sayfa çıkıyor karşısına.

"Dışarıya bakan rüyadadır, içine bakan uyanışta."

"Tümüyle emin olduğum hiçbir şey yok. Tümüyle inandığım bir şey de yok gerçekten. Tek bildiğim, doğduğum ve var olduğumdur."

"Yaşamım, bilinçdışının kendini gerçekleştirdiği öykülerden biridir."

Arda'nın psikolojiyle, psikanalizle, analitik psikolojiyle ilgilenmesi şaşırtıyor Nehir'i. Özellikle ilk sözün üzerinde takılıp kalıyor.

Dışarıya bakan rüyada, içine bakan uyanışta... Arda da içine bakarak mı uyanmaya çalışıyor acaba?

Kitabı kenara ayırıp, belli bir sıraya göre dizilmiş dosya yığınını çekiyor önüne. En üstteki sarı dosyanın üzerinde, *"Varlığımızın özü beyin değil, kalptir. / Dr. Paul Pearsall"* yazıyor.

Bu sözü tanıyor Nehir. Bugün konuşmaya başlarken, "Varlığımızın özünün beyin değil, kalp olduğuna inanıyorum ben" dememiş miydi Arda...

Dosya, Amerikalı ünlü bir nöropsikolog Dr. Paul Pearsall'ın çalışmalarına ve öngörülerine ayrılmış.

Hücresel bellek diye bir kavramdan söz ediyor Pearsall. Bu kavram, organ nakli sonrasında, vericiye ait alışkanlıkların doku ya da organın takıldığı kişiye, yani alıcıya geçebileceğini ifade ediyor.

Bazı insanların bu deneyimi yaşarken, diğerlerinin yaşamamasını da şöyle açıklıyor Pearsall:

"Organ nakli yapılan hastaların hepsi, bedenlerinin içindeki yeni hücrelerin verdiği işaretleri fark edemez. Ancak tam anlamıyla bedenini tanıyan, bedeninin bilincinde olan insanlar bu değişimi daha çok hissediyorlar. Sanatçı, ressam, şair gibi yaratıcı insanlar, bir başka deyişle iç gözlem yapabilen, çok dikkatli kişiler..."

Organ nakillerinden sonra görülen, alışkanlıkların değişimi konusunda da çok çarpıcı örneklerle karşılaşıyor Nehir.

Ameliyattan önce, sudan aşırı derecede korkan bir kadının kalp naklinin ardından, iyileşir iyileşmez yüzmeye gitmesi, yelkenliyle dolaşmak istemesi... Kalbin gerçek sahibi olan vericinin tam bir deniz tutkunu oluşu ve deniz kazasında ölmesi...

Amerikalı dansçı kadının ameliyattan sonra, eskiden ağzına koymadığı yeşil bibere olan düşkünlüğü; "fast food" yemekten hoşlanmazken, hamburger ve kızarmış tavuğa duyduğu ilgi...

Yalnız yemek alışkanlığındaki değişiklikler olsa, önemsemeyecek Nehir. Kendisi de narkozun etkisiyle bu değişiklikleri az çok yaşadı. Ancak, dosyalardan birinde okuduğu, biftekten hoşlanan bir kadının vejetaryen oluşu kadar köklü bir dönüşüm olmadı yaşamında.

Arda'nın altını çizdiği satırları, daha da dikkatli okuyor Nehir.

"... Kalp, düşündüğümüzden de akıllı bir organ. Ve kendine ait bir sinir sistemine sahip."

Nörokardiyoloji adlı kitabın yazarı Dr. Andrew Armour, *"kalbin küçük beyni"* diyor buna.

Georgetown Üniversitesi'nden nöroloji uzmanı Candace Pert de zekânın yalnız beyinde değil, vücuda dağılmış tüm hücrelerde yer aldığını söylüyor.

"Duygular ve düşünceler, yalnızca insanın kafasının içinde değildir" diyor. "Her hücrenin reseptörü[14] ve kendine özgü bir zekâsı vardır."

Bu deneyimler, organ nakli ameliyatı geçiren hastaların alması gereken güçlü ilaçların etkisiyle oluşabilir mi? Bu sorunun yanıtına da Dr. Paul Pearsall'ın ağzından, geniş yer verilmiş Arda'nın belgelerinde.

"Bu insanlara yüklenen doku reddini önleyici ilaçların çok güçlü psikolojik etkileri olabilir" diyor Pearsall. "İyi de neden bu öyküler hep aynı biçimde oluşuyor? Neden organ nakli yapılan kişi, hiç tanımadığı bir vericinin belleğinden izler taşıyor?

Belki bu ilaçlar, LSD ya da benzeri maddeler gibi sanrılara

14. Alıcı, almaç.

yol açıyor ve algılamayı genişletiyorlar. Bu da hepimizin sahip olduğu hücresel belleğe giriş eşiğini alçaltmaz mı?"

Okudukça kafası karışıyor Nehir'in. Bu karmaşa yumağının içinde daha fazla debeleneceğine, konunun uzmanı bir dostla konuşmaya karar veriyor.

Mehmet Turhan, Ali Enişte'nin teyzesinin oğlu ve başarılı bir cerrah. Amerika'da üç yıl organ nakli üzerinde çalıştıktan sonra Türkiye'ye döndü. Bu konuda yetkin bir ağız. Aklına takılan her şeyi onunla paylaşabilir Nehir.

Ne var ki Mehmet Turhan, ağzından çıkan ilk cümleyle hayal kırıklığına uğratıyor Nehir'i.

"Geç bunları kızım! Şairler, yazarlar, sanatçılar duygularımızın ve ruhumuzun odağı olarak kalbi gösterirler. Düşünce olarak hoş, ama tıbben yanlış. Kalbin diğer organlardan hiçbir farkı yok. Düşünceleri, duyguları yönlendiren yaşamsal organ, beyindir!"

Yılmıyor Nehir. Saatlerdir okuduğu metinlerden en çok etkilendiklerini sayıp döküyor.

"Mehmet Abi... Size saygım sonsuz, mesleki bilgilerinize de. Ama okuduklarım arasında, dünyaca ünlü doktorların iddiaları da var. Örneğin, *hücresel bellek* diye bir kavram var ki, bu cehaletimle ben bile etkilendim."

"Konuyu hücreye indirgersek, böbrek ve karaciğer naklinde de aynı kişilik değişimlerinin olması gerekmez mi?"

"Kalp naklindekiler kadar olmasa da diğerlerinde de değişim görülebiliyormuş..."

Karşısında yıllarını bu işe vermiş uzman bir doktor varken bilmiş bilmiş konuşmaktan duyduğu utançla susuyor.

"Kusura bakmayın Mehmet Abi, gecenin bu saatinde rahatsız ettim sizi" derken... Hiç ummadığı bir ışık yanıyor karşı tarafta.

"Bir şey anlatacağım sana ama, hemen heveslenme" diye gülüyor Mehmet. "Amerika'da çalıştığım yer, Pitsburg'daki dünyaca ünlü organ nakli hastanesiydi. Karaciğer nakli üzerine yoğunlaşmıştım ben.

Önceleri, orada da organ bağışının azlığı yüzünden sıkıntı çekiliyormuş. Yapısal yönden insana en yakın hayvan, maymun ya... *Baboon*[15] cinsi bir maymundan alınan karaciğerlerle nakil yapılmaya başlanmış. İyi sonuçlar da alınmış üstelik. Ancak, bir süre sonra bu eylemden vazgeçmek zorunda kalmışlar. Neden mi? Sıkı dur... Karaciğer nakli yapılan kişiler, *babunlaşmaya* başlamışlar da ondan..."

Bunları anlatırken kahkahalarla gülüyor Mehmet. Nehir'se konuşmanın başından beri ilk kez dişe dokunur bir şey yakalamanın sevinciyle atılıyor.

"Maymundan alınan organın insanı babunlaştırdığı kabul ediliyor da insandan alınanların değişime neden olabileceği neden kabul edilmiyor?"

"Ama bu ölçü olamaz!" diyor Mehmet. "Ne kadar benzer yapıda olurlarsa olsunlar, insan ve maymun bedenleri arasında işlevsel farklılıklar vardır. İnsandan insana nakille bu farklar en aza indirgenmiştir.

Senin anlattığın türdeki uyumsuzluklar da geçici bir süre için söz konusudur zaten. İlaçla baskılama ve psikolojik tedaviyle sorun falan kalmaz ortada..."

"Teşekkür ederim Mehmet Abi. Gerçekten çok değerli bilgiler verdiniz ama, bir noktayı vurgulamadan geçemeyeceğim. 'Bilimde kesinlik yoktur!' dersiniz ya hep... Bu konuda da biraz esnek olmakta yarar yok mu? Tıbbın, organ nakli konusunda, daha alacağı çok yol varmış gibi geliyor bana. Her şey yeni başlıyor hatta..."

"Bak onda haklısın. Bugün inandığımız gerçekler, yarın kökünden değişebilir. Bir noktayı daha kabul etmek durumundayım. Biz doktorlar, organ nakli ameliyatından çıktıktan sonra, sayfayı kapattığımızı düşünüyoruz. Nakil sonrasında yaşananlarla ilgilenmeyi de ister istemez alternatif tıp ya da metafizikçilere bırakıyoruz."

"Tıbbın bakir kaldığı, gelişmelere açık ve önem verilmesi gereken bir alan, yani..."

15. Babun, Habeş maymunu.

"Nehir! Bakıyorum, yumuşata yumuşata istediğin kıvama getirdin beni. Neden işletmeci oldun sen? Doktor olsaydın ya..."

* * *

Pazar gününü de evde, masanın üzerini kaplayan kâğıt, kitap, dosya yığınının arasında geçiriyor Nehir. İyiden iyiye dağılmış kafasını toparlayıp, birkaç önemli sonuç çıkarıyor kendince...

Öncelikle, *hücresel bellek* kavramına inanıyor. Birisinden organ ya da doku nakliyle alınan hücreler, önceki bedendeki kromozom ve genleriyle geliyorlar. Ve o genler nakledilen organda kalmayıp, dolaşım yoluyla tüm bedene yayılıyor.

Tıbbi bir açıklama değil belki ama, Nehir'in kafasına yatan bu.

Gene de tek taraflı düşünmekten yana değil. Geçirilen ameliyatın, narkozun, verilen ağır ilaçların etkisiyle yaşanabilecek yanılgıları da göz ardı etmemeye çalışıyor.

Dün akşamdan beri masanın başına tünedi, bu sonuçlara varabilmek için. Tıp camiasından birileri görse güler haline.

Organ naklidir, kişilik değişimidir, uyumdur, uyumsuzluktur... Sana mı kaldı, boyundan büyük işlere kalkışmak?

Evet, ona kaldı!

Verici Deniz, alıcı Arda olunca...

Elini kolunu bağlayıp bir köşeye çekilemez. Sorunun tam göbeğinde oturuyorken tarafsız kalamaz.

Boyundan büyükse o işler; işte böyle, eliyle koluyla uzanmaya çabalar Nehir de...

56

Kısa bir İzmir kaçamağı

Arda'nın siyah deri çantası, üç gündür Nehir'in işyerindeki odasının konuğu. Ne arayıp sordu ne de gelip çantasını aldı Arda. Nehir'in, kendisine verilen ev ödevini, cumartesi-pazar, iki günde halledebileceğini ummadığından belki de.

Çarşamba sabahı, toplantıya girmeden önce Arda'yı aramayı düşünüyor Nehir. Yeni anlaşma yapacakları şirketten gelen telefon uzayınca arayamıyor. Toplantı sonrasında, beyin takımıyla son gelişmeleri konuşurken de tümüyle aklından siliniyor Arda. Ama o, kendini hatırlatmayı biliyor!

Gün içindeki yoğunluğu yadsırcasına birdenbire ıssızlaşan akşamüstü saatleri... Nurcan'ın hazırladığı bitki çayını yudumlarken, ertesi sabah imzalayacağı yeni sözleşmenin şartlarını düşünüyor Nehir.

"Arda Bey geldi."

Nurcan'ın diyafondan yansıyan sesi, unuttuklarını hatırlatmaya yetiyor.

"Çantamı almaya geldim" diyerek kapıdan başını uzatıyor Arda. Cumartesi günkü ciddi yüz ifadesinden sıyrılmış, her zamanki neşeli ve esprili haliyle içeriye giriyor.

"Boynu bükük kaldı çantan" diyor Nehir. "Sahibini özledi."

"Hatırını soran olmadı mı yoksa?"

Anlatmak istediği açık; Nehir'in, emanet ettiği belgelerle ne derece ilgilendiğini anlamaya çalışıyor.

"Gerektiği gibi ağırlandı, merak etme."

"Sonuç?"

Vardığı sonucu tüm ayrıntılarıyla Arda'yla paylaşmaktan yana değil Nehir. Derine inmeden, yüzeyel bir paylaşımı yeterli buluyor. Belgeleri nasıl didik didik taradığını, delicesine etkilendiği noktaları, inandıklarını / inanamadıklarını bire bir bilmese de olur Arda.

"Bilimsel yorumlar yapmak beni aşar" diyor kayıtsızca. "Organ nakli olmuş insanların öykülerine göz attım. Yaşadıklarının gerçekliğinden kuşkum yok. Ancak, anlattıklarında yanılgı payının büyük olduğunu düşünüyorum.

Karısından ya da kocasından ayrılıp başkalarıyla evlenmiş çiftleri düşün. Uyumsuzluklar, reddedişler, bunalım... Yeni eşlerine alışmak için zamana ihtiyaçları var. Sizinki de o hesap."

"Benim sözünü ettiğim sorun, yeni eşle yaşanan uyuşmazlık ya da onu reddediş değil ama. Tam tersine, yeni kalbimle fazlaca özdeşleşmiş olduğumu düşünüyorum ben."

"Bu da psikolojik bir yanılsama olamaz mı? Her neyse, öyle ya da böyle kısa sürede normal hayata dönülüyormuş zaten. Senin de aşırılıklarını törpüleyip orta yolu bulacağına inanıyorum."

O an, Arda'nın içinde bulunduğu durumdan anlattığı kadar şikâyetçi olmadığını fark ediyor Nehir. Sorun dediği şeyi umursamaz, hatta onunla yaşamaktan mutlu olur gibi bir hali var. Kendi de itiraf ediyor zaten...

Yüzüne yayılmış geniş gülümsemesiyle, "Yanlış anlama" diyor. "Halimden yakınmıyorum. Deniz'le Arda karışımı, yepyeni bir kişilikle senin yanında olmak, mutluluk veriyor bana."

"Böyle konuşman beni üzüyor ama."

"Bırak üzüntüyü! Tek şey sormak istiyorum sana... Sevdiğin insanın kalbinin bende yaşaması, hiç mi etkilemiyor seni? Damarlarımda gezinen kanın, sana yönelince eriyiveren bakışlarımın, Deniz'den izler taşıdığının farkında değil misin?"

"Bilemiyorum Arda... Ama, aramızdaki yakınlığın dostluk sınırları içinde kalmasından yanayım. Umarım beni anlıyorsundur."

"Yapay sınırlar koyuyorsun kendine. Benden de bu sınırlara uymamı bekliyorsun. Neden?.."

"Öyle olması gerekiyor. Hatta... bundan sonra görüşmesek daha iyi olur diye düşünüyorum."

"İşte ona söz veremem" diye kömür gözlerinin derinliklerine kadar gülüyor Arda. "Sen de kendinden bu kadar emin olma. Unutma ki, Deniz'in bir parçası bende yaşıyor! Ondan nasıl vazgeçebilirsin ki?"

* * *

Kafası karışık Nehir'in. Hem bedenen, hem ruhen yorgun hissediyor kendini. Ummadığı zamanlarda karşısına çıkıp ezberini bozan değişimlere direnç gösterebilmek için kısa bir molaya ihtiyacı var.

Örneğin, kısa bir İzmir kaçamağı...

Cuma akşamı İzmir'e uçuyor Nehir. Pazartesi sabahı işinin başında olmayı planlıyor.

Nevin de, Ali de sevinçle karşılıyorlar Nehir'i. Bu beklenmedik gelişin nedenini irdelemek aklından bile geçmiyor Ali'nin. Ama Nehir'in tutuk hali, hassas ve kırılgan davranışları Nevin'in gözünden kaçmıyor. Tanımaz mı kardeşini... Bu işin altında bir iş var, ama ne?

Öğrenecek elbet! Hele bir baş başa kalsınlar...

Ertesi sabah kahvaltı sofrasında, "Arabayı bakıma götüreceğim" diyor Ali. "Kaç gün öncesinden randevu almıştım. Kusura bakmazsın, değil mi Nehir?"

Nevin'le Nehir'i, ince belli bardaklarda keyif çaylarını içerken bırakıp çıkıyor.

Ali'nin arkasından, "Hele şükür!" diyor Nevin. "Ayrımız gayrımız yok aslında ama, şöyle abla kardeş, baş başa kalmanın hali başka..."

Çayları tazeliyor Nevin. Nehir'i ürkütmeden, ufak ufak sorguya alıyor.

"E, anlat bakalım... İstanbul'da havalar nasıl?"

"Değişen bir şey yok abla. Bıraktığın gibi... Şirketteki işler iyice yoğunlaştı şu aralar."

Aldıkları ödülden sonra yaşanan olumlu gelişmeleri anlatıyor Nehir. Yeni iş anlaşmalarını, ileriye dönük projeleri, şirketteki çalışma arkadaşlarıyla olan paylaşımlarını...

Daha fazla dayanamıyor Nevin.

"Arda n'apıyor? Görüşüyor musunuz?"

İnce bir gölge düşüyor Nehir'in yüzüne; yanakları kızarıyor hafiften ya da Nevin'e öyle geliyor. Başka yöne kaymalarını engellemek istercesine çay bardağının içine dikiyor dalgın bakışlarını.

"Görüşmeyeceğiz artık!" diyor, fısıldar gibi.

"Görüşüyordunuz da bundan sonra görüşmeyeceksiniz yani... öyle mi?"

"Üstüme gelme abla. Arda'yla aramızda senin kastettiğin anlamda bir paylaşım yok. Hiç olmadı, olmayacak da.

Onun için üzülüyorum aslında. Kalp nakli konusunda derin araştırmalara dalmış... Çanta dolusu kitap ve belge getirdi bana. Fena halde kafasını takmış bunlara."

"Bu yüzden mi biletini kestin çocuğun? Neyle suçluyorsun onu? Kocanın kalbini taşımakla mı? Unutma ki, o kalbi ona veren sensin.

Yoksa Arda'yı her gördüğünde Deniz'i görmüş gibi olduğun için mi bu tepkin?"

"Durum o kadar basit değil abla. Arda, Deniz'le özdeşleştiriyor kendini. Hem de çok tehlikeli bir biçimde... Kapıldığı sanal duygulara körü körüne inanıyor. Yetmezmiş gibi benden de karşılık bekliyor."

"Ya sen? Ona karşı hiçbir şey hissetmiyor musun?"

İşin kötü yanı da bu ya!
Arda'nın bakışlarında Deniz'den izler var sanki.
Konuşmasında, gülüşünde...

İçinden geçenleri kendine saklayıp, son sözünü dışarı vuruyor Nehir.

"Bu iş burada bitmeli abla! Böylesi ikimiz için de daha iyi..."

"Bak Nehir! Kendi kararlarını tabii ki kendin vereceksin.

Ancak, seni uyarmak da benim görevim. Öncelikle bir noktada anlaşalım: Söz konusu olan, Arda falan değil Nehirciğim; senin yanlış bir yola girmek üzere oluşun.

Şunu aklına koymalısın ki; Deniz'in adını sayıklayarak çile doldurmakla geçmez bu hayat! Yaşamın doğasına aykırı bu.

Dünya üzerindeki aşkların en büyüğü, en erişilmezi bile olsa, yalnızca iki aylık bir evlilik yaşadınız. Tanışmanızla, kaynaşmanızla beraber bir yılı bulmuyor bile.

Bu kadarcık bir süre için ömrünün geri kalanını boşa mı harcayacaksın? Otuz yaşındasın henüz. Otuz, kırk, belki de elli yıl var önünde. Yarım asra yakın bir zaman dilimi... İki aylık evliliğin hatırına! Olacak iş değil.

Haksız mıyım? Yanlışsam düzelt beni..."

"Ben daha yarınımı göremiyorum abla... O kadar uzağı, onlarca yıl ötesini nasıl göreceğim?"

"Sen hiç yorulma! Anlatayım sana...

Yaşanmışları ve geçmişi yok sayamazsın güzel kardeşim. Ama yüzünü yavaş yavaş geleceğe çevirmelisin. Dışa açılan kapıları kilitleyip karanlığa hapsedemeyeceksin kendini. Er ya da geç, birileri çıkacak karşına. Sevginin sıcaklığını sana yeniden duyuracak birileri... Geride kalmış acı anıların önüne çektiği seti zor da olsa aşacak ve uzanan eli tutacaksın.

Bunları yaptığın için, asla ayıplamayacaksın kendini. Olması gereken bu çünkü..."

Hiçbir tepki vermeden, sessizce dinliyor Nehir. Gerçekleşmesi mümkün olmayacak yabancı bir düşü uzaktan uzağa izler gibi.

"Gelelim Arda'ya..." diye devam ediyor Nevin. "Sana elini uzatacak kişi Arda olursa işinin kolaylaşacağını düşünüyorum. Ne de olsa Deniz'in kalbini taşıyor."

"Yapma abla!" diye ilk tepkisini veriyor Nehir. "Başkasının kalbiyle yaşamını sürdüren herkes, kalbin eski sahibinin karısı, kocası ya da sevgilisiyle gönül bağı kurmaya kalksa bütün dengeler altüst olur. Arda'nın verdiği belgeler içinde bile böyle bir örneğe rastlamadım."

“Bir film seyretmiştik Ali’yle... Konuyu biraz saptırmışlardı ama, yanlış hatırlamıyorsam, orada da duygusal bir şeyler yaşanıyordu.”

“Gördüğüm ve izlediğim kadarıyla hiçbir sanat dalında bu konuda doyurucu bir yapıt çıkmamış ortaya.

Edebiyat dalında, kalp nakli ve sonrasıyla ilgili doğru dürüst bir roman bile yok. Ne yerli, ne yabancı... Yazılmış kitaplar ya bilimsel içerikli ya da başından geçenleri anlatan kişilerin günlükleri ve anlatıları.

Sinema camiası da yanlış yönden yaklaşmış olaya. Çekilen az sayıdaki filmlerde, kalbi veren ve alan kişiler ya eski bir suçlu ya da geçmişi karanlık insanlar. Günlük hayatta karşılaştığımız sıradan tipler değil yani.

Senaryoyu ilginç kılmak için gerçekdışı bir sürü saçmalıkla şişirilip, abartılı kurgularla *doğru* yerine *yanlış*’ı sunmuşlar izleyicilere. Avantür denilen vurdulu kırdılı macera filmleriyle, kalp naklini yaşamış insanın duygusal derinliği, ne derece dile getirilebilir?”

“Ama unutma ki her yaşam öyküsü başlı başına bir macera filmidir!”

“Doğru. Ancak o filmlerin senaryosunu biz yazmıyoruz. Herkes alnına yazılmış senaryoyla doğuyor.

Boşuna konuşup tartışıyoruz ablacığım. Ne yazılmışsa onu yaşayacak olduktan sonra...”

57

İki kişilik doğum günü partisi

İzmir'den dönerken daha serinkanlı düşünebiliyor Nehir. Yaşamın akışına bırakacak kendini, yapay kısıtlamalarla duygularını yormayacak. Ama verdiği kararların da arkasında durup sonuna kadar sahip çıkacak onlara.

Arda'nın telefonu, tam da bu içsel kararların üzerine geliyor. *Merhaba* yerine, "Sesini özledim..." diye söze giren kömür gözlüye ne yanıt verecek Nehir?

"Sırf bunu söylemek için mi telefon açıyorsun Arda?"

"Tabii ki hayır. Bu daha başlangıç!"

"Devamını getirme o zaman..."

"Olur mu hiç! Bıraksan neler anlatacağım ama, konuşturmuyorsun ki insanı."

"Dinliyorum seni, ama acele et. Toplantıya girmek üzereyim."

"Tamam, söylüyorum... Yarın benim doğum günüm. Ve seni kutlama partisine davet etmek istiyorum."

"Kusura bakma Arda, bu tür kalabalıkların içine girmeye hazır değilim henüz."

"Kalabalık yok! Yalnızca sen ve ben..."

"Yalnızca sen ve ben mi! Ne biçim bir doğum günü bu böyle?"

"Yeni yaşantımda ilk seni tanıdım. En güzel ve en anlamlı kutlamanın bu olacağına inanıyorum. Umarım geri çevirmezsin beni."

"Yapamam Arda. Sanırım anlayışla karşılarsın beni."

"Kestirip atma hemen. Biraz düşün, öyle karar ver."

"Düşünecek bir şey yok, kararım belli benim."

"Hayır, deme lütfen. Yarın sabah arayacağım. O zaman söylersin gelip gelmeyeceğini..."

O gece yastığa başını koyarken ne diyeceği belli Nehir'in. Gidemeyeceğini söyleyecek ama, Arda'yı kırmadan bu işin içinden nasıl sıyrılacağım bilemiyor.

* * *

Sabah banyodan çıktığında, bambaşka bir ruh hali içinde Nehir. Hem kendisiyle hem de dünya üzerindeki canlı cansız her türlü yaratık ve nesneyle barışık bugün. Eskilerden kalma bir şarkı mırıldanıyor usuldan.

Boy aynasının önünde giyinirken, sevecen bakışlarla okşuyor bedenini. Siyah pantolonun üzerine kırmızı şifon bir gömlek seçiyor.

Bugüne o yaraşır!

Telefonun karşı tarafında ecel terleri döken Arda'yı da hiç üzmüyor.

"Tamam" diyor fazla uzatmadan. "Geliyorum..."

Akşamın programı belli. İş çıkışı gelip alacak Arda. Tarabya'ya gidecekler. İki kişilik doğum günü partisi için...

"Hem sevindirdin hem de şaşırttın beni" diyor Arda. "Dünkü konuşmamızın ardından, davetimi bu kadar kolay kabul edeceğini beklemiyordum doğrusu."

Boğaz'ın sularına diktiği bakışlarını toplayıp Arda'nın kömür karası gözlerine bırakıyor Nehir.

"Nedenini sormayacak mısın?"

"Seni buraya getiren her ne ise, minnet borçluyum ona."

"Tüm borçları bir yana bırak. Varlığımın özü dediğin kalbin sevinmeye hazır mı?"

"Nehir... Yoksa? Yeni bir başlangıcın müjdesi mi bu?"

"Öyle de sayılabilir. Hatırlıyor musun, son konuşmamızda, 'Deniz'in bir parçası bende yaşıyor' demiştin..."

"Evet?"

"Deniz'in bir diğer parçası da bende yaşıyor Arda! Onun bebeğini taşıyorum..."

Donup kalıyor Arda. İnanmakla inanmamak arasında yaşadığı gelgitin ortasında, "Gerçek mi bu?" diyor güçlükle.

"Evet. Ve bu gerçeği ilk kez seninle paylaşıyorum. Neden ilk sana anlatıyorum, biliyor musun?"

"Galiba... hissedebiliyorum."

"Deniz'in kalbini taşıyorsun Arda. Önce o kalp duymalı bu müjdeyi! Sevinmeli... Yere göğe sığmamalı sevincinden."

"Sığmıyor zaten... Çok şaşırdım ama, senin adına sevindiğimi söyleyebilirim."

Kendi adına da seviniyor aslında Arda. Garip, tanımlanması güç bir duygu karmaşasının ortasında, oradan oraya savruluyor. Farklı şartlar altında olsalar, üzüntüden kahrolacak belki...

Kısa bir süre önce eşini kaybetmiş bir kadın, yüreği onun için çarpmaya başlamış genç adama, ölen kocasından bebek beklediğini söylüyor.

Ne yapar o genç adam? Sevinir mi, üzülür mü?

Gariplik burada başlıyor işte. Arda'nın yerinde bir başkası olsa, annesinin bedenine tutunmaya çalışan minicik varlığa düşman kesilebilir. Kendisi için aşılması zor bir engel oluşturacak bebeğin doğmasını değil, doğmamasını diler içinden.

Arda ise o bebeği hiç mi hiç yadırgamıyor, yabancılamıyor. Yüreğinden yükselen sıcaklık, tüm hücrelerine yayılıp sevgi ve şefkat yumağı halinde Nehir'e yansıyor; onu ve içinde barındırdığı sevgili varlığı coşkuyla sarıp sarmalıyor.

Üzülmek bir yana, Nehir'le yarışacak kadar mutlu hissediyor kendini Arda...

58

Babasız değil o!

Ne var ki Nevin, Nehir'in verdiği haberi Arda gibi sevinçle karşılayamıyor.

Heyecan içinde anlatıyor Nehir. Ne zamandır kuşku duyduğunu ama konduramadığını, bedenindeki ufak tefek değişiklikleri geçirdiği ameliyata ve yaşadıklarına bağladığını... Sabahleyin banyoda uyguladığı gebelik testinde çift çizgi çıkınca sevinçten havalara uçtuğunu...

Hiç sesini çıkarmadan dinliyor Nevin. Ve sonunda; kutlanmayı, sevincinin paylaşılmasını bekleyen kardeşinin suratına balyoz gibi inen o soruyu soruyor.

"Doğuracak mısın o çocuğu?"

Öylece kalıyor Nehir, uzunca bir süre konuşamıyor.

"Ne söylediğinin farkında mısın sen abla?"

"Farkındayım. Ya sen? Dünyaya babasız bir çocuk getirmenin ne demek olduğunu biliyor musun?"

"Babasız değil, Deniz'in çocuğu o!"

"Lafta kalacak sahiplendirmelerle oyalama kendini. Hayata 1-0 yenik başlayacak o garibanın günahına da girme."

"Kararlıyım abla, bu çocuğu doğuracağım! Tanrı'nın bana verdiği en büyük ödül bu. Deniz'le beraberliğimizin somut kanıtı... Nasıl vazgeçerim ondan!

Benimle beraber sevineceğini sanmıştım... Yanılmışım."

"Seni çok iyi anlıyorum Nehir, ama biraz mantıklı ol. Boşanan çiftler bile, geride bıraktıkları evliliklerine ait hamilelikleri sonlandırırken..."

"O farklı bir şey! Biz boşanmadık... Kaldı ki, başkalarının düşünce ve davranışları da zerrece ilgilendirmiyor beni. Çocuğumdan asla vazgeçmeyeceğim abla."

"Körsün sen! Bırak ileriyi, bir adım öteni bile göremiyorsun. Bu zamanda tek başına çocuk yetiştirmenin zorluklarıyla baş etmek kolay mı sanıyorsun? Çalışma hayatın ne olacak? Yerlere göklere sığdıramadığın şirketin..."

"Hepsinin çözümü bulunur, merak etme. Çocuğumun varlığıyla daha da güçlü olacağımı şimdiden hissedebiliyorum."

"Kendine ait, özgürce yönlendirebileceğin bir hayatın olamayacak ama. Yeni başlangıçlar yaparken, engel olup dikilecek önüne..."

"Belli oldu derdin!" diye sinirle gülüyor Nehir. "Yeniden evlenmeye kalksam, *çocuklu kadın*'ım diye şansım azalır, değil mi?

Bak abla, Deniz'le nikâhımız bozulmadı henüz. Beraberliklerin ölümle noktalanması yok benim kitabımda. Sen ne düşünürsen düşün, ikimize ait olan o bebek doğacak. Ve ummadığın kadar da iyi bakılacak. Bundan kuşkun olmasın..."

Telefonu kapattığında, öfkeden titriyor Nehir.

Ablası ve Arda! Bebek beklediğini paylaştığı iki kişi... Nasıl olup da bu kadar farklı tepkiler verebiliyorlar?

Öylesine sıcak, öylesine içten davranmıştı ki Arda; Nehir'in mutluluğuna öylesine candan ortak olmuştu ki... Oysa asıl o merak edebilirdi, Nehir'in bu çocuğu doğurup doğurmayacağını...

Ablasını affedemiyor Nehir. Gösterdiği sevgideki gitgide artan bencillik payını da hoş göremiyor artık. Hele söz konusu, kendisi değil de bebeği olunca...

* * *

İstanbul'la İzmir arasında soğuk rüzgârlar esiyor. Ne Nehir arıyor ablasını ne de Nevin kardeşinin hatırını soruyor.

Nevin'in aramayışının altında yatan neden, öfke ya da küskünlük değil. İstemeden de olsa Nehir'i çok kırdığının, örselediğinin ve oluşan yaraların telefonla onarılamayacak kadar derin olduğunun farkında. Hemen ertesi gün, otobüse atladığı gibi soluğu İstanbul'da alması bu yüzden...

Hayır, öyle demek istemedi ablası... Onun yavrusu, Nevin'in de canıdır! Madem doğurmaya kararlı, kardeşinin yanında olacak hep. Neler neler örecek ufaklığa... Ali'yle Nevin'in torunu sayılır o. Kucaklarına alıp mis gibi bebek kokusunu içlerine çekmek için sabırsızlanıyorlar...

Baştan karşı çıktı, doğru; ama bu söylediklerinde gerçekten samimi Nevin. Ne yapsın, elinde değil. Kardeşinin üzerine konan tüyden bile huylanan bir abla o. Nehir'in bundan sonraki yaşamında pürüz yaratabilecek her şeye karşı da aşırı duyarlılık gösteriyor.

İlk tepkisi biraz sert olsa da, Nevin'in iki günlük İstanbul ziyareti, aralarındaki buzları eritmeye yetiyor. Nevin de en az kardeşi kadar hevesle, gelecek bebeğin yolunu gözlüyor artık...

* * *

Karnındaki, henüz kıpırdanmayı bile beceremeyen minicik varlık, Nehir'in grileşmiş dünyasına güneş gibi doğuyor.

Gerçek bir mucize bu! İş hayatında kazanacağı başarılarla avunmanın ötesinde fazlaca bir mutluluk umudu kalmamışken bulutların üzerinde geziniyor şimdi.

Her önüne gelene söylüyor bebek beklediğini, saklamıyor hiç. Duysunlar, öğrensinler, paylaşarak büyütsünler Nehir'in sevincini...

İşyerinde, minik Sezen'in varlığını herkes biliyor. Yetmiyor, merkeze, Nokta Reklam Ajansı'na ulaştırılıyor müjde. Nevzat Bey'le Sedef Hanım'ın etekleri zil çalıyor sevinçten. Nevin'le Ali gibi onlar da torunları yerine koyuyorlar Nehir'in *miniş* diye çağırdığı bebeğini.

Asıl sahiplenmesi gerekenler ortada görünmese de *miniş*'in sahipleneni çok. Kimine göre torun, kimine göre yeğen olacak doğduğunda. Herkes şimdiden belirlemiş akrabalık ilişkisini. Arda dışında...

Eksik kalan tek nokta, bebeğin Arda'ya olan yakınlığını tanımlayamamak. Ama o da öylesine bir sahipleniyor ki *miniş*'i; hiçbir tanım, hiçbir sözcük, bu bağlılığı ifade etmeye yetmez.

Nehir'in müjdeyi verdiği günden bu yana, ilişkileri çok daha sıcak. Ama dostça!

Arda her gün, bazen günde iki kez telefonla arayıp hatırını soruyor Nehir'in. Şu aralar onun da işleri yoğun. Ama her fırsatta uğruyor. Son gelişinde kocaman, pofuduk bir ayıcık getirdi *miniş*'e. "İlk oyuncağı benden olsun" diyerek.

Aralarındaki duygusal gerilimin yatışmasından, sakin ve dostane bir ilişkiye dönmesinden son derece memnun Nehir. Şu aralar, hamilelik öncesinden çok daha rahat hissediyor kendini.

Bebek sözcüğünü telaffuz ettiğinden beri, tek bir imalı davranışı olmadı Arda'nın. Nasıl Nehir onu hassas döneminde koruyup kolladıysa, şimdi de o aynısını yapıyor.

Arda'nın her gidip gelişinde, şirkette çalışanların soru işareti yanıp sönen bakışlarına hesap vermekten de kurtuldu Nehir. Hiçbir şey umurunda değil artık...

O artık hamile! Deniz'in çocuğunu doğuracak, gerisi boş laf...

59

Derin dönemi / devr-i derin

Bebeğin cinsiyeti henüz belli değil. Doğuncaya kadar da öğrenmek istemiyor Nehir. Doğum anına bırakıyor büyük heyecanı. Evet, cinsiyeti belli değil ama, çok önceden konulmuş bir adı var bebeğin...

Kaş'ta, denizin derinliklerinin büyüsünü Nehir'e anlatırken, içgüdüsel bir dürtüyle, doğacak çocuklarının adını da belirleyivermişti Deniz.

O gün orada yaşadıklarının her anını tüm canlılığıyla hatırlıyor Nehir. Deniz'in dalgalara karışan sesi, kulaklarında yankılanıyor...

"İkimizden bir parça o... ikimizden bir şeyler taşıyacak. Adı da öyle olmalı. Nehir ve Deniz... Bizden bir şeyler çağrıştırmalı koyacağımız ad. Sen çağırdığında beni hatırlamalısın, ben çağırdığımda seni..."

"De-rin... Derin!"

"Nasıl? Beğendin mi? Derin... Çocuğumuzun ismi Derin olabilir mi?"

"Kız ya da erkek, hangi cinsiyetten olursa olsun, çocuğumuza, adını Kaş'ta, denizin derinliğini içimize çekerek koyduğumuzu söyleyeceğiz."

"Hadi, sen de seslen... Sen de adıyla çağır çocuğumuzu."

"Kırma beni. Annesinin yavruma seslenişini duymak istiyorum. Senin ağzından... Bunu benden esirgeme."

"Derin! Derin! Derin!.."

O gün boğazına takılan düğüm, aynı yerde duruyor sanki. Gözlerinden yaşlar iniyor gene. Ama hissediyor ki Deniz şu anda çok mutlu, gurur duyuyor bebeğiyle. Bebeği *Derin*'le...

Evin içinde dolanırken, devamlı Derin bebekle konuşuyor Nehir. Deniz de bir yerlere sinmiş, mutlulukla izliyor onları.

İlginçtir; Derin bebeğin varlığını belli etmesiyle beraber, haftalardır Nehir'in içinde yaşamını sürdüren Deniz, yerini emanetçisine bırakmanın huzuruyla sıyrılıp çıkıverdi dışarı. Karısını ve çocuğunu karşıdan seyretmek, daha keyifli geldi belki...

Uzağa gitmedi ama. Hâlâ birbirlerinin varlığını hissedecek kadar yakınlar ve her şeylerini paylaşmayı sürdürüyorlar.

Yaşamlarındaki tek fark, yepyeni bir döneme adım atıyor olmaları. *Derin Dönemi*'ne... *Devr-i Derin*'e!

* * *

"Nehir Hanım, bir konuğunuz var."

"Kimmiş?"

"Genç bir hanımefendi. Adını vermek istemiyor. Size sürpriz yapacakmış."

Nurcan'ın araladığı kapıdan içeriye süzülen genç hanımefendi, Dila Sezen. Gözlerindeki sıcacık ifadeyle, "Merhaba" diyor Nehir'e.

İzmir'deki hastanede, soğuk rüzgârların estiği o günün ardından karşılaşmadılar hiç; birkaç kısa telefon konuşması dışında görüşmediler.

Bugünkü ziyareti neye borçlu olduğunu kestiremiyor Nehir ama, ilk şaşkınlığın ardından yerinden fırlayıp kucaklayıveriyor Dila'yı.

Son derece heyecanlı ikisi de. Kucaklaşmaları içten. Bilmeyen gözler, birbirini özlemiş dost, arkadaş, hatta kardeş olduklarını düşünebilir.

"Dün geldim Londra'dan" diyor Dila. "Ayağımın tozuyla da sana uğradım."

"Ne kadar kalacaksın?"

Yurtdışında yaşayan birilerine, tatil ya da küçük bir soluklanma amacıyla kısa süreliğine Türkiye'ye geldiklerinde sorulan beylik soru! Üç gün, beş gün, bir ya da iki hafta...

Ancak Dila'nın yanıtı bu kez farklı.

"İngiltere'ye dönmeyeceğim. Türkiye'ye kesin dönüş yaptım."

Nedenini soramıyor Nehir. Dila önce beden diliyle ardından da konuşarak her şeyi anlatıyor zaten.

"Bizimkiler duman olmuş Nehir! Bir de benim yokluğumla yanmasınlar istedim."

"İyi düşünmüşsün" derken, *bizimkiler* sözcüğünün arkasına gizlenmiş kişilerin kimliklerini ve kendisiyle olan bağlarını / ilişkilerini aklına getirmemeye çalışıyor Nehir.

Dila'nın annesiyle babası onlar. Büyük bir acı yaşadılar. Kızlarının varlığıyla biraz olsun avunabilecekler belki...

"Mastır işi ne olacak?"

"İstanbul'daki üniversitelerden birinde tamamlayacağım. Orada aldığım dersler geçerli sayılacak. İki dönem kaldı zaten..."

Konuşmanın ağırlığını kendi üzerinden alıp Nehir'e yöneltmek ister gibi, "Sen nasılsın?" diye soruyor Dila. "Biraz toparlanmış görünüyorsun ama, işyerindeki duruşların yanıltıcı olduğunu bilirim. Gerçekten iyi misin?"

"Ne kadar iyi olabilirsem..." diye içini çekiyor Nehir.

Önemli bir konuda konuşmak istiyormuş da nereden başlayacağını bilemiyormuş gibi, oturduğu yerde huzursuzca kıpırdanıyor Dila.

"Bir şeyler duydum ama... Doğruluk derecesini kestiremiyorum. Hamile misin sen Nehir?"

Dila'nın içeriye girmesiyle Nehir'in tüm hücrelerine yayılan o tatlı sıcaklık, geldiği hızla çekip gidiveriyor.

Bunu öğrenmek için mi geldin buraya Dila?

Birilerinden duydukların yetmedi, kendi gözlerinle görmek istedin. Gördüklerin yetmezse sorarsın. Paravan niyetine kullandığın göstermelik sevginle yumuşattığın diller, istediğin her şeyi anlatır sana...

Kim gönderdi seni buraya? Kendi arzunla mı geldin, birilerinin yönlendirmesiyle mi?

Hayır, böyle düşünmemeli!

Dila'nın bakışları öylesine sıcak ve sevgi dolu ki hâlâ... Nehir'i ağabeyinin karısı olarak benimsiyorsa eğer, onun hamileliği konusunda bilgi edinmek de hakkı değil mi?

"Evet, hamileyim!"

Kısa bir suskunluk... Söylenenleri algılamakla sindirmek arasında geçen küçücük bir zaman dilimi. Ve Dila'nın sessizliği bozan, bomba etkisindeki sözleri...

"Doğuracak mısın bu çocuğu?"

Bu soruyu ilk kez duymuyor Nehir. İlkinde ablası, şimdi de Dila... Merak edilen nokta aynı, ancak olaya farklı açılardan yaklaştıkları kesin.

Nevin, kardeşini kayırarak, doğacak bebeğin getireceği sorunları sıralamıştı. Dila ve perde gerisindeki diğer Sezenler ise Nehir'in bu çocuğu doğurmak istemeyeceğini düşünüyorlar. Gerekçeleri de belli...

Kariyerinin zirvesinde gencecik bir kadın, geride kalmış iki aylık evliliğinin meyvesini alıp da ne yapacak? Doğacak bebek, yalnızca ayak bağı olmayacak mı ona?

Yürüttükleri mantık bu. Kayıtsız görünmeye çalışsalar da deli gibi merak ediyorlar. Dila'yı aracı yapıp nabız yoklamaya göndermeleri bundan...

"Tabii ki doğuracağım!" diyor Nehir, Dila'nın gözlerinin içine bakarak. "Aksini düşünmek için bir neden mi var ortada?"

Duyduklarını akıl terazisine koyuyor Dila. Nehir'in yüzündeki kararlı ifadeyi de üzerine ekleyince denge kuruluyor.

"Harikasın sen!" diyerek yerinden fırlıyor. Nehir'e sarılıp yüzünü, gözünü, yanaklarını öpücük yağmuruna tutuyor.

"Biliyordum" diye yineliyor durmadan. "Bu cesareti göstereceğini adım gibi biliyordum ben... Helal olsun sana!"

Belli ki birilerine karşı savunmuş Nehir'i. Doğurmaz, diyenlere kafa tutmuş, sonuna kadar sahip çıkmış ona.

Sana da helal olsun Dila!

Şimdi gidip, "İnanmadınız ama ben haklı çıktım" diyerek zaferini haykırabilirsin.

Evet, gizli saklı yok. Sezen ailesinin çatısı altındaki herkes, Derin bebeğin yola çıktığını öğrenmeli artık...

* * *

Dila'nın Türkiye'ye dönmesi, Nehir'in yaşamında büyük değişimlere yol açıyor; evle iş arasında gitgide tekdüzeleşen günlerine hareket kazandırıyor.

Neredeyse her gün şirkete uğruyor Dila. Bazen öğlen yemeğine çıkıyorlar, bazen de çay kahve içmeye.

Nehir'in diğer devamlı konuğu Arda'yla da tanışıyorlar bu arada. Önceleri, ikisinin birbirini yadırgayacağından çekiniyor Nehir ama, kısa süre içinde yanıldığını anlıyor. Hatta, Dila'yla Arda öylesine kaynaşıyorlar ki, kan çekti, diye düşünmekten kendini alamıyor Nehir.

İlginç bir üçlü oluşturuyorlar bir araya geldiklerinde...

Ortak noktaları Deniz!

Nehir ve Arda, Deniz'in emanetçileri. Biri bebeğini taşıyor, diğeri kalbini. Ve bu değerli emanetlerin üzerine titriyor ikisi de.

Dila ise Deniz'in can kardeşi! O da bir emanetçi aslında. Nehir'i ve Arda'yı Deniz'in emaneti olarak görüyor ve ağabeyinin yokluğunda onları sahiplenmeyi görev biliyor.

Ama şu anda hepsinin odaklandığı nokta Derin bebek! Tüm hesapların Nehir üzerine yapılması, dengelerin ona göre ayarlanması bu yüzden...

Dila, Arda ve şu sıralar İzmir'le İstanbul arasında mekik dokuyan Nevin, anne adayını nazlandırmakta birbirleriyle yarışır gibi, son derece keyifli bir hamilelik yaşatıyorlar Nehir'e.

Dila ile Nevin'in konumları belli. Ya Arda?

Evet, Arda'nın aralarında oluşu, tanımlanamaz bir durum. Ama hiçbiri kimlik sorgulaması yapmayı aklına getirmiyor. Çünkü, adını koymasalar da çok özel bir ayrıcalığı var onun.

O Arda! Deniz'in kalbini taşıyor...

Madem burada, Nehir'in ve Derin bebeğin yanında olmak istiyor, olacak! Kimsenin (dışardan bakan yabancı gözler de buna dahil!) onu yadırgama ve yargılama gibi bir hakkı yok...

60

Doğuş

Doğuma iki hafta kala, şirket çalışanları bebek için sürpriz bir parti düzenliyorlar. Bir anlamda, Nehir'in işyerine ve iş arkadaşlarına veda partisi bu.

Şirket binasının girişindeki geniş salonu süslemişler. Kemerli kapının üzerinde yaldızlı harflerle "Hoş geldin bebek!" yazıyor.

İrili ufaklı armağan paketleri; pastalar, çörekler, börekler... Ve sıcacık bir *erken* kutlama.

Partinin bitiminde, hepsiyle tek tek kucaklaşarak veda ediyor Nehir.

"Merak etmeyin fazla özlemeyeceksiniz beni" diyor. "Bebeği kaptığım gibi soluğu burada alabilirim..."

Su Reklam Ajansı, bir süreliğine Pınar ve Hakan'a emanet. Kanıtlanmış becerileriyle, kendi yokluğunu hissettirmeyeceklerini umuyor Nehir...

Evin düzeni de yaklaşmakta olan doğuma ayarlandı.

Nevin, bir haftadır İstanbul'da. Bavullar dolusu bebek çeyiziyle geldi bu kez. Neler hazırlamamış, neler hazırlatmamış ki! Cinsiyet belli değil diye mavili, pembeli, sarılı, yeşilli yatak takımları; örgü battaniyeler, hırkalar, yelekler, tulumlar... Kendi el emeği, göz nuru ürünlerin yanı sıra hazır alınanlar, ısmarlananlar...

"Birileri beşiz doğuracağımı mı söyledi sana?" diye takılıyor Nehir. "Bir ordu bebeğe yeter bunlar..."

"Olsun" diyor Nevin. "Eksik kalmasın da..."

Bebeğin yatağını önceden sermiyorlar. Nehir'in loğusa yatağı da ancak doğumdan sonra, anne ve bebek eve dönerlerken serilirmiş. Âdet öyleymiş!

Ah, şu Nevin Abla'nın sonu gelmeyen âdetleri... İnansın inanmasın, sesini çıkarmadan hepsini kabulleniyor Nehir. Öylesine hevesli ki ablası, öyle canla başla koşturuyor ki oradan oraya, ters bir şey söyleyip de kalbini kırmak istemiyor.

* * *

Son iki haftasını evde dinlenerek geçirmeyi planlarken, Derin bebeğin sabırsız davranabileceğini hesaba katmıyor Nehir. Doktoru sezaryeni uygun gördüğünden, doğumun gerçekleşeceği gün bile önceden belli oysa...

Öngörülen tarihe bir hafta kala sancısı tutuyor Nehir'in. Apar topar hastaneye gidiyorlar. Ve doğuma alınıyor...

Anneliğini onaylayan müjdeyi aldığında yüreğini saran heyecanı ya da bu heyecanın bir benzerini daha önce hiç yaşamadı Nehir.

Bire bir tanık olmasa, inanmazdı belki. Ama artık emin...

O zamana kadar dünya üzerine gelmiş ve bundan sonra gelecek en güzel, en muhteşem yaratık, insanın kendi çocuğu!

İnce uçlu kalemle çizilmişçesine minik, hokka misali bir ağız ve burun; incecik kirpiklerle çevrili yumuk gözler, başının tepesinde tüy gibi duran bir tutam saç...

"O benim, o benim oğlum!" diye sımsıkı sarılıyor bebeğine Nehir, mis kokusunu, sıcaklığını çekiyor içine.

Evet, cinsiyeti belli artık. Derin bebek, erkek!

Sevinç, umut, hüzün, mutluluk... birbiriyle çelişen bütün duyguları yaşıyor şu anda Nehir.

Aylardan sonra, yeniden Deniz'e kavuşmuş gibi. Ama, onun eksikliğiyle kavruluyor bir yandan da...

* * *

Ertesi gün, Nehir'in hastanedeki odası ziyaretçi akınına uğruyor. Nevzat Bey'le Sedef Hanım, bebeğin yastığına altın takarken, "Bıraksak, Nokta Reklam Ajansı'nda kim var kim yok buraya akacaktı" diyorlar. "Bebek ziyaretine kalabalık gidilmez, diye güçlükle durdurduk ve hepsini temsilen biz geldik."

Su Reklam Ajansı çalışanları ise kendilerini uyaran kimse olmadığından, akın akın bebek görmeye geliyorlar. Pınar'la Hakan dışında uzun süre kalan pek olmasa da Nehir'in başı hep kalabalık.

Nevin, Ali ve Dila ev sahibi konumundalar.

Ve tabii ki Arda!

Gelenle gidenle, yapılan sohbetlerle fazlaca ilgilenmiyor Arda. Belli belirsiz bir gölge gibi, Nehir'le Derin'i kollamaya şartlandırmış kendini.

Kaygılı bakışları Nehir'in üzerinde, "Çok yoruyorlar seni" diyor.

Büyüklü küçüklü demetler, buketler, sepetler halinde gelen çiçekleri tek tek dışarı çıkarıp koridor boyunca sıralıyor.

"Ya bebeğin çiçek alerjisi varsa!" diyor. "Düşünen yok ki..."

Diğerleri, onun abartılı titizliklerini gülerek karşılarken, Nehir'in yüreğinde garip bir sızı filizleniyor. Arda'yı yönlendiren gizemli bir güç, fısıltı sessizliğinde de olsa varlığını hissettiriyor...

* * *

Akşamüzeri, tam da el ayak çekilmişken, iki özel ziyaretçileri oluyor: Nisa ve Halil Sezen!

Dila hiç şaşırmadan, kapıda karşılıyor onları. Belli ki geleceklerinden haberli.

Nisa, hiç kimseye takılmadan, doğruca bebeğin yatağına doğru yürüyor. Kocası da hemen arkasında. İkisi beraber, gözleri buğulu, bakışları bin bir anlamla yüklü; sevgiyle, şefkatle, yüreklerinde çığ gibi büyüttükleri özlemle, dokunmaya kıyamadan dakikalarca seyrediyorlar Derin bebeği.

O ana kadar hiçbir ziyaretçinin kucağına verilmedi bebek.

Ama bu kez durum farklı. İzin ister gibi Nehir'e bakıyor Dila... Onun bakışlarından onay alınca, Derin bebeği tutup usulca kaldırıyor ve annesinin kollarına bırakıyor.

Nisa, Derin'in yüzündeki kıpırdanışları hayranlıkla izliyor. Yumuk ellerini avucuna alıyor. Kollarının arasındaki minicik bedenden kendi bedenine geçen sıcaklığın tüm hücrelerine yayılmasının keyfini yaşıyor. Göğsüne bastırıyor Derin'i, kokusunu içine çekiyor.

"Baksana Halil" diyor kocasına. "Tıpkı Deniz'in bebekliği!"

Alışılagelmiş bir durum aslında. Yeni doğan bebeği, herkes farklı birine benzetir. Anne ve baba tarafı, kendi aile özelliklerini bebekte görmeye ve bu görüşü çevresine kabul ettirmeye pek heveslidir. Bu yüzden, bebek birine benzetildiğinde, çevreden tatlı sert itiraz sesleri yükselebilir.

Ama şimdi, kimseden ses çıkmıyor. Çıkamaz da!

Nisa Hanım, Deniz'in oğlunun Deniz'e benzediğini söylediyse eğer, gerçeklik payı olmasa bile, hiç kimse ağzını açıp tersini iddia edemez...

Derin bebek yeniden yerine yatırıldıktan sonra, çevresindeki diğer kişilerin ancak farkına varabiliyor Nisa. Nevin'le Ali'yi başıyla selamlayıp Nehir'in yanına sokuluyor.

"Çok şey borçluyuz sana Nehir" diyor yumuşacık sesiyle. "Yeniden Deniz'imize kavuşturdun bizi. Beklemiyordum açıkçası... Umduğumdan yürekli çıktın."

Sımsıkı sarılıp kucaklıyor Nehir'i. "Kızım benim!" diye öpüyor yanaklarından. Tıpkı eskiden yaptığı gibi...

Çantasından çıkardığı incili maşallahı Derin'in yastığına iliştiriyor. Bordo renkli kadife kutunun içindeki elmas taşlı bileziği de Nehir'in koluna geçiriyor.

"Kayınvalidem takmıştı bunları" diyor. "Deniz'e ve bana... Deniz'in doğduğu gün!"

Nisa ve Halil Sezen, gelişlerinde kimselere "merhaba" demeden, doğruca bebeğe odaklanmalarını bağışlatmak ister gibi, herkesle tokalaşıp vedalaşarak ayrılıyorlar oradan.

Çıkarken, baştan beri odanın girişinde ayakta durmuş, olanları sessizce izleyen Arda'ya takılıyor Nisa'nın gözü.

Yatağının içinde, içgüdüsel bir ürküntüyle kasılıp kalıyor Nehir. Sezenlerin hastaneye geldikleri günü hatırlıyor. Nisa Hanım'ın organ bağışını, "Oğlumun parçaları dört bir yana saçıldı" diye yorumlamasını...

Nisa ve Halil Sezen, karşılarında duran genç adamın, oğullarının kalbini taşıdığını bilseler, ne düşünürler acaba? Neyse ki tanımıyorlar onu.

Arayı düzeltmenin ilk adımı atılmışken hesapta olmayan gerginlikler yaşanmamalı.

Ancak, Nehir'in aklından geçenleri yadsırcasına ilginç gelişmeler yaşanıyor kapının önünde. Arda'yı annesiyle ve babasıyla tanıştırıyor Dila. Ayrıntıya girmeden, yalnızca adıyla...

İki taraf da birbirine karşı yumuşacık, sevecen tavırlar içinde.

Kafasında bir ışık yanıveriyor Nehir'in.

Dila!

Nehir'le ilgili tüm ayrıntıları ailesiyle paylaştığı gibi, Arda'yı da anlatmış besbelli. Hiç yabancılık çekmeden, uzun zamandır birbirlerini tanıyormuş gibi davranmalarının açıklaması bu.

Başka ne olabilir ki?

* * *

Doğumun üçüncü günü hastaneden çıkıyorlar.

Nehir'e iğne oyası, Derin'e İzmir'de özel olarak işlettiği mavi yatak takımlarını seriyor Nevin.

Öyle uzun uzun yatmaya niyeti yok Nehir'in. Ablası engellemese, kalkıp oturacak.

"Nazar değer" diyor Nevin. "Çarçabuk iyileştin diye göze gelirsin. Hiç değilse gelen giden olduğunda gir yatağa."

Söz dinliyor Nehir. Gün boyunca evin içinde dolanıp duruyor ama, birileri bebek görmeye geldiğinde, yatağına uzanıp loğusacılık oynuyor.

Bir haftalıkken göbeği düşüyor Derin'in. İlk banyosunu yapacaklar...

Nisa Hanım, Dila'dan duymuş olmayı yeterli görerek, davet edilmeyi beklemeden koşup geliyor. Nevin'le Nisa, büyüklerinden gördükleri gibi, eski gelenek ve görenekleri çağrıştıran bir *ilk banyo* yaptırıyorlar Derin'e.

Bebek küvetine doldurulan köpüklü suyun içine altın liralar, nazarlıklar atılıyor, dualar okunuyor. Üç kez sabunlanıyor Derin'in bedeni, okunmuş sular dökülüyor başından aşağıya. Sonra da kurulanıp giydiriliyor. Mavi kadife tulumunun içinde pek yakışıklı duruyor Derin bebek...

Nisa ile Nevin'in, bebek için canla başla çalışmaları, düğün hazırlıkları sırasında gösterdikleri ortak çabayı hatırlatıyor Nehir'e. Eski kareleri kafasından uzaklaştırıyor hemen.

Bu kez farklı olacak her şey... Olmalı! Olumsuzlukların geride kaldığına inanmak istiyor Nehir.

61

Tehlikeli sorular

On günlük oldu Derin. Hastaneden çıkmalarının üzerinden de bir hafta geçti. Bir haftadır, Arda'yla yüz yüze gelmediler...

Nehir yönünden pek sorun yok, şikâyetçi olan Arda.

Her gün telefonla arıyor. Bazen günde birkaç kez... Rastlantı sonucu Derin'in ağlama sesini duyduğunda, havalara uçuyor sevincinden.

"Özledim" diyor. "Çok özledim... Burnumda tütüyor kokusu."

Kendisinin ikinci plana itildiğinin farkında Nehir. Arda'nın asıl özlediği, Derin artık. Onu rahatça görememenin sıkıntısıyla kıvranıp duruyor. Dışarıda rahatça görüşebildikleri günler geride kaldı, eve gelmektense çekiniyor Arda...

Sonunda, Nehir'in aklına bile getiremeyeceği bir yolla çözümlüyor sorunu.

Uzun zamandır yaşamadıkları kadar dingin bir pazar günü... Doğum sonrasında dışarı adımını atamayan Sultan'a bile hafta sonu izni vermişler. Nevin'le Nehir, Derin'le ilk kez yalnız kalmanın keyfini çıkarıyorlar bugün.

Geceliği, sabahlığı üzerinden attı artık Nehir. Eşofman takımlarla geziyor evin içinde. Derin de onlarla beraber salonda, ana kucağında[16] uyuyor. Geceden geceye yatağına yatırıyorlar.

Öğleden sonra kapı çalınıyor.

Tatil günü, kim olabilir ki?

Nevin gidip kapıyı açıyor. Gelen konukları salona alıyor. Arda ile annesi Feride Hanım'ı...

16. Bebeğin uyutulduğu, beslendiği, taşınması kolay, çok işlevli özel beşik.

Arda'nın sesini duyunca öylesine güçlü bir sevinç dalgasına kapılıyor ki, bir adım geride kalmış Feride Hanım'ı görmüyor bile Nehir. Ok gibi fırlayıp kucaklayıveriyor Arda'yı. Sonra da aynı hızla geri çekilip varlığını yeni fark ettiği Feride Hanım'a, "Hoş geldiniz" diyor.

"Oturmadan ellerimi sabunlayayım ben" diyor Arda. "Banyo ne taraftaydı?"

Döndüğünde açıklamasını yapıyor.

"Dışardan gelince, eller sabunlanmadan bebeğe dokunulmaz. Siz siz olun, mikrop saçan parmakların Derin'e değmesine izin vermeyin."

Nehir'le Nevin, Arda'nın bebek konusundaki titizliklerine alışık; ama Feride Hanım, tanımaz gözlerle süzüyor oğlunu. Sonra da bakışlarını Nehir'e çeviriyor.

"Güle güle büyütün bebeğinizi Nehir Hanım" diyor. "Arda'nın ameliyatından beri, sık sık İstanbul'a geliyorum. Kaç kez niyetlendim size uğramaya, olmadı. Kısmet bugüneymiş."

Feride Hanım'la ikinci karşılaşmaları. İlkinde, Arda'nın kalp nakli sonrası yattığı hastane odasının kapısında, bambaşka şartlarda karşılaşmışlardı. Oğlunun kurtulmasını sağladığı için öylesine minnet doluydu ki Feride Hanım, teşekkür etmeye çalışırken dili dolanıyordu.

Feride Hanım'ın bakışları o günden izler taşıyor hâlâ. Hâlâ sevecen, hâlâ minnet yüklü... Ama tavırları daha derli toplu.

Konuşmalara katılmıyor Arda. Sandalyesini Derin'in yattığı ana kucağının önüne çekmiş, uykunun kollarındaki bebek yüzünün kıpırdanışlarını izliyor.

Nevin'in getirdiği çayları içerken küçük kımıltıların ardından ağlamaya başlıyor Derin. Nehir'den önce Arda fırlıyor yerinden. Kimseden izin alma gereği duymadan, koltuk altlarından tutup kaldırıyor bebeği. Özlemle göğsüne bastırıyor... Gözleri kapalı, elinden gelse içine sokacakmış gibi; öylece kalıyor bir süre.

Belli etmemeye çalışsa da onları böyle görmekten fazlasıyla etkileniyor Nehir. Derin'in ağlarken susması, sakinleşmiş bir halde kolunu bacağını Arda'nın göğsüne bırakması da tuzu biberi oluyor.

Feride Hanım'ın yüzündeyse şaşkınlıkla karışık bir hoşnutsuzluk ifadesi var sanki. Bebeğin uyanmasını beklemiş gibi, çantasından çıkardığı kutuyu açıp mavi kurdeleye tutturulmuş altını Derin'in omzuna takıyor ve üzerine düşeni yapmanın ferahlığıyla arkasına yaslanıyor.

"Kalkalım mı Arda?" diyor yumuşacık bir sesle. Sonra da Nehir'le Nevin'e dönüp, "Yarın yolcuyum" diye açıklıyor. "Eşya toplamam gerekiyor..."

"Zavallı Feride Hanım" diyor Nevin arkalarından.

"Ne demek şimdi bu?"

"Görmüyor musun oğlunun halini? Seni bıraktı, ne derece bıraktığı da bilinmez ya neyse; el kadar bebeye sardırdı şimdi de...

Pazar günü, annesini bebek görmeye getiren genç bir adam! Buraya geleceğine İstanbul'un cennet mekânlarından birine gitmeyi, başkalarının bebeği yerine, oğlunun evlenebileceği gelin adaylarıyla tanıştırılmayı tercih etmez miydi o anne?"

"Bana ne bunlardan? Neden beni suçlar gibi konuşuyorsun?"

"Seni suçlamıyorum. Feride Hanım'ın bu durumdan pek hoşnut olmadığını söylüyorum yalnızca."

Ablası haklı. Nehir de Feride Hanım'ın davranışlarındaki tutukluğun farkında. Yanı sıra, bir gün gelip Arda'nın evleneceğinin, hatta öncesinde gelin adayını annesiyle beraber Nehir'le de tanıştıracağının bilincinde. Doğal karşılıyor bunları. Daha doğrusu, doğal karşılamaya çalışıyor.

Arda'yla Dila'yı aynı yakınlıkta görüyor kendine. İkisi de aynı derecede düşkünler ona. Dila da evlenecek bir gün, evleneceği kişiyi Nehir'le tanıştıracak... Ve bundan büyük bir mutluluk duyacak Nehir.

Neden Arda'nın evliliğinde de aynı mutluluğu duyacağından emin değil?

Tehlikeli bir soru bu! Kendine bile dürüstçe yanıt veremeyeceği kadar tehlikeli... Ama Nehir, en azından şimdilik oyalanabileceği yeterlilikte bir yanıt buluyor sonunda.

Dila evlenmeye kalksa ve evlense, Nehir'le aralarındaki ilişki ve yakınlık hiçbir zarar görmeyecek; aynı şekilde sürdürecekler beraberliklerini.

Ama aynı şeyler Arda için geçerli değil ne yazık ki. Gün gelir de Arda evlenirse, aralarındaki bağların tümünü değilse de pek çoğunu koparmaları gerekecek. Annesi bile hoşlanmazken, elin kızı böyle tanımsız bir beraberliği nasıl hoş karşılasın ki...

62

Mucize

Nevin'e kalsa, bebeğin kırkı çıkmadan, Nehir'i işe göndermeyecek. *Bizim zamanımızda,* diye başlayan, eskilerde yaşanmış loğusa bunalımı hikâyelerini anlatıyor durmadan. Cin çarpmaları, sihir, büyü, efsun abartmalarıyla süsleyerek...

Son günlerde ablasının en mantığa sığmaz âdetlerini bile harfi harfine uygulayan Nehir'in bunlara karnı tok. İkinci haftanın sonunda özgürlük bayrağını çekiyor. Ve tam gün olmasa da birkaç saatlik uğramalarla işyerine adımını atıyor.

İstese de daha fazla ayrı kalamıyor evden. Derin'i emziriyor çünkü. Sütü elverdiği sürece de emzirmeye kararlı.

Neyse ki biberona alıştı Derin. Evden çıkmadan Nehir'den elektrikli pompayla alınan sütü, o yokken Nevin ya da Meryem, Derin'e veriyorlar.

Meryem, evdeki kadroya yeni giren bir isim. Derin'in dadısı! Sultan gibi, onu da Nisa Hanım sayesinde buldu Nehir. 40-45 yaşlarında, görmüş geçirmiş, deneyimli, hepsinden önemlisi çocuklara şefkatle yaklaşan, sevgi dolu bir kadın. Ablası gittiğinde en büyük yardımcısı olacak.

Nevin de İzmir'e gitmeye hazırlanıyor zaten. "Çok ihmal ettim Ali'yi" diye sızlanmaya başladı bile. Derin'in kırkını çıkarmasını bekliyor.

Ama sık sık gelecek. Nehir'in yanına bir de Derin'in sevgisi ve özlemi eklendi çünkü...

Nehir, bebeği eve kapatıp kuş kanadının esintisinden sakınarak besleyip büyüten annelerden değil. Yirmi günlük olunca, kendisiyle beraber Derin'i de özgürlüğüne kavuşturdu.

"Yarı kırkı çıktı, çocuğumun hapis kaldığı yeter" diyerek Derin'i de alıp gezmelere götürmeye başladı.

O günden beri, her gün en az yarım saat dışarı çıkarıyorlar bebeği. Bu duruma en çok sevinen de Arda... Derin'le buluşma fırsatını yakalayabiliyor bu sayede.

Açık havayı çok seviyor Derin. Ağlarken susuyor sokağa çıktıklarında. Nevin de sevdi bu işi, Nehir işteyken arabasına koyup gezdiriyor Derin'i.

Ancak, kırkını doldurmuş bebeği ev gezmesine götürmediler henüz.

"Ben İzmir'e gitmeden, Nisa Hanımlara uğrasak" diyor Nevin. "Benden sonra işe güce dalar ihmal edersin sen. Ayıptır kızım... O kadar gidip geldiler. Torunlarını el öpmeye götürmezsen gönül koyarlar."

Derin'in el öpmeye geleceği haberi, Sezenlerin Yeniköy'deki yalısında bayram havası estiriyor. Gelecek olan, yumruk kadar bebek değil de protokollü bir konukmuş gibi, tepeden tırnağa elden geçiriyorlar dört bir yanı. Yataklar hazırlanıyor Derin için, buraya gelişlerinde kullanılmak üzere ana kucakları alınıyor çarşıdan.

Nevin'le Nehir de unutulmuyor bu arada. Onlar için de çeşit çeşit ikramlıklar, siniler dolusu yemekler hazırlanıyor mutfakta.

Sezenler, yüreklerinin kapılarını ardına kadar açarak karşılıyorlar konuklarını. Hele Derin'i yere göğe sığdıramıyorlar. Eline ilk kez oyuncak verilmiş, o oyuncağın büyüsüyle kendinden geçmiş iki çocuk gibi Nisa ve Halil Sezen. Dila'nın da onlardan eksik kalır yanı yok. Annesiyle babasından daha çok görüyor Derin'i ama, onun kendi evlerinde, kendi çatılarının altında olduğunu bilmek, farklı bir heyecanla dolduruyor içini.

Nisa'yla Nevin, yemekten sonra kahvelerini içerlerken, Halil Sezen, "Seninle biraz konuşsak mı?" diyor Nehir'e.

Salonun diğer köşesindeki oturma grubuna doğru yürürken, merakını yenemiyor Nehir. Halil Sezen'in kendisiyle baş başa konuşacağı ne olabilir?

Üstlerine çöken ciddi havayı dağıtmak ister gibi sıcacık gülümsemesiyle, "Dilacığım" diye sesleniyor Halil. "Bize de kahve getirmelerini söyler misin? Söyledikten sonra yanımıza gel..."

Bu iyi işte, Dila'nın varlığı ilaç gibi gelecek Nehir'e. Sınava girecekmiş gibi heyecanlanmasına gerek yok aslında, şunun şurasında iki laf edecekler...

Kahvelerin ve Dila'nın gelişiyle söze başlıyor Halil.

"Hukuki konulardaki resmi konuşmalardan hoşlandığımı söyleyemem, ama bazen gerekiyor. Şu anda olduğu gibi...

Hatırlarsan, sana bir veraset ilamı göndermiştim..."

Başından aşağı kaynar sular iniyor Nehir'in. İlamı eline aldığı zamanki bozgunu aynen yaşıyor sanki.

"Evet" diyerek hafifçe başını sallıyor. "İlamı aldım."

"Miras konusunun sana ters geldiğini, hatta *reddi miras* yoluna gitmeyi bile düşündüğünü biliyorum."

Heyecanının ve tutukluğunun yerini şaşkınlık alıyor Nehir'in.

"Nasıl bilebilirsiniz ki? Avukatımın ya da benim, böyle bir şeyi sizinle paylaştığımızı hatırlamıyorum."

"Haklısın" diye gülüyor Halil. "Ama ben öğrendim."

"Nasıl?" derken, içinde palazlanan öfkeyi bastırmakta zorlanıyor Nehir.

"Öncelikle şu noktayı vurgulamak isterim; her şey senin iyiliğin içindi... Reddi miras davası açsan da önemli değildi, onu da bir şekilde hallederdik gerçi ama, testi kırılmadan tedbirimizi alalım dedik. Şöyle ki... Senin hukuk danışmanınla aynı hukuk bürosunda çalışan avukatlarım var. Onların aracılığıyla..."

"Ama bu etik değil!" diye atılıyor Nehir. "Bana danışmanlık yapan bir avukat, benim izleyeceğim yolu anlatamaz size."

"Sakin ol, anlatmadı zaten. Senin yapmak istediğin mantıkla bağdaşmayan eylemi, beraberce önlemeye çalıştık yalnızca. Kaldı ki, karşı taraflarda da olsalar avukatların birbirleriyle görüşüp davanın gidişatı konusunda niyet yoklaması yapması da fazla yadırganacak bir durum değildir. Bizimki, son derece masumane bir girişim.

Cengiz Bey, reddi mirası gerektirecek bir durum olmadığını anlatmadı mı? Sana ait payın, kanuni hakkın olduğuna inanman için saatlerce dil dökmedi mi? Sana uysa, yapmak istediklerine destek verse, yanlış bir yola girecektin. Neyse ki böyle bir durumu yaşamadık.

Artık dava açamazsın. Çünkü, reddi miras davaları, veraset ilamının alınmasından üç ay sonrasına kadar açılabiliyor."

Avukatı bu konuda uyarmadı onu! Dava açma süresinin sınırlı olduğundan söz etmedi... Öfkesinden nereye çatacağını bilemiyor Nehir.

"Yanlış yönlendirildim" diyor. "Bunun hesabı sorulacak. Ancak, böyle olması mirastan pay alacağım anlamına gelmiyor. Sözünü ettiğiniz paylaşıma katılmak istemiyorum ben."

Birden ifadesi değişiyor Halil'in. Kanun, miras, dava gibi soğuk yüzlü kavramlardan sıyrılıp, yaramazlık yapan inatçı çocuğuna hoşgörü ve sabırla yaklaşan şefkatli bir baba gibi gülümseyerek bakıyor Nehir'e.

Baştan beri söze karışmadan, sessizce onları dinleyen Dila'ya dönerek, "Bunları konuşurken Dila'nın da özellikle yanımızda olmasını istedim" diyor. "Çünkü benim yönümden, ikinizin arasında hiçbir fark yok. Sen de benim kızımsın artık. Laf olsun diye değil, inanarak söylüyorum bunları.

Deniz'in boş bıraktığı yerde sen duruyorsun artık Nehir. Ve hep orada kalacaksın. Şartlar ne getirirse getirsin..."

Deniz'in adı geçince daha fazla dayanamıyor Nehir. Yanaklarından aşağı inen yaşları elinin tersiyle silerken, "Böyle düşündüğünüz için teşekkür ederim" diyor.

"Bırak teşekkürü! Çok iyi biliyorum ki, neden ilk günden sana sahip çıkmadık diye soru işaretleri var kafanda. Ancak, yargılamadan önce, kendini bizim yerimize koyman gerekiyor.

Canının bir parçasını, en değerli varlıklarından birini beklenmedik bir anda yitiriverince; yitirilenin geride bıraktığı karanlık boşluğun içine düşüveriyor insan. Oradan kurtuluncaya kadar da hiçbir şeyi görmüyor gözü. Karanlıklar dağılmaya başlayınca, yitirdiğinin boş kalan yerini tümüyle dolduramayan sa da, çevresinde oraya oturabilecek birilerinin olduğunu fark ediyor. Bizim durumumuzda olduğu gibi.

Kısacası, büyük yaraların sızısı, acılarla avuntuların dengelenmesiyle diniyor ancak..."

Duygusallığın derin sularında kulaç atmaktan yorgun düşmüş gibi, derin bir soluk alarak konuyu değiştiriyor Halil.

"Sanırım anlaştık... Daha doğrusu, benim anlatmak istediğimi anladın. Sıra sende ve senin yapacaklarında.

Veraset ilamı, miras gibi tatsız konulara bir daha dönmek istemiyorum. Burada karara bağlayalım, bitsin... Payına düşen mülklerin intikal işlemleri için tapuya gitmen gerekiyor. Gözün korkmasın hemen, her ne kadar kızdınsa da Cengiz Bey ve benim avukatlarım resmi işlemlerde yardımcı olurlar sana."

Nehir'in anlatılanlara hâlâ sıcak bakmadığını fark edince de, "Ah, benim güzel kızım!" diyor Halil. "Mal paylaşımı yüzünden birbirinin gözünü oyuyor millet. Sense elini sürmemek için direniyorsun. Onurlu bir davranış, anlıyorum ama, senin de farklı sorumlulukların var artık. Yalnız kendini değil, Derin'i de düşünmek zorundasın."

Derin adını duyunca canlanıyor Nehir. Doğru söylüyor Halil Bey, oğlunun haklarım kollamak onun görevi.

Tamam, oğlu için ne gerekirse yapacak. Ancak, yanıtını bulamadığı bir soru burgulanıyor kafasında: Derin olmasa, Nehir onu doğurmamış olsa, Nisa ve Halil Sezen gene de kollarını açacak mıydı Nehir'e?

Aklından geçenleri okumuş gibi, "Yanlış şeyler düşünmeni istemem" diyor Halil. "Derin'i kucağımıza vermekle dünyaları bağışladın bize. Ama o gelmeden önce de kızımızdın sen bizim. Para, mal mülk konularına tekrar girmeyi istemiyorum ama, senin için bir şeyler yapmaya karar verdiğimde, Derin'in varlığından bile haberim yoktu..."

* * *

O gece yatağa uzandığında, Deniz'in ölümünden beri ilk kez

kendini bu kadar hafiflemiş hissediyor Nehir. Görünmeyen bir el, yaşamındaki olumsuzlukları tek tek ayıklıyor sanki. Ya da sihirli bir değnek dokundu dünyasına...

"Mucize mi bu?" diye mırıldanıyor kendi kendine.

Derin'in ağlama sesi, tüm sorularının yanıtını verir gibi.

"Başka yerde arama, mucize *ben*'im!" diyor Derin...

63

Pazar kahvaltısı

Derin bebek üç ayını doldurdu. Nehir de doğum öncesi düzenini yakaladı sayılır.

Uslu bir bebek Derin. Annesinin yaşamına hiçbir zorluk getirmedi. Bunda, Nehir'in evle iş arasındaki dengeyi iyi kurmasının, en uygun yardımcıları seçmesinin de rolü büyük tabii.

Ablasının İzmir'e dönmesinden sonra, her sabah Derin'i Meryem'in becerikli ellerine bırakıp işe giderken gözü arkada kalmıyor.

Artık biberon ve kaşık maması da yiyebiliyor Derin. Nehir'in yalnızca gece yatarken emzirmesi yeterli oluyor.

Nehir'in tek şikâyeti, gün içinde oğlunu deliler gibi özlemesi. Bazen arabaya atlayıp eve gittiği bile oluyor.

Özlem çeken bir başka *Derin âşığı* da Arda! Ne yazık ki, Nehir kadar şanslı değil o. Derin'i görmek için hafta sonunu beklemek zorunda.

Pazar sabahları bir yerlere gidip beraberce kahvaltı yapmayı alışkanlık haline getirdiler. Çoğu zaman Dila da katılıyor onlara. Hepsi de bir arada olmaktan keyif alıyorlar.

Gidilecek yeri Arda seçiyor genellikle. Fazlaca kalabalık olmayan, sigara dumanından uzak, havadar; Derin'e göre, sakin mekânlar...

Polonezköy'e gidecekleri pazar sabahını diğerlerinden farklı kılan, özel bir konukları var: Dila'nın arkadaşı Sarp.

Dila ile Sarp, üniversiteden arkadaşlar. Aynı dönemde, ancak farklı bölümlerde okumuşlar. Mezuniyetten sonra yolları ayrılmış. Dila, Londra'dan döndüğünde, ortak arkadaş gruplarının buluştuğu yerlerde karşılaşmaya başlamışlar. Ve aralarında farklı bir yakınlaşma olmuş.

"Aile içinde ilk seninle tanıştırıyorum" diyor Dila. "Tarafsız gözle incele bakalım..."

Nehir'in ilk gözüne çarpan, Sarp'ın son derece yakışıklı olduğu. İlk kez karşılaştığı insanlarla bile kolayca iletişim kurabilecek kadar da sıcakkanlı. Bakışlarını Dila'ya çevirdiğinde yüzünde beliren sevinç gülümseyişi de gözünden kaçmıyor Nehir'in.

Dördü beraber, keyifli bir kahvaltı sofrasını paylaşıyorlar. Derin de masanın yanına çektikleri arabanın içinde mışıl mışıl uyuyor. Nehir'in fazlaca ilgilenmesine gerek yok zaten. Bebeğin yüzündeki ve bedenindeki en ufacık değişimleri saniyesi saniyesine izleyen, koyulaşmış sohbetlerin ortasında bile gözlerini ondan ayırmayan bir Arda var nasılsa...

Dila'yla Nehir yönünden kanıksanmış bir durum ama, ilk kez karşılaştıkları birinin bu tablo karşısında neler düşündüğünü merak etmekten kendini alamıyor Nehir. Bunu öğrenmesi için biraz beklemesi gerekiyor...

Adı kahvaltı ama, orada kalışları öğleden sonrasına kadar sarkıyor. Bu süre zarfında birkaç kez uyanıp tekrar uyuyor Derin. İki kez biberonla besleniyor. İki kez de altını değiştiriyorlar. Bezini bağlayan Nehir, ama Arda da ısrarla yanlarında duruyor. Bıraksalar o işi de yapacak...

Şehre döndüklerinde, eve gideceğine Nehir'le beraber geliyor Dila da. Niyeti belli, sıcağı sıcağına Nehir'in Sarp hakkındaki görüşlerini alacak.

Derin'i, üstünü değiştirip yatağına yatırdıktan sonra, ellerine birer fincan kahve alıp salona geçiyorlar.

"Nasıl buldun Sarp'ı?"

"İyi sabrettin" diye gülüyor Nehir. "Az daha onların yanında soracaktın. Söyleyeyim... Fizik olarak da, davranış yönünden de tam not aldı benden. Ama önemli olan, benim değil senin ne düşündüğün."

"Aramızda ciddi bir şey yok henüz. Nereye kadar gideceğini de bilemiyorum. Küçük bir başlangıç yaptık yalnızca."

Bu arada Sarp'ın Adanalı köklü bir aileden geldiğini ve bir otomotiv şirketinin satış müdürü olduğunu öğreniyor Nehir.

"Göründüğü kadarıyla her şey son derece olumlu Dilacığım. Ya yüreğin? Yüreğin neler diyor Sarp için?"

"Orasını hiç sorma. *Deli yürek,* de gitsin."

"Anlaşıldı" diye gülüyor Nehir. Aynı dilden konuşan iki deli yürek... Mutlu Son'a benziyor ya, hayırlısı olsun bakalım."

"Bir şey söyleyeceğim ama, gülme" diyor Dila. "Arda'yı senin erkek arkadaşın sandı Sarp."

"Öyle olmasa şaşardım zaten!" diye tepkisini dile getiriyor Nehir. "İlk karşılaştığın insanın önünde ölçülü davransa bari, öyle değil mi? Saplantılarına söz geçiremiyor ki. Neredeyse çocuğun altını değiştirecek..."

Dalgın bakışlarını duvara dikiyor Dila. "Doğru" diyor. "Babası olsa, bu kadarını yapamaz!" Dudaklarından istemsizce dökülüveren sözcükleri toparlayamamanın ezikliğiyle bakıyor Nehir'e.

"Özür dilerim" diyor. "Öyle demek istememiştim."

"Babası olsa... babası... baba..."

Çılgınca dans ediyor sözcükler... Nehir'in beynine topuklarıyla vura vura, acımasızca...

"Deniz... Derin... Arda...
Babası olsa! Babası..."

Başını ellerinin arasına alıp öylece kalıyor bir süre. Dila ise kendini affettirebilmek için dil döküyor.

"Nasıl oldu, anlayamadım. Birden çıktı ağzımdan. Boş bulundum..."

"Kendini suçlamaktan vazgeç" diyor Nehir. "Bilinçaltındakiler gün ışığına çıktı, hepsi bu. Arda'nın bunları görmesi ve bir an önce toparlanması gerek."

"Ona da kızamıyorum ki! Öyle babaç babaç ortalıkta dolaşması yok mu..."

"Ne dedin sen?" diye gülmeye başlıyor Nehir. *"Anaç'ı* duymuştum da, *babaç'ı* ilk kez senden duyuyorum."

Gerilen sinirlerin boşalmasıyla ortaya çıkan beklenmedik bir kahkaha krizi... Gözlerinden yaş gelinceye kadar gülüyor ikisi de. O yaşların gülmekten mi, ağlamaktan mı kaynaklandığını birbirlerinden saklayarak...

Neden sonra sakinleştiklerinde, "Yeri gelmişken, bir şey söyleyeceğim sana" diyor Dila. "İtiraf etmeliyim ki, Arda'nın yerinde bir başkası olsaydı, senin yanında duruşunu yadırgardım. Onunla beraber, seni de dışlayabilirdim hatta.

Yanlış anlama, yaşamın boyunca hiç kimseyle beraber olmayacağın anlamına gelmiyor bu. Anlatmak istediğim, yabancı birine karşı duyabileceğim ilk doğal tepkiler...

İlginç olansa, bu tepkilerin hiçbirini Arda'ya karşı duymayışım. Garip değil mi sence de?"

"Bilemiyorum Dila... Hepimiz farklı yanılgılar içindeyiz galiba."

"Nehir! Arda'nın hiç kız arkadaşı falan yok mu?"

"Vardır herhalde. Okul ya da iş çevresinde kimlerle beraber olduğunu bilemem ki."

"Bütün dünyası buradaymış gibi görünüyor da..."

"Çok zor günler geçirmiş. Yaşamla ölüm arasında asılı kalmak, tüm dengelerini altüst etmiş. Arda'nın hâlâ geçiş döneminde olduğunu düşünüyorum ben. Zamanı gelince kendi özgün dünyasını kuracak. Birileriyle beraber olacak, evlenecek... Bizimle olan beraberliği de bitecek o zaman."

Bitecek... Bitecek... Bitecek...

64

Adnan ile Füsun'un aşkı

Derin'in doğumundan bugüne, altı ay içinde Nevin'in kaç kez İzmir'den İstanbul'a geldiğini çıkaramıyor Nehir. Hafta sonuna rastlatıp Ali Enişte'yle beraber sürpriz yaptıkları da oluyor ama, daha çok tek başına geliyor Nevin.

Bu sabah da ablasını karşısında görünce hiç şaşırmadı Nehir. Şirkete telefon edip, biraz geç gideceğini söyledi. Abla kardeş, Sultan'ın hazırladığı sofrada, Derin'le beraber kahvaltı yaptılar.

Mama sandalyesinde oturuyor artık Derin. Önüne konan bisküvileri kemirmeye bayılıyor. Son derece de güler yüzlü bir bebek. Annesinin dışında, çevresinde görmeye alışık olduğu yüzlere cömertçe gülücükler atıyor.

Öğlene doğru giyinip evden çıkıyor Nehir. Bugün işe gitmek gelmiyor içinden. Öğleden sonra katılması gereken şirket toplantısı olmasa...

Çalışanlarla merhabalaşarak odasına doğru yürürken, "Birisi aradı sizi" diyor Nurcan. "Mutlaka görüşmek istiyormuş. Kartını bıraktı, daha sonra tekrar geleceğini söyledi."

Nurcan'ın uzattığı kartviziti alıp odasına geçiyor Nehir. İş ilişkileri olan ya da yeni ilişkiler kurmak isteyen şirket temsilcilerinden biridir, diye düşünürken kartın üzerindeki harfler, birbiri üzerinden atlayarak şekilden şekle giriyorlar.

"Prof. Adnan Eren"

Parmaklarının karta değen kısımları yanmış gibi, içgüdüsel bir tepkiyle elini çekiyor. Sümenin üzerine düşen beyazın üzerindeki siyah italik yazı, Nehir'e meydan okuyacak kadar net: *Prof. Adnan Eren.*

Titreyen elleriyle telefona uzanıyor.

"Abla!.. Biliyordun değil mi? Babamın Türkiye'ye geldiğini ve bana uğrayacağını biliyordun..."

(...)

"Onun için sokuldun yakınıma. İzmir'de olsan bu kadar iyi izleyemeyecektin olacakları."

"Nehir... sakin ol lütfen. Ben de yeni öğrendim. Ayvalık'taki arsaları satmaya geldi babam. Birkaç gün kalıp dönecek. Gelmişken bizleri de görmek istemesinde ne kötülük var?"

"Doğru" diye sinirle gülüyor Nehir. "Gelmişken... Benim için gelmemiş insanı görmek istediğimi nereden çıkarıyor? Sordu mu bana?"

"Nehir, bir kez olsun sakin olmayı denesen... Bir kez olsun dinlesen onu. Bir daha böyle bir fırsatı bulamayabiliriz."

"Umurumda değil. Benim için zaten yok, hiçbir zaman da olmadı."

"Benim hatırım için... Sıradan bir iş görüşmesi gibi düşün, sıradan bir ziyaretçi gibi gör onu. Ama geri çevirme. Kilometrelerce öteden gelmiş bir babaya ayıracak on dakikan yok mu?"

"Onun bana ayıracak zamanı oldu mu? Şu andakini sayma. Günahlarını çıkarmak istiyorsa, gideceği çok yer var Amerika'da. Allah bilir, dinini de değiştirmiştir o."

"Susuyorum artık Nehir. Vicdanınla baş başa bırakıyorum seni. Ne haliniz varsa görün..."

Tamam, ablasının söylediği gibi, sıradan bir ziyaretçi kimliğiyle kabul edebilir Adnan Eren'i. Ama görüşme süresini elinden geldiğince kısa tutacak.

Yanıt vermesine gerek yok, kayıtsızca dinler görünmesi yeterli. Olabildiğince uzak, soğuk, mesafeli; onun anlayacağı dilde *cool*...[17]

17. Soğuk.

Bir saat sonra, Adnan Eren'in geldiğini haber veriyor Nurcan. İçeri alabilirsin, komutuyla da kapıyı açıp yol gösteriyor konuğa.

Nurcan'ın çıkmasıyla baş başa kalıyorlar. Nehir ve Adnan Eren... Karanlıktan çıkan gözlerin ışığa alışmaya çalışırken kırpıştırılması gibi, kararsız bakışlarla süzüyorlar birbirlerini.

Hoş geldiniz, demeden; yalnızca kendisine uzatılan eli sıkarak, "Buyurun" diye yer gösteriyor Nehir.

İlgisiz görünmeye çalışsa da zorlamalı konuğunu göz ucuyla incelemekten kendini alamıyor. Hesaplarına göre 60-65 yaşlarında olması gerekirken, ancak ellili yaşlarda görünüyor Adnan Eren. İnce uzun, atletik bir yapıya sahip. Ve kabul etmeli ki hâlâ çok yakışıklı.

O da Nehir'i incelemeye dalmış. Yumuşacık bakışları Nehir'in yüzündeki her bir zerreye dokunup, mutlu bir gülümsemeyle geri dönüyor.

Uzayıp giden sessizliği bozmak Nehir'e düşüyor.

"Beni görmek istemişsiniz..."

Uzun yıllar yurtdışında kalmış insanların aksanlı Türkçesiyle, "Çok özlemişim seni, çok..." diyor Adnan Eren. "Seni görmeden ölsem, gözlerim açık giderdi."

Titreyen dudaklardan, buğulanan gözlerden etkilenmemeye kararlı Nehir. Alaycı bir ses tonuyla yanıtını yapıştırıyor.

"Gözlerinizi kapatacak birileri çıkardı oralarda..."

"Ne söylersen söyle, canımı acıtamazsın Nehir. Öylesine mutluyum ki şu anda..."

"Bunları söylemek için mi geldiniz buraya?"

"Anlaşıldı" diyor Adnan Eren buruk bir gülüşle. "Bir an önce söyleyeceğini söyle; çık git, diyorsun ha... Gitmeyeceğim! Hiç konuşmadım bugüne kadar, kendimi savunmadım hiç. İlk ve son kez konuşmak istiyorum.

Dinleyeceksin! Söyleyeceklerim bitmeden şuradan şuraya gitmem, bilmiş ol..."

İkisi için de yorucu bir maratonun başlamak üzere olduğunu tahmin edebiliyor Nehir. Arkasına yaslanıp derin bir soluk alıyor.

"Dinliyorum sizi" diyor.

"Baştan, en baştan başlayacağım izninle. Füsun'u tanıyıp efsunlandığım ilk günlerden.

Çok gençtik ikimiz de... Üniversite üçüncü sınıftaydım ben; siyaset bilimi okuyordum. Füsun da lise son sınıfta. Bizim fakültenin bahar çayına gelmişti kuzeniyle. Çok güzeldi! Gözleri gözlerime değdiği an, kıyametler koptu yüreğimde. Gizemli, doğaüstü bir güçle birbirimize doğru çekiliyorduk sanki. Ve ben ilk kez âşık oluyordum...

Neyse ki karşılıksız değildi aşkım. Füsun ve ben delice sevdalanmıştık birbirimize. Kimseleri görmüyordu gözlerimiz. İki kişilik dünyamızın dışında kalan her şeyi silip atacak kadar güçlü hissediyorduk kendimizi. Bu güce ihtiyacımız vardı. Çünkü, yakın çevremizden bizi caydırmaya, yolumuzdan geri çevirmeye yönelik aykırı sesler yükselmeye başlamıştı.

Ayvalıklı zengin bir ailenin tek kızıydı Füsun. Biricik ortak noktamız da buydu zaten. Tek çocuk olmak! Ben de ailemin tek çocuğuydum ama, onlar kadar parlak değildi durumumuz. Babamı küçük yaşta kaybetmiştim. Dededen kalma üç katlı bir evimiz, geçimimizi rahatlıkla sağlayacak gelirimiz vardı gerçi ama, Füsun'un ailesini tatmin edecek düzeyde zengin sayılmazdık.

Yaşlarımız çok küçüktü üstelik. Gencecik, eli ekmek tutmamış, ciddiye alınmayacak bir maceraperesttim onların gözünde. Şiddetle karşı çıktılar beraberliğimize. Kendilerince haklılardı belki ama, Füsun'a uyguladıkları baskı ev hapsine varınca bıçak kemiğe dayandı.

Başlangıçta, benim yönümden de durum pek iyi sayılmazdı. Biricik oğlunu o yaşa, o boya getirmek için özveriyle çırpınan, kelimenin tam anlamıyla kendini bana adayan anacığım da onaylamıyordu birlikteliğimizi. Ama katı yaptırımlarla çıkmadı karşıma. Bunca olumsuzluktan bezip doğruyu bulacağımı umarak, sabırla beklemeye koyuldu.

Baktı ki çözülmüyoruz, çözüleceğimize daha da kenetleniyoruz birbirimize... Baktı ki aşkımız engel tanımıyor... arkamızda durmayı görev bildi.

Annemin hoşgörüsünün, şefkatli yaklaşımının yanında Füsun'un ailesi gitgide katılaşıyordu. Biz, gariban iki âşık, bir araya gelip görüşmek bir yana, doğru dürüst haberleşemiyorduk bile.

Ve ben... Anneni kaçırmak zorunda kaldım!"

"Ne?" diye istemsizce haykırıyor Nehir.

Kendini kayıtsızca dinlemeye şartlandırmışken verdiği tepkiden rahatsız olmuş gibi, ilgiyi başka yöne çekme çabasıyla, "Çay içer misiniz?" diye soruyor.

"Açık bir çay içebilirim. Zahmet olmazsa..."

"Bize iki çay gönderebilir misin Nurcan? Birisi açık olacak. Ha... Bugünkü toplantıyı da yarın sabaha erteleyelim. Elimdeki verileri değerlendirecek fırsatım olmadı henüz."

Nehir'in, toplantı yerine onu dinlemeyi tercih etmesini kamufle etmek için öne sürdüğü yapay gerekçeyi, kendine yönelik bir uyarı olarak algılıyor Adnan Eren.

"Umarım seni işinden alıkoymuyorumdur."

"Önemli değil. Devam edebilirsiniz."

"Nerede kalmıştık?.."

"En son, annemi kaçırmak zorunda kaldığınızı söylemiştiniz."

"Ha, tamam... Ne yapabilirdim ki? Başka seçenek bırakmamışlardı bana. Kararımızı vermiştik, iyi bir zamanlama yapmaya kalmıştı iş.

Bizim zamanımızda lise bitirme sınavları yapılırdı, hâlâ yapılıyor mu bilmem... Füsun'un son sınava gireceği günü sabırla bekledik. Sınavdan çıkar çıkmaz da taksiye atladığımız gibi bizim evde aldık soluğu.

Füsun da en az benim kadar istemeseydi, cesaret edemezdim belki. Ama o, benden de gözü karaydı. Üzerinde okul formasıyla kaçtı geldi bana. Elinden tuttuğum gibi götürüp anneme teslim ettim. Bizde kalamazdı. Elleriyle koymuş gibi bulurlardı kızlarını...

İki ay boyunca teyzemde kaldı Füsun. 18 yaşını doldurmamıştı henüz, beklemek zorundaydık.

18. yaşını, nikâhımızla beraber kutladık. Gelinlik çok yakışmıştı Füsun'a. Peri kızı gibi olmuştu. O güne kadar gördüğüm, ondan sonrasında da görebileceğim en güzel gelin, benim karımdı.

Düğün yapmamıştık. Bu iş için yüklüce bir para ayırmıştı annem ama, *kız tarafının* olmayacağı bir düğün, gelini mutsuz etmekten başka ne işe yarardı ki?

Bir bakıma çılgınlıktı yaptığımız. Fakülte son sınıftaydım henüz ve Füsun'la beraber annemin evine sığınmıştık. O yılı öyle geçirdik. Üniversiteden mezun olup da elim ekmek tutunca evimizi ayırdık. Ama, kendimizi toparlayıncaya kadar annemin eli hep üzerimizde oldu. Üç katlı binanın diğer katlarından aldığı kirayı, 'senin payın' diyerek her ayın başında, aldığım maaşa ekledi.

Taşlar yerine oturuyordu yavaş yavaş. Çok mutluyduk... Hiçbir sorun yoktu evliliğimizde. Füsun'un ailesinin üzerimize düşen gölgesi dışında.

Kariyer yapacaktım. Yüksek lisansa başvurdum ve kabul edildim.

Vicdan azabı duyuyordum; Füsun'u üniversiteden mahrum bırakmıştım. Çok yüce bir insandı o. Bir gün olsun, benim yüzümden eğitimini yarım bıraktığını söylemek bir yana, ima bile etmedi. Hep güldü yüzü. Sevinçlerini paylaştı benimle, üzüntülerini içine attı..."

İster istemez, okulunu Halil Sezen yüzünden yarım bırakan Nisa Hanım'ın isyankârlığıyla kendi annesinin hoşgörülü ve ılımlı yaklaşımını karşılaştırıyor Nehir. Onların yerinde kendisi olsa hangisi gibi davranacağını kestiremiyor.

"Mutluluk perisi bizden yanaydı" diye devam ediyor Adnan Eren. "Birbirimize bağlılığımızı ödüllendirmek için Nevin'i gönderdi bize. Her şey iyiye gidiyordu. Mesleki kariyerimdeki ok, zirveye çevirmişti sivri ucunu. Maddi yönden de hiçbir sıkıntımız yoktu.

Tek pürüz, Füsun'un içine gömdüğü, benden bile gizlemeye çalıştığı ezeli derdiydi. Hiçbir zaman affetmedi ailesi! Ne onu ne de beni... Nevin'in doğumundan sonra yumuşayacaklarını umuyorduk. Olmadı; kendileri de Füsun'la aynı acıyı çektikleri halde inatlarını kıramadılar.

Onca yıl evli kaldık, ağzını açıp da pişmanlığı çağrıştıracak tek söz etmedi Füsun. Hiç mi ailesini özlemez insan? Biliyordum, için için kanıyordu yüreği... eziliyordum karşısında. Bu durumun sorumlusu bendim çünkü.

Doçentlik tezime hazırlanırken, ikinci hamileliğinin müjdesini verdi Füsun. O sayfayı kapattığımızı düşünüyorduk oysa. Nevin de 15 yaşına girmişti üstelik... İkimiz için de sürpriz olmuştu.

İlk hamileliğinde olduğundan daha da hevesli görünüyordu Füsun. Oğlan doğuracağını düşlüyordu. Benim için cinsiyet önemli değildi ama, bana bir erkek evlat verirse daha mutlu olacağımı sanıyordu galiba."

Öyle mi gerçekten? Kız değil de erkek olarak gözlerimi açsaydım dünyaya, babam gene terk eder miydi beni?

Yoksa, böyle bir şeyi aklına bile getirmeden, "Oğlum!" diye ağzını doldura doldura sahip mi çıkardı çocuğuna...

"Dünya üzerinde bizim kadar bir mutlu çift daha var mı, diye düşünürdüm hep. İhtimal vermezdim benzerimizin olduğuna. Yeni gelecek bebeğimiz de mutluluğumuza mutluluk katacaktı, zerrece kuşkum yoktu bundan.

Ve biz o büyük faciayı yaşadık! Başımıza gelebilecek en büyük felaketi..."

65

Keşke o gece ölüverseydim!

Kaçıncı çaylarını içtiklerinin farkında değil Nehir. Kapının açılıp kapanması, dolu bardakların bırakılıp boşların alınması dışında durmaksızın konuşan konuğunun yorulmuş olabileceğini düşünüyor Nehir. Ama Adnan Eren, anlattıklarından güç alır gibi konuştukça diriliyor sanki.

"Sağlıklı bir hamilelik dönemi geçirmişti Füsun. Her şey yolundaydı. Kumburgaz'daki yazlığımızda kalıyorduk. Daha üç hafta vardı doğuma... Bir hafta sonra şehre dönüp son hazırlıklarımızı tamamlayacaktık.

Ve o gece!

Sonrasında yüz bin kere düşündüm... Keşke o geceyi hiç yaşamadan ölüverseydim, diye!

Yazlık komşularımızla mangal partisi yapmıştık o akşam... Kadehler yeni doğacak bebeğimiz için kalkmıştı ama, Füsun içmiyor diye içmemiştim ben de.

Geç vakit eve dönüp yataklarımıza uzandık. Sabaha karşı uyandığımda yanım boştu. Su içmek ya da tuvalete gitmek için kalkmış olmalıydı Füsun. Fırlayıp kalktım, evin içinde aranmaya başladım.

Banyonun ortasında boylu boyunca yatıyordu Füsun! Kanlar içindeydi...

Nevin, Nevin'in haber verdiği komşular... ambulans çağırmak için çevrilen telefonlar... ne zaman geleceği belli olmayan ambulansı beklemenin anlamsızlığı...

Füsun'u nasıl kaldırdık oradan, arabaya nasıl yerleştirdik bilemiyorum. Ama yan komşumuzun, 'Bu halde araba kullanamazsın, bırak ben götüreyim' dediğini çok iyi hatırlıyorum. Küfür gibi geldi bu sözler.

Ben götürecektim karımı! Ellerimle sokacaktım doğum odasına. Aslanlar gibi! Hem onu hem de doğacak çocuğumuzu kucaklayacaktım sonrasında...

Direksiyonun başına geçtiğim gibi kökledim gazı. Arka koltukta Füsun'un saçlarını okşayarak, 'Dayan annem, dayan...' diye yalvaran Nevin'in sesi hiç silinmedi kulaklarımdan..."

Adnan Eren'in hıçkırıkları dışında tüm sesler susmuş. Nehir de soluk almaktan korkar gibi usulca gözyaşlarını siliyor.

"Duymak istemediğini, algılayamıyor da insan. Ameliyathanenin kapısında, 'Maalesef anneyi kurtaramadık' diyen doktorun, öldüğünü söylemeye çalıştığı kadının benim karım, Füsun'um olduğunu kavramamak için direndim bir süre. Olamazdı, bizim başımıza gelemezdi böyle bir şey...

Korkunç gerçekle yüzleştiğimde ilk hissettiğim, yoğun bir suçluluk duygusu oldu. Benim yüzümden ölmüştü Füsun! Kumburgaz'da olmasaydık, daha erken yetişebilirdik hastaneye. Dokuz aylık hamile kadının ne işi vardı yazlıklarda... Arabayı da yeterince hızlı sürememiş miydim acaba? Zamanında yetiştirememiştim hastaneye...

Her zamanki saplantılarımdı aslında. Yaşanan her olumsuzlukta kendimi suçlu görmek! Ne yaparsam yapayım, yaşanacakların önüne geçemeyeceğimin bilincinde değildim.

'Bebek yaşıyor' dediklerinde, zifiri karanlığın ucunda cılız bir ışık belirdi. Ama o ışığa tutunacak gücüm yoktu benim... Kuvöze koymuşlardı seni. Başımı kaldırıp da doyasıya bakamadım bile. Ne yüzle bakacaktım? Anasız bırakmıştım seni; bir ömür boyu anasız yaşamaya mahkûm etmiştim.

Darmadağın olmuştuk. Bizi toparlamak, gene anacığıma düştü. Nevin'le senin tüm sorumluluğunuzu üzerine aldı. O olmasa ne yapardım, bilemiyorum.

Kendi evini kapatmamıştı ama, bizde kalıyordu annem. Bizim eski düzenimizi sürdürmekti amacı. Her şey yerle bir olmuştu oysa... Gölge gibi girip çıkıyordum eve. Yaşayan bir ölü gibi. Kimseyle konuşmuyordum, kimseleri görmüyordu gözüm. Hele senin olduğun tarafa bakmıyordum bile. Bakamıyordum...

Seni dışladığımı, Füsun'un ölümünden seni sorumlu tuttuğumu düşünüyordu herkes. Hatta annem bile...

'El kadar bebenin ne günahı var oğlum?' diyordu. 'Yazgısı böyleymiş Füsun'un, dünya üzerindeki kısmeti bu kadarmış. Boş yere suçlama şu yavrucağızı.'

Diğerleri gibi annem de yanılgı içindeydi. Seni hiç suçlamadım ben Nehir! Yüzüne baktığımda, kendi suçlarımı gördüğüm için uzak durmaya çalıştım senden. Bunun ne kadar acı bir kaçış olduğunu bilsen..."

66

Yitirilenin geride bıraktığı karanlık boşluk

"Biraz dinlenin isterseniz" diyor Nehir. Tavırlarında ve ses tonunda belirgin bir yumuşama var.

"Az kaldı" diyor Adnan Eren, üzerine yüklenmiş görevi bir an önce sonuçlandırmak ister gibi. "Yılların suskunluğunu çözüp bu kadar konuştuğuma inanamıyorum. Seni sıktımsa bağışla..."

"Olur mu hiç?" diyor Nehir. "Keşke bu kadar bekleyip biriktirmeseydiniz."

Nurcan'dan çayın yanında yenecek bir şeyler isteyip yeniden dinlemeye koyuluyor.

"Benden hayır yoktu artık. Ne size, ne kendime. Tek çareyi bilimsel çalışmalara odaklanmakta bulmuştum. Sabahlara kadar odamda çalışıyordum. Aynı evin içinde gezinen yabancılar gibiydik.

Daha fazla dayanamadı annem. Ablanı ve seni alarak kendi evine geçti. Daha az görüşüyorduk artık, ilişkilerimiz kopma noktasına gelmişti. Uzaktan uzağa her şeyinizle ilgileniyordum ama, yakınınıza sokulamıyordum. Eski suçlarımın üzerine yenilerini ekliyordum bu sayede...

Kötü, çok kötü bir babaydım ben! Elimi uzatsam tutacaktım sizi ama yapmıyordum. Yalnızca yaz tatillerinde Nevin'le seni alıp bir yerlere gitmekle aralıyordum perdeyi. Farklı bir ortamda, farklı şartlar altında saplantılarımdan az da olsa sıyrılabiliyordum çünkü.

Suçluluk duygum yalnız sana karşı değildi. Nevin'in hayatını da çökerttiğimi düşünüyordum. Liseden sonra okulu bırakmış, tekdüze bir hayatı yaşamaya mahkûm etmişti kendini. Senin annen olma rolünü benimsemişti kendince.

Hiç erkek arkadaşı olmadı... Bir sürü isteyeni çıktı, evlenmemek için direndi. Annemin ve benim ısrarlarımızla Ali'yle evlenmeye razı oldu sonunda. Tek şartı vardı; seni yanına alacaktı. Evlendiler...

Bir yıl sonra da annemi kaybettik. Ona karşı da görevlerimi yapamamıştım. Son günlerini, benim sorunlarımı dert edinerek geçirmemeliydi.

Bu arada tezimi vermiş, profesör olmuştum. Kariyer beklentilerimin son noktasına ulaşmıştım yani... Yapacak bir şeyim kalmamıştı. Dünya üzerindeki varlığımın gereksizliğini düşünür olmuştum. Yeni bir bunalımın eşiğindeydim gene...

Ne size yararım vardı, ne kendime. Uzun uzun düşündükten sonra, Amerika'daki üniversitenin öğretim üyeliği fırsatını değerlendirmeye karar verdim.

Farkındaydım, pek çok şeyin sonu olacaktı gidişim. Çürümeye yüz tuttuğunu düşündüğüm köklerimden kopup yepyeni bir hayata başlayacaktım Amerika'da. Denemeye değerdi..."

"İyi de olmuş sanırım. Orada evlenip yeni bir düzen kurmuşsunuz kendinize."

Nehir'in sözlerindeki iğnelemeyi fark etmemiş gibi, hafifçe gülümseyerek devam ediyor Adnan Eren.

"Füsun'dan sonra evlenmeyi aklıma bile getirmedim. Ne Türkiye'de ne de Amerika'da... Evlenmek, ona ihanet etmek gibi geliyordu bana. Amerika'da da uzun yıllar tek başıma yaşadım. Öyle de sürüp gidecekti belki. Ama zaman içinde, farklı bir görüş açısıyla bakmaya başladım hayata. Füsun'un içimdeki varlığını sürdürerek de evlenebilirdim ben.

Evlendiğim insanın Amerikalı oluşu, rastlantı değil. Onunla kendi dilimde, Füsun'a hitap ettiğim dilde konuşmuyorum. Aşk yok aramızda! Anlayışa dayalı bir beraberlik yalnızca..."

Çantasından çıkardığı fotoğrafı masanın üzerine koyuyor. Amerikalı sarışın bir kadınla iki şirin kız çocuğu.

"Eşim Sarah; Monica ve Susan... Monica yedi, Susan dört yaşında."

Üzerinden ağır bir yük kalkmış gibi derin bir soluk alıp arkasına yaslanıyor Adnan Eren.

"Anlatacaklarım bu kadar. Çok zamanını aldım senin... Son bir şey söyleyeceğim. Annene çok benziyorsun Nehir! Seninle konuşurken, Füsun'u görüyorum karşımda..."

Ne düşüneceğini, nasıl davranacağını bilemiyor Nehir.

Beni suçlamamış, annemin ölümünden sorumlu tutmamış, diye yineliyor içinden.

İyi de, yazık olmadı mı boşa geçen o yıllara...

Halil Sezen'in sözleri geliyor aklına.

"Canının bir parçasını, en değerli varlıklarından birini beklenmedik bir anda yitiriverince, yitirilenin geride bıraktığı karanlık boşluğun içine düşüveriyor insan. Oradan kurtuluncaya kadar da hiçbir şeyi görmüyor gözü."

Adnan Eren'in o karanlık boşluktan kurtuluşu, uzun sürmüş demek... Onlarca yıl!

İç dünyasındaki dalgalanmaları ustaca perdeleyip, "Akşam için bir programınız var mıydı?" diye soruyor Nehir.

"Program falan yok! Seninle konuşmak için geldim ben Türkiye'ye. İşim bittiğine göre gidebilirim artık."

Kalkmak için doğrulduğunu görünce, "Bir dakika" diyor Nehir.

Telefona uzanıyor...

"Ablacım, akşama bir konuğumuz var. Masaya bir tabak daha koyar mısınız..."

67

Babam

Şirketten çıkarken Pınar'la karşılaşıyorlar kapıda. "Tanıştırayım" diyor Nehir. "Babam! Benimle hasret giderdi. Şimdi sıra torunuyla tanışmakta..."

Nevin, hiç ummadığı bir müjdeyle ödüllendirilmenin heyecanıyla karşılıyor onları. Hem babasını hem de Nehir'i coşkuyla kucaklıyor.

Adnan Eren'in gözleri, bir şeyler arar gibi. Hemen anlıyor Nevin.

"Derin uyuyor" diyor. "Birazdan uyanır."

Salonun dört bir yanına serpiştirilmiş fotoğrafları inceliyor Adnan. Deniz'e takıldığında hüzünle buğulanan gözleri, Derin'e ilişince sevinçle ışıldıyor.

"Yemeğe oturalım mı?" diyor Nevin.

Sultan'la beraber kusursuz bir sofra hazırlamışlar.

"Hemen otursak hiç fena olmaz" diyor Nehir. "Bütün günü küçük atıştırmalarla geçirdik."

En son ne zaman böyle bir sofrayı paylaştıklarını hatırlayan yok aralarında. Böyle bir sofrayı daha önce paylaştıklarından da emin değiller zaten. Bildikleri tek şey, şu anda öncesi olmayan bir mutluluk yaşadıkları.

"Ayvalık'taki arsa satışı falan bahaneydi yani..." diyor Nehir.

"Ne arsası?" diye gülüyor Adnan. "Dünya malında gözüm yok benim, hiçbir zaman da olmadı. Bu saatten sonra iki karış toprak parçasıyla mı uğraşacağım? Benim arkamdan ne yaparsanız yaparsınız..."

Bu arada, gün içindeki konuşmalarında eksik kalan noktaları da tamamlıyor Adnan.

"Düğününe gelmeyi istedim, ama gelemedim. Nevin'le de konuştuk, beni orada görmek isteyeceğinden emin değildim. Yanı sıra, arkamızdan edilecek lafların seni üzmesini istemedim. Nerden çıkmıştı bu baba, daha önce nerelerdeydi...

Asıl yanında olmam gereken zamanda da yoktum! Kazayı duyduğumda kahrolmuştum ama, arayamadım bile. Bana karşı öylesine kin doluydun ki konuşmak bile istemeyecektin benimle. Her şeye rağmen gelmeyi istedim; uçakta yer ayırttım hatta. Ama son anda vazgeçtim. Gelmekle kendi içimi rahatlatacaktım ama, seni üzmekten başka işe yaramayacaktı yaptığım."

Nehir'le Nevin'in bakışları aynı noktada, aynı soru işaretinde buluşuyor. Sessizce paylaşıyorlar akıllarından geçenleri. Dile getirmek önceliği Nehir'in.

"Neden şimdi? Değişen ne oldu da kalkıp geldiniz?"

Gözlerini masa örtüsünün beyazına dikip bir süre kıpırtısız kalıyor Adnan.

"Hastayım" diyor keyfini yitirmiş sesiyle. "Alzheimer başlangıcı teşhisi kondu. Ne zamandır hissediyordum, ön tanıyı kendim koymuştum zaten.

Hemen yüzünüzü asmayın öyle. Dert edecek bir durum yok henüz..."

Ama olacak! Nevin de, Nehir de çok iyi biliyor olacakları...

"Bu hastalığa minnet duymalıyız aslında" diye gülüyor Adnan. "Baksanıza, bizi bir araya getirdi. Çekilen MR'ın[18] ardından kesin tanı konur konmaz gelmeye karar verdim. Bende var olanları tümüyle hatırlarken görmeliydim sizleri. Yarın bile çok geç olabilirdi.

Geç olmuştu zaten, ama çok önemli bir şey öğrenmiştim: Hiçbir şeyi ertelememeyi! Şairin de dediği gibi;

Ömür dediğin üç gündür

18. Tanıya yardımcı, radyolojik bir görüntüleme yöntemi.

Dün geldi geçti, yarın meçhuldür
O halde ömür dediğin
Bir gündür, o da bugündür."

Derin'in içerden gelen sesi, bulutlanmış gözleri aydınlatmaya yetiyor. Az sonra Meryem, kucağında Derin'le salona giriyor ve doğruca dedesinin kucağına bırakıyor Derin'i.

"İşte *bugün*!" diyor Adnan, Derin'i göğsüne bastırarak. "Ve şu an! İçinde bulunduğunuz zaman diliminin hakkını vereceksiniz..."

Hiç yabancılık çekmiyor Derin, en sıcak gülücüklerini sunuyor dedesine. Oluşturdukları sevgi yumağı karşısında duygulanmamak mümkün değil. Ama Nehir de, Nevin de gözpınarlarında göllenen yaşları geri göndermeyi başarıyorlar.

"İkinize de çok teşekkür ederim" diyor Adnan. "Hayatımın en güzel dakikalarını yaşattınız bana."

Biraz daha sokuluyor Derin'e.

"Her şeyi unutsam da bu oğlanı unutamam ben!" diyor. "Yüreğime kazındı çünkü. Beyindekiler silinir ama, yürektekiler asla..."

* * *

Babasını Amerika'ya uğurladığı günden beri pek keyifsiz Nehir. Ablası da İzmir'e dönünce, üzüntüleriyle baş başa kaldı.

Babasının anlattıkları aklından çıkmıyor. O gün yaşadıkları her şey; konuşmaları, gülüp ağlamaları, sevinçleri, hüzünleri, kare kare gözlerinin önünde. Babasının hayat hikâyesinden alınacak çok ders var. Ama, işe yarar bir hayat felsefesi edinmek için de Alzheimer tanısı konmasını beklememeli insan.

O hafta sonunu iple çekiyor Nehir. Hem Dila'yla hem de Arda'yla pek çok kez telefonda konuştular ama yüz yüze paylaşımın hali başka.

Ne var ki Dila bir gün önce arayıp, Sarp'la beraber üniversite arkadaşlarıyla buluşacaklarını söyleyerek özür diliyor. Bu durumda Nehir, Arda ve Derin, pazar kahvaltısında baş başa olacaklar...

Sabah erkenden Nehir'le Derin'i almaya geliyor Arda. İkisiyle de kucaklaşıyor ama, Derin'i uzun süre bırakamıyor kucağından.

"Ne uzun bir haftaymış, geçmek bilmedi!" diyor. "Doğru dürüst konuşamadık bile. Aklım sizde kaldı."

Hafta içinde mastır konusunu içeren bir seminer hazırladığını, neyse ki yaptığı sunumun pek beğenildiğini anlatıyor yol boyunca.

Bu kez Kız Kulesi manzaralı bir kahvaltı mekânı seçmiş Arda. Yerlerine geçip, Derin'i mama sandalyesine oturtarak aralarına alıyorlar.

"Delikanlı oldu artık" diyor Arda. "Yanında olduğu için fark etmiyorsun sen. Benim gibi bir hafta ayrı kal bakalım. Hem o büyüyor hem de benim içimdeki özlem..."

Kahvaltının bitimine doğru da, "Anlat bakalım" diyor. "Tam sırası. Bizim evde bir alışkanlık vardır. Üzücü, sıkıntı ya da hüzün verici gelişmeler sofrada paylaşılmaz. Yemek biter, öyle konuşulur. Seni dinlemek için kahvaltının bitmesini beklemem bu yüzden..."

"Anlatacaklarımın hepsi hüzünlü değil" diyor Nehir. "Hatta, hayatımın en mutlu dakikalarını yaşadım o kahredici itiraflar sonrasında."

En baştan, şirketteki karşılaşmalarından, babasını uçağa bindirinceye kadar her şeyi tüm ayrıntılarıyla anlatıyor Arda'ya. Gülmeden ağlamaya, sevinçten hüznün en koyusuna, dört mevsimi yaşıyor anlatırken.

Hiç sözünü kesmeden, dikkatle dinliyor Arda.

"Yazık olmuş onca yıla" diyor sonunda. "Sevgiyle, mutlulukla, paylaşarak yaşamak dururken...

Ömrün, gene de üç gün olduğunu düşünüyorum ben. *Dün*'ü unutamazsın. *Bugün*'ü en iyi şekilde yaşamak zorundasın. Ama *yarın*'dan da beklentilerin olacak..."

"Söylemesi kolay. Uygulamaya gelince çatallaşıyor işler."

"Derinlemesine düşünmediğim hiçbir şeyi söylemem ben. Söyleyip de uygulamadığım hiçbir şey olmadı bugüne kadar."

Arda'nın yüzüne hayretle bakıyor Nehir. Babasının yarı yaşında bile olmayan bu genç adamla, ağzından çıkan sözleri bağdaştıramıyor.

"Oğlak burcuyum ben" diye gülüyor Arda. "Oğlak burcu insanı; ister erkek olsun, ister kadın; on yıl sonrasının planını bugünden yapar. Kararlarını uygulamayı iyi becerir. Tuttuğunu koparmayı da!"

Arda'nın meydan okur gibi konuşması, güldürüyor Nehir'i.

"On yıllık yaşam planın hazır yani..."

"Aynen öyle. Dakikası dakikasına, tıkır tıkır işliyor saat. Hele bir yıllık program, uygulanmaya kondu bile."

Derin'i kucaklayıp havaya kaldırıyor Arda, onun katıla katıla gülüşünü keyifle içine çekiyor.

Onları izlerken, Arda'nın hayatından sıyrılıp bir yıllık planının dışına nasıl çıkacağız biz, diye düşünmekten kendini alamıyor Nehir.

68

Arda'yı da çağırın!

Nehir'le Derin, haftada en az bir kez, Sezenlerin Yeniköy'deki yalısına konuk oluyorlar. Eski günlerde Nehir'le Deniz'in iş çıkışı gittikleri gibi...

Son zamanlarda, aileden olmayan biri daha katıldı kadroya: Sarp!

Dila'yla aralarındaki yakınlaşma ciddi boyutlara ulaşmış olmalı ki, aile sofrasına oturup Halil Sezen'le sohbet edebiliyor Sarp. Nehir'in beklentileri de bu yöndeydi zaten. İkisini birbirine çok yakıştırıyor.

Bugünün gündemindeki baş konu, Derin'in birinci yaş kutlaması. Evet, Derin'in birinci yaşını doldurup ikinci yaşına adım atmasına yalnızca bir hafta kaldı.

"Pastane köşelerinde yapılan doğum günü kutlamalarından hiç hoşlanmıyorum" diyor Nisa. Nehir'e dönerek, "İşinin gücünün arasında bir de bununla uğraşamazsın sen" diye ekliyor. "En iyisi, burada kutlayalım. Ne dersin?"

Doğrusu da bu galiba. Sezenleri en mutlu edecek seçenek, Nehir'e de yakın geliyor.

Karar aşamasını atlayınca sıra, konuklara ikram edilecek yiyecek ve içeceklerin saptanmasıyla, çağrılacak davetlilerin listesini hazırlamaya geliyor.

"Doğum günü pastası dışında her şeyi evde hazırlatırım ben" diyor Nisa. "Konuk listesini hazırlamayı size bırakıyorum. Aile çevresiyle kısıtlamayın kendinizi; dışardan da istediğiniz herkesi çağırabilirsiniz. Gelecek kişilerin sayısını bana bildirmeniz yeterli."

Dila kalemi kâğıdı eline alıp yazmaya başlıyor. Hilmi Amca, Saadet Yenge, kuzenler...

"Arda'yı da çağırın!"

İğne batmış gibi irkiliyor Nehir. Söylediklerinde ne kadar samimi olduğunu anlamak ister gibi dikkatle bakıyor Nisa Hanım'ın yüzüne.

"Seviyorum o çocuğu" diye şaşırtmaya devam ediyor Nisa. "Derin'in doğum gününde bulunmayı hak ediyor."

Görünürde, Dila'yla Nehir'in ikisine birden, ortak bir arkadaşlarını çağırmaları için söylenmiş sözler bunlar. Ama gerisinde farklı bir şeylerin olduğunu hissedebiliyor Nehir...

Derin'in doğum günü kutlamasından, bir başka kutlamanın ayrıntılarını konuşmaya geçiyorlar. Dila'yla Sarp'in nişan törenine.

Sarp'ın ailesi on güne kadar Adana'dan gelip Dila'yı ailesinden resmen isteyecek. Kesilecek sözün ardından, doğal olarak nişan konusu gündeme gelecek. Nisa da hazır toplanmışlarken, herkesin fikrini almaya çalışıyor.

"İki aydan önce yapamayız nişanı" diyor. "O vakte kadar havalar iyice ısınmış olur. Mekân olarak Manolya Konakları'nı düşündüm ben..."

Susuyor Nisa. Nehir'in yüzündeki şaşkınlık ifadesini görmemeye çalışarak diğerlerinin vereceği tepkiyi bekliyor.

"Neden olmasın?" diyor Halil Sezen. "Ama önce gençlerin fikrini almamız gerekir."

"Bizim yönümüzden sorun yok" diyor Sarp. "En zor beğenen insanların bile hayran kalacağı bir yer orası. Neden nişanımız orada olmasın ki?"

"Sezenlere ait dayalı döşeli üç ev var orada" diyor Nisa. "Hilmi Ağabeylerin, bizim ve Deniz'le Nehir'in... Hepsini birden açtık mı, konukları ağırlamakta zorluk çekmeyiz."

Biraz durup soluklanıyor. Ardından Nehir'e dönerek devam ediyor.

"Sizin ev de yeterince kapalı kalmadı mı Nehir? Kışın karanlık günleri için bir şey diyemem ama, baharla beraber evlerimizi açalım diyorum..."

Olumlu ya da olumsuz hiçbir yanıt vermeden, hangi yana çekilirse o anlama gelebilecek bir baş eğişiyle geçiştirmeye çalışıyor Nehir. Ama Nisa, bu kadarıyla yetineceğe benzemiyor.

"Manolya Konakları'ndaki tanıtım kokteylini hatırlayın... Deniz'le Nehir'in ortak çalışmalarının yüz akıydı o düzenleme. Bu yüzden de nişan töreni için orayı düşünüyorum ya...

Nehir! O günküne benzer bir düzenlemeyi Dila'yla Sarp için de yaparsın, değil mi?"

Ne yapmak istiyor Nisa Hanım?

Deniz'in adını ağzına alırken, ilk günlerin aksine, nasıl bu kadar rahat davranabiliyor? Nehir'e anlatmak istediği ne?

"Ben artık böyleyim, sen de benim gibi ol" demeye mi getiriyor? Yoksa, Deniz'in varlığını içinde sürdürerek de bazı şeyleri yaşayabileceğini vurgulamak mı amacı?..

69

Üç tekerlekli bisiklet

Her ne kadar kapıyı açık tutsa da Nisa Hanım'ın aile çatısı altında kalanlara ağırlık vermekten yana olduğunu bilen Nehir, kendi dost ve arkadaş çevresinden fazla kişiyi çağırmadı. Nevzat Bey'le Sedef Hanım, şirketten de Pınar'la Hakan... Daha sonra işyerinde arkadaşları ve çalışanlarıyla beraber pasta keserek, ikinci bir kutlama yapmayı düşünüyor.

Nevin Abla'yla Ali Enişte, o sabah İzmir'den geldiler. Geri kalan konuklar, Hilmi ve Halil Sezen'in aile grubu olarak özetlenebilir. Sarp ve Arda dışında!

Bugünü onlara sunmak için günlerce hazırlık yapmış Nisa Hanım. Çevresini saran yardımcı ordusunun emeği çok ama, ortaya çıkan eserin mimarı o. Açık büfe yiyeceklerin sıralandığı ve pastanın kesileceği masalar, oturma grupları, kalabalığa hitap edecek ek koltuklar, aralara konan sehpalar ihtiyaca göre düzenlenmiş.

Derin, lacivert kadife pantolon ceket takımı, beyaz gömleği ve papyon kravatıyla pek yakışıklı bugün! Bunca hazırlığın kendisi için yapıldığının farkında bile değil. Çevresinin kalabalık olmasından son derece hoşnut. Kucaktan kucağa gezmeye de bayılıyor. Ama bu gezilerin hepsini Arda'nın kucağında noktalıyor.

Garip bir bağ var ikisinin arasında. Nehir'le Arda yan yana dururken bile, annesinin yerine Arda'ya koştuğu oluyor Derin'in. Söylediği üç beş sözcükten biri de onun adı zaten.

Ellerini yumup açarak, "Del (gel), del" diyor oyuncaklarıyla konuşurken. A'ları uzatmayı pek seviyor. Aana (anne), diyor Nehir'e. Aada (Arda), diye çağırıyor Arda'yı da.

"Erkek çocuk geç konuşur" diyor Nisa. "Deniz de iki yaşına kadar doğru dürüst cümle kuramamıştı."

Yeni bir marifeti daha var Derin'in. Yaşını doldurmayı beklemeden, iki gün önce yürüdü. Ne zamandır parmak uçlarında, balerin adımlarıyla sıralıyordu zaten. Güçlü bir yürüme değil aslında... Düşe kalka ayakta durup birkaç adım atıyor şimdilik. Oyun gibi geliyor ona, her düşüşünde kahkahalara boğuluyor.

Yemeklerin yenmesinden, pastanın kesilip dağıtılmasından sonra, sıra salonun köşesine yığılmış armağanların açılmasına geliyor. Takılan altınlar, örülen, dikilen ya da hazır alınan giysiler Derin'in ilgi alanının dışında. Yalnızca oyuncaklarla ilgileniyor o. En çok da Arda'nın getirdiği üç tekerlekli bisikletle!

Üzerine binmeyi beceremeyince, arkadan selesini tutarak ittiriyor bisikleti. Arda, kollarının altından tutup bisikletin üzerine çıkarıyor Derin'i. Beraberce tur atıyorlar salonun çevresinde. Herkesin gözü onların üzerinde.

Huzursuzluk duyuyor Nehir. Çevresindeki yüzleri kaçamak bakışlarla inceliyor. Kendisinden başka yadırgayan yok ya da yadırgadığını belli etmiyor kimse.

Nisa Hanım'ın duruşu ise şaşırtıcı! Sıcacık, şefkatli bakışlarıyla sarmalıyor Derin'le Arda'yı...

Hilmi ve Halil Sezen, Ali Enişte ve Nevzat Bey'le beraber bir köşeye çekilip derin bir sohbete dalmışlar. Diğerleri de Derin'in çevresini almış, onun yaptıkları üzerine konuşup gülüyorlar.

Gözlerini ovuşturuyor Derin. Belli ki uykusu gelmiş.

Nevin'le Nisa, Derin'i içeriye götürüp uyutmak için aynı anda yerlerinden kalkıyorlar.

"Siz konuklarınızla ilgilenin" diyor Nevin. "Ben uyuturum Derin'i."

Uykulu gözlerle Arda'nın göğsüne yaslanan Derin'i alıp Nevin'e verirken, "Olur" diyor Nisa. Sonra da hiç umulmadık bir şey yapıyor!

"Derin'in sana olan düşkünlüğünün sırrını çözmenin zamanı geldi!" diye gülerek Arda'ya doğru yaklaşıyor. Parmaklarını açıp elini Arda'nın kalbinin üzerine koyuyor.

"İlk gördüğüm andan beri dokunmak istiyordum sana" diyor. "Sana ve kalbine..."

Gözlerini kapatıp, avuçlarından bedenine geçen akımı içine çekmek ister gibi öylece kalıyor bir süre. Buğulanmış gözlerini açtığında, aradığı huzuru bulmuşçasına ferah bir ifade var bakışlarında...

Eylemini sonlandırıp Arda'dan uzaklaşacağına, bu kez de sımsıkı sarılıyor ona. Kayıtsız kalamıyor Arda, o da sarılıyor Nisa Hanım'a.

İkisinin oluşturduğu hüzünlü tabloya daha fazla bakamıyor Nehir. Gözlerinden inen yaşların oluşturduğu perdenin arkasına gizleniyor...

Arda'nın kalbine dokunmak! Deniz'in kalbine dokunmakla eşdeğer mi acaba?

Neden düşünmedi bugüne kadar? Neden denemedi hiç? Hem de Arda bu kadar yakınındayken...

Bundan sonrasında hiç yapamaz! Nisa Hanım'la bir mi Nehir? Nisa, Deniz'in annesi! Oğlunun kalbine dokunmasında hiçbir sakınca yok.

Ya Nehir? Hangi sıfatla dokunacak o kalbe? Deniz'in sevdalandığı, âşık olduğu, evlendiği kadın olarak mı?

Yapamaz Nehir! Kalbi o kalbe dokunmayı delice istese de yapamaz...

70

Mezuniyet töreni

"Cuma günü için kimselere söz verme" diyor Arda. "İş toplantısı falan da koyma o güne."

Nehir'in, bakışlarındaki soru işaretini dillendirmesini beklemeden de ekliyor. "Arda Poyraz'ın yüksek lisans mezuniyet törenine davetlisiniz efendim!"

Nehir'in sevinçle parlayan gözlerinden cesaret alarak devam ediyor. "Sabah diploma töreni var. Akşam da kutlama yemeği."

Kafasında ölçüp tartıyor Nehir. Ne zaman nerede olması gerektiğine karar vermeye çalışıyor.

"Ailenden kimse gelmeyecek mi?"

"Gelmez olur mu? Babamın işten başını kaldıracak hali yok ama, aileyi temsilen annemi gönderiyor. Yarın sabah burada olacak annem."

"Başka?"

"Feride ve Nehir Hanımlar... Neden azımsadın ki? Benim için yeter de artar bile."

"Sabah törene gelirim. Ama akşamki yemek için söz veremiyorum."

"Zamanı gelince konuşuruz" diye gülüyor Arda. "Cuma sabahı gelir alırım seni."

* * *

Üniversitenin konferans salonu hıncahınç dolu. Öğretim üyeleri, yeni mezunların yakınları ve diğer konuklar ön sıralarda oturuyorlar. Feride Hanım'la Nehir de onların arasında. Salonun gerisinde ise cüppelerinin içinde diplomalarını almak için bekleyen çok sayıda öğrenci var.

Yapılan konuşmaların ardından, önce lisans öğrencilerinin diplomaları veriliyor. Gençler, keplerini havaya atarak, bir bakıma mezuniyetlerini kanatlandırıyorlar.

Sıra yüksek lisans ve doktora diplomalarının dağıtılmasına geliyor. Nehir'in sakin duruşuna karşın, Feride Hanım heyecanını gizleyemiyor. Arda'nın diplomaya uzanan elini yöneten kendisiymiş gibi, o da Nehir'in kolunu var gücüyle sıkıyor.

Arda diplomasını onlara doğru kaldırırken, "Ah, yavrum" diye mırıldanıyor Feride Hanım. "Bir de evlendiğin günü görsem..."

Sonra da gösterdiği taşkınlıktan utanmış gibi, "Sen de annesin artık" diyor Nehir'e. "Oğlunun mürüvvetini görmek, her annenin dileğidir."

Törenin bitiminde mezunların yakınları, bahçede hazırlanan açık büfenin önünde buluşuyorlar. Kalabalığın arasından güçlükle sıyrılan Arda, annesi ve Nehir'le kucaklaşarak onların kutlamalarını kabul ediyor. Fazla kalamıyor yanlarında. Birer bardak meyve suyunu ellerine tutuşturup izin istiyor ve arka tarafta kümelenmiş arkadaşlarının arasına karışıyor.

Gelmesem de olurmuş, diye düşünüyor Nehir. Feride Hanım'ın, Arda'yla kucaklaşan her kız arkadaşını alıcı gözüyle incelemesini de buruk bir gülümseyişle izliyor.

Arda'nın arkadaş grubunun içinde, kumral saçları neredeyse beline inen, uzun boylu, çevresindeki erkek arkadaşlarının gözünün içine baktığı, son derece gösterişli bir kız var. Uzaktan uzağa, Arda'nın önce, "Naz!" diye bağırdığını, sonra da kızla kucaklaştığını görebiliyor Nehir. Oradaki bütün kızlar birbirleriyle ve erkek arkadaşlarıyla, bu arada Arda'yla da kucaklaşıyorlar. Ama Naz'ın gözü hep Arda'da.

Adını koyamadığı bir burgu, içini oyuyor sanki Nehir'in. Tanıyor bu duyguyu: Kıskançlık!

Ama neden? Neden Arda'yı kıskansın ki?

Sorunun yanıtını bulmakta gecikmiyor. Arda'yı değil, Deniz'in kalbini kıskanıyor o! Deniz'in kalbinin bir başkası için heyecan duymasına dayanamıyor. Başka bir açıklaması yok bu durumun...

Törenin kutlama ve kutlanma bölümleri de bitip ortalık boşalmaya başlayınca derin bir "oh" çekiyor Nehir. Bir an önce oradan uzaklaşmaktan başka düşünce yok kafasında. Keşke kendi arabamla gelseydim, diye hayıflanıyor. Arda'yı beklemeden çekip giderdim.

Yanlarına geldiğinde, Nehir'in o güne kadar görmediği kadar neşeli Arda. Annesine ve Nehir'e bir kez daha sarıldıktan sonra, cüppesini ve kepini çıkarıp torbaya koyuyor.

"Önce annemi bırakalım" diyor arabaya doğru yürürken.

Direksiyon başına geçtiğinde, "Sizi yalnız bıraktım, kusura bakmayın" diye özür diliyor. "Arkadaşlarla akşam yemeği için düzenleme yapıyorduk..."

"Yemeğe katılacağımı sanmıyorum" diyor Nehir. "Meryem'in yatılı konuğu var. Bu aralar gece kalamıyor."

Feride Hanım, hiç beklemediği bir öneriyle Nehir'i şaşırtıyor.

"Aşk olsun kızım! Ben bakarım Derin'e..."

"Siz yemeğe gitmiyor musunuz?"

"Ne işim var gençlerin arasında..."

Benim de işim yok onların arasında, diye söyleniyor Nehir içinden. Gitmemeye kararlı...

* * *

Feride Hanım'ı eve bıraktıktan sonra, Arda'nın kendisini de şirkete bırakacağını düşünmekle yanılıyor Nehir.

Bebek sahiline sıralanmış restoranlardan birinin önünde arabayı durduruyor Arda. Aşağı inip Nehir'in bulunduğu taraftaki kapıyı açıyor.

"Kalabalık içindeki kutlamalar yeterli değil benim için" diyor. "Günün anlam ve önemini vurgulayacak baş başa bir kutlamaya ne dersiniz Nehir Hanım?"

"Yemek yiyecek halim yok benim" diyecek oluyor Nehir...

"Biz de yemek yemeyiz" diyor Arda. "Çay, kahve, aperitif... Hangisini arzu ederseniz efendim."

Onu bu mutlu gününde üzmeye, sevincini karartmaya hakkı yok; madem böyle olmasını istiyor, karşı koymayacak Nehir.

Her zamanki alışkanlıklarının aksine, deniz manzaralı masalardan birini değil de köşedeki kuytu olanını seçiyor Arda. Önce Nehir'i oturtuyor, sonra da salona arkasını dönerek kendisi oturuyor.

"Sanırım farkındasın" diyor. "Bugün hayatımın belki de en mutlu günü. *Belki,* diyorum; çünkü, ancak bundan sonra yaşayacaklarımla *en mutlu* olma özelliğini kazanacak.

Söylemiştim sana... Planlarımı önceden yaparım. Ve bugünü, uzun zamandır bekliyordum ben."

"Yeni bir, *yıllık program paketini* açmak için mi?"

Nehir'in sesindeki alaycı tona takılmadan, "Öyle de sayılabilir" diyor Arda. "Ama önce, geçtiğimiz yılın dökümünü yapmak istiyorum."

Sipariş almaya gelen garsona kahve ısmarlıyorlar. Kaldığı yerden devam ediyor Arda.

"Bugüne kadar iş konularını hiç paylaşmadım seninle. Senin derdin başından aşkındı zaten. Ama artık anlatabilirim... Bir yıldır, İzmir'deki şirketin İstanbul ayağını oturtabilmek için savaş veriyordum. Sonunda başardım. Bu yılki ihracat artışımız, yüz güldürücü boyutlarda.

Mastır programını tamamlamak da önüme koyduğum hedeflerden biriydi. Bugün ipi göğüsledim."

"Her şeyin yoluna girmesine sevindim."

"Bitmedi... Sıra geldi evimi değiştirmeye. İyi bir yerde, gönlüme göre bir apartman dairesi almak, dayayıp döşemek var programımda. Son cümlelerimi *tekil* kurmam hata aslında. Çünkü ben evlenmek istiyorum Nehir... Seninle!

Benimle evlenir misin?"

Gülüveriyor Nehir.

"Yanlış duydum galiba..." diyor. "Şirketlerin yıllık etkinlik raporunu açıklar gibi bir konuşmanın ardından böyle bir şeyin geleceğini kestiremedim, kusura bakma."

"Haklısın, ilk bakışta ruhsuz bir teklif gibi görünebilir gözüne. Ama benim de kendime göre nedenlerim var... Bir yıl önce bunları söyleyemezdim sana. Ne rayına oturmuş bir işim vardı ne de şu an elimde tuttuğum diplomam. Öncelikli amacım, aramızdaki dengesizliği aşmaktı. Mastır yapmıştın sen, ben de yapmalıydım. Şirketse şirket..."

"Ama yaş konusunda dengeyi sağlayamadın!" diye kesiyor Nehir. "Aramızdaki dört yaşı nasıl kapatacaksın?"

"O kadar önemli mi bu? Yetmiş yaşında bile olsan değişmezdi durum. Ben senin ruhunu sevdim Nehir, ruhuna âşık oldum. Ruhlarınsa yaşları yoktur bence..."

"Tek taraflı düşünüyorsun Arda. Aileni hesaba katmıyorsun. Annenin gözleri yeni mezun olmuş gencecik kızların üzerindeydi bugün."

"Annemin sana karşı çıkacağını mı sanıyorsun yoksa? Asla! İlk günden biliyor sana meylettiğimi. Senin razı olmayacağını düşündüğü için huzursuz.

Bugün törene gelirken ne dedi bana, biliyor musun? Sen benden değil, ben senden dört yaş büyük görünüyormuşum. Öylesine çok seviyor ki seni..."

"Onun ya da senin çok sevmenle bitmiyor Arda. Durumumu biliyorsun. Seninle ya da bir başkasıyla evlenmeyi asla düşünmüyorum."

"Ama ben farklıyım! Kimselerle bir tutamazsın beni. Şöyle bir düşün... Seninle evlenmemize karşı çıkacak tek kişi yok çevremizde. Nevin Abla, Ali Enişte ve Sezenler... Dila'yla Sarp, bizden sayılırlar zaten. Nisa ve Halil Sezen'in yaklaşımlarını Derin'in doğum gününde gördün. Hele Nisa Hanım'ın başını göğsüme yaslaması..."

"Herkes aynı yanılgıyı paylaşıyor Arda. Açık konuşacağım... Bu kadar insanın senin karşında değil de yanında olmasının tek nedeni, Deniz'in kalbini taşıyor olman."

"Biliyorum" diye boynunu büküyor Arda. "Ama razıyım. Neyse, beni bırak da kendi yönünden bakmaya çalış... Bir başkasıyla evlenecek olsan, kimse böylesine desteklemez seni. Derin bile, bana olduğu gibi sokulamaz başkasına. Ve sen! Hâlâ sevdiğin insanı yaşatıyorsan yüreğinde, onun kalbini taşıyan bana, nasıl kayıtsız kalabilirsin ki?"

"Sorun da burada ya... Senin, durumu bile bile her şeyi kabullenmende. Bir başkasının gölgesinde sevilmeye razı olmanda.

Sana yapılabilecek en büyük haksızlık bu Arda! Bunu hak etmiyorsun. Delicesine sevilmelisin sen... Karşılıklı aşkı tatmalısın.

Seninle evlenemem Arda! Bu kötülüğü yapamam sana... Hedefin olmaktan çıkar beni. Yeni program paketinde pırıl pırıl, pürüzsüz bir gelecek olmalı..."

Gözlerini masanın oymalarına dikip bir süre sessiz kalıyor Arda.

"Senden bir şey rica edeceğim" diyor sonunda. "Bu teklifi yaptım diye kendinden ve Derin'den mahrum ederek cezalandırma beni. Dün nasılsak, bugün de öyle olalım. Ve bu akşamki kutlama yemeğinde yanımda ol. Beni kırmayacaksın, öyle değil mi?"

71

Kalbine dokunmak

Yemek için Tarabya'daki bir balık restoranını seçmişler. Birbirine paralel upuzun masalar... Kalabalıktan yükselen uğultuya karışan müzik sesi...

Nehir'le Arda, karşı karşıya değil, yan yana oturuyorlar bu gece. Aksi halde, seslerini duyuramayacaklar birbirlerine.

Oturur oturmaz, Naz'la göz göze geliveriyor Nehir. Bu kadar kişi içinde tam karşısına düşmesi, inanılması güç bir rastlantı. Naz, iki erkek arkadaşının arasına oturmuş, çevresindeki herkese gülücükler saçıyor. Aslan payı Arda'nın! Yanında Nehir'in olmasını umursamadan, gözlerinin içine bakarak kadeh kaldırmalar, kadehlerle beraber parmak uçlarını Arda'nın parmaklarına değdirmeler...

"Ben gelmesem, kısmetin açık olacakmış bu gece" diyor Nehir.

Gözlerinin derinliklerine kadar gülüyor Arda.

"Naz'ı kastediyorsan... herkese karşı öyledir o. Kıskandın mı yoksa?"

Arda'nın sesinde cılız bir umut ışığı yanıp sönüyor bunları söylerken.

"Yok canım, ne kıskanacağım?" diyor Nehir. "Beni akraba kızı sandı galiba, aldırdığı bile yok."

"Öyle olmadığını anlasın o zaman" diyerek elini Nehir'in omzuna atıveriyor Arda. Şaşkınlıktan, geri çekilmeyi becere-miyor Nehir.

İlk kez bu kadar yakınlar birbirlerine... Bununla da yetinmiyor Arda. Son kozlarını oynamaya kararlıymış gibi, daha da sokuluyor Nehir'e. Gülüp konuşurken omzuna attığı eli,

Nehir'in beline iniyor; oradan tekrar omzuna... Bir saniye bile kendisinden uzaklaşmasına izin vermiyor.

"Dans edelim mi?"

Dans etmek istediğinden emin değil Nehir. Ama çok istediğinden emin olduğu bir şey var: Derin'in doğum gününde Nisa Hanım'ın yaptığını yapabilmek... Arda'nın kalbine dokunmak! O kalbin ne kadarı Deniz'e, ne kadarı Arda'ya ait? Bunu anlayabilmesi için dokunması şart. Düğümün çözümü orada gizli...

Arda'nın kolunda piste doğru yürürken bacakları titriyor Nehir'in. Arda da en az onun kadar heyecanlı ama, nedenleri farklı.

Nehir sol kolunu Arda'nın boynuna atıyor. Sağ eliyle onun elini tutacağına, doğruca kalbinin üzerine bastırıyor avucunu. Gözlerini kapatıyor. Tıpkı Nisa Hanım'ın yaptığı gibi! Elinin altındaki akımın, ağır ağır bedenine akmasını izliyor...

Geri çekilip Arda'nın yüzüne bakıyor. Uzun uzun, ilk kez gördüğü birini tanımak ister gibi... Sonra da kalbinin üzerindeki elini çekip başını Arda'nın omzuna yaslıyor.

"Deniz'le buluştun mu sonunda?" diyor Arda, üzerlerine mahzunluk çökmüş kömür karası gözleriyle.

"Hayır" diyor Nehir. "Beklediğimin tersine, seni buldum orada."

"İnanayım mı?" derken, duyduklarının gerçek olması için canını bile verebileceğini hissediyor Arda.

Nehir'i konuşturursa, farklı şeyler söyler korkusuyla, "Dinle o zaman" diyor. "Başlangıçta kendimi Deniz'le özdeşleştirdiğim doğru. Ama zaman içinde bu saplantıdan sıyrılıp kendimle bütünleşmeyi başardım.

Sana âşık olurken Arda'ydım ben! Ve yalnız kalbimle değil, tüm varlığımla sevdim seni. Öylesine sevdim ki, senin beni bir başkasının yerine koyup kabullenmene, yalnızca o kalbi taşıyorum diye bana gelmene bile razı oldum. Bugün olmasa bile, er geç doğruları göreceğini biliyordum. On yıllık yaşam paketimin içinde bu beklenti de vardı.

Şimdi bir kez daha soruyorum sana Nehir...

Benimle evlenir misin?"

"Ne kadar da meraklıymışsın evlenmeye" diye gülüyor Nehir. "Seninle yeni tanıştığımı düşünüyorum ben... İzin ver, alışayım biraz.

Ama şunu bilmeni isterim ki, seni bir bütün olarak algılamasam, asla yanında olmazdım. Yalnız kalbine değil, varlığının özüne yakın olduğumu hissediyorum şu anda."

"Aşkımsın Nehir! Nicedir bildiğim, yaşadığım bir şeydi bu. Ama senin *aşkın* olabilmek, erişilmez bir düştü benim için. Bunun ötesinde bir mutluluk düşünemiyorum inan..."

Mezuniyet coşkusuyla patlatılan şampanyaları birbirleri için yudumlarken, Arda'nın bir sonraki yaşam paketinin içinde neler olduğunu merak etmekten kendini alamıyor Nehir...

DK'da yayımlanmış kitapları

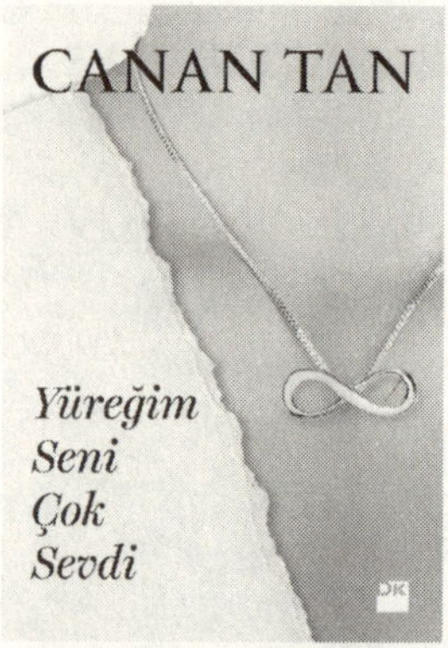
CANAN TAN
Yüreğim
Seni
Çok
Sevdi

CANAN TAN
En Son
Yürekler
Ölür

CANAN TAN
Eroinle
Dans

CANAN TAN
Aşkın
Sanal Halleri

CANAN TAN
Issız
Erkekler
Korosu

CANAN TAN
iz

CANAN TAN
Hasret
Hasret en büyük esarettir

CANAN TAN
PEMBE VE YUSUF

CANAN TAN
AH BENiM KARIM!
Mizah Öyküleri

CANAN TAN
Kelepçe

CANAN TAN
Başıbozuk Sevdalar
100.000 adet

CANAN TAN
ŞİİRCE

CANAN TAN
Sızı
Biz her şeyi yarım yaşadık...

CANAN TAN
Issız Kadınlar
Sokağı

CANAN TAN
ANNEANNEM
İNTERNETTE
Mizah Öyküleri

CANAN TAN
Önce Sen Vardın